STEFANIE HASSE
MATCHING NIGHT
KÜSST DU DEN FEIND?

STEFANIE HASSE

MATCHING NIGHT

KÜSST DU DEN FEIND?

Band 1

Ravensburger

1 3 5 4 2

Copyright © 2021 by Stefanie Hasse
© 2021 Ravensburger Verlag GmbH, Postfach 2460, D-88194 Ravensburg
Dieses Werk wurde vermittelt durch die
Michael Meller Literary Agency GmbH, München.

Lektorat: Franziska Jaekel
Umschlag- und Innengestaltung: verwendete Bilder von © Ironika,
© Andreshkova Nastya, © Jag_cz und © Gudrun Muenz,
alle von Shutterstock

Alle Rechte vorbehalten

Printed in Germany

ISBN 978-3-473-40201-4

www.ravensburger.de

Für alle, die nach ihrem persönlichen Glück suchen ...
und dafür kämpfen.

Prolog

»Hi, Honey!« Die junge dunkelhaarige Frau schickte einen Luftkuss durch die Kamera.

»Wie geht es dir? Was macht dein *Verehrer*?« Er spuckte das Wort aus wie einen abgekauten Kaugummi.

»Ach, der.« Die schöne Dunkelhaarige winkte ab, gestikulierte mit der Hand, in der sie das Smartphone hielt, und das Bild wackelte. »Es ist zum Glück bald vorbei. Der ganze Verein geht mir auf die Nerven.« Sie pustete eine vom Wind ins Gesicht gewehte Haarsträhne weg. »Wenn ich ihn noch eine Woche länger ertragen müsste, würde ich zur Furie werden.«

Ihr Freund grinste. So kannte er sie.

»Dann halt durch! Und meld dich wieder. Aber nicht nur mit einem Foto!«, fügte er nach einer kurzen Pause hinzu.

»Wird gemacht, Honey!« Sie schickte erneut einen Luftkuss über das Display, ihre blauen Augen strahlten wie eh und je.

Der Videoanruf endete und der Junge seufzte. Er konnte es kaum erwarten, wieder von ihr zu hören.

Er vermisste sie. Mehr, als er es ihr gegenüber je zugegeben hätte.

1

SAMSTAG, 24.10.

»Es kann doch nicht sein, dass es auf dem ganzen Campus kein einziges freies Zimmer gibt! Vielen Dank für Ihre *Hilfe*.« Manchmal wünsche ich mir, es gäbe noch Telefone, bei denen man den Hörer aufs Gerät knallen kann wie in alten Filmen. Das »Beenden«-Feld zu drücken ist nicht annähernd so befriedigend. Nicht einmal, wenn ich so fest drauftippe, dass mein ganzer Finger wehtut.

Tylers Lachen schwebt durch den Raum. »Ich liebe dein Feuer, Cara.«

An seinen Grübchen kann ich sein breites Grinsen selbst von schräg hinten erkennen. Und das trotz seines Dreitagebarts. Er lungert wie fast immer auf der Couch herum, während ich voller Verzweiflung über meine Wohnsituation beim täglichen Abtelefonieren meiner Liste kaum eine Sekunde stillstehen kann.

Nun dreht er sich zu mir um, schiebt den Arm lässig auf die Rückenlehne und legt den Kopf darauf, sodass ihm ein paar gewellte Strähnen ins Gesicht fallen, hinter denen er zu mir aufsieht.

»Gib auf, Cara«, sagt er mit sanfter Stimme und einem Blick, der vermutlich jedes weibliche Wesen aufseufzen ließe. Zumindest alle, die nicht wie ich völlig verzweifelt nur eines im Kopf haben: ein bezahlbares Zimmer. Was in Whitefield aber vermutlich ein genauso unrealistischer Wunsch ist wie das Einhorn damals zu meinem sechsten Geburtstag.

»Hör auf, meinen Teppich durchzulaufen, und setz dich zu mir.« Tyler klopft neben sich auf das schwarze Leder und schafft es mit seinem Dackelblick, dass ich seufzend die Couch umrunde.

»Den Tag kann ich streichen.« Ich lasse mich neben ihn fallen.

Tyler rückt sofort näher und legt seinen Arm um mich. Dankend lehne ich den Kopf an seine Schulter.

»Du weißt, dass du dir den ganzen Stress sparen könntest. Mein Angebot gilt. Du kannst mein Zimmer haben und ich schlafe auf der Couch.«

»Mir fallen immer noch eine Menge Gründe ein, warum das eine schlechte Idee ist«, erwidere ich.

»Einen davon kannst du streichen.«

Ich rücke von ihm ab und schaue ihm in die braunen Augen.

»Dass du mich nicht kennst«, sagt er, als hätte ich selbst darauf kommen müssen.

»Ich kenne dich immer noch nicht gut genug, um mit dir zusammenzuwohnen«, erwidere ich mit einem Lächeln.

Tyler hat mir dieses Angebot tatsächlich schon bei unserer ersten Begegnung in der Wohnheimverwaltung gemacht, als ich Mrs Carson schon fast auf Knien angefleht habe, ein Zimmer herbeizuzaubern. Vergeblich natürlich, sonst wäre mein Problem ja gelöst. Als wir uns später wieder zufällig über den Weg gelaufen sind, kam er gleich wieder darauf zu sprechen.

»Außerdem war das nur einer der Gründe. Es gibt nicht umsonst Wohnheime für Frauen und Wohnheime für Männer.«

»Das wäre kein Problem. Für mich würde man sicher eine Ausnahme machen. Mein Dad könnte ...«

Ich schüttele hastig den Kopf. So etwas will ich auf keinen Fall. Mir ist inzwischen bewusst, dass sich Tyler bei jedem Problem an seinen Dad wenden kann, aber ich will nicht diejenige sein, auf die mit dem Finger gezeigt wird, nur weil ein ehemaliger britischer Botschafter beim Dekan angerufen hat, damit er für mich eine Ausnahme macht.

»Ich schaffe es ohne Hilfe.«

Tyler zieht mich wieder an sich und massiert mir die Schulter. Seine Bartstoppeln streifen über mein Haar, als er den Kopf schüttelt. »Du bist völlig überarbeitet. Das Studium, der Job im Diner, die lange Fahrtzeit ...«

»Vergiss nicht die tägliche Parkplatzsuche«, füge ich der endlosen Liste an Gründen hinzu, die eigentlich für die Annahme seines Angebots sprechen.

»... die tägliche Parkplatzsuche«, wiederholt er. Inzwischen zählt er die Gründe an seinen für England viel zu gebräunten Fingern ab. »Und dann noch dein Job in der Redaktion. Es ist zu viel, Cara. Das hältst du nicht mal ein Trimester durch.«

Während ich nur daran denken kann, was passieren würde, wenn ich krank werde, versucht Tyler, meine Sorgen mit kleinen gemalten Kreisen in meinem Nacken zu vertreiben. Mit einem wohligen Seufzen senke ich das Kinn auf die Brust und ein dichter Vorhang kupferroter Haare fällt zwischen mich und Tyler.

»Wenn dir das schon gefällt ...«, setzt Tyler an, doch ich schiebe schnell die Haare zur Seite und sehe ihn vorwurfsvoll an. Mit einem schuldbewussten Grinsen um die vollen Lippen zuckt er mit den Schultern. »Einen Versuch war es wert, C.«

Wenn Tyler im Flirtmodus ist, nennt er aus irgendeinem Grund alle beim Anfangsbuchstaben – als könnte er sich die vollen Namen nicht merken. Was bei der beträchtlichen Anzahl an Flirtpartnerinnen auch kein Wunder ist, denn ich habe da keinerlei Exklusivrecht. Tyler flirtet bei unseren zahlreichen Besuchen bei dem kleinen Italiener auf dem Campus auch jedes Mal mit der Kellnerin, obwohl er ein X-Chromosom zu wenig besitzt, um ihr Interesse zu wecken. Das stört ihn jedoch nicht im Geringsten. Tyler Walsh sieht das Flirten als Sport und strebt vermutlich die Profiliga an. Solange er es bei mir nicht übertreibt, genieße ich seine Aufmerksamkeit. Nach Mason bin ich froh, zu wissen, woran ich bin, und dieses Freundschaftsding reicht mir vollkommen. Ich kann nicht noch einmal jemanden in mein Leben lassen, dessen Eifersucht mir die Luft zum Atmen nimmt. Für so etwas hätte ich auch gar keine Zeit.

»Und du bist dir sicher, dass du diesen Anblick nicht gleich nach dem Aufwachen beim ersten Kaffee sehen willst?« Er deutet mit einer Bewegung über seinen durchaus ansehnlichen Körper. Zumindest kurz habe ich das Bild vor Augen, wie er mit einem Handtuch um die Hüfte aus der Dusche kommt, schiebe es aber schnell von mir und sehe weg.

»Tausend Pfund für deine Gedanken. Mir gefällt es, wenn ich dich zum Erröten bringe, C.«

Ich höre sein breites Grinsen und verfluche meine helle Haut, die jede noch so kleine Hitze in den Wangen wie Leuchtreklame wirken lässt.

»Wenn sich das Feuer deiner Haare und aus deinem Inneren auf deinen Wangen zeigt.« Er lacht wie immer neckisch, wenn er mich mit seiner Direktheit aus dem Konzept bringt.

Ich schlage ihm spielerisch gegen die Brust, er stöhnt theatralisch auf und lässt sich gegen die Rückenlehne fallen. Sofort weckt sein nur unterhalb der Brust geknöpftes Hemd erneut meine Handtuchfantasien. Dann richtet er sich urplötzlich auf, zieht ein Bein auf die Couch und setzt sich seitlich vollkommen aufrecht hin, als wären wir nicht in seinem Wohnheim, sondern bei einem ... Bewerbungsgespräch oder so.

Stirnrunzelnd setze ich mich auch auf und sehe ihn mit erhobener Braue an.

»Wenn du mein Angebot immer noch ausschlägst, muss ich dir wohl etwas beichten.« Er streicht sich die Haare aus der Stirn, die Bewegung wirkt irgendwie fahrig. Ich habe Tyler in den ganzen Wochen seit unserem Kennenlernen nie so ... unsicher erlebt. Das macht mich nervöser als die spielerischen Flirts, die ich wenigstens einschätzen kann.

»Ist etwas passiert?«, frage ich, weil er nicht fortfährt. In seinem Inneren scheint ein Kampf stattzufinden. Ich habe keine Ahnung, welche Seite gewinnt.

»Ich habe mich wegen deines Problems umgehört und dich bei den *Ravens* empfohlen.« Er presst die Worte so schnell hervor, dass mein Gehirn eine Weile braucht, um sie auseinanderzuzerren und zu verstehen, was mir offensichtlich anzusehen ist.

»Die Ravens sind eine sehr exklusive Studentinnenverbindung, die ... sehr gute Beziehungen hat.«

»Ich habe noch nie von ihnen gehört«, sage ich ehrlich, während ich meinen Kopf angestrengt nach *Ravens* durchforste.

»Sie bieten Zimmer in ihrem Wohnheim an, stellen Lehrmittel bereit ...«

»Und wieso sollten sie ausgerechnet mich aufnehmen? Ich habe mich nicht einmal beworben.«

»Man kann sich bei den Ravens auch nicht bewerben. Man wird ausgewählt.« Tyler betont den letzten Satz irgendwie seltsam. Ein Schauer rieselt mir über den Rücken, doch ehe ich etwas erwidern kann, fährt er fort: »Du hast die oberste Raven gestern kennengelernt. Valérie war bei dir im Diner und live dabei, als du deinen hübschen Kellnerinnenhintern verteidigt hast, wie ich gehört habe.«

Meine Augen weiten sich vor Überraschung, als ich mich an meine gestrige Schicht erinnere – und die beiden Idioten, die mir die ganze Zeit dämliche Anmachsprüche zugerufen haben, bis es mir zu blöd wurde. An der Theke saß eine Frau, die eigentlich die ganze Zeit auf ihr Handy gestarrt hat, sogar beim Trinken aus ihrer Kaffeetasse. Und trotzdem hat sie mitbekommen, wie ich mich gegen die Typen zur Wehr gesetzt habe.

»Da war eine Dunkelhaarige mit kinnlangem Bob«, greife ich die Erinnerung auf. »Sie hat mir gestern gratuliert und wollte mir einen Drink ausgeben, weil ich zwei betrunkene Studenten hinausgeworfen habe, die mit ihren schlechten Sprüchen offenbar ins Guinessbuch der Rekorde wollten.«

Tyler nickt mit zusammengekniffenen Lippen, ehe er sich über die stoppelige Wange streift, was ein kratzendes Geräusch verursacht.

»Sie glaubt, dass du eine gute Raven abgeben würdest. Denk darüber nach. Das Wohnheim der Ravens ist auf dem Campus, du hättest keine lange Anfahrt mehr ...«

Ergeben reiße ich die Hände nach oben. »Schon gut, ich schau mir die Verbindung mal an, okay?«

»Gut.« Tyler lässt sich wieder gegen die Lehne sinken, hebt den rechten Arm, damit ich zu ihm rutschen kann, während er mit seiner Linken nach der Fernbedienung angelt.

Ich lehne mich an ihn und male mir aus, wieder auf dem Campus zu wohnen wie kurz nach meiner Ankunft zum Early Arrival, als ich mich viel zu naiv in mein BWL-Studium stürzen wollte und tatsächlich geglaubt habe, das Leben würde mir keine weiteren Steine mehr in den Weg legen.

2

SONNTAG, 25.10.

Whitefield liegt noch völlig verschlafen vor mir, als ich mich von meinem Bed & Breakfast, das sich direkt an der Autobahn befindet, Richtung Universität aufmache. Die Sonne steht so tief, dass sie mir trotz heruntergeklappter Sonnenblende direkt ins Gesicht scheint und ich sofort Hannahs Neckerei im Ohr habe, mein Augenzusammenkneifen würde zu frühen Falten führen. Ich habe es in der vergangenen Woche nicht geschafft, meine beste Freundin zu treffen, geschweige denn, in der Redaktion mitzuarbeiten. Mein schlechtes Gewissen sorgt für viel mehr Falten als die Sonne. Wäre der Verkehr auch an anderen Tagen wie heute, könnte ich locker täglich zumindest kurz bei ihr vorbeischauen.

Lediglich die Parkplatzsuche stellt sich als ebenso große Challenge heraus wie wochentags. Ich kreise etliche Male rund um das St. Joseph's und die benachbarten Colleges, bis ich meinen alten Honda in eine so enge Parklücke quetsche, dass mir die Fahrer der Autos daneben vermutlich die Pest an den Hals wünschen werden, falls sie heute wegfahren wollen.

Bei nasskalten acht Grad überquere ich die hölzerne Brücke über den schmalen Fluss, der von den letzten Nebelfetzen bedeckt noch vor der Biegung in grauem Nichts endet und das Gebäude des St. Joseph's mit den Fachbereichen Wirtschaft und Politik von der archäologischen Fakultät nebenan trennt. Vor neun Uhr morgens am Wochenende ist auch die Parkanlage nahezu verwaist. Das herrschaftliche alte Hauptgebäude des St. Joseph's mit seinen Pilastern, den Sandsteinfiguren und Spitzbogenfenstern liegt nun direkt vor mir am Ende der langen Wiese mit den kleinen Wegen und vereinzelten kahlen Bäumen. Links und rechts von mir befinden sich die ersten Nebengebäude, Büros der Tutoren und ein paar Wohnheime – mit vermutlich sehr glücklichen, noch schlafenden Studenten. Mein Neid ist ihnen gewiss.

Ich steuere weiter auf das imposante Renaissancegebäude vor mir zu und wie jedes Mal, wenn ich Zeit genug habe, den Anblick zu genießen, überkommt mich unbändiger Stolz, hier studieren zu dürfen. Auch wenn der Weg alles andere als leicht war und die Kosten mir und meiner Familie noch immer alles abverlangen.

Wir glauben an dich, steht in schnörkeligem Handlettering auf meinem Abschiedsplakat, das nun in einem der Umzugskartons darauf wartet, dass ich endlich ein Wohnheimzimmer beziehen kann. Der Spruch ziert auch das Notizbuch, das mir meine Schwester Phoebe in die Hand gedrückt hat, ehe ich ins Auto gestiegen bin. »Das ist ein Glückstagebuch. Du musst jeden Tag alles Positive eintragen – und sei es noch so klein und unbedeutend«, hat sie gesagt und dafür gesorgt, dass ich nach meiner Ankunft in Whitefield erst einmal googeln musste, was ein Glückstagebuch überhaupt ist.

Viel einzutragen hatte ich seither nicht. Aber Phee hatte recht. Es lässt mich besser durchhalten, mein Pensum zu schaffen und gleichzeitig die Hoffnung zu bewahren, irgendwann doch noch Glück zu haben und ein Zimmer zu bekommen.

Ich folge dem langen geteerten Pfad, der von buntem Laub gesäumt ist, und ziehe meinen Mantel fester um mich, weil mir die feuchtkalte Luft immer mehr in den Nacken kriecht.

»Hast du was Schönes geträumt, C.?« Tylers Stimme hallt von den Gebäuden wider, während er die drei Stufen vor seinem Wohnheim hinabsteigt und mir einen Kaffeebecher reicht. Ich bin sprachlos und nehme den Becher dankend an. Der aus der Trinköffnung aufsteigende Dampf duftet nach Vanille.

»Wie komme ich zu der Ehre? Und warum bist du schon wach?« Ich sehe an Tylers Funkeln in den Augen, wie gut gelaunt er selbst um diese Uhrzeit ist.

»Wenn du jetzt endlich zugibst, dass du immer von mir träumst, gibt es sogar noch mehr.« Er streckt mir die bisher verborgene rechte Hand entgegen, in der er eine Tüte der besten Bäckerei Whitefields hält.

»Du willst, dass ich dich belüge, nur um ... was zu bekommen?«

Tyler öffnet die Tüte und der verführerische Duft lässt meinen Magen knurren. Ein siegessicheres Lächeln umspielt seine vollen Lippen. »Sind die Eclairs von *Eva* nicht eine kleine Lüge wert? Oder die Tatsache, dass du mich zum glücklichsten Mann der Welt machen würdest?« Er drückt die Eclairs gegen seine Brust und zu meiner Schande muss ich gestehen, dass ich nur daran denken kann, wie er die armen kleinen Dinger zerquetscht. Genau das sage ich ihm auch, woraufhin ich ein kurzes Lachen ernte, begleitet von einem Kopfschütteln.

»Du zerstörst systematisch mein Selbstbewusstsein«, sagt Tyler gespielt pikiert. Da noch immer kleine Lachfältchen seine Augen umrahmen, kann es nicht so tragisch sein.

Mit einer schnellen Bewegung reiße ich die Tüte an mich und tätschele sie – vorsichtig – mit der Hand, in der ich den Kaffeebecher halte. Die Glocke der Kapelle läutet zur vollen Stunde.

»Ich muss zu Hannah. Ich habe ihr versprochen, pünktlich um neun da zu sein.« Ich wende mich zum Gehen.

»Sehen wir uns später? Vielleicht zum Lunch?«, ruft mir Tyler hinterher und ich drehe mich um. Er hat diesen hoffnungsvollen Blick perfekt drauf. Ich kann gut nachvollziehen, warum unentwegt getuschelt wird, wenn er an einer Gruppe Frauen vorbeigeht.

»Vielleicht«, erwidere ich nur knapp.

»Du bringst mich noch um, C. Und das wäre ein tragischer Verlust für die Menschheit.«

Kopfschüttelnd gehe ich weiter, kann mir ein Lachen aber nicht verkneifen.

Noch immer bester Laune – und von Eclair- und Vanilleduft umhüllt – betrete ich die alte Bibliothek. Auf dem Campus gibt es auch eine neue, moderne Bibliothek, aber hier, zwischen all den uralten Büchern, die einen so besonderen Geruch verströmen, fühle ich mich am wohlsten. Etliche dunkel lasierte Regalreihen beherbergen Schätze, in denen schon zahlreiche Nobelpreisträger geblättert haben. Die Whitefield University brachte neben Cambridge und Oxford die meisten klugen Köpfe hervor. Ein wohliger Schauer durchfährt mich, als ich den großen Lesesaal passiere, um am Ende durch eine alte Holztür in die Redaktion zu treten. Für das Redaktionsbüro des *St. Joseph's Whisperer* hätte es keinen besseren Ort geben können. Nach dem dunklen und nur von spärlichen Lampen erhellten

Lesesaal blendet mich das Licht jenseits der Tür. Das Fenster bietet den perfekten Ausblick auf den West Court des Colleges. Hinter dem gegenüberliegenden Gebäude sieht man die Kapelle aufragen. Hannah schaut von ihrem Laptop auf. Ihre langen dunklen Haare hat sie zu einem lockeren Dutt hochgesteckt. Ihr liegt die Begrüßung schon auf der Zunge, das kann ich ganz deutlich sehen, dann jedoch kneift sie die Augen zusammen, sodass ich das dunkle Blau darin kaum noch erkennen kann. Für einen ganz kurzen Moment analysiert sie mich, sie hat ein wirklich gutes Händchen dafür, obwohl sie nur ein Jahr Psychologie studiert hat. Aber gepaart mit der Tatsache, dass wir uns schon fast unser ganzes Leben lang kennen, bin ich oft ein offenes Buch für sie.

»Hast du etwa ein Wohnheimzimmer gefunden?«

So schnell kann man gute Laune zerstören. Ich verziehe das Gesicht und Hannah mustert mich weiter. Ihr Blick gleitet von der einen Hand mit dem Kaffee zur anderen mit der Tüte aus *Evas Pâtisserie*. »Du hast mir nichts mitgebracht? Du bist die schlechteste beste Freundin der Welt!« Sie reißt empört die Augen auf.

»Ich habe ... die Sachen nicht selbst besorgt«, sage ich geheimnisvoll.

»Sooo?« Hannah zieht das O so in die Länge, dass es einen eigenen Song verdient hätte. Ich stelle die Sachen auf dem Tisch ab, ziehe langsam meine Jacke aus und hänge sie über die Stuhllehne. Dabei spüre ich bei jeder kleinsten Bewegung, dass Hannah mich beobachtet. Ich sehe konsequent zum vollgestellten Sideboard an der Wand, über dem gerahmte Artikel des *Whisperer* hängen – Berichte über berühmte weibliche Ehemalige des St. Joseph's neben anderen berühmten Heldinnen wie Michelle Prentiss, der ersten Präsidentin der USA. Hannahs persönliche *Wall of Fame*. Ihre zweite Leidenschaft zeigt das Poster einer Rose, die aus dem gesamten Text von *Romeo und Julia* besteht.

»Du hast die Sachen aber nicht von Mr Mysterious ...« Ihr scannender Blick trifft meinen. »Oder etwa doch?« Ihre Stimme wird lauter, fordernder. Leider kennt Hannah meine Vorgeschichte mit Jungs, insbesondere das »Kapitel Mason« mit dem dramatischen Ende. Daher hat sie auch alles andere als gut reagiert, als ich ihr von meinem ersten Treffen mit Tyler im Büro der Wohnheimzentrale erzählt habe. Zu der Zeit wusste ich nicht, wer Tyler wirklich ist, geschweige denn, wie er heißt, also haben wir ihn Mr Mysterious genannt. Tylers Angebot, bei ihm einzuziehen, hat bei Hannah sämtliche Alarmglocken läuten lassen. Weil da aber nichts als Freundschaft zwischen uns ist – außer dem spielerischen Flirten natürlich –, habe ich Hannah bisher nicht mehr von ihm berichtet. Zwischen Tyler und mir gibt es klare Grenzen und Hannah hat genug um die Ohren. Sie soll sich nicht auch noch ständig Sorgen um mich machen, die völlig unberechtigt sind.

An meinem schuldbewussten Blick erkennt sie die Antwort. Sie reißt erneut die Augen auf. »Hat er denn inzwischen einen Namen?«

Ich starre auf den massiven Holztisch zwischen uns, auf die Papierberge darauf und überlege, wie genau ich Hannah klarmachen kann, dass zwischen Tyler und mir nichts läuft. Da fällt mein Blick auf Hannahs To-do-Liste. Etliche Zeilen sind durchgestrichen, die Zeile ganz oben ist mehrfach eingekreist.

Wohnheimzimmer Cara.

»Du hast also trotz deiner guten Kontakte immer noch nichts gefunden?« Ich deute auf die Liste.

Etwas irritiert über den Themenwechsel schaut Hannah auf den Block. »Leider nicht.« Ich höre das ehrliche Bedauern in ihrer Stimme. »Ich warte aber noch auf ein paar Antwortmails.«

»Ich habe von den Zimmern im Wohnheim der Ravens gehört.« Sofort habe ich Hannahs volle Aufmerksamkeit.

»Von wem?« Zittert ihre Hand etwa? Schnell verschränkt sie die Finger ineinander. Eine Geste, die ich nur allzu gut von früher kenne. Aber ich habe sie lange nicht gesehen. Zuletzt, als sie mir zu Hause in meinem Zimmer gegenübersaß und erzählt hat, dass sie auf Mädchen steht. Ich habe es als Erste erfahren und ihr Vertrauen berührt mich noch heute. Auch wenn es damals keinen Grund dafür gab, konnte ich ihre Nervosität nachvollziehen. Aber jetzt?

»Wieso hast du mir nie von der Verbindung erzählt?«

Hannah zieht die Lippen zwischen die Zähne. Es dauert, bis ich eine Antwort bekomme. Das Ticken der alten Bahnhofsuhr an der Wand gegenüber der Wall of Fame – zwischen dem alten Stadtplan von Whitefield und einem für das Ambiente viel zu modernen Whiteboard – sagt mir, dass zwanzig Sekunden vergehen, bis sie den Mund wieder öffnet.

»Ich arbeite seit Beginn des Trimesters an einem Artikel über die Verbindung.«

Ich warte, bis mehr kommt, eine Erklärung, weitere Erläuterungen zum Inhalt des Artikels ... irgendwas. Doch ich warte umsonst. »Und?«

Hannah lässt sich nach hinten gegen die Lehne fallen. Der Holzstuhl knirscht protestierend. Dann holt sie tief Luft. »Es kursieren ziemlich viele Gerüchte über die Ravens.« Schon an ihrem Gesichtsausdruck erkenne ich, dass es keine positiven Gerüchte sind. Hannah sieht aus, als wäre sie bei einer Beerdigung. »Im letzten Jahr ist eine Bewohnerin des Wohnheims von einem Partywochenende mit den Ravens nicht mehr zurückgekommen. Kurz darauf haben weitere Studenten das College verlassen, die höchstwahrscheinlich auch mit den Ravens in Verbindung standen.« Hannah schluckt deutlich hörbar. »Es gibt etliche Gerüchte darüber, was passiert ist, aber ... Egal welcher Spur ich folge, alles verläuft im Sand. Bitte halte dich von dieser Verbindung fern.«

Ich schaue meine Freundin lange an, vermisse aber etwas in ihren Augen. Das Feuer, mit dem sie für ihre Arbeit beim *Whisperer* und den dazugehörigen Recherchen brennt. Das Reporterfeuer, das sie dazu gebracht hat, Psychologie sausen zu lassen und auf Journalismus umzusteigen. »An *dem* Artikel sitzt du seit Beginn des Trimesters, ohne mir davon zu erzählen? Und dafür versetzt du mich auch noch die ganze Zeit?« Ich starre sie fassungslos an. Sie hat bisher ein Geheimnis daraus gemacht, aber jetzt erinnere ich mich an den Papierstapel, den ich vor ein paar Wochen für sie aus dem Drucker im Nebenraum des Redaktionsbüros geholt habe. Da stand irgendwas von Raben und Löwen, aber ich dachte, es ginge um Sportklubs.

»Ich versetze *dich*?« Kein Mensch hat seine linke Augenbraue so gut im Griff wie Hannah. Präzise wie ein Uhrwerk kann ich daran ablesen, wie ausgeprägt ihre Skepsis ist. Der herausfordernde Ton in ihrer Stimme wäre nicht nötig gewesen. Oder dass sie sich nun wieder nach vorn beugt und die Unterarme auf den Tisch legt.

»Das war ein blöder Kommentar von mir, sorry«, räume ich ein. »Aber ...«

Sie schüttelt hastig den Kopf. »Ich bin immer noch schwer beeindruckt von deinem Pensum und quetsche mich gern in jede freie

Lücke.« Ihr Lächeln verwandelt sie in einen anderen Menschen. Von der rasenden Reporterin zur besten Freundin der Welt. Hannah hat eines der heiß begehrten Teilstipendien für das St. Joseph's ergattert und mir so lange von diesem College vorgeschwärmt, bis ich mich ebenfalls beworben habe. Dann lag die Zusage im Briefkasten – und landete mit der späteren Absage für ein Stipendium auf meinem Schreibtisch, wo ich sie wochenlang nicht beachtet habe. Bis Grandma Liv und Großtante Mary die Zügel in die Hand genommen und alles Geld der Familie zusammengekratzt haben, um mich hierherzuschicken.

Wir glauben an dich.

Ich blinzele die Tränen weg, die mich immer überkommen, wenn ich an die Liebe meiner Familie denke. Meine Schwester Phoebe hat mit ihren Vereinskolleginnen sogar Kuchen verkauft, um Geld für ein kleines gebrauchtes Auto zu sammeln, sonst hätte ich unmöglich von der günstigen Wohnung aus pendeln können, die Großtante Mary für mich organisiert hatte – und die wegen Asbestverseuchung verbarrikadiert war, als ich pünktlich zum Early Arrival in Whitefield eingetroffen war.

»Ich kenne diesen Blick«, unterbricht Hannah meine Gedanken und greift nach meiner Hand, die neben dem noch unberührten Kaffeebecher und der Papiertüte liegt. »Du bist wieder kurz davor zu behaupten, dass dein Studium hier unter einem schlechten Stern steht.«

Sie zieht quasi die Gedanken direkt aus meinem Hirn. Wäre sie nicht einer der liebsten Menschen der Welt, fände ich diese Eigenschaft sehr bedenklich.

»Ich habe doch recht.« Ich spüre, wie sich das tiefe schwarze Loch, das mich nach der Absage des Stipendiums verschluckt hat, wieder öffnet, mich zu sich zerrt.

Hannah spürt es ebenso. Schnell steht sie auf, umrundet den Tisch und setzt sich auf den Stuhl neben mir. Sie greift nach meiner Hand und drückt sie. »Du schaffst alles, was du dir vornimmst, Cara. Phee hat es dir bunt auf weiß geschrieben. *Wir glauben an dich.* Weil ich dich kenne und weiß, dass du einfach alles schaffen kannst, auch wenn ich dich nicht so oft zu Gesicht bekomme und froh bin, dass du mir hier aushilfst.«

»Das war das Mindeste, was ich dir anbieten konnte, nachdem du mich bei dir aufgenommen hast«, sage ich mit erstickter Stimme.

»Was ja leider nicht für lange Zeit funktioniert hat.« Sie schlägt die Lider nieder und ich denke an den Fluch, der offenbar auf mir liegt. Das von meiner Familie angemietete bezahlbare Zimmer in Campusnähe war leider unbewohnbar und Hannah hat mich kurzfristig bei sich aufgenommen. Zumindest so lange, bis ihre Mitbewohnerin ein Trimester früher ankam als geplant. »Aber umso dringender suche ich nach Ersatz.«

»Danke«, sage ich ehrlich. »Für alles.«

Sie steht auf und grinst mich breit an. »Dafür, dass wir jetzt so viel von deiner exklusiven Zeit verprasst haben, muss ich dir jetzt wohl bei den Eclairs helfen.« Sie schnappt sich im Vorbeigehen die Papiertüte und ignoriert meine Empörung gekonnt. Schnell greife ich nach meinem Becher, ehe ich den Vanilla-Macchiato auch noch teilen muss. Hannah ist manchmal schlimmer als meine kleine Schwester.

Im Laufe des gemeinsamen Vormittags trifft dann auch endlich Luca ein – Student im letzten Studienjahr und mit Hannah die bisher einzige feste Belegschaft des *Whisperer*. Er sieht aus, als wäre er direkt aus dem Bett gefallen, falls er überhaupt geschlafen hat.

Während Hannah uns damit beauftragt, die Social Media Accounts unserer Kommilitonen nach interessanten Geschichten zu durchforsten, arbeitet sie weiter akribisch an dem nun wieder geheimen Projekt. Als Luca uns Mittagessen besorgt, spreche ich sie darauf an.

»Warum hängst du so an dieser Story? Sie ist ein Jahr alt. Also wieso ...«

Hannahs Kopf schießt nach oben. »Ich möchte nur, dass du dich von diesen Ravens fernhältst, bis ... Halte dich bitte einfach von ihnen fern.« Ihre Stimme klingt plötzlich fremd, total verändert, während ihr Blick hin und her schießt, als wäre sie nicht in der Lage, mir in die Augen zu sehen. Ihre Wortwahl fällt mir jedoch sofort auf und zerrt ungewollte Bilder in mein Bewusstsein. »Ich möchte, dass du ... Halte dich von ihnen fern ...« Masons Stimme hallt in meinem Kopf wider und ich würde mir am liebsten die Ohren zuhalten. Seine ständigen Zurechtweisungen verstummen einfach nicht, übertönen Hannahs heruntergeratterte Erklärung zum Schutz von Informanten. Ich muss raus hier, ehe mich meine Vergangenheit einholt.

»Du musst das verstehen. Das hier ist eine heiße Story. *Ich* bin die Chefredakteurin und *ich* entscheide, was veröffentlicht wird.«

»Du musst ... ich ... ich ... ich ...« Masons Stimme in meinem Kopf wird lauter.

Hannah hat sich noch nie so benommen, weshalb mich der bittere Geschmack der Ernüchterung auf der Zunge umso heftiger schlucken lässt.

»Wenn das so ist, kann ich ja gehen. Im Diner schätzt man meine

Arbeit.« Ich beiße so fest die Zähne zusammen, dass mein Kiefer schmerzt. Meine Augen brennen trotzdem. Ich stehe auf und wende mich bereits ab, verharre dann jedoch, als ich höre, wie ein weiterer Stuhl hastig zurückgerückt wird. Doch als nichts geschieht, schnappe ich mir meine Jacke und renne wie ein kleines Kind davon.

Ich komme ungeplant viel zu früh im Diner an, habe aber – als hätte ich eine Vorahnung gehabt – heute Morgen meine Unterlagen mit den Aufgaben in Wirtschaftslehre mitgenommen. Also setze ich mich zu Suki an den Tresen – sie ist im Diner meine Kollegin und studiert ebenfalls im ersten Jahr an der Whitefield University – und breite meine aktuellen Probleme in Wirtschaft vor mir aus. Leider arbeitet mein Unterbewusstsein gegen mich und schiebt immer wieder die Frage nach oben, was nur mit Hannah los ist.

Nachdem Suki eine Reihe von Bestellungen serviert hat, stellt sie sich mir gegenüber hinter den Tresen, beugt sich vor und flüstert mit verschwörerischem Grinsen: »Ein total heißer Typ hat eben nach dir gefragt.«

Mit dem Wirtschaftsgeschwafel und Hannahs harschen Worten im Kopf dauert es, bis das Gesagte bei mir ankommt. Suki schaut ständig über meine Schulter hinweg, ein so strahlendes Lächeln auf den Lippen, dass die Sonne neidisch werden könnte.

»Wer denn?«, frage ich und folge automatisch ihrem Blick.

Tyler hat es sich in einer der Sitznischen bequem gemacht und zwinkert mir zu. Wenn ich zwinkere, sieht es aus, als hätte ich etwas im Auge, aber bei ihm wirkt es gar nicht so dämlich, wie ich immer geglaubt habe. Ich raffe meine Unterlagen zusammen, bitte Suki um einen Chai Latte und gehe zu Tyler hinüber.

»Was machst du hier? Stalkst du mich etwa?«

Er sieht mich entsetzt an, als würde er die Bedeutung meiner Worte nicht verstehen. Dann blinzelt er und legt ein freches Grinsen auf. »Ich wusste, dass du die Mittagsschicht hast, und wollte deine Ankunft hier mit meinem Anblick versüßen. Aber du hast meinen Plan zunichtegemacht, denn du warst vor mir hier.«

Ich lache und will wissen, was genau er geplant hatte. Er zieht ein Buch aus der Tasche – eine Schmuckausgabe von *Stolz und Vorurteil* –, schlägt es auf, lehnt sich lässig zurück und sieht tatsächlich innerhalb nur eines Wimpernschlags aus, als wäre er total in die Geschichte versunken. Der Mann sollte an eine Schauspielschule gehen.

»Jane Austen?«

Tylers Augenaufschlag ist nicht zu verachten. Sein Blick ist noch etwas entrückt, als er erwidert: »Nächste Woche ist die Feminismus-Debatte. Ich will gut vorbereitet sein.«

Mir liegt auf der Zunge, ihm die vielen antifeministischen Äußerungen vorzuwerfen, die er in seinem Flirt-Meisterkurs offenbar gelernt hat, aber in diesem Moment meldet sich die Türglocke. Als wäre ich im Dienst, lege ich ein Lächeln auf und schaue den neuen Gästen entgegen. Doch mein Lächeln verrutscht sofort, denn Hannah betritt das Diner. Ich sehe zu Tyler, dann zurück zu Hannah, die mich bereits entdeckt hat, und lasse mich ergeben gegen die Rückenlehne sinken.

Einen schlechteren Moment, meine freundschaftliche Beziehung zu Tyler zu erklären, als direkt nach unserem ersten Streit seit Kindertagen, gibt es wohl nicht.

Hannah durchquert das Diner mit schnellen Schritten. »Es tut mir so leid, Cara«, sagt sie, noch ehe sie bei mir angekommen ist. »Ich wollte mich nicht mit dir streiten oder die Chefin raushängen lassen ...« Was immer sie sagen wollte, verpufft in einem schockierten Ausdruck beim Anblick meines Gegenübers. Ihr Mund klappt zu, ihre Lippen verziehen sich zu einem schmalen Strich, bevor sie wieder zu mir sieht. »Wir sollten uns unter vier Augen unterhalten. Bitte.«

Ich komme nicht einmal dazu, die beiden einander vorzustellen, weil Tyler *Stolz und Vorurteil* zuschlägt, in die Tasche steckt und mit einem kurzen »Wir sehen uns« zu Suki geht, um seine Bestellung noch zu stornieren oder zu bezahlen. Ich starre ihm irritiert hinterher, während sich Hannah auf Tylers Platz setzt.

Ich vermute, dass sie sich noch einmal für den Streit entschuldigen will, komme ihr aber zuvor. »Es tut mir leid wegen vorhin, aber ... du hast dich mir gegenüber noch nie so benommen!«

Wenigstens wirkt sie zerknirscht. Aber nur für einen kurzen Moment, dann ändert sich ihr Gesichtsausdruck und tiefe Vorwürfe spiegeln sich darin. »Tyler Walsh?« Ihre Stimme ist so laut, dass die Kunden an den Nachbartischen zu uns sehen.

»Du kennst ihn?«

»Ich studiere nicht nur Journalismus, sondern auch Politik und leite dazu noch eine Zeitung. Wie kann ich ihn nicht kennen? Sein Dad war bis vor zwei Jahren noch Botschafter in Griechenland, strebt seither eine innerpolitische Karriere an«, rattert sie ihr Wissen herunter. »Aber das ist jetzt auch egal.« Sie winkt mit einer lässigen Handbewegung ab, sodass die Charms an ihrem Armband klimpern. »Sag mir bitte, dass er *nicht* Mr Mysterious ist.« Ihr Blick wirkt gehetzt, ich sehe regelrecht die Gedanken in ihrem Kopf rasen.

»Doch, er ist es«, erwidere ich, was wie eine Entschuldigung rüberkommt, obwohl ich mich nicht dafür entschuldigen muss, mit wem ich in Kontakt stehe. Auch nicht meiner besten Freundin gegenüber.

»Ich habe gehört, dass er wieder auf das St. Joseph's geht. Und unter all den Studenten musste er ausgerechnet dir über den Weg laufen?«

»Wieder?«, hake ich nach.

Hannah nickt langsam und streicht sich eine Haarsträhne hinters Ohr, sodass rein gar nichts mehr zwischen ihrem Scannerblick und mir steht. Dann holt sie tief Luft. »Genau das wollte ich dir nicht erzählen. Vorhin, meine ich. Ich recherchiere doch für den Artikel über die verschwundene Raven-Studentin ...« Sie wartet mein bestätigendes Nicken ab. »Tyler Walsh ist einer der Studenten, von denen ich dir vorhin erzählt habe – die nicht mehr zu den Vorlesungen erschienen sind.«

»Wie bitte?« Mehr fällt mir bei dem Chaos in meinem Kopf gerade nicht ein.

»Beverly Grey und Tyler Walsh sind Ende November zur selben Zeit *verschwunden*. Es gibt sogar dämliche Gerüchte, die besagen, dass sie garantiert ein Paar waren und sein Dad etwas gegen die Beziehung mit einer Amerikanerin hatte.« Dem Augenverdrehen nach zu urteilen glaubt Hannah die Begründung nicht. »Es gibt noch andere potenzielle Erklärungen, aber keine davon erklärt, warum Tyler wieder hier ist und Beverly nicht.« Hannahs Augenbrauen bilden beinahe eine nahtlose Linie, während sie auf ihrer Wange herumkaut.

»Ich könnte ihn fragen«, biete ich an. Wenn das Hannah endlich von dem Artikel losreißen kann, in den sie sich verbissen hat, wäre das doch eine gute Idee.

Sie sieht mich schockiert an. »Nein! Halte dich lieber fern von ihm«, rät sie mir. »Tyler Walsh hat keinen sehr guten Ruf. Nach Mason ...«

Ich schlucke. Der Name ist eigentlich tabu. Hannah nennt ihn sonst immer nur Lord Voldemort. Genau deshalb habe ich ihr nicht von Tyler erzählt. Ich wusste, dass sie die beiden vergleichen würde. Aber ich bin inzwischen eine andere.

»Es ist kein Witz, Süße.« Hannah greift über den Tisch, schnappt sich meine Hände und knetet sie. »Gegen Tyler ist Mason ein Engel.«

»Da läuft nichts zwischen uns«, erkläre ich jetzt endlich, auch wenn es sich wie eine Rechtfertigung anhört. »Ich bin gern mit ihm zusammen.« Ich entziehe ihr meine Hände und gestikuliere wild. »Wir sehen uns Filme an, essen zusammen, lachen. Wir haben einfach Spaß.« Das spielerische Flirten erwähne ich nicht. Es ist ein Flirten ohne Gefahr, weil wir uns beide bewusst sind, dass nichts Ernstes dahintersteckt. Das macht es für mich wesentlich einfacher.

Hannah setzt ihre strenge Miene auf, die sie wunderbar von ihrer Mum kopiert hat. »Die Sache stinkt zum Himmel. Die Ravens, das Verschwinden von Beverly und von Tyler ... die anderen ausgeschiedenen Studenten ... Ich möchte nicht, dass dir etwas passiert, Cara.«

»Ich kann auf mich aufpassen«, erwidere ich nur. »Du bist nur *ein* Jahr älter, keine zwanzig Jahre.«

»Aber ich bin weise wie eine Vierzigjährige. Mindestens.« Sie schenkt mir ein breites Grinsen und zuckt dabei mit ihrer Nase – ihre Geheimwaffe, um mich zum Lachen zu bringen –, da tritt jemand zu uns an den Tisch.

»Deine Schicht beginnt«, sagt Suki entschuldigend. »Ich würde übernehmen, hab aber ein Treffen mit meiner Lerngruppe.«

Mein Blick huscht zur großen Wanduhr. Ich bin entsetzt, wie schnell die Zeit vergangen ist. »Sorry, ich habe nicht auf die Uhr gesehen. Bin sofort da.«

Suki nickt und geht. Ich verabschiede mich noch von Hannah, packe meine Sachen zusammen und bringe sie ins Hinterzimmer, wo ich mir meine Schürze umbinde und mich an die Arbeit mache.

3

MONTAG, 26.10.

Verdammt, verdammt, verdammt! Ich hupe. Natürlich vergeblich, weil es absolut sinnlos ist, jemanden anzuhupen, der ebenso wenig Schuld an dem Stau auf der Autobahn hat wie ich. Aber irgendwie muss ich meine Anspannung loswerden. Die Minuten auf der Uhr am Armaturenbrett rasen dahin wie Sekunden. Wenn ich die Landstraße genommen hätte, hätte ich irgendwie um die Sperrung herumfahren können ...

Wenn. Wenn meine ursprünglich gemietete Wohnung nicht asbestverseucht gewesen wäre, wenn Hannahs Mitbewohnerin nicht schon eingezogen wäre, wenn ... Verdammt! Ich schlage auf das Lenkrad, bis mein Handballen schmerzt. Warum ausgerechnet heute – dem einzigen Tag, um sich für den Praxiskurs bei Jane Deveraux einzuschreiben? Mein Wirtschaftsprofessor hat mir *dringend angeraten*, an diesem Zusatzkurs teilzunehmen, da ich ansonsten *erhebliche Schwierigkeiten* bekommen könnte, den Stoff zu schaffen. Phoebe hat es gestern Abend bei unserem sonntäglichen Skype-Familienhangout treffend zusammengefasst: »Wenn du dort nicht hingehst, fällst du durch.«

Deshalb bin ich eine Stunde früher aufgestanden, habe mich in die Dusche gequält und meine Augenringe mit einer Tonne Concealer übermalt, damit mich Professorin Deveraux nicht für einen Zombie hält. Doch das bringt natürlich alles nichts, wenn ich noch länger auf der verdammten Autobahn feststecke. Mehrmaliges Hupen dringt von draußen zu mir. Ich bin offensichtlich nicht die Einzige, die ihren Frust auf diese Weise loswerden will.

Die Einschreibezeit beginnt genau jetzt. Ich sehe die Minuten dahinrennen – ein Countdown zu meinem Versagen. Ich kann es mir schlichtweg nicht leisten, durch einen Kurs zu fallen und die Punkte nicht zu bekommen. Es mag für einige Studenten hier lächerlich klingen, aber jeder Penny meiner Familie steckt im Projekt »Caras Zukunft« – die Bezeichnung meiner Schwester, nicht meine Idee –, was voraussetzt, dass ich meine akribische Planung durchziehe. Ein verlorener Kurspunkt bedeutet keinen Abschluss an der Elite-Uni.

Endlich kommt Bewegung in das eintönige Bild vor mir. Bremslichter leuchten auf, weil einige Fahrer ihre Motoren starten. Noch dreißig Minuten bis zum Ende der Einschreibung. Meine Hände zittern und ich schlinge sie fest um das Lenkrad. Endlich rollt die Metallkolonne an. So langsam, dass mich auf dem Feldweg jenseits der Autobahn ein Jogger mit Hund überholt. Ich hätte einfach aussteigen und zu Fuß gehen sollen.

Noch fünfzehn Minuten bis zum Scheitern. Das Gaspedal zu drücken hat sich noch nie so gut angefühlt. Mein Honda schießt um die Kurve der Autobahnabfahrt. Kurz überlege ich, ob ich den P&R-Service nutzen soll, damit ich keinen Parkplatz suchen muss, aber schon bin ich an der Zufahrt vorbei. Gedanklich gehe ich sämtliche Parkmöglichkeiten auf dem Collegegelände durch und die jeweilige Laufstrecke bis zum Tutorengebäude des St. Joseph's. Spontan entscheide ich mich für den Parkplatz am West Court und biege ab. Eine Fehlentscheidung. Der Parkplatz ist überfüllt – wie immer um diese Zeit. Ich verfluche mich und versuche es auf dem Parkplatz der Jura-Fakultät nebenan. Dort habe ich Glück. Ich springe aus meinem Auto und renne los. Von hier aus muss ich mehrere Innenhöfe durchqueren, um das St. Joseph's zu erreichen. Rote Backsteinmauern ziehen an mir vorüber. Die Glocke der Kapelle des St. Joseph's schlägt zur vollen Stunde, als ich gerade am East Court ankomme. Meine Beine fühlen sich bereits schwammig an, trotzdem renne ich weiter. Auf dem Main Court hallen meine Schritte von den hohen Nebengebäuden wider, klingen wie ein anfeuerndes Klatschen. Einen Durchgang später renne ich direkt auf das Tutorengebäude zu, vor dem ein Aufsteller mit einem Foto von Professorin Deveraux aufgebaut ist. Keuchend wie eine Dampflok renne ich gegen die Tür, um sie aufzustoßen – und verstauche mir das Handgelenk.

Es ist abgeschlossen.

Ich bin zu spät.

Mein heißer Atem kondensiert an der Scheibe, vernebelt die Sicht auf den Flur dahinter und die eine Tür, durch die ich wenige Minuten zuvor hätte treten müssen. Ich lehne meine Stirn an das kalte Glas und ringe nach Luft. Dann fasse ich mich wieder. Ich richte mich auf, starre mein verzerrtes Spiegelbild an und hebe meine Hand, um zu klopfen. Es kann nicht an ein paar Minuten scheitern. Das darf einfach nicht sein.

Die Tür hinter der Scheibe öffnet sich tatsächlich. Aber mir kommt nicht die Frau von dem Foto entgegen, sondern eine junge

Brünette mit streng nach hinten gekämmtem Haar und einer Brille.

»Professorin Deveraux ...«, stammele ich, nachdem sie aufgeschlossen hat.

»Sie ist schon weg. Sorry. Sie legt äußerst viel Wert auf Pünktlichkeit.« Ohne ein weiteres Wort klappt sie den Aufsteller und damit all meine Hoffnung zusammen und trägt beides ins Gebäude.

Ich wäre pünktlich gewesen. Überpünktlich sogar. Ich hätte mir die Beine in den Bauch gestanden, bis die Professorin endlich eingetroffen wäre. Wenn ich nicht in diesem verdammten B&B wohnen müsste!

Ich greife zum Handy in meiner Umhängetasche und wähle mit zitternden Fingern Tylers Nummer. Wenn ich mir das Geld für die Unterbringung im völlig übertreuten B&B spare und ein paar Schichten mehr im Diner übernehme, könnte ich es vielleicht trotzdem schaffen. Ganz gleich, was Hannah von der Idee hält.

4

MONTAG, 26.10.

Ich starre wie gebannt auf das vor mir liegende »Wohnheim« der Ravens und mir kommen mindestens zehn passendere Bezeichnungen dafür in den Sinn.

Raven House – wie Tyler es genannt hat – ist eher ein kleines Schloss im georgianischen Stil. An den Gebäudeecken befinden sich sogar kleine Türmchen! Zwei geschwungene Treppen führen zu einer Terrasse hinauf, über die man den Haupteingang betreten kann. Darunter liegt ein kleiner Arkadengang mit einem düsteren Eingang. Vielleicht eine ... Bar? Doch mein Blick wird von der klassizistischen Fassade mit den beiden Säulen neben dem Eingang eingefangen, auf deren Querbalken ein Vogel – vermutlich ein Rabe – abgebildet ist. Auf mich wirkt es wie der Eingang zu einem römischen Tempel und ich verharre mehrere Minuten voller Ehrfurcht, ehe ich dem gepflasterten Weg weiter folge.

Erst auf den zweiten Blick erkenne ich, wie modern das Gebäude trotz des alten Baustils ist. Die Fenster sind strahlend weiß, zu weiß für bemaltes Holz. Beim Näherkommen sehe ich, dass es sich um moderne Kunststoffsprossenfenster handelt, die perfekt in die Rundbögen am quaderförmigen Vorbau mit den Säulen eingepasst sind.

An der Seite, fast im Gebüsch unter den hohen Bäumen versteckt, sprießen mehrere Alu-Kaminrohre aus der Fassade.

»Warum habe ich das Gebäude bisher nie bemerkt?«, habe ich Tyler gefragt, als er mich am West Court entlang und durch einen mir ebenfalls unbekannten Innenhof des Tutorengebäudes zu einer Backsteinmauer begleitet hat, der wir bis zu einem Metalltor gefolgt sind.

»Die Ravens legen sehr viel Wert auf Privatsphäre«, war seine knappe Antwort, ehe ich das letzte Stück durch den nur spärlich bewachsenen Rosenbogen allein gegangen und in einem verborgenen Garten gelandet bin. Später werde ich meinen Standort bei Google Maps suchen und mich an der Aufnahme von oben orientieren. Die University of Whitefield ist ein einziges großes Labyrinth. Vermutlich kann man hier auch nach mehreren Studienjahren noch verborgene Orte entdecken. Orte wie Raven House vor mir.

Ich hole noch einmal tief Luft, dann gehe ich auf die linke Treppe zu. Oben öffnet sich die Eingangstür und eine Frau mit dunklem kurzem Bob kommt mir über das Terrassenpflaster entgegen. Ich erkenne sie tatsächlich wieder, wie Tyler es versprochen hat. Sie war es, die mir zum Rauswurf der betrunkenen Idioten im Diner gratuliert hat.

»Hi, Cara! Ich bin Valérie«, begrüßt sie mich, reicht mir die Hand und schenkt mir ein strahlendes Lächeln. »Es freut mich, dich endlich offiziell kennenzulernen.« Sie hat einen wortwörtlichen Porzellanteint, selbst ihre Finger wirken zart wie die einer Puppe – einer sehr hübschen Puppe mit aristokratischen Zügen, eingerahmt von kinnlangen braunen Haaren. Ich will ihr die Hand schütteln, doch sie zieht mich zu sich und haucht neben meinen Wangen Küsschen in die Luft. Völlig überrumpelt lasse ich es geschehen und rieche dabei ihr schweres süßliches Parfüm.

Sie tritt wieder zurück und reibt sich über die nur in eine dünne Bluse gehüllten Arme. »Lass uns reingehen und alles Weitere besprechen. Wir wollen hier draußen schließlich nicht erfrieren.«

Ich folge ihr über die Terrasse zur Tür, die für uns geöffnet wird. Eine junge Frau mit weißblonden kurzen Haaren starrt mich unverhohlen an. Ich habe noch nie jemanden gesehen, dem ein Pixie-Cut mit rasierten Seiten so gut steht.

»Das ist Laura Sanderson«, erklärt Valérie, während wir den Windfang durchqueren und einen großen Saal betreten. Ich kann mich weder vorstellen noch jemanden begrüßen, weil mir glatt die Luft wegbleibt. Im Inneren kann man Raven House garantiert nur noch als Schloss bezeichnen. Der Raum vor mir ist größer als das Haus meiner Eltern und meiner Grandma zusammen und eindeutig in mehrere Bereiche unterteilt. Ich sehe eine große Polsterlandschaft vor einem gigantischen Flatscreen, weitere Sitzecken mit kleinen Tischchen und eine Theke, hinter der eine Frau gerade von Dampf umgeben Milch aufschäumt. Kurz darauf bringt sie zwei große Gläser zu einem der Tische, an dem sich zwei junge Frauen angeregt unterhalten.

»Willkommen in Raven House«, sagt Valérie nach einer Weile, damit ich genug Zeit habe, alles auf mich wirken zu lassen. Laura steht inzwischen am Tresen und spricht mit der Barista. Dann dreht sie sich zu Valérie und mir um und ruft: »Wollt ihr auch einen Chai Latte?«

Valérie sieht kurz zu mir, ich nicke noch immer sprachlos und sie signalisiert Laura unser Ja.

»Wie ist dein erster Eindruck?«, fragt sie mich, nachdem sie mich zu einem der Tische bugsiert hat, der garantiert echt antiquarisch ist und keine Nachbildung. Ich fahre mit den Fingerspitzen über die kleinen Dellen im goldbemalten Holz. Gebrauchsspuren aus Jahrzehnten, vielleicht sogar Jahrhunderten, überlege ich, während ich nach einer Antwort suche.

»Ich bin ...« Mir fallen keine Worte ein, die annähernd beschreiben könnten, wie ich mich fühle. *Vollkommen überwältigt* oder *absolut sprachlos* werden meinen Emotionen nicht ansatzweise gerecht. Dazu mischt sich eine noch nicht greifbare Angst. Angst, doch nicht hierher zu passen und nur in einem Traum gelandet zu sein.

Valérie schmunzelt. »Glaub mir, ich kenne das Gefühl. Und vor sechs Jahren wusste ich auf dieselbe Frage auch nicht, was ich antworten soll.« Wir setzen uns auf die Polsterstühle mit den Holzschnitzereien. So habe ich wenigstens kurz Zeit, darüber nachzudenken, warum Valérie nach einer so langen Zeit immer noch am St. Joseph's ist und ihr Studium noch nicht beendet hat.

Während Laura ein Tablett mit drei Gläsern zu uns balanciert, sehe ich mich weiter um. Hoch über uns gibt es ein paar quadratische, in Stuck eingefasste Dachfenster zwischen aufwendigen Deckenmalereien. Der Saal hier unten ist ein Lichthof, mehrere Galerien ziehen sich über drei Etagen rund um das Gebäude, alle Geländer sind mit auffälligen Balustraden versehen. Im zweiten Stock geht gerade eine blondhaarige Frau die Galerie entlang, wenig später taucht sie aus einem Durchgang auf und geht zu einer Sitzecke, wo es sich schon mehrere Studentinnen gemütlich gemacht haben. Eine davon zieht meinen Blick wie magisch an, denn sie hat die grellsten Haare, die ich je außerhalb des Internets gesehen habe. Die Farbe changiert zwischen Lila und dunklem Blau bis zu kräftigem Pink am Ansatz. Die Strähnen fallen in Wellen bis zur Mitte ihres Rückens und die Farbe scheint sich je nach Lichteinfall leicht zu verändern. Sie beugt sich über einen kleinen Tisch, auf dem Unterlagen verstreut liegen, und notiert etwas.

Valérie folgt meinem Blick, während sie den Metalltrinkhalm ihres Glases zum Mund führt. »Das ist unser Paradiesvogel, Dione Anderton.« Sie sagt das ohne jegliche Wertung. »Sie ist immer beschäftigt. Wirklich *immer*.«

Mein Gehirn läuft heiß, als ich versuche, den Namen einzuordnen, doch mir fällt nicht ein, woher ich ihn kenne.

»Ihre Mutter, Danielle Anderton, ist die Inhaberin und erste Designerin von D. A.«, erklärt Laura mit einem abfälligen Blick, als verurteile sie mich dafür, dass ich nicht sofort auf das angesagteste Label des Jahrzehnts gekommen bin, zumindest was die modebegeisterte Meinung angeht. Aber wenn etwas aus dem Bereich High Fashion tatsächlich bis an meine Ohren dringt, muss es wohl so sein. Mode interessiert mich nämlich in etwa so sehr wie Fliegenfischen.

Dione hat wohl ihren Namen gehört, denn sie schaut auf. Als sie uns entdeckt, lächelt sie uns mit grell pinkfarbenen Lippen zu und winkt kurz.

»Dione ist nicht die Einzige aus gutem Hause«, teilt mir Laura in besserwisserischem Tonfall mit und rattert wie auswendig gelernt herunter: »Valérie hier ist eine waschechte französische Duchesse.« Sie spricht das Wort französisch aus und tätschelt dabei die Vorsitzende der Ravens am Unterarm. Valérie scheint diese Art von Aufmerksamkeit als unangenehm zu empfinden, entzieht Laura den Arm und schaut mich entschuldigend an.

»Solche Titel bedeuten heute nicht mehr viel«, sagt sie und winkt ab. »Zum Glück. Damals, als Felicitas Raven als eine der ersten weiblichen Studentinnen einen Ort für künftige Kommilitoninnen schaffen wollte, war es noch anders. Ohne Titel gab es keinen Zugang zu Universitäten, schon gar nicht zu einer so renommierten wie Whitefield.« Valérie trinkt einen Schluck und erinnert mich daran, dass auch vor mir ein Getränk steht.

Ich ziehe am Metalltrinkhalm und halte nur mit größter Mühe ein entzücktes Seufzen zurück. Der Chai Latte schmeckt himmlisch und ich muss mich richtig auf Valéries Worte konzentrieren, die mit der Geschichte der Ravens fortfährt.

»Es gab nur Klubs für Männer, die ihr den Zutritt verweigerten. Also hat sie kurzerhand einen Teil ihres Erbes verwendet, um eines der Gebäude auf dem Campus zu kaufen«, mit einer Geste unterstreicht sie das Offensichtliche, »es zu sanieren und nur für Frauen zu öffnen. Einen Klub für Studentinnen und mit genügend Räumen, damit diese auch einen Ort zum Wohnen haben.«

Eine starke junge Frau, die in ihrer Zeit für etwas gekämpft hat, das heute zum Glück Alltag ist. Ich habe ihre hochgeschlossene Kleidung vor Augen, noch ehe Valérie auf ein goldgerahmtes Gemälde über dem Kamin am anderen Ende des Raumes deutet. Die dunkelhaarige Frau darauf deckt sich mit meiner Vorstellung.

»Hast du Lust auf eine kleine Führung?«

Dazu kann ich natürlich nicht Nein sagen. Wir stehen zeitgleich auf und Valérie fährt mit der Geschichtsstunde fort. »Als die Universitäten endlich auch dem *gemeinen Volk* offenstanden«, sie stockt bei der abfälligen alten Bezeichnung, »hat sie begonnen, unter diesen mutigen ersten Studentinnen ohne Titel Nachwuchs für ihre Gemeinschaft zu akquirieren. Sie hat nie einen Unterschied zwischen Adel und Volk gemacht und noch heute folgen wir diesem Grundsatz.« Valérie sieht von mir zu Laura und wieder zurück. »Wir sind Frauen. Wir sind alle gleich.«

Laura presst die Lippen zusammen wie ein zurechtgewiesenes Kind. Ich kann sie nicht leiden.

»Wurde deshalb der Name Raven House gewählt?«, will ich die unangenehme Stille beenden, die nur von unseren widerhallenden Schritten auf dem glänzenden Marmorboden gefüllt wird.

»Ursprünglich war es nur der ›Women's Club‹, aber das hat sich nicht durchgesetzt. Da die meisten Verbindungen der Männer Tiernamen tragen, hat es sich angeboten, Felicitas Raven mit der Namensgebung zu ehren. Heute sind wir alle stolz, Ravens zu sein.«

Diesen Stolz strahlt Valérie auch aus und ich fühle mich plötzlich im Gemeinschaftsraum der Ravens, der eine so skurrile Mischung aus Renaissance und Moderne ist, wie aus der Zeit gefallen. Mit dem gemauerten Kamin in Valéries Rücken und dem Gemälde der Gründerin zwischen etlichen Stuckarbeiten und eingelassenen Säulen kommt es mir vor, als flaniere ich tatsächlich mit einer damaligen Duchesse durch ihr Schloss. Und tief in mir spüre ich, dass ich dazugehören will. Dass ich es mir nicht nur wünsche, weil es mein Leben einfacher machen würde, sondern weil ich Teil einer Gemeinschaft sein will, die sich gegenseitig unterstützt. Wir steigen gerade die polierte Marmortreppe empor und treten anschließend auf die Galerie.

»Auf dieser Seite der Etage wohnen die Anwärterinnen und die Ravens im ersten Jahr.« Sie macht eine ausladende Geste, die knapp die Hälfte des Stockwerks einschließt.

Ich zähle die Türen. Auch wenn sich ein paar vielleicht hinter den Säulen befinden, sind es nicht sehr viele.

»Wir nehmen jedes Jahr maximal acht neue Studentinnen auf«, erklärt Valérie. »Natürlich gibt es in jedem der Zimmer ein eigenes Bad. Würdest du uns kurz in dein Zimmer lassen, Laura?«

Laura sieht alles andere als begeistert aus, aber ich kann sie verstehen. Wer möchte schon seinen persönlichen Rückzugsort irgendwelchen Fremden zeigen?

»Das ist nicht nötig«, sage ich daher schnell und hoffe, vielleicht ein paar Pluspunkte bei Laura zu kassieren, aber sie zuckt nur mit den Schultern und wendet sich der nächstgelegenen Tür rechts vom Treppenhaus zu.

»Hier, bitte.« Sie tritt zur Seite und ich bekomme einen kurzen Einblick in ein Zimmer, das mehr nach Labor aussieht als nach einem Schlafplatz. Eine Tür direkt neben dem Eingang führt in ein Badezimmer, das sogar mit einer Wanne ausgestattet ist. Neben den Fenstern steht ein schmales Bett, der Rest des Raums ist mit Tischen vollgestopft, auf denen etliche Gerätschaften stehen, die ich nicht einmal benennen könnte. Genau das fällt Valérie in diesem Moment wohl auch auf.

»Okay, Lauras Zimmer ist nicht gerade das beste Beispiel.« Sie lacht. »Aber die meisten Studentinnen bringen Teile ihrer Arbeit mit nach Raven House und die wenigsten nutzen die Arbeitsplätze auf dieser Etage.« Sie deutet vage zur anderen Seite des Gebäudes. »Diones Zimmer sieht dagegen aus wie eine Schneiderwerkstatt.« Sie komplimentiert uns zurück zum Treppenhaus. »Willst du noch die Etage der älteren Ravens sehen?« Sie zeigt quer über die Galerie nach oben. »Da oben ist auch mein Zimmer.«

Ich schüttele den Kopf, der gefüllt ist mit all den neuen Eindrücken und der alles entscheidenden Frage: Was muss ich anstellen, um Teil dieser Gemeinschaft zu werden? Doch ich traue mich nicht, sie laut zu stellen.

Valérie liest sie jedoch offenbar aus meinem Gesicht. »Wann kannst du einziehen?«

»Ich ... ich muss keinen Test machen oder so?«, stammele ich vollkommen überrumpelt und bleibe mitten auf dem Treppenabsatz stehen.

»Ich habe dich am Wochenende im Diner beobachtet und genau das gesehen, was wir brauchen. Wenn du möchtest, kannst du noch heute einziehen und wirst damit die letzte der acht Raven-Anwärterinnen für dieses Jahr.« Ihre hellblauen Augen verstärken das Strahlen ihres Lächelns.

Ich weiß nicht, was ich denken oder fühlen, geschweige denn sagen soll. Stattdessen blinzele ich eifrig gegen das Brennen in meinen Augen an. Wenn ich mir die Miete spare, schaffe ich den Abschluss vielleicht trotz des fehlenden Punktes in meinem Wirtschaftskurs, wenn auch nur mit einem Jahr Verzögerung.

»Danke«, presse ich schließlich zittrig hervor.

Valérie dreht sich zu mir um und legt leicht eine Hand auf meinen Arm, während sie sich an Laura wendet. »Würdest du uns kurz allein lassen?«

Mit einem pikierten Gesichtsausdruck dreht Laura um und eilt die Treppen wieder hinauf, vermutlich zu ihrem Zimmer.

»Willst du nicht zu uns ...« Valérie unterbricht sich und schüttelt den Kopf. »Warum bist du so traurig?«

Ich erzähle ihr von dem verpatzten Termin und von der Chance, die sich mir durch den Einzug in Raven House bietet, während wir zurück zu unserem Tisch im Lichthof gehen.

»Der Praxiskurs bei Jane Deveraux?«, hakt sie nach und ich nicke.

Ohne eine weitere Erklärung zieht sie ihr Handy aus der Tasche und wählt eine Nummer. »Hi, Jane, Valérie hier.« Mein Herzschlag gerät aus dem Takt. »Ich habe hier eine vielversprechende Studentin, die den Anmeldetermin zu deinem Kurs verpasst hat.«

Meine Augen weiten sich. Ich wüsste nur allzu gern, was Professorin Deveraux am anderen Ende sagt, während Valérie und ich uns setzen. Sie legt doch so viel Wert auf Pünktlichkeit.

»Cara Emerson. Danke, Jane.«

Valérie beendet das Gespräch und legt das Handy mit dem Display nach unten auf den Tisch. Ich platze vor Erwartung und nehme mir vor, zu jeglichem Nachholtermin zwei Stunden früher da zu sein und sämtliche Tests über mich ergehen zu lassen, die mir die Professorin auferlegt. Ich würde alles für diese Möglichkeit tun. Die Aussicht auf den Einzug in Raven House war schon ein Silberstreifen am Horizont, eine zweite Chance für den Zusatzkurs in Wirtschaft ist wie gleißendes Sonnenlicht.

»Du bist drin. Jane bittet dich aber, zu den Kurszeiten pünktlich zu sein.«

Mein Mund öffnet sich, ich stammele unzusammenhängende Wörter aus Teilen unterschiedlicher Fragen, die in meinem Kopf herumsausen.

Valéries Mundwinkel kräuseln sich. »Jane hat früher im dritten Stock gewohnt. Sie ist immer noch eine Raven. Wir halten zusammen.« Sie leert ihren Chai Latte, um mir Zeit zu geben, meine Fassung zurückzugewinnen. Sie ist mindestens genauso aufmerksam und empathisch wie Hannah.

»Also: Wann kannst du einziehen? Wir haben einen Umzugsservice an der Hand, der sogar all deine Sachen verpackt, bevor sie hergebracht werden.«

»Das ist nicht nötig«, erwidere ich, die vollen Umzugskartons vor Augen, die sich im B&B stapeln. »Die meisten Sachen sind noch verpackt und der Rest passt in einen Koffer.«

»Dann würde ich sagen, ich schicke den Transporter in einer Stunde zu dir und heute Abend gibt es einen kleinen Umtrunk zur Begrüßung unserer letzten Anwärterin.«

Ich lächele, nicke eifrig und kann es selbst dann noch nicht fassen, als ich nach der Verabschiedung von Valérie – mit Wangenküsschen – die geschwungene Außentreppe hinab in Richtung St. Joseph's West Court zurückeile.

Mein Herz pocht schneller als bei meinem Sprint über den ganzen Campus heute Morgen. Doch dieses Mal pumpt es Endorphine durch meine Adern.

5

MONTAG, 26.10.

Den *Willkommensumtrunk* hätte jeder andere als majestätischen Empfang bezeichnet. Die meisten Sitzgelegenheiten im Lichthof, den Valérie mit einem saloppen »Gemeinschaftsraum« abwertet, wurden zur Seite geräumt, auf kleinen Stehtischen brennen Kerzen und die Anzahl der ausnahmslos weiblichen Gäste übersteigt die Wohnkapazitäten bei Weitem.

Zwei gut gebaute Umzugshelfer hatten meine Habseligkeiten in ein Zimmer im ersten Stock getragen, ich war nur noch nicht zum Auspacken gekommen, weil ich meinen Honda noch umparken musste. Raven House liegt am Rand der Whitefield University und verfügt über einen eigenen bekiesten Parkplatz hinter einer rund zwei Meter hohen Mauer, den man durch ein altmodisches Eisentor erreichen kann. Mein alter Honda sah im ersten Moment zwischen den teuren Wagen noch schäbiger aus. Aber weiter hinten auf dem Parkplatz erkannte ich noch andere preiswertere Modelle, was mich zutiefst beruhigt hat.

»Jetzt stelle ich dir mal ein paar Leute vor«, holt mich Valérie aus meinen Gedanken und reicht mir ein Glas Champagner, das sie sich vom Tablett eines umhereilenden Kellners geschnappt hat. Valérie hakt sich bei mir unter und zieht mich mit sich zu Dione Anderton, die inmitten einer Gruppe junger Frauen steht und mit ihren auffälligen Haaren schon von Weitem heraussticht.

»Das sind unsere diesjährigen Raven-Anwärterinnen«, verkündet sie. »Dione und Laura hast du ja bereits kennengelernt. Das sind Celeste, Nasreen, Emily, Kairi und Charlotte.« Ihr freundliches Lächeln wird von jeder der genannten Frauen erwidert, ehe sie mich vorstellt. »Meine Lieben, das hier ist Cara, unser letzter Neuzugang in diesem Jahr.«

Ich bringe gerade noch so eine Begrüßung über die Lippen, da zieht Valérie mich auch schon weiter. Binnen kürzester Zeit lerne ich sehr viele Frauen kennen, deren Namen, Titel und Funktionen ich mir kaum merken kann. Und je mehr Professorinnen, Stadträtinnen und Mitglieder irgendwelcher Komitees mir Valérie vorstellt, desto eingeschüchterter fühle ich mich. So viele hochrangige Frauen, hier im Lichthof von Raven House vereint. Hannah würde durchdrehen, wenn sie das wüsste!

Valérie nippt kurz an ihrem Getränk und tippt dann eine Frau mit grau meliertem Haar an. Ich verkneife mir gerade noch ein Luftschnappen, als ich in ihr die Präsidentin der Universität erkenne. War sie etwa auch eine Raven? Oder ist es normal, dass sie auf *kleinen* Verbindungspartys auftaucht?

Sie plaudert gerade mit Jane Deveraux und einer anderen Frau, vermutlich ebenfalls eine Professorin, und begrüßt mich dann mit einem freundlichen Lächeln.

Einfach so.

»Du kannst dich wieder beruhigen«, flüstert Valérie ganz nah an meinem Ohr. »Das war schließlich nicht Keira Knightley.« Damit bringt sie mich zum Schmunzeln und wendet sich dann gleich Professorin Deveraux zu. Sie hat schon irgendwie recht, aber zu sehen, wie weit die Verbindungen der Ravens reichen, ist mindestens genauso bewunderungswürdig.

»Jane, das ist Cara. Wegen ihr habe ich dich heute angerufen«, stellt mich Valérie noch kurz vor, ehe sie davonrauscht.

Die Professorin reicht mir die Hand und schenkt mir ein warmes Lächeln. Sie trägt ein dunkelblaues knielanges Kostüm, das ihren kurvigen Körper perfekt betont. Ihre schulterlangen schwarzen Haare locken sich am Ende und umrahmen das hübsche Gesicht mit den hohen Wangenknochen. Ihre hellen Augen bilden einen starken Kontrast zu ihrer dunklen Haut.

»Vielen Dank, dass Sie mich noch zum Kurs zugelassen haben«, sage ich nach einer respektvollen Begrüßung. Ich will mich im Nachhinein nicht für die Verspätung rechtfertigen, das käme mir falsch vor. »Ich verspreche Ihnen, dass ich zu jedem Kurs überpünktlich sein werde.«

Mein Versprechen bringt Professorin Deveraux zum Schmunzeln. »Ich freue mich, endlich wieder eine Raven in meinem Praxiskurs zu haben. Die Letzte hat das College leider vor einer Weile verlassen.« Dann sieht sie jemanden hinter mir und entschuldigt sich.

»Dione!«, ruft sie in Richtung der bunthaarigen Anderton-Tochter, die zu uns tritt. »Richte deiner Mum aus, das Kleid war perfekt. Vielen Dank! Courtney war eine entzückende Debütantin.«

»Das mache ich. Aber ...« Dione kaut auf ihrer Unterlippe. »Es war nicht von Mum. Ich habe es entworfen und sogar genäht.«

»Das ist ja unglaublich. In eurer Familie liegt wirklich Talent.«

Von so viel Lob bekommt Dione rote Wangen und schaut schnell zu Boden.

»Kennt ihr euch denn schon?«, lenkt Professorin Deveraux ab und sieht zwischen Dione und mir hin und her. »Dione, das ist Cara. Dione ist ebenfalls Anwärterin und bestimmt schon ganz gespannt, was auf sie zukommt, auch wenn sie von ihren Eltern vermutlich schon eingeweiht wurde. Die beiden sind schließlich seit Jahren unser *legendärer* Match.« Sie stößt ein leises verträumtes Seufzen aus. »Was für ein Glück deine Mum hatte, Dione! Zum Neidischwerden.« Sie lächelt selig.

Dione winkt mit einer lässigen Handbewegung ab, ehe sie sich direkt an mich wendet und mir die Hand reicht. »Hi, Cara. Hör nicht auf Jane. Meine Eltern wollten mir nicht alles verraten. Manchmal genießen sie es, geheimnisvoll zu sein.« Sie verdreht die Augen und ihr lila glitzernder Lidschatten schimmert auf. »Unsere Zimmer liegen übrigens direkt nebeneinander. Also falls du etwas brauchst, klopf einfach. Wollen wir uns etwas zu essen holen?«

Ohne wirklich eine Antwort abzuwarten, hakt sie sich bei mir unter und zieht mich zu dem kleinen Büffet im Nebenraum. Dort stellt sie mich weiteren Ravens vor. Als wir mit unseren Tellern in den Lichthof zurückkehren, grinst sie mich an. »Und, kann ich dich nun zu allen Namen abfragen?«

Vor Schreck verschlucke ich mich beinahe und ihre Mundwinkel zucken, noch ehe ich eine Antwort geben kann.

»Das war ein Scherz. Gott, ich kenne noch immer nicht alle Namen, dabei wohne ich schon seit zwei Wochen in Raven House.«

Ihr Lächeln ist ansteckend und die Hitze in meinen Wangen löst sich langsam wieder auf, während wir unsere Häppchen essen und zwischen den Ravens umhergehen.

Ich kenne Dione erst seit ein paar Stunden und doch kommt es mir vor, als wären es mehrere Jahre. Wir unterhalten uns über alles Mögliche, sogar über Mode – und zu meinem Erschrecken macht es mit ihr sogar Spaß, sich darüber auszutauschen. Es ist wahnsinnig interessant, wie intensiv sie sich mit Schnitten und Farben auseinandersetzt und über die Aussage ihrer Entwürfe nachdenkt. Die Zeit vergeht wie im Flug und ehe wir uns versehen, haben wir den Abend komplett verquatscht, während Kellnerinnen und Kellner fleißig für Getränkenachschub sorgen. Es tut gut, jemanden in Raven House zu haben, der mit mir auf einer Wellenlänge liegt. Ich werfe kein einziges Mal einen Blick auf die große Wanduhr wie bei all den langweiligen Empfängen der Versicherungsgesellschaft, für die Dad arbeitet und zu denen er mich gern mitschleppt. Irgendwann schlägt Valérie mit einem Löffel gegen ihr Champagnerglas, bedankt sich bei den Anwesenden und wünscht allen, die nicht in Raven House wohnen, einen guten Nachhauseweg.

Als ich schließlich in mein Zimmer zurückkehre, bin ich noch so aufgekratzt, dass ich als Erstes mein Glückstagebuch aus einem der Umzugskartons krame. Heute gibt es wirklich einen Grund, ein paar Seiten zu füllen. Dem Tagebuch vertraue ich auch an, wie dankbar ich bin, nun eine Raven zu sein.

6

DIENSTAG, 27.10.

Ich sitze im »Esszimmer« von Raven House, das eher den Namen Speisesaal verdient hätte, und hadere mit mir, ob ich es genießen oder befremdlich finden soll, bedient zu werden wie im All-inclusive-Urlaub.

Die grauhaarige Frau, die sich mir als Hausdame vorgestellt hat, war etwas schockiert, so früh jemanden zu sehen. Sie und eine junge Frau waren noch dabei, die vielen runden Tische einzudecken, als ich nach einem für meine Verhältnisse ausgiebigen Schlaf mit gepackter Tasche nach unten gekommen bin und vorsichtig in den Raum gelinst habe. Sie hat sich sofort entschuldigt, dass sie noch nicht so weit sei, und mir versprochen, am nächsten Tag alles früher für mich vorzubereiten. Da ich auf keinen Fall will, dass wegen mir irgendjemand früher mit der Arbeit beginnen muss, habe ich ihr Angebot dankend abgelehnt und mir vorgenommen, ab morgen etwas später nach unten zu kommen.

Sie schiebt mich zu einem der bereits eingedeckten Tische. Auf ihre Frage hin, was ich zu essen haben möchte, bestelle ich Müsli, was eher wie eine Frage klingt, aber hoffentlich den wenigsten Aufwand bedeutet.

Sie gießt mir noch Kaffee aus der Kanne vor mir ein und rauscht dann davon. Dampf steigt mir entgegen. Der Geruch belebt meine Sinne. Ich nippe vorsichtig an der Tasse und scrolle durch die Newsfeeds auf Instagram, als eine Nachricht eingeht. Gestern habe ich Tyler nur noch geschrieben, dass ich drin bin, weil dann alles viel zu schnell ging.

> Ich habe heute Nachmittag keine Kurse und kann dir helfen, deine Sachen zu holen.

> Da kommst du zu spät.

Ich grinse, ehe ich noch hinzufüge:

> Zwei äußerst attraktive Jungs haben mir geholfen.

> Du verschmähst mich, C.? Das trifft mich zutiefst.

Er schickt noch das Emoji mit den schwarzen Kulleraugen hinterher. Ich weiß nie, ob ich es gruselig oder niedlich finden soll, und starre es noch unentschlossen an, als die junge Kollegin der Hausdame ein kleines Tablett mit verschiedenen Müslisorten und einem Kännchen Milch vor mir abstellt.

Schnell bedanke ich mich und nehme mir vor, morgen etwas präziser mit meiner Bestellung zu sein, ehe ich mich wieder meinem Handy widme.

> Aber es freut mich für dich, dass es geklappt hat. Ich hätte es nicht überlebt, wenn du irgendwann vor Erschöpfung umgekippt wärst.

> Spinner!
> Holst du mich heute Abend aus der Redaktion ab?

> Hast du denn Zeit?

> Mehr denn je.

Mit einem zufriedenen Lächeln blicke ich auf mein Handy. Die getippten Worte machen es noch viel greifbarer. Ich habe nicht nur jeden Morgen über eine Stunde mehr Zeit für meine Vorbereitungen, sondern kann durch die kurzen und direkten Wege von Raven House zum Rest von St. Joseph's sogar zwischen meinen Kursen herkommen, um zu lernen.

»Guten Morgen«, erklingt eine mir schon nach einem Abend vertraute Stimme und ich schaue auf. Dione lässt sich mir gegenüber auf den Stuhl fallen. Ihre Haare hat sie mit einer Klammer zu einem lila-pinkfarbenen Nest hochgesteckt und im Gegensatz zu gestern ist sie ungeschminkt, aber mindestens genauso hübsch.

»Endlich sitze ich hier morgens nicht mehr ganz allein. Alle anderen sind entsetzliche Morgenmuffel.« Sie lächelt mich an und bedankt sich bei der Kellnerin, die gerade eine Tasse heißes Wasser und ein Teesieb vor Dione abstellt, ohne dass diese etwas geordert hat.

»Miley ist so aufmerksam. Ein echter Engel!« Dione taucht das

Metallsieb in die Tasse, sodass ich endlich dazu komme, meine neue Zimmernachbarin zu begrüßen.

»Und wie hast du geschlafen?«, fragt Dione, nachdem sie bei Miley ein Frühstücksei mit Toast bestellt hat.

Ich nehme erst einen Schluck von meinem Kaffee, damit ich nicht allzu überschwänglich antworte. »Sehr gut«, sage ich ruhig und um einen neutralen Ausdruck bemüht. Doch das bringt nicht wirklich etwas, also lasse ich meine Gefühle raus und lächele Dione breit an. »Nein, das trifft es nicht annähernd. Ich habe himmlisch geschlafen. Und länger, als ich es in letzter Zeit gewohnt war.«

»Das freut mich. Laura hat Brittany erzählt, dass du seit der Early Arrival Woche bereits mehrmals umziehen musstest.«

Irritiert darüber, woher Laura – die mit dem weißblonden Pixie – das weiß, und mit der Sorge, was hier noch so alles herumerzählt wird, nicke ich. Ein ungutes Gefühl breitet sich in meiner Magengegend aus und lässt meinen Kaffee plötzlich bitter schmecken.

»Ich drücke dir alle Daumen, die ich habe, dass dein Umzug hierher dein letzter war und du eine vollwertige Raven wirst.«

Miley serviert Dione ihr Frühstück. Ich verfolge jede Bewegung, sehe zu, wie sie eine Ecke ihres Toasts mit Ei abschneidet und kurz pustet, bevor sie den Bissen in den Mund schiebt. So normal. Sie bemerkt nicht, dass mir gerade eiskalt wird und mir alle möglichen Gedanken über ihre kurze Aussage durch den Kopf schießen.

Mit krächzender Stimme frage ich: »Wie meinst du das?«

Dione legt die Gabel ab und sieht mich an. »Du wirst erst eine Raven, wenn du die Anwärterphase überstanden hast.« Eine kleine Falte erscheint zwischen ihren Augenbrauen. »Hat Valérie dir das nicht gesagt?«

Ich erinnere mich vage an die Bezeichnung »Raven-Anwärterin«, die ich in meinem Glücksrausch jedoch nicht als das wahrgenommen habe, was sie bedeutet. Anwärterin. Kein Mitglied.

»Sie wollte heute irgendwann noch mit mir sprechen.« Ich schlucke vergeblich, um den Kloß loszuwerden, der in meiner Kehle aufsteigt. Es wäre ja auch zu schön gewesen. Automatisch denke ich an all die Gerüchte, die über die Verbindungen an britischen Universitäten existieren. Wilde Geschichten über teils widerliche Mutproben, die Anwärter zu überstehen haben. Mir wird schlecht. Vor ein paar Monaten hat die *Sun* online über ein Aufnahmeritual einer Bruderschaft berichtet, bei der sich die Teilnehmer eine Nacht lang betrinken mussten – auch nachdem sie sich übergeben hatten. Jetzt ist mir der Appetit vergangen und ich lege meinen Löffel in meine Müslischale.

»Zieh nicht so ein Gesicht. Es ist gar nicht so schlimm. Meine Eltern haben es beide überlebt.«

»Beide? Die Ravens ...«

»Ach das, ja«, nuschelt sie mit vollem Mund und kaut dann erst mal auf. »Valérie hat dir auch nicht erzählt, dass die Ravens die Schwesternverbindung der Lions sind?«

Ich schüttele den Kopf. Das ungute Gefühl wird zu einem festen Knoten in meinem Magen.

»Okay, hier ein kurzer Crashkurs: Früher waren die Lions – eine der ältesten Bruderschaften am St. Joseph's – und die Ravens so was wie Todfeinde. Sie haben ständig versucht, sich zu übertrumpfen, haben Mutproben veranstaltet, sind ins Wohnheim der anderen eingebrochen und so weiter.« Dione verdreht die Augen. »Bis sich in einem Jahr alles verändert hat. Ich sage nur *Romeo-und-Julia-Dra-*

matik.« Sie seufzt theatralisch. »Eine Raven hat sich unsterblich in einen Lion verliebt und sie haben sich geweigert, sich gegenseitig zu denunzieren. Die damalige Vorsitzende der Ravens und ihr männliches Pendant haben es als Unsinn und kurze Romanze abgetan, aber die beiden standen zueinander, egal, wer ihnen Steine in den Weg warf. Sie meisterten alle Anwärteraufgaben ihrer jeweiligen Verbindungen gemeinsam, unterstützten sich, sodass sie besser waren als der Rest. Die anderen haben erkannt, dass Zusammenhalt wichtiger ist, als die Energie in die Streitigkeiten zu legen, und änderten die Regeln für die Anwärterphase.«

Ich hänge an Diones Lippen, begierig, mehr zu erfahren. Auch über diese Lions. Doch sie lässt mich zappeln, schiebt sich einen weiteren Bissen in den Mund und kaut gefühlt zweihundert Mal, bis ich fast platze. Wäre mein Kaffee, den ich zur Beschäftigung meiner Hände unentwegt umrühre, Milch, hätte ich vermutlich längst Butter in meiner Tasse.

»Sobald alle Anwärterinnen und Anwärter in die Verbindungshäuser eingezogen sind, findet am Ende der darauffolgenden Woche die Matching Night statt, um das perfekte Paar aus Raven und Lion zu finden.«

»Eine Kuppelparty?«, rutscht es mir heraus und ungewollt strömen Bilder von Mason auf mich ein.

Dione wiegt grinsend den Kopf. »Nicht ganz. Aber ein bisschen vielleicht schon. Deshalb werden auch nur Singles eingeladen.« Sie reibt sich über die Stirn. »Meine Eltern sind noch immer glücklich zusammen und ich hoffe, dass ich mich mit meinem Match ebenso gut verstehe.«

»Also war deine Mum eine Raven und dein Dad ein Lion?«, fasse ich zusammen, während ich jeden Gedanken an meine letzte Beziehung vehement von mir schiebe. »Und bei dieser Datingparty wurden sie verkuppelt?«

»So ist es nicht ganz. Die Vorsitzenden der beiden Verbindungen verschaffen sich in der Woche vor der Matching Night bereits einen Eindruck über die Anwärterinnen und Anwärter, aber erst die Matching Night selbst ist entscheidend für die Auswahl der Paare. Mum hat mir nicht alles erzählt, aber es wird mit ein paar Spielchen ermittelt, wer gut zu dir passen würde. Mit deinem Match erledigst du dann die Aufgaben in der Anwärterphase. Meine Eltern tuscheln noch heute darüber und Mum kichert dabei wie ein Teenager.« Sie verzieht angewidert das Gesicht, aber vermutlich will niemand wissen, was die Eltern im selben Alter so getan haben. Ich kann sie verstehen. Gleichzeitig beruhigt mich ihre Aussage. Wenn es nur darum geht, gemeinsam Aufgaben zu erledigen, habe ich kein Problem damit, selbst mit meinem Background. Ich werde das Ganze einfach als Partnerarbeit wie in der Highschool betrachten.

»Das klingt ja nicht mal so tragisch, wie ich im ersten Moment dachte.« Ich entspanne mich etwas, der Knoten im Magen löst sich – zumindest bis Dione erneut den Kopf wiegt, sodass ihr Nest aus Haaren hin und her wippt.

»Ihr müsst gut zusammenarbeiten. Je besser ihr seid, desto mehr Punkte bekommt ihr als Paar. Dann steht ihr die Ausscheidungstage locker durch.«

»Ausscheidungstage?«

»Jede Woche scheidet mindestens ein Paar mit den wenigsten Punkten aus und beide verlieren ihre Anwärterschaft.«

Ich starre Dione so lange an, bis die Umgebung verblasst. Es war einfach zu schön, um wahr zu sein. Ich denke an Hannah, an die Warnung vor den Ravens. An dieses Mädchen, das im letzten Jahr verschwunden ist. Hat auch sie die Anwärterschaft verloren und deshalb das College verlassen? Wenn sie in einer ähnlichen Situation war wie ich, wäre es plausibel. Vielleicht sollte ich Hannah davon erzählen.

»Die meisten scheiden übrigens laut Dad aus, weil sie Minuspunkte kassieren und nicht, weil sie an den Aufgaben scheitern.«

»Wofür bekommt man Minuspunkte?« Ich weiß nicht mehr, was ich fühlen soll.

»Wenn man sich einer Aufgabe verweigert, ein schlechtes Bild auf die Verbindung wirft, wenn man mit Außenstehenden darüber redet ...«

»Aber es wissen doch alle, dass es Verbindungen an der Uni gibt. Das ist doch kein Geheimnis«, werfe ich ein.

»Das stimmt natürlich. Aber wie überall ist es verboten, über Aufnahmerituale zu sprechen. Bei uns umfasst dieses Verbot die Matching Night und die Aufgaben der darauffolgenden zwei Wochen. Du darfst wirklich niemandem davon erzählen, wenn du eine Raven werden willst. Das ist eine der heiligsten Regeln, die mir Mum als Allererstes eingetrichtert hat.« Ihre Augen flehen mich geradezu an, ihre Worte ernst zu nehmen. Wenn sie wüsste, wie ernst die Sache für mich tatsächlich ist, wie viel für mich auf dem Spiel steht.

Ich nicke, die Lippen zusammengepresst, damit Dione nicht bemerkt, wie sehr sie zittern.

7

DIENSTAG, 27.10.

Das Wort »Anwärterin« schwebt wie ein Damoklesschwert über mir und das ungute Gefühl von heute Morgen verschwindet während des ganzen Tages nicht. Ich kann mich nur schwer auf die Dozenten konzentrieren und lese die Kopien, die wir zu Beginn jedes Kurses erhalten, unzählige Male durch, ohne den Sinn zu erfassen, weil sich die Hoffnungslosigkeit durch meine Adern frisst. Vergangene Nacht habe ich meiner Schwester noch geschrieben, dass ich Sonntag beim Familien-Skype geniale Neuigkeiten hätte ... nun weiß ich nicht, was ich ihr antworten soll, denn sie wollte natürlich sofort wissen, was los ist. Ich verbringe den Unterricht in Gedanken versunken und wandere im Anschluss geistig vollkommen abwesend zur alten Bibliothek. Nicht einmal der Geruch und der Anblick der alten Bücher kann mich heute aufheitern.

Hannahs bedrückte Miene, als ich die Redaktion des *Whisperer* betrete, macht es nicht besser.

»Du bist den Ravens beigetreten?«, fragt sie knapp und ich weiß nicht, was ich erwidern soll, wie ich – ohne die heiligste Regel der Ravens zu verletzen – erklären kann, dass es noch nicht sicher ist. Dass ich vielleicht aus dem tollen Zimmer mit eigenem Bad und

Blick auf den Glockenturm der Kapelle und der hübschen Renaissancekulisse des St. Joseph's ausziehen muss, wenn ich etwas Falsches sage.

Hannah schließt die Tür zum Nebenraum, in dem Luca eifrig auf seiner Tastatur herumtippt und nebenbei mit jemandem am Tisch gegenüber spricht, den ich nicht sehen kann. Dann setzt sie sich auf die Tischkante direkt vor meine Nase und senkt ihre Stimme zu einem kaum hörbaren Flüstern. »Ich weiß, dass du nicht darüber reden darfst.«

Ich sehe sie schockiert an, tausend Fragen im Kopf, was sie über die Ravens weiß, während sich Eiseskälte in mir ausbreitet. Die Angst, dass meine beste Freundin etwas aus mir herauskitzelt, das endgültig all meine Pläne zerstören würde, sitzt mir im Nacken wie damals die Akupunkturnadeln gegen meine ständigen Kopfschmerzen. Während ich im Praxiskurs bei *Jane* – Professorin Deveraux – saß, ist mir wieder bewusst geworden, dass ich diese zusätzliche Chance nur meinem Anwärterinnenstatus zu verdanken habe. Würde ich auch diesen Kurs verlieren, wenn ich keine Raven werde? Innerhalb von vierundzwanzig Stunden hat sich meine Gefühlswelt *zweimal* um einhundertachtzig Grad gedreht. Es ist zum Heulen. Und ich kann darüber nicht einmal mit Hannah sprechen – noch mehr Grund zum Heulen.

»Wie konntest du trotz meiner Warnung und dem Wissen, dass Beverly nach diesem Partywochenende nicht mehr gesehen wurde, dort einziehen? Wieso vertraust du mir nicht mehr, Cara?«

Ich kenne Hannah gut genug, um ihren Ärger über meinen Einzug aus ihrer Stimme herauszuhören, obwohl ihre Miene neutral bleibt. Doch ihre Vorwürfe überrumpeln mich. Mein Gehirn arbeitet noch an einer Erwiderung, einer Formulierung, wie ich ihr klarmachen kann, dass es meine einzige Option ist, und sie mich als beste Freundin doch unterstützen sollte, da spricht sie schon weiter.

»Aber immerhin dürftest du Gerüchten zufolge ab jetzt so eingespannt sein, dass du keine Zeit mehr hast, dich mit Tyler Walsh zu treffen.«

Über Tyler will ich jetzt ganz bestimmt nicht reden und ich darf nichts über die Ravens verraten. Also versuche ich, sie abzulenken, und zwinge mir ein Lächeln auf die Lippen, so schwer es mir auch fällt. Seit ich in Whitefield bin, habe ich nie so deutlich gespürt wie heute, dass uns das letzte Jahr offenbar voneinander entfernt hat.

»Was steht heute an? Gibt es neue Recherchen zu erledigen?«

Hannah mustert mich skeptisch, ehe sie erwidert: »Ich möchte, dass du diese Dokumente aus dem Sekretariat durchgehst.« Sie reicht mir eine Kladde, auf deren Reiter oben der Name *Grey, Beverly* steht.

»Eine Studentenakte?«, stoße ich aus, meine Stimme klingt wie ein lautes Quietschen. »Woher hast du die?«

Hannah sieht zur geschlossenen Tür zum Nebenraum und wartet kurz, ob jemand nachschauen kommt, doch alles bleibt ruhig.

»Ich kann meine Quelle nicht preisgeben«, wiederholt sie wie bei unserem letzten Gespräch in der Redaktion. Wenigstens wirkt sie ein klein wenig schuldbewusst. »Ich bin noch an einer anderen Spur dran, aber die Akte muss heute noch durchgearbeitet werden, damit niemand den Diebst… das Ausleihen bemerkt.«

Ich ergebe mich, setze mich an meinen Platz und gehe die Dokumente über Beverly Grey durch, während ich versuche zu verstehen, warum sich Hannah innerhalb eines Jahres so sehr verändert hat.

Beverly Grey war in ihren wenigen Wochen am St. Joseph's eine ziemlich engagierte Studentin, gehörte einigen offenen Klubs an – vom Schach-Klub bis zu einer Umweltschutzbewegung, die mit »problematisch?« gekennzeichnet ist. Doch ich finde nichts, was Hannah vielleicht weiterhelfen könnte. Auf dem Deckblatt ist lediglich mit einem Stempel vermerkt, dass Beverly »ausgeschieden« ist. Keinerlei Gründe dafür.

Die Enttäuschung darüber ist Hannah so deutlich ins Gesicht geschrieben wie das inzwischen durchgestrichene »Wohnheim Cara« neben ihrem Laptop. Sie hat ihre Liste nicht aktualisiert, fällt mir auf. Sie ist an dieser Story dran und notiert ihre geplanten Schritte nicht. Das ist ungewöhnlich. Hannah ist ein Listen- und Planungs-Freak, wie Phoebe immer mit einem Augenverdrehen anmerkt.

»Feierabend für heute«, verkündet Hannah und klappt ihren Laptop zu. »Du solltest deine neuen Freunde nicht allzu lange warten lassen«, schiebt sie nicht ohne eine große Portion Sarkasmus in der Stimme hinterher, was mir einen Stich versetzt. Ich verkneife mir eine bissige Antwort, raffe die Unterlagen wieder zusammen und schiebe ihr die Studentenakte von Beverly Grey zu.

»Dann bis … bald«, verabschiede ich mich und schließe die Tür hinter mir. Das Gefühl von Verlust wühlt sich durch mein Inneres, während ich durch die noch gut besuchte Bibliothek gehe.

Noch am Abend setze ich mich mit einem frisch aufgebrühten Lavendeltee und meinem Handy in den Gemeinschaftsraum und recherchiere auf eigene Faust nach Beverly Grey. Der Name ist nicht allzu selten, daher füge ich der Suche die Schlagworte »Whitefield« und »St. Joseph's« hinzu. In dieser Kombination spuckt mir die

Suchmaschine den Instagram-Account einer jungen Frau aus, die ich dem Foto der Akte nach als die richtige Beverly Grey erkenne.

Ich scrolle durch ihren Feed und werde sofort davon angezogen. Beverly ist nicht nur die schönste Frau, die ich je gesehen habe, sie schafft es auf all ihren Fotos auch noch, eine Natürlichkeit auszustrahlen, für die man Mutter Natur mit Dankeshymnen überschütten sollte. Im Hintergrund erkenne ich Wahrzeichen aus ganz Europa.

Die letzten Bilder der vergangenen Wochen schaue ich mir genauer an. Sie postet nicht regelmäßig, aber ein, zwei Bilder pro Monat. Ich sehe Beverly auf den Champs-Élysées, über ihr bunt gefärbte Blätter, weit im Hintergrund ein Stück des Triumphbogens. Das Bild davor zeigt sie auf einem schnörkeligen französischen Balkon mit Blick auf Paris. Sie trägt einen Morgenmantel, lehnt sich über das Metallgeländer, hat eine Tasse in der Hand und blickt verträumt auf die Stadt. Der Eiffelturm scheint über ihrer Tasse zu schweben. An ihrem Handgelenk baumelt eine dünne Silberkette mit größeren Kettengliedern in regelmäßigen Abständen, in die türkisfarbene Steinchen eingelassen sind. Das süße Armband zieht meinen Blick automatisch an und ich tippe – geprägt von all den Influencern, die mir sonst in meinem Homefeed begegnen – auf die Kette. Leider ist keine Marke hinterlegt, was ich sehr bedauere. Ich hätte zumindest gern gewusst, woher das Armband stammt – auch wenn ich es mir wahrscheinlich sowieso nie leisten könnte.

Auf den nächsten Bildern sticht mir das Armband immer zuerst ins Auge. Beverly trägt es wirklich ständig. Am Strand von Cannes ebenso wie beim Posen vor einer zerstörten Säule im Forum Romanum in Rom. Inzwischen zeigt der Zeitstempel vergangenes Frühjahr. Ich scrolle über Weihnachtsbilder und etliche Schneebilder hinweg. Beverly beim Skifahren, beim Snowboarden, in einer rustikalen Holzhütte mit Kamin. Herbstliches Laub rund um ihre Beine ... Ihr Leben in den vergangenen zwölf Monaten war offenbar traumhaft. Sie hat viele Likes unter ihren Bildern und beantwortet offenbar akribisch jeden Kommentar – und sei es nur mit einem Herzchen oder einem anderen Emoji. Dann entdecke ich sogar Bilder vom St. Joseph's. Die Kathedrale, das Hauptgebäude. Beverly unter dem Rosenbogen, an dem der Weg durch den verborgenen Garten zu Raven House beginnt.

Ich habe keine Ahnung, was Hannah veranlasst, weiterzugraben, und scrolle zu einem Foto von Beverly an einem gut besuchten Strand. Der Ort ist mit Venice Beach vertagt. Beverly trägt ein ärmelloses Strandkleid, die Kette mit den Türkisen baumelt wie immer an ihrem Handgelenk. Auf dem zweiten Bild desselben Posts ist eine Nahaufnahme davon. Die Bildunterschrift lautet: *Wenn du die besten Freunde der Welt hast ... Er hat mir zum Abschied diese Kette anfertigen lassen, weil er weiß, wie sehr ich Türkise liebe. Ein Unikat wie er. Als könnte ich ihn in Europa vergessen!*

Darunter folgt eine ganze Armee aus Augenverdreh-Emojis. Ein Einzelstück also. Nun ist klar, warum ich auf den vorherigen Bildern keinen Hinweis auf die Marke des Armbands finden konnte.

»Hey du, was machst du?« Jemand berührt mich sanft an der Schulter und ich zucke zusammen. Blinzelnd sehe ich auf. Ich fühle mich, wie aus einem Traum gerissen, so sehr hat mich Beverly Greys Leben aufgesogen.

Valérie setzt sich mir gegenüber und lächelt mich an. Ein kurzhaariger Kellner bringt eine Tasse Kaffee, ein Milchkännchen und einen Keks auf einem winzigen Tablett, das er vor Valérie abstellt. Sie bedankt sich und schenkt ihm ein so zauberhaftes Lächeln, dass er sein »Gern geschehen« regelrecht stammelt.

»Du hast eine einschlagende Wirkung«, bemerke ich und grinse dem jungen Mann hinterher.

Valérie zuckt nur mit den Schultern. »Manche sind Freundlichkeit offenbar nicht gewohnt. Er ist neu in Raven House und wird damit hoffentlich bald vertraut sein.« Sie rührt die Milch in ihren Kaffee und legt den Löffel sorgfältig auf der Untertasse ab. »Wenn du dein Handy schon hier hast«, beginnt sie und deutet auf mein zur Seite gelegtes Smartphone, »kannst du dir direkt die Raven-App installieren.«

»Eine App?«, hake ich irritiert nach, greife aber schon nach meinem Handy.

»Nur eine dieser Messenger- und Broadcast-Apps, die sonst hauptsächlich Firmen auf ihre individuellen Bedürfnisse anpassen lassen können. Der Entwickler war ein Lion. Die ursprüngliche Idee, eine eigene App für seine Verbindung zu entwickeln, hat ihn inzwischen weltweit bekannt und reich gemacht.«

Via AirDrop sendet mir Valérie einen Link zu und ich installiere die App mit einem grauen Globus, unter dem »unverified« steht. Erst nach den von ihr diktierten Anmeldedaten verändert sich das Bildchen der App zu einem Raben in einem blauen Kreis.

»Jetzt kannst du dich direkt anmelden. Aber bitte nutze keinen Nickname, sondern deinen vollen Namen – mit Unterstrich dazwischen. Wir haben hier keine Geheimnisse untereinander.«

Ich tippe meinen Namen ein und wähle ein Passwort. Die Eingangsseite der App öffnet sich.

»Unter ›Profil‹ kannst du ein Foto von dir hochladen, deine Biografie ergänzen und so weiter. Das ist aber alles keine Pflicht.« Sie deutet auf eine kleine Silhouette unter der Akku-Anzeige. »Hier findest du die Geschichte, die Regeln und Leitsätze der Ravens.« Nun tippt ihr Finger auf das Icon »Firma« und es öffnet sich ein ewig langer Fließtext mit Paragrafen und Artikeln. »Geh mal zurück und auf ›Einstellungen‹, dann verifizieren wir dich als Raven-Anwärterin.«

Ich folge ihren Anweisungen und schlucke kurz, als ich die Supervisorrechte für die Einstellungen meines Accounts an Valérie übertrage.

»Mach dir keine Sorgen. Bei der ersten Version wurden diese Rechte noch automatisch vergeben, aber dank der erweiterten Datenschutzgesetze mussten wir es so lösen. Mit diesen Supervisorrechten kann man auch nur innerhalb der App agieren, der Rest deines Handys bleibt davon ausgenommen.«

Exakt das steht auch in dem Text, den ich gleich zweimal bestätigen muss. Das ungute Gefühl bleibt trotzdem, denn in meinem Hinterkopf melden sich Horrorstorys über manipulierte Handys, die den Empfänger über die Navigationsapp zu falschen Adressen lotsen. Ich schaudere.

»Hier siehst du alle Ravens und alle Anwärterinnen, die im Verbindungshaus wohnen.« Valérie deutet auf das Icon *Mitarbeiter*. Ich klicke darauf und entdecke sofort einige bekannte Namen und Gesichter und darunter statt einer Durchwahl die Zimmernummer in Raven House. »Du kannst jeden direkt in der App anschreiben oder anrufen. Die zweite Mitarbeiterliste enthält die Kontakte der Lions und deren Anwärter, sie wird aber erst nach der Matching Night freigeschaltet. Anrufe innerhalb der App bitte nur, wenn es dringend ist. Der Raven-Klingelton deaktiviert die Stummschaltung des Handys und ist nur für Notfälle reserviert.«

Ich habe keine Ahnung von Programmierung, aber sollte die Stummschaltung des Smartphones nicht wirklich alle Geräusche unterbinden? Die Abgabe der Supervisorrechte im Hinterkopf nicke ich knapp und murmele: »Ich schreibe sowieso lieber.« Und das entspricht auch der Wahrheit. Beim Chatten kann ich bestimmen, wann ich antworte, bei einem Gespräch nicht. *Caras Zeitmanagement für Einsteiger.*

»Dann bist du jetzt bereit für die Anwärterphase. Dione hat mich schon gebeten, dass sie dich bei den Vorbereitungen zur Matching Night unterstützen darf.« Sie lächelt in ihren Kaffee, den sie eben zu ihrem Mund führt.

»Sollte ich Angst haben?«, frage ich vorsichtig und sehe mich bereits in eins der grotesken Kleider der letzten D. A.-Modenschau gesteckt, die Dione mir auf ihrem Handy gezeigt hat.

»Vielleicht ein bisschen?«, erwidert Valérie mit einem entschuldigenden Grinsen, ehe sie einen Schluck trinkt. »Aber ganz gleich, was Dione vorhat, es wird ein unvergessliches Wochenende, das verspreche ich dir.«

8

FREITAG, 30.10.

Der Rest der Woche fliegt nur so dahin. Mein Pensum, mit dem ich seit Trimesterbeginn so sehr zu kämpfen hatte, schafft sich praktisch von allein. Ich sehe genau vor mir, wie ich meine Hausarbeiten und Aufsätze zu den wöchentlich gestellten Aufgaben künftig mit den exklusiven Lerngruppen in Raven House problemlos meistere. Wenn man sich nicht mehr um Essen, Wäsche und Sonstiges kümmern muss, was man zum Überleben braucht, und jegliche Unterstützung bekommt – seien es zusätzliche Fachbücher, schwer aufzutreibende Dokumentationen oder Berichte bis hin zu Einzelunterricht bei versierten Ex-Ravens –, ist das Studentendasein ein wahr gewordener Traum.

Ein Traum, aus dem ich nur unfreiwillig ausbreche. Aber auch wenn Valérie mir angeraten hat, die Arbeit im Diner aufzugeben, will ich weiterhin dort arbeiten. Ich habe mit Suki und einer weiteren Kollegin die Schichten getauscht, damit ich nächste Woche frei habe und mich auf die Matching Night vorbereiten kann – sofern das denn möglich ist.

Daher kehre ich heute erst ziemlich spät auf den Campus zurück. Auf dem Weg vom Parkplatz zum Verbindungshaus schreibe ich Hannah eine Nachricht. Ich habe seit Dienstag nichts mehr von ihr gehört und frage sie, ob wir uns vielleicht morgen zum Frühstück treffen wollen.

Ihre Antwort kommt prompt.

> Ich habe keine Zeit. Bin vielleicht auf eine neue Spur zu Beverly gestoßen.

Der Name nervt mich inzwischen richtig. Vielleicht habe ich mich durch die vielen Grübeleien nur hineingesteigert, aber meine gute Laune verschwindet wie auf Knopfdruck und ich wähle Hannahs Nummer. Doch sie nimmt den Anruf nicht entgegen und ich werde irgendwann zur Mailbox umgeleitet. Ich beschließe, morgen definitiv noch vor meiner Mittagsschicht im Diner bei ihr vorbeizuschauen, um endlich dieses unsägliche Thema zu klären, das zwischen uns steht. Dieser Plan fühlt sich richtig an und mit einem neuen Ziel vor Augen betrete ich Raven House durch den Hintereingang.

Im Lichthof lungern einige Ravens auf der Sofalandschaft herum und sehen sich auf dem großen Flatscreen irgendeinen Film an. Sie verfolgen die Bilder so aufmerksam, dass ich automatisch hinsehe. In dem Moment geht ein kollektives Seufzen durch die Gruppe, weil sich irgendein Paar in die Arme fällt und küsst. Ich habe keine Ahnung, welcher Film es ist, weil nur noch Lippen zu sehen sind, ehe der Abspann beginnt. Ein klassisches Happy End. Mit dem Gedanken an ein Happy End zwischen Hannah und mir und meinem Entschluss, sie morgen nicht aus meinen Fängen zu lassen, bis sie mir erzählt, was sie zu verbergen versucht, beginne ich zu lächeln.

Die Mädchen rappeln sich nacheinander auf und strecken sich. Ich gehe direkt zur Theke, an der Miley auf einem der Barhocker sitzt und sich gerade bemüht unauffällig über die Augen reibt. Offenbar hat sie nichts zu tun und den Film mitgeschaut.

»Haben sich die Tränen denn gelohnt?«, frage ich und sie will sofort vom Hocker springen. »Bleib sitzen!«, füge ich schnell hinzu. »Ich kann meine Cola selbst aus dem Kühlschrank holen.« Und genau das mache ich. »Möchtest du auch etwas?«, frage ich sie über die Theke hinweg.

Sie sieht mich irritiert an, schüttelt dann aber den Kopf. »Nein, danke«, sagt sie sehr leise, was mich zu einer wichtigen Frage drängt.

»Darfst du etwa nicht?«

Valérie hat zwar betont, dass alle Ravens gleich behandelt werden, aber Miley ist eine Angestellte von Raven House. Selbst nach fast einer Woche ist es für mich noch befremdlich, bedient zu werden wie in einem Hotel.

Miley sieht mich entsetzt an. »Was? Nein, nein. Natürlich darf ich mich hier bedienen. Und Valérie hat auch nichts dagegen, wenn ich mitschaue oder auch mal mit den anderen am Tisch sitze. Ich habe nur keinen Durst.«

Und als hätte sie Valérie heraufbeschworen, betritt die Vorsitzende der Ravens gerade vom Treppenaufgang aus den Lichthof. Mit prüfendem Blick scannt sie den Raum wie ein Schäfer seine Schafherde. Und damit kenne ich mich aus. Aufgewachsen im Südwesten Englands, in der Grafschaft Dorset, haben Mum, Phee und ich oft die zahlreichen Herden besucht, um die Lämmchen zu bewundern – und Nachwuchs kommt bei den Dorset-Schafen nicht gerade selten vor. Der Blick des alten Mr MacKenzie, der Mum schon seit ihrer

Kindheit kannte, glich tatsächlich dem von Valérie jetzt. Zufrieden durchquert sie den Lichthof und kommt auf mich zu.

»Willst du etwas trinken?«, frage ich sie, schließlich stehe ich hinter der Theke.

Miley schaut etwas unruhig zwischen Valérie und mir hin und her.

»Bist du immer noch da?«, fragt Valérie entsetzt, als sie Miley bemerkt. »Du hast doch schon lange Feierabend.« Sie wirft einen Blick auf ihr Handy.

Miley antwortet mit einem Grinsen auf den Lippen: »Der Film war zu gut, um mittendrin zu gehen.«

Valérie lacht und ich muss ebenfalls grinsen. Die kurze Sorge, Miley würde hier nicht gut behandelt werden, verpufft wie Nebel in der Sonne.

»Aber ich wollte mich gerade von Cara verabschieden. Morgen bin ich zum Frühstück wieder da.« Miley steht vom Barhocker auf.

»Bis morgen«, sage ich.

Valérie winkt kurz zum Abschied.

»Willst du nun etwas trinken oder nicht?« Ich gieße mir Cola in ein Glas und trinke gierig. Im Diner ist freitags immer viel los und ich hatte kaum eine Pause.

»Gern, aber bitte keine Cola. Sonst bin ich morgen früh noch wach und meine Augenringe wären unkaschierbar.« Sie lacht. »Wenn noch Limonenwasser da ist, nehme ich davon ein Glas. Aber ich kann mir das auch selbst holen«, schiebt sie schnell hinterher.

Ich schüttele den Kopf. »Wenn ich schon mal hier stehe, kann ich das auch übernehmen.« Während ich die Karaffe aus dem Kühlschrank hole, die Miley offenbar frisch aufgefüllt hat, und das Wasser eingieße, fällt mir auf, dass ich Valérie die ganze Woche kaum gesehen habe.

»Darf ich dich was fragen?« Insgeheim habe ich seit Dienstag auf eine Gelegenheit gewartet, sie allein anzutreffen.

»Natürlich«, antwortet sie prompt.

»Kennst du Beverly Grey?« Ich schiebe ihr das Glas Limonenwasser über die Theke. Die kleinen platzenden Bläschen befeuchten meine Hand. »Sie hat hier gewohnt ...«

»Natürlich kenne ich sie. Sie war eine der vielversprechendsten Anwärterinnen, aber nicht – oder vielleicht noch nicht – für das Studentenleben gemacht. Beverly war so voller Energie, sie hat nie auch nur dreißig Minuten still gesessen.« Valéries Blick ist auf einen Punkt weit hinter mir gerichtet, sie schiebt die heute dunkelroten Lippen vor, während sie in ihre Erinnerungen abtaucht. Dann blinzelt sie und kehrt ins Hier und Jetzt zurück. »Ich kann ihre Entscheidung verstehen, erst einmal durch Europa zu reisen.«

Valéries Lächeln ist ansteckend. Sie nimmt einen Schluck aus ihrem Glas und stellt es anschließend wieder ab. »Ich habe erst vor ein paar Tagen mit ihr geschrieben. Da war sie in Rom, glaube ich.« Sie runzelt die Stirn. »Bei den vielen Stationen ihrer Tour verliert man den Überblick.« Sie aktiviert ihr Handy und klickt auf die Raven-App.

»Du chattest über diese App mit ihr? Sie ist doch keine Raven«, sage ich unsicher.

»Nur weil sie eine Auszeit einlegt, heißt das nicht, dass sie keine Raven mehr werden kann.« Valérie scrollt durch mehrere Chatverläufe. »Ah, hier. Sie ist in Pisa.« Sie dreht mir ihr Handy zu und ich sehe ein Bild von Beverly, die so posiert, als lehne sie am gleich großen schiefen Turm. Darunter steht folgender Chat:

> Absolutes Touristen-Muss, oder? :-)

>> Allerdings. Mein Neid ist mit dir. Das Wetter in Italien scheint mir auch trockener zu sein als hier bei uns in Essex.

> Das Wetter ist toll.
> Es ist fast so heiß wie die Jungs hier. ;-)
> Aber beides hätte ich dir auch vor meiner Reise sagen können!

>> *seufz*
>> Genieße deine Auszeit.

> Mach ich.
> Bis bald.

»Sie schickt ständig so tolle Bilder, da kann man nur neidisch werden«, sagt Valérie, während sie das Handy wieder auf die Theke legt.

»Du könntest doch auch …«, setze ich an, schließe den Mund aber wieder. Ich weiß immer noch nicht, ob Valérie wirklich eine ewige Studentin bleiben will, wie es Dione diese Woche flüsternd erwähnt hat.

»Nein, dieses ganze Reisen wäre nichts für mich.« Sie schüttelt den Kopf. »Auch wenn sich alle über das Wetter hier beschweren, es ist genau richtig für mich. Meine Familie wohnt in der Nähe von Nizza, dort ist es im Sommer entsetzlich bis unerträglich heiß und ich kann mich den ganzen Tag nur im Haus verstecken.«

Ich nicke, aber wirklich nachvollziehen kann ich es nicht. Ich sauge förmlich jeden Sonnenstrahl in mich auf. Im Herbst habe ich da aber leider nicht allzu viel zu tun.

»Jetzt wird es Zeit für mich«, Valérie gähnt hinter vorgehaltener Hand, dann trinkt sie den Rest ihres Glases aus. »Ich hoffe, du bist mir nicht böse, wenn ich dich allein lasse?« Sie sieht sich um. Die anderen sind offenbar ebenfalls in ihren Zimmern verschwunden. Der Gemeinschaftsraum ist verwaist.

»Nein, gar nicht. Ich sollte jetzt auch mal ins Bett.«

Sie nickt mir zum Abschied zu, wie es garantiert nur eine Duchesse kann, und geht in Richtung Treppe davon.

Ich trinke noch mein Glas leer und bin mir absolut sicher, dass sich morgen all meine Probleme mit Hannah in Luft auflösen werden. Valérie hat Kontakt zu Beverly und ich werde Hannah haarklein erzählen, was ich eben in dem kurzen Chat gelesen habe.

9
SAMSTAG, 31.10.

Die Zeichen für eine Aussprache mit Hannah stehen auch im Morgennebel noch gut. Ich habe so wunderbar geschlafen wie nie, nachdem ich die Neuigkeiten über Beverly sogar in mein Glückstagebuch eingetragen habe, weil sich eine rettende Idee, ein positives Zeichen, etwas zum Guten zu wenden, wie pures Glück anfühlt. Und das trotz des Dämpfers, weil Hannah immer noch nicht auf meine Anrufe reagiert hat. Also stecke ich ein paar der leckeren Frühstücksteilchen ein und gehe damit direkt zu ihrem Wohnheim. Ihre Mitbewohnerin Alina öffnet mir die Tür und blinzelt mich verschlafen an. Sie trägt einen flauschigen Morgenmantel und rosa Fellpantoffel.

»Ich muss dringend mit Hannah reden. Ist sie da?«

Alina reibt sich den Schlaf aus den Augen und gähnt herzhaft. »Ich habe sie seit Tagen nicht gesehen. Wir ...«, sie runzelt die Stirn, »sehen uns eigentlich nie.« Sie streicht sich gedankenverloren eine verirrte Haarsträhne aus dem Gesicht, um einen kurzen Blick zur Wand neben der Tür zu werfen. »Sie ist in der Redaktion, steht hier.« Sie tippt mit dem Finger auf etwas.

Ich spicke um den Türrahmen herum zu einer kleinen Tafel. Es sieht Hannah ähnlich, dass sie auch solche Kleinigkeiten akkurat festhält. Ich lächele und verabschiede mich von Alina. »Dann schau ich mal in der Redaktion vorbei. Danke.«

Ich drehe mich um und höre gerade noch, wie Alina irgendein Abschiedswort vor sich hin murmelt. Während ich die Treppe hinunterrenne, wähle ich erneut Hannahs Nummer, erwische aber wieder nur die Mailbox. Trotz der positiven Energie, mit der ich aufgestanden bin, zieht sich mein Magen zusammen und ich halte mich krampfhaft an dem gestrigen Eintrag ganz unten im Glückstagebuch fest – dem Resümee des Tages, falls es denn eines gibt: *Glück ist ... die Gewissheit, etwas zum Positiven verändern zu können.*

Schon auf dem Weg zur Redaktion sehe ich, dass in beiden Räumen das Licht an ist, was in der Herbstzeit selbst tagsüber fast unumgänglich ist. Beim Durchqueren der Bibliothek wähle ich erneut Hannahs Nummer. Ich höre sogar das Klingeln durch die geschlossene Tür der Redaktion. Der Klumpen in meinem Magen ballt sich zu Ärger zusammen. Ärger gewürzt mit Enttäuschung. Ohne aufzulegen, öffne ich die Tür und rufe Hannahs Namen.

Binnen eines Wimpernschlags kommt sie aus dem Nebenraum und schließt die Tür hinter sich. »Hi, Cara!« Sie bemüht sich um ein Lächeln, das ihr aber noch nie so schlecht gelungen ist. »Was machst du denn um diese Zeit hier?« Ihre Wangen zucken, so angestrengt versucht sie, ihre Mundwinkel nach oben zu ziehen.

Ich beende den Anruf auf ihrem Handy und ihr nerviger Klingelton bricht endlich ab. Stille erfüllt den Raum und die Anspannung hängt drückend zwischen uns.

»Ich will meine beste Freundin besuchen und ihr Frühstück vorbeibringen«, sage ich und hebe die Papiertüte hoch, die eigentlich nicht für Freundinnen, sondern zum Mitnehmen für den Rest des Tages gedacht ist. »Sie geht nämlich nicht ans Handy. Hast du sie gesehen?«

Als sie meinen sarkastischen Tonfall hört, sieht Hannah betreten zu Boden.

»Warum versteckst du dich vor mir?«, dränge ich weiter.

Es dauert, bis sie mir eine Antwort gibt. »Ich weiß, du willst es nicht hören, aber ...« Sie schluckt hörbar. »Aber ich habe Informationen, dass Beverly nicht in dem Hotel abgestiegen ist, in dem sie zuletzt anscheinend gewohnt hat.«

Ich senke den Blick und atme einmal tief durch, um mich zu beruhigen. »Ach ja?«, erwidere ich schnippisch. »Ich habe nämlich einen Chatverlauf gesehen, dass sie gerade in Pisa die italienische Sonne – und Jungs – genießt.«

Hannah schüttelt so energisch den Kopf, dass sich ein paar Strähnen ihrer braunen Haare aus dem Pferdeschwanz lösen. »Das ist unmöglich.«

»Sagt wer? Und woher hast du überhaupt deine Informationen?«, frage ich ohne jegliche Wertung in der Stimme, was mich große Mühe kostet. Ich habe so sehr gehofft, dass sich alles aufklären würde.

Sie wiegt langsam den Kopf. »Das kann ich dir nicht sagen.«

»Verdammt, Hannah!« Ich werde wieder lauter und es klingt so verzweifelt, wie ich mich fühle. »Wir haben immer über alles geredet, es gab keine Geheimnisse zwischen uns. Was ist passiert?«

Sie hadert mit sich. Ihr Blick huscht durch den Raum. Dann erkenne ich, dass sie aufgibt. »Ich kann es dir nicht sagen. Noch nicht. Bitte, Cara, du musst ...«

Ich schüttele den Kopf. »Nein, Hannah. Ich *muss* gar nichts. Du hast mich damals vor Mason gewarnt, kannst du dich noch erinnern? Er hat mir nur Vorschriften gemacht, weil er mir nicht vertraut hat. Und genau das tust du jetzt auch!«, schleudere ich ihr entgegen. Sie verzieht nicht einmal das Gesicht, ich sehe aber, wie sie schluckt. »Wenn du mir nicht vertraust, dann ...« Ich will es nicht aussprechen und damit greifbar machen, dass unsere Freundschaft, die seit Kindertagen existiert, kaputtgeht. In Gedanken reiße ich die gestrige Seite aus dem Glückstagebuch. Wie bescheuert bin ich, zu glauben, ich könnte etwas zum Positiven verändern?

»Cara, bitte!«, beginnt sie, ihre Augen zucken hin und her, als würde sie fieberhaft nach einem Text suchen, von dem sie ablesen kann. »Weißt du noch, wie es mit Mason anfing?«

Ich weiche getroffen einen Schritt zurück und stoße die aufkommenden Bilder weg.

»Ich habe versucht, mit dir zu reden, aber du warst noch nicht bereit. Du hast ihm mehr geglaubt als mir. Erinnerst du dich? Aber jetzt musst du mir vertrauen, bis ich dir mehr erzählen kann.«

»Wie kannst du das vergleichen?«, schreie ich, ehe ich mich mit fest zusammengepressten Lippen umdrehe und die Redaktion verlasse. Ich stürme zwischen den dunklen Bücherregalreihen hindurch nach draußen, wo ich bebend Luft hole. Ich kämpfe mit den Tränen, meine Augen brennen höllisch. Ich hätte nie gedacht, dass fehlendes Vertrauen so entsetzlich wehtun könnte.

Und das nur wegen eines Artikels! Während ich langsam Richtung Raven House gehe, fasse ich zusammen, was ich über Hannahs Recherchen weiß. Es ist nicht viel. Aufgrund ihres Einspruchs, als ich ihr von meinem Einzug in Raven House erzählt habe, muss ich davon ausgehen, dass ihre Untersuchungen die Verbindung mit einschließen. Vielleicht sieht sie mich jetzt als Spionin, was wirklich absurd wäre. Warum nur verbeißt sie sich ausgerechnet in diese ein Jahr alte Story? Es gibt doch weit Interessanteres zu berichten. Zum Beispiel, dass immer noch hin und wieder ominöse Typen mit großen Taschen auf dem Campus herumschlendern, um im richtigen Moment Kameras mit gigantischen Teleobjektiven zu zücken.

Joshua Prentiss' Studium am St. Joseph's wäre ein Artikel, der vermutlich weit über die Campusgrenzen hinaus Interesse wecken würde. Aber nein, abgesehen von einem Exklusivinterview mit Hannah am Wochenende vor dem Trimesterstart gab es im *Whisperer* nichts über den Sohn der US-Präsidentin zu lesen. Keine einzige Zeile. Der Campus-Sicherheitsdienst versucht, die Paparazzi vom Gelände fernzuhalten, was aber nicht immer gelingt. Deshalb findet man in den Online-Ausgaben der Klatschpresse wesentlich mehr Infos zu Joshua Prentiss als im *Whisperer*. Hannah hat Lucas und meinen Ratschlag abgelehnt, die Exklusivität der Studentenzeitschrift auszunutzen. Entgegen jeder Vernunft. Alle Artikel des *Whisperer* wären durch die Online-Medien gegangen, hätten die Reichweite erhöht und damit auch den Bekanntheitsgrad. Das war wohl der erste Moment, in dem ich meine Freundin nicht mehr verstanden habe.

Mein Handy vibriert in meiner Tasche. Ich hoffe bis zum allerletzten Moment, Hannahs Namen zu lesen, aber auf dem Display erscheint »Tyler Walsh«.

»Ja?«, nehme ich den Anruf entgegen.

»Ist etwas passiert?« Tyler klingt sofort alarmiert und seine Fürsorge bringt das Fass – oder besser gesagt die Tränen – zum Überlaufen. Ich schüttele den Kopf, was er natürlich nicht sehen kann, daher wiederholt er seine Frage mit etwas mehr Nachdruck in der Stimme.

»Cara, erzähl!«, fügt er hinzu. Im Hintergrund höre ich eine Frauenstimme fragen, was sie ihm bringen darf. Tyler bittet um einen kurzen Moment und ein kleiner Teil von mir ist sehr froh darüber. Der fiese Teil, der Tyler offensichtlich kein Frühstück gönnt. Der Teil, der ihn heute braucht. Wie kann es sein, dass ein Mensch, den ich nur wenige Wochen kenne, zu meiner einzigen Konstanten geworden ist?

Statt einer Antwort bringe ich nur ein Schniefen hervor.

»Wo bist du?«

Ich lasse mich gerade auf eine Bank im Park fallen. Die Feuchtigkeit dringt sofort durch meine Hose. »Ich bin im Park. Kurz hinter der Brücke.« Ich will nicht jammern, ich will ihn nicht bitten, herzukommen und mir zu erklären, warum es sich anfühlt, als hätte meine beste Freundin mit mir Schluss gemacht. Aber das brauche ich auch nicht.

»Rühr dich nicht von der Stelle. Ich bin gleich bei dir.« Ich höre die Frauenstimme von vorhin etwas fragen und Tyler entschuldigt sich, dass etwas Wichtiges dazwischengekommen sei.

Immerhin bin ich ihm wichtig. Die Erkenntnis könnte ein Glücksmoment sein, was sich aufgrund der düsteren Wolke über mir aber nicht so anfühlt. Vielleicht ist genau das mein Resümee des Tages: *Glück ist ... es auch zu erkennen, obwohl es sich zwischen Kummer und schlechter Laune versteckt.*

Selbst meine innere Stimme klingt sarkastisch und ich konzentriere mich schnell wieder auf Tyler, der jede Menge Unsinn ins Telefon plappert, ohne dass ich den Inhalt erfasse. Lediglich der Name Jane Austen bleibt kurz in meinem Kopf. Aber *was* er sagt, ist auch nicht wichtig. Wichtig ist die Tatsache, dass er das Telefonat nicht beendet, sondern immer weiterredet. Selbst dann, als seine Atmung schneller geht, weil er offenbar rennt. Allein mit diesem Wissen bringt er mich zum Lächeln, obwohl es mir immer wieder die Kehle zuschnürt, sobald ich an Hannah denke.

Kurz darauf sehe ihn schon von Weitem den Weg entlangkommen, und während er mich damit vollquatscht, dass Bad Boys offensichtlich schon in längst vergangenen Zeiten *in* waren, werden seine Atemzüge immer regelmäßiger. Er hat seinen Rhythmus gefunden und kommt schließlich fast entspannt bei mir an.

»Da mir jetzt mein Frühstück bei *Eva* entgangen ist, musst du mich wohl dorthin begleiten«, sagt er noch ins Handy, obwohl er schon vor mir steht.

Ich beende das Gespräch und stecke mein Smartphone in die Tasche, bevor ich zu ihm hochschaue. Das Funkeln in seinen Augen hebt meine Laune auf das bisherige Tageshoch.

»Muss ich das?«, sage ich und bemühe mich, nicht zurückzulächeln, was in Tylers Gegenwart fast unmöglich ist. Ganz gleich, wie die äußeren Umstände aussehen.

»O ja. Du kannst doch nicht verantworten, dass dieser Traumkörper zusammenbricht, schon vergessen?« Er streckt mir die Hand entgegen. Ich nehme sie an und er zieht mich mit so viel Schwung hoch, dass ich in seine Arme falle. Für einen kurzen Moment stehen wir ziemlich nah beieinander, der Knoten in meinem Magen explodiert und wird zu einem Kribbeln, das sich in meinem ganzen

Körper ausbreitet. Hastig weiche ich zurück. Alarmglocken läuten in meinem Kopf. So ist es noch nie zwischen uns gewesen.

»Lass uns Eva besuchen.« Ich verhaspele mich selbst bei diesem kurzen Satz und gehe mit schnellen Schritten in die Richtung, aus der Tyler eben angejoggt kam. Er holt schnell auf und wir gehen Seite an Seite weiter, wobei ich den kleinen Abstand zwischen uns deutlich spüre.

Ohne ein Wort gewechselt zu haben, kommen wir in der kleinen hellen Pâtisserie an und das altmodische Glöckchen über unseren Köpfen begrüßt uns mit einem fröhlichen Läuten. Das Kribbeln in meinem Körper ist endlich verebbt und nimmt der Situation die Peinlichkeit. Und ja, es ist mir peinlich. Wir haben uns eindeutige Signale gegeben und ich habe mir geschworen, nicht wieder als Häufchen Elend zu enden wie nach Mason. Schon gar nicht, wenn ich mich aufs Studium konzentrieren muss – und nun auch noch auf die kommenden Aufgaben als Raven-Anwärterin.

Wieder klar im Kopf, steuere ich auf einen Zweiertisch an der Fensterfront zu, hänge meine Jacke über die Stuhllehne und frage Tyler, was er als Entschädigung bestellen möchte.

»Willst du mich etwa bedienen?«, fragt er mich vollkommen irritiert. Sein Gesichtsausdruck ist so entsetzt, dass ich loslache.

»Ich kann es doch nicht verantworten, dass du nicht umgehend zu deinem Frühstück kommst.«

»Die paar Minuten, die wir warten müssen, bis Eva Zeit hat, werde ich überleben.« Er lässt sich auf den Stuhl fallen und mustert mich eindringlich.

»Ich bestehe darauf.« Vor allem will ich nicht, dass er schon wieder für mich bezahlt, wenn ich mich endlich mal revanchieren kann.

»Na dann«, sagt er ergeben und teilt mir seine Wünsche mit. Glücklicherweise bin ich geübt im Merken von Bestellungen, sodass ich kein Problem habe, Eva hinter dem Tresen alles weiterzugeben. Tyler hat wie immer Sonderwünsche, was seinen Kaffee angeht, und die Besitzerin weiß sofort, dass die Bestellung für ihn ist.

»Er ist öfter mit dir zusammen hier als mit anderen«, bemerkt sie, während sie auf einem Teller meine Eclairs arrangiert. Die Glöckchen bimmeln im Hintergrund und passen zum Takt meines flatternden Pulses.

»Wir sind nur gute Freunde«, sage ich hastig. Offenbar zu hastig, denn Evas Mundwinkel zucken kurz, bevor sie über meine Schulter hinweg zu unserem Tisch am Fenster sieht. Ihre grauen Augenbrauen ziehen sich zusammen und alarmiert drehe ich mich um.

Hannah steht vor Tyler. Er hat sich erhoben und die beiden funkeln sich an.

»Ich bin gleich wieder da und hole die Sachen«, sage ich zu Eva und durchquere die Pâtisserie mit schnellen Schritten. Hannah und Tyler haben inzwischen die Aufmerksamkeit aller Gäste auf sich gezogen.

»Was tust du hier?«, frage ich Hannah, die gerade Tyler anschnauzt, er solle mich in Ruhe lassen. »Und warum interessiert es dich noch, was ich mache?« Den Seitenhieb kann ich mir nicht verkneifen.

»Ich wollte mich bei dir entschuldigen. Du hast mich vorhin im falschen Moment erwischt.« Sie zieht mich am Ärmel meines Hoodies ein paar Schritte von Tyler weg. Ich spüre die Blicke von zwei jungen Frauen auf mir, die sich schnell abwenden, als ich mich zur Seite drehe.

»Hör zu, ich hätte dich nicht so abwimmeln dürfen, als du mir von Beverly erzählt hast. Aber was du da über den Handy-Chat dieser Valérie berichtet hast, kann nicht stimmen.«

»Ernsthaft jetzt?« Ich kann meine Augen gar nicht genug verdrehen.

»Ich weiß da etwas über Beverly«, Hannah kaut auf ihrer Wange, »etwas Privates, das dem widerspricht, was du mir erzählt hast.« Ihre Stimme ist nur noch ein Flüstern. »Es liegt nicht an mir, dieses Geheimnis weiterzuerzählen, weil es ... weitreichende Folgen haben könnte. Aber ich flehe dich an, mir zu vertrauen.« Sie greift nach meiner Hand. Ihre Finger sind eiskalt. »Bitte, Cara.«

Hinter Hannahs Rücken kommt Tyler langsam näher, als wollte er mich gegen meine beste Freundin verteidigen.

»Sein Ruf ist mehr als eindeutig. Ich will dich nur beschützen, Süße.«

»Das ist keine Erklärung. Warum giftest du ihn so an? Über die Gerüchte, dass sie zusammen durchgebrannt sind, hast du doch auch nur gelacht. Außerdem kann ich gut selbst entscheiden, mit wem ich meine Zeit verbringe.« Ich entziehe ihr meine Hand. »Entweder du erklärst mir alles und vertraust mir jetzt endlich mal, oder ...« Ich kann es nicht aussprechen, aber Hannah weiß ganz sicher, was ich sagen will.

Sie senkt den Blick, schluckt und zieht die Lippen zwischen die Zähne. »Ich kann nicht. Noch nicht«, haucht sie kaum hörbar. Dann dreht sie sich so schnell um, dass sie beinahe in Tyler hineinrauscht. Hastig weicht sie ihm aus und ich sehe die finsteren Blicke der beiden, ehe die Türglöckchen läuten und ich nur noch durch die großen Fenster verfolgen kann, wie meine beste Freundin ihr Handy aus der

Hosentasche zieht, bis sie irgendwann aus meinem Blickfeld verschwindet.

»Was hat die denn?«, höre ich jemanden hinter mir sagen.

»Vielleicht ihre Tage? Oder sie ist eifersüchtig«, folgt ein zweiter Kommentar.

Blitzschnell drehe ich mich zu den vor Gift triefenden Stimmen um. Es sind Brittany und Cheryl, Ravens im zweiten Studienjahr und Lauras beste Freundinnen im Wohnheim. Zumindest glaube ich das. Sie hocken ständig zusammen.

»Was stimmt nicht mit euch? Sie ist eine Frau wie ihr und ihr zieht so über sie her?«

Obwohl sie sitzen und zu mir aufsehen müssen, habe ich unter Brittanys arrogantem Blick das Gefühl, auf Chihuahuagröße zu schrumpfen.

»Sie ist nicht *wie wir*«, sagt Brittany mit angewidertem Gesicht. »Ich habe bei ihr immer das Gefühl, als ziehe sie mich in Gedanken aus.« Sie schaudert demonstrativ und erntet für ihre Schauspielkunst ein bellendes Lachen von Cheryl.

»Ihr seid doch völlig krank«, zische ich. Ich hasse Vorurteile. Und ich verabscheue Menschen, die nur in Klischees denken. In Gedanken zähle ich bis drei, um mich zu beruhigen. »Du musst nicht von dir auf andere schließen, Brittany«, presse ich dann hervor.

Tyler tritt neben mich und fasst mich sanft am Arm, aber ich bin noch nicht fertig. »Nur weil du vielleicht bei jedem Typen anfängst zu sabbern, muss es Hannah nicht genauso gehen.«

Cheryl keucht entsetzt auf. Vermutlich spricht nie jemand so mit der Millionärstochter – oder Milliardärstochter? –, an der sie immer klebt. Aber in ihrem hübschen Kopf scheint es wenigstens etwas

Verstand zu geben. Sie hält ihre Freundin fest und murmelt: »Da hat sie nicht ganz unrecht, Brit.«

Brittany erdolcht Cheryl mit ihrem Blick.

»Nur weil Hannah auf Frauen steht, ist sie doch nicht automatisch scharf auf jede, oder?«, fährt Cheryl trotzdem fort.

Brittany grummelt eine Antwort, die ich nicht verstehen kann, weil Tyler mich langsam von den beiden Giftgurken weg zu unserem Tisch lotst. Eva hat inzwischen unsere Bestellung gebracht und ich sehe mich zum Tresen um, fange ihren Blick auf und danke ihr mit einer Geste.

Wir setzen uns. Nach dem ersten Bissen in mein Eclair verpufft der Ärger über Brittany und Cheryl, und als ich zwei Gebäckstücke verputzt habe, schiebt sich ihre Oberflächlichkeit so weit in den Hintergrund, dass ich mich an die Frage erinnere, die mir beim Beobachten von Tyler und Hannah in den Sinn kam.

»Woher kennt ihr euch eigentlich?«

Tyler sieht fragend zu mir auf, einen Hauch Sahne im Mundwinkel.

»Ich meine dich und Hannah. Woher kennst du sie?«, werde ich genauer. Ich kann verstehen, dass Hannah Tyler kennt – den Politikernachwuchs zu stalken gehört vermutlich zu ihrem Job. Ich habe aber nicht damit gerechnet, dass es umgekehrt auch der Fall ist. Oder hat Tyler nur auf ihre offene Feindseligkeit reagiert? Ich habe nicht mitbekommen, ob sie tatsächlich miteinander gesprochen haben.

Es kann unmöglich daran liegen, dass sie etwas miteinander hatten, was ich anderen weiblichen Bekanntschaften durchaus unterstellen könnte. Hannah liegt nicht ganz falsch mit Tylers Ruf. Getratsche über seinen *sorglosen Umgang* mit Frauen gibt es überall, sobald ich mit ihm unterwegs bin. All das stört mich nicht, weil wir uns nur in der »Friendzone« bewegen.

»Wir ... Ich habe sie noch nie getroffen, aber einiges von ihr gelesen«, erwidert er vage, bemerkt an meinem Gesichtsausdruck jedoch schnell, dass mir diese Antwort nicht reicht. »Ich will nicht über deine Freundin oder ihre Arbeit lästern«, schiebt er hinterher, was mich aber alles andere als beruhigt. Eher im Gegenteil. Was ist am St. Joseph's nur aus Hannah geworden?

Ich ignoriere Tylers Bemühungen, meine Laune mit schlechten Witzen zu heben, und schreibe Hannah, was genau sie für ein Problem mit Tyler hat. Ich kann mir kaum vorstellen, dass die offene Feindseligkeit nur mit seinem Ruf zu tun hat, auch wenn er nicht gerade der beste ist.

Eine halbe Stunde später verabschiede ich mich von Tyler, um pünktlich zu meiner Schicht im Diner zu kommen. Ich will eigentlich nur noch kurz mein Ladekabel holen, ehe ich in die Stadt fahre, da höre ich meinen Namen, als ich Raven House gerade wieder verlassen will. Ich bleibe stehen und atme erst einmal durch, bevor ich mich zu Laura umdrehe.

»Was willst du? Ich muss zu meiner Schicht ins Diner«, erkläre ich ihr.

Laura zupft an ihrem weißblonden Pony und dreht sich eine der kurzen Strähnen um den Finger. »Du weißt, dass die Ravens keine miese Publicity dulden.«

Ich starre sie an und begreife nicht, was sie von mir will.

Laura kommt langsam näher, nimmt die Hand herunter und mustert theatralisch ihre rot lackierten künstlichen Fingernägel. »Ich habe von dem Aufstand gehört, den deine Freundin bei Eva angezettelt hat. Es gibt Storys und Snaps dazu.«

»Und?«, frage ich mit einem Blick auf die Uhr an der Wand, die mir verrät, dass ich nun nicht mehr ganz so entspannt wie geplant zum Diner fahren kann.

»Vielleicht liest du dir unsere Grundsätze noch mal durch – stehen alle in der App. Valérie sieht es nicht gern, wenn die Ravens in den Schmutz gezogen werden. Du solltest auf deinen Umgang achten.« Ihre Stimme ist so honigsüß wie ihr Lächeln, dennoch versprüht sie mit jedem Wort mehr Gift als Brittany und Cheryl zusammen.

»Und du willst mich bei Valérie verpetzen? Ich bin mir sicher, dass *so etwas* auch nicht gern gesehen wird«, blaffe ich zurück.

»Das ist kein Petzen. Valérie hat mich zur zweiten Vorsitzenden ernannt.« Lauras Wangen heben sich. Ihr Äußeres ist umwerfend schön, aber innerlich ist sie das genaue Gegenteil.

»Gratulation«, sage ich sarkastisch und lasse Laura dann einfach stehen. Ist Valérie auf Lauras Schleimerei hereingefallen? Oder hat sie den Job Brittany und Cheryl zu verdanken? Dione hat mir letzte Woche noch erzählt, dass Valérie immer eine »Zweite« unter den Anwärterinnen wählt, das ist Tradition, und sie hat sogar gehofft, sie würde es werden wie ihre Mum damals in ihrer Anwärterphase. Hoffentlich ist sie nicht traurig darüber, dass die Wahl nun ausgerechnet auf Laura gefallen ist.

Auf dem Weg zum Parkplatz vibriert mein Handy. Ich merke, dass ich gar nicht mehr mit einer Nachricht von Hannah gerechnet habe, aber ihre Erklärung auf meine Frage, was sie gegen Tyler habe, ist erneut so vage, dass sie nicht wirklich zählt.

> Er hat sich gegenüber einer Freundin nicht gut benommen.

Mehr steht da nicht. Mit einem so lapidaren Satz will mich Hannah abspeisen? Ich drücke auf das Hörersymbol und rufe sie an. Ausnahmsweise nimmt sie direkt ab.

»Und das ist dein Grund, ihm zu sagen, er soll sich von mir fernhalten? Dein Ernst?«, sage ich, ohne ihre Begrüßung – oder was auch immer sie sagen wollte – abzuwarten.

»Du weißt, ich kann nicht darüber reden, solange die Recherche …«

»Es hat also wieder mit Beverly Grey zu tun? Hannah, du steigerst dich da in etwas hinein. Die beiden sind nicht zusammen durchgebrannt.« Das hat mir Tyler letzte Woche schon in einem halben Lachanfall versichert, nachdem ich ihm von dem Gerücht erzählt hatte.

»Etwas stimmt nicht. Ich vertraue meinem Instinkt. Ich werde diesen Artikel schreiben.« Hannahs Stimme klingt kalt.

»Dann werde ich wohl besser nicht mehr im *Whisperer* mithelfen, bis du damit durch bist.« *Sonst wird es zwischen uns noch eskalieren*, füge ich in Gedanken hinzu. »Vielleicht ändern sich deine Prioritäten dann wieder. Ich hoffe es.« Mit diesen Worten beende ich das Gespräch und ignoriere das Summen des sofort wieder eingehenden Anrufs, während ich in meinen Honda steige. Bevor ich losfahre, schalte ich das Handy auf stumm.

10

DONNERSTAG, 5.11.

Ich starre auf die unbeschriebene Seite vor mir und blättere durch die vergangenen Tage. Seit dem Streit mit Hannah am letzten Wochenende habe ich nichts mehr von ihr gehört und nichts mehr in mein Glückstagebuch eingetragen. Ich habe gehofft, mich wenigstens an einen Glücksmoment zu erinnern, während ich für die erkältete Suki im Diner einspringe. Doch ausgerechnet heute sind alle Kunden schlecht gelaunt, ganz gleich, wie breit ich sie anlächele und wie freundlich und schnell ich sie bediene. Ich ernte kein einziges Dankeschön oder ehrliches Lächeln, das für einen klitzekleinen Glücksmoment sorgen könnte. Ich könnte die Filmabende mit Tyler eintragen, überlege ich. Aber die sind in den vergangenen Tagen zur Routine geworden. Büßen Momente wie das gemütliche Beieinandersitzen auf einer bequemen Couch, einen wundervollen Menschen neben sich, ernsthaft an Glücksgefühl ein, nur weil sie nicht einzigartig sind? Dann müssten wir alle stets einer immer neuen Dosis Glück hinterherjagen. Ich schüttele den Kopf, trage für Montag den Fernsehabend mit Tyler ein und für gestern, wie glücklich ich mich schätzen kann, ein – zumindest vorübergehendes – Zuhause bei den Ravens gefunden zu haben – und in Dione eine neue

Freundin. Außerdem notiere ich, wie gut es tut, nicht ständig im Stress zu sein. Seit ich nicht mehr so viel Zeit auf der Autobahn verbringen muss, haben die Tage gefühlt achtundvierzig Stunden und mein Pensum, die Hausarbeiten und alles, was ich vor meinem Einzug in Raven House in meinen Terminkalender stopfen musste, schaffe ich nun mit links. Ich weiß nicht, ob ich es mir einbilde, aber ich habe sogar das Gefühl, dass mich die Professoren in den Kursen inzwischen anders behandeln. Aber vielleicht habe ich inzwischen auch nur mehr Zeit, darüber nachzudenken.

Der Eintrag für heute ergibt sich nur eine halbe Stunde später: *Glück ist ... wenn dein Kollege noch vor seiner Schicht ankommt und dir anbietet, sofort gehen zu können.*

Wenigstens etwas, oder? Ich strahle ihn an wie ein Glückskeks und freue mich, heute nicht ganz so spät nach Raven House zurückzukehren.

Im Lichthof springt Dione sofort auf und kommt mir mit schnellen Schritten entgegen, als hätte sie schon die ganze Zeit auf mich gewartet. Heute trägt sie ihre bunten Haare in lockeren Wellen und sieht wie immer atemberaubend aus. Selbst ihr bequemer »Hausanzug«, wie sie ihn nennt, ist farblich auf ihre Haare abgestimmt.

»Dein Kleid für die Matching Night ist fertig!« Sie platzt beinahe vor Energie. Ihre blauen Augen funkeln, während sie nach meiner Hand greift und mich mit sich zum Treppenhaus zieht. »Ich habe dir geschrieben, dass du dich beeilen sollst, aber ...«

»Du weißt doch, dass ich im Diner Handyverbot habe«, erkläre ich ihr nicht zum ersten Mal und sie seufzt theatralisch. »Ich lasse es immer in meinem Fach im Umkleideraum – Dans Büro. Und der würde die Krise bekommen, wenn ich es nicht ausschalte oder zumindest auf lautlos stelle.«

»Ich weiß, ich weiß!« Sie winkt ab und hetzt mit mir im Schlepptau die Treppenstufen hoch. »Aber du glaubst gar nicht, wie aufgeregt ich bin. Und wie … nervös.« Sie dreht sich zu mir um, lässt endlich meine Hand los und zupft mit den Fingern an den blauen Spitzen ihrer Haare herum.

»Nervös? Meinetwegen?« Ich will ihr natürlich nicht unterstellen, dass sie nie nervös ist. Niemand kann immer selbstbewusst sein. Aber sie kennt mich doch inzwischen. Cara, die Mode-Phobikerin. Ich habe absolut keine Ahnung davon, ob etwas »in«, »akzeptabel« oder »völlig out« ist. Ganz zu schweigen davon, ob diese Begriffe überhaupt noch für eine adäquate Beschreibung taugen.

»Für mich war es die größte Herausforderung, dein Gesicht perfekt zu verbergen.« Sie geht weiter und lässt mich mit dieser Aussage auf dem Treppenabsatz stehen.

Ich folge ihr. Langsam. Wie durch knietiefes eiskaltes Wasser. Auch wenn es oberflächlich ist, belasten mich ihre Worte. Niemand hört so etwas gern. Es ist auch nicht sehr nett, überhaupt so etwas zu sagen. Mum hätte mir und Phee was erzählt.

Irgendwann komme ich an der Tür zu ihrem Zimmer an, bleibe auf der Schwelle stehen und starre auf das Chaos aus Stoffen, Ankleidepuppen, Kleidern und Nähutensilien vor mir. Diones Zimmer hat denselben Grundriss wie meins, könnte aber nicht unterschiedlicher wirken. Es sieht so aus, als würde sie schon seit Jahren hier wohnen. Am Rahmen des großen Theaterspiegels kleben unzählige Fotos. Dione sticht auf vielen von ihnen heraus. Auch an den Wänden hängen zahlreiche Bilder, eingerahmte Modeskizzen, eine Urkunde für irgendeinen Preis, ein paar Familienfotos. Sie scheint zuversichtlich, die Anwärterschaft zu überstehen, sonst hätte sie nicht so viel Aufwand betrieben, sogar zum Bettzeug passende Gardinen aufzuhängen. Ich mache einen Schritt nach vorn, vorsichtig darauf bedacht, auf keinen der teuer aussehenden Stoffe zu treten.

»Was ist los? Freust du dich nicht auf die Anprobe?«, fragt Dione und springt über zwei Stoffberge auf mich zu. »Ich weiß, du kannst dem ganzen Modezirkus nicht so viel abgewinnen wie ich, aber …«

»Was stimmt mit meinem Gesicht nicht?«, presse ich hervor. Inzwischen sind die alten Geschichten wieder präsent – wie mich die anderen Kinder wegen meiner Kupferhaare ausgelacht haben, wie später in der Highschool über meine »hässlichen Sommersprossen« gelästert wurde. Alle noch so leisen geflüsterten hämischen Worte, die mich jeden Tag mehr verunsichert haben. Bis Hannah dem ein Ende gesetzt hat.

»Warum sollte etwas damit nicht stimmen?« Dione schaut mich irritiert an.

»Du sagtest, dass dein größtes Problem wäre, mein Gesicht zu verbergen.« Ein bitterer Geschmack haftet auf meiner Zunge, ein Echo aus vergangenen Tagen.

Dione legt den Kopf schief und zieht ihre dunklen Augenbrauen zusammen, die ihre natürliche Haarfarbe erahnen lassen. Dann streicht sie mir eine Haarsträhne hinter das Ohr. »Dein Gesicht ist perfekt«, sagt sie. »Es harmoniert, alles ist stimmig. Das war mein Problem.«

Ich verstehe immer noch nicht, worauf sie hinauswill, während sie sich umdreht und nach etwas sucht. Als sie es gefunden hat, streckt sie mir die Hand hin, in der sie ein filigranes metallenes Etwas hält.

»Der Matching-Night-Ball ist ein Maskenball«, sagt sie und hält sich die asymmetrische »Maske« vor das Gesicht. Das hauchdünne mit Glitzersteinchen versehene Gitter innerhalb der schwarzen Metallschnörkel umrundet lediglich ihr rechtes Auge. Auf der anderen Seite ist nur ihre Braue bedeckt, unterhalb ihrer blauen Augen baumeln drei feingliedrige Ketten. »Ich will auf keinen Fall deine wundervollen Sommersprossen verbergen«, sagt sie und fährt meine Sommersprossen nach, die mir früher so verhasst waren. »Ich hoffe, das ist okay für dich. Es war nicht so einfach, dem Schmuckdesigner klarzumachen, was genau ich will.« Sie lacht unsicher.

Als ich nichts erwidere, wird sie unruhig. Ich verdränge all die Lästereien von früher und wispere: »Sie ist perfekt.«

»Na dann warte erst mal ab, bis du dein Kleid siehst.«

Sie legt die Maske auf einen kleinen Beistelltisch inmitten des Chaos und geht zielstrebig zwischen mehreren kopflosen Ankleidepuppen hindurch. Sie tragen ausladende Ballkleider mit tausend Lagen Stoff über breiten Reifröcken. Mir graut vor der Vorstellung, so etwas tragen zu müssen. Mit einem leisen Schaben und Quietschen schiebt Dione die monströsen Kleider zur Seite und gibt den Blick auf das schönste Kleid frei, das ich jemals gesehen habe.

Im Vergleich zu den pompösen Kleidern daneben wirkt das bodenlange Teil schlicht, aber es übt einen Zauber auf mich aus, der mich wie magisch anzieht. Der untere Stoff ist cremeweiß. Darüber liegt ein schwarzer Organzastoff, der ellbogenlange Ärmel bildet und in Wellen über den leicht ausgestellten Rock fällt. Von der Taille abwärts, die von einem gerafften schwarzen Seidenband betont wird, rund um das Dekolleté und auf den transparenten Ärmeln wurden zahlreiche schwarze Stickereien eingearbeitet, die perfekt zu der Maske passen.

»Sag was!«, drängt Dione. Sie steht inzwischen direkt neben mir und sieht mich erwartungsvoll an. »Es ist zu schlicht, oder?« Der Glanz in ihren Augen schwindet mit einem lauten Seufzen.

»Es ist ...«, ich suche verzweifelt nach Worten, »perfekt. Ich weiß gar nicht, wie ich dir danken soll.«

»Es gefällt dir, ja? Ich weiß, dass du diesem Schnickschnack«, sie deutet auf die Monsterkleider der anderen Puppen, »nichts abgewinnen kannst. Du bist natürlicher, echter. Da drängte sich dieser Entwurf für dich geradezu auf.«

Ich umarme Dione, presse sie so fest an mich, dass ich in ihrem lila-pinkfarbenem Haar zu ersticken drohe.

Glück ist ... wenn deine Freundin dich so gut kennt, dass sie das perfekte Kleid für dich zaubert.

»Ich hatte wirklich Bedenken wegen dieser Matching Night und dem dazugehörigen Ball«, sage ich, nachdem ich sie wieder losgelassen habe, »aber nun freue ich mich darauf.« Meine Worte kommen aus tiefstem Herzen und Dione quietscht vor Freude.

»Jetzt solltest du es aber anprobieren, falls ich noch Kleinigkeiten ändern muss. Es war schwer, nicht schon den Entwurf direkt an dir abzustecken. Ich musste schätzen.« Sie reibt sich über die Schläfe. »Zieh dich am besten dort hinten aus.« Sie deutet auf einen aus drei Spiegeln bestehenden Paravent in der Ecke neben ihrem Bett. »Ich gebe dir gleich das Kleid nach hinten.«

Ich folge ihrer Anweisung, schlüpfe aus meinen Klamotten und in das Kleid, das Dione mir nach hinten reicht. Anschließend komme ich wieder zu ihr. »Den Reißverschluss konnte ich nicht ganz zumachen.« Umständlich versuche ich es ein weiteres Mal, aber Dione ist schneller, schließt die letzten Zentimeter und dreht mich zum Paravent um. Ich erkenne mich selbst kaum wieder. Wann habe ich das letzte Mal ein Kleid getragen? Ich kann mich nicht erinnern. Und ein Modell wie dieses stand für mich bisher sowieso außerhalb jeder Reichweite.

»Alle Lion-Anwärter werden neidisch auf deinen Match sein«, sagt Dione vollkommen überzeugt. Unsere Blicke begegnen sich im Spiegel, während sie an meiner durch das breite schwarze Band optisch schmaleren Taille herumzupft. »Und wirklich jedem Gast auf dem Ball werden die Augen ausfallen.« Sie begutachtet ihr Werk noch einmal absolut zufrieden.

»Wie wird der Abend eigentlich ablaufen?«, frage ich, während ich wieder hinter dem Paravent verschwinde, um mich umzuziehen. »Laura wurde von Valérie beauftragt, mit mir über die Anwärterphase zu sprechen, aber sehr viel habe ich nicht aus ihr herausbekommen. Haben dir deine Eltern vielleicht mehr über das Matching-Night-Wochenende erzählt?«

»Schön wär's«, ruft sie zurück. Ich höre ihre Schritte im Zimmer. »Obwohl mich das natürlich am meisten interessiert hat.« Sie schnaubt. »*Wo wäre denn da der Spaß, Schatz*«, säuselt sie mit verstellter Stimme, vermutlich die Imitation ihrer Mutter. Und auch wenn zwischen ihrer und meiner Familie Welten liegen, klingt es doch so, als wären sich unsere Mütter ähnlich. Der Gedanke bringt mich zum Lachen.

»Was ist so lustig?« Dione kommt wieder näher, ihre Stimme wird lauter. Ich ziehe mir gerade den dicken Strickpullover über mein ärmelloses Top und befreie anschließend meine Haare.

»Den Spruch habe ich auch schon von meiner Mum gehört«, erkläre ich, als ich mit dem Kleid im Arm zu ihr gehe. »Auch wenn es dabei nicht um ominöse Verbindungspartys ging.«

»Mütter sind alle gleich«, seufzt Dione und ich nicke bestätigend.

Das Thema hatte ich zuletzt mit Hannah. Der Gedanke an sie verursacht einen kurzen Stich in meiner Brust und mein Lächeln verpufft. Was sie wohl gerade tut? Ich beantworte mir die Frage selbst: Sie steigert sich in ihre Verschwörungstheorien bezüglich Beverly Grey hinein. Ich schlucke meine Eifersucht – als die ich meine Gefühle inzwischen identifiziert habe – hinunter und hoffe, dass sie mich zwischen all ihren Recherchen wenigstens ab und zu so vermisst wie ich sie.

»Was hast du heute noch vor?«, fragt Dione und sieht mich dabei fast so erwartungsvoll an wie vor meiner Meinung zu ihrem Kleid. Ich traue mich kaum, ihr zu sagen, dass ich bereits verplant bin.

»Ich wollte mit Tyler einen Film schauen«, sage ich langsam, dann kommt mir eine Idee. »Willst du mitkommen? Ich schwöre, er beißt nicht – auch wenn er gern flirtet. Ich werde dafür sorgen, dass er sich benimmt.«

Dione runzelt die Stirn. »Meinst du, das ist ihm recht? Ich denke, dass er mit dir allein …«

Ich schüttele hastig den Kopf. »Wir sind nur Freunde, die einen identisch guten Filmgeschmack haben«, erkläre ich. »Ich genieße die Zeit mit ihm, aber nicht, weil ich was von ihm will. Ich frag ihn einfach kurz, wenn du möchtest.«

Dione lächelt. »Sehr gern. Ich muss wirklich mal wieder raus aus

Raven House. Seit Tagen hänge ich an den Entwürfen und habe mehr Zeit mit kopflosen Puppen und Stoffen verbracht als in meinen Kursen.«

Ich sende bereits die Nachricht an Tyler ab und schaue zu Dione auf, die sich gerade die Augen reibt. Das pure schlechte Gewissen kneift mich in den Nacken. »Ich bin eine so schlechte Freundin«, sage ich schnell. »Ich habe dir die ganze Arbeit aufgehalst und kein einziges Mal angeboten, dir zu helfen.«

»Ach, Quatsch!« Dione winkt lässig ab, das Lächeln kehrt auf ihr Gesicht zurück. »Teamwork ist sowieso nicht gerade meine Stärke«, sagt sie dann. »Das bringt meine inneren Abläufe komplett durcheinander. Und mein Kopf mag es nicht, wenn Pläne durcheinandergebracht werden.«

»Das kenne ich«, erwidere ich nur und verkünde daraufhin, dass Tyler sich »sehr über zwei Frauen an seiner Seite freut, auf die er seinen Charme gerecht verteilen kann«.

Dione lacht. »Das klingt aber sehr selbstbewusst.«

»Du hast ja keine Ahnung!« Ich lasse mich von ihrem Lachen anstecken.

»Dann ist es doch gut, dass ich diese Wissenslücke noch schließen kann, ehe morgen dann die heiße Phase für uns Anwärterinnen startet.«

11

FREITAG, 6.11.

»Eine Stretchlimousine mit Chauffeur? Ernsthaft?« Ich starre das auf Hochglanz polierte schwarze Fahrzeug vor uns an. Daneben steht ein grauhaariger Mann im Anzug, der die Tür aufhält. Hinter ihm kommen weitere identische Fahrzeuge an und verstopfen unseren kompletten Parkplatz.

Valérie hat uns angewiesen, den Hinterausgang zu nehmen. Das Gepäck für das Wochenende sollten wir schon vor den Kursen am Morgen im Flur vor unsere Zimmer stellen. Da Dione nicht nur mein Kleid verpackt hat, versperrten gleich ein ganzer fahrbarer Kleiderständer und zwei monströse Koffer den Flur vor ihrem Zimmer, während vor meiner Tür ein kleiner schwarzer Handgepäckskoffer stand. Alles sollte laut Valérie noch vor uns am Ziel ankommen, das sie jedoch niemandem mitgeteilt hatte.

Selbst Laura ist nervös. Sie knibbelt die ganze Zeit an ihren Fingern herum, bis Brittany ihr auf die Finger haut. Nicht fest, aber doch so, dass Laura ihren Körper strafft und eine Maske auflegt, die sie regelrecht arrogant wirken lässt. Brittany und Cheryl haben keinen guten Einfluss auf Laura.

Valérie steigt in die erste Limousine, weitere Ravens folgen ihr.

Ich höre einen Korken knallen und kurz darauf Gläserklirren und ausgelassenes Lachen aus dem losrollenden Wagen, dessen blickdichte Scheiben sich gerade schließen.

Wir Anwärterinnen wurden angewiesen, die letzte Limousine zu nehmen, also warte ich hier zusammen mit Dione, Celeste, Nasreen, Emily, Kairi, Charlotte und Laura – Letztere mit deutlichem Abstand zu uns, als hätten wir irgendeine ansteckende Krankheit. Zwei weitere Limos fahren mit älteren Ravens davon. Ich verfolge ihren Weg bis zur Hauptstraße, wo sie sich zwischen anderen Fahrzeugen einreihen, die ebenfalls an den Feldern entlang zur Straße fahren. Aufregung mischt sich in die entsetzliche Warterei.

»Sind das die Lions?«, frage ich Dione und zeige auf einen sich etwas weiter östlich vom Campus entfernenden Wagen.

Dione nickt. »Lion Manor liegt direkt hinter der Mauer neben Raven House.« Sie deutet auf die Backsteinmauer, die den Parkplatz von Raven House trennt und das gesamte Grundstück der Ravens umgibt.

»Sie wohnen direkt neben uns?« Meine eigentliche Frage, warum uns das nicht gesagt wurde, schwingt wohl in jeder Silbe mit.

»Keine der Anwärterinnen soll vorab spionieren, hat Mum mir erzählt. Das erste offizielle Zusammentreffen soll während der Matching Night stattfinden.«

Endlich hält die letzte Limousine vor uns und wir steigen nacheinander ein. Eine Mischung aus kribbelnder Nervosität und prickelnder Vorfreude erfüllt den nach Leder duftenden Innenraum. Weiße Polster warten zu beiden Seiten des innen viel größer wirkenden Wagens auf uns, dazwischen gibt es eine kleine Bar, in der Gläser und Getränke mit Neonlicht beleuchtet sind.

Während wir unserem Ziel immer näher kommen, kochen Gerüchte rund um die sagenumwobene Matching Night hoch. Einzig Laura starrt über die Schulter zum getönten Fenster hinaus und beteiligt sich nicht an unserem Gespräch. Einem kleinen Teil von mir tut sie leid, aber dann denke ich wieder an ihre arrogante Art, und das Mitleid schmilzt dahin wie die Eiswürfel aus dem Sektkühler, die Celeste auf den Boden gefallen sind.

Was offenbar auch Nasreen auffällt. Sie sieht von Laura zu mir und ihre dichten Brauen rücken näher zusammen. Dann spricht sie Laura mit einer Direktheit an, die diese erstarren lässt. »Bist du nur wegen des Stipendiums hier oder willst du auch Spaß haben?«

»I...ich will eine Raven werden«, stammelt Laura.

»Aber warum?« Nasreen lehnt sich ehrlich neugierig nach vorn, weshalb ich meine Frage zurückhalte. Dione neben mir mustert die beiden wie auch alle anderen Anwärterinnen.

Endlich hat sich Laura wieder im Griff und setzt die Zickenmaske von Brittany und Cheryl auf. »Weil ich es verdient habe.« Mehr sagt sie nicht, starrt nur wieder zum Fenster hinaus und lässt die Blicke, die sich alle zuwerfen, an sich abprallen.

»Stipendium?«, frage ich Nasreen.

»Wusstest du das nicht?«, fragt sie mich beinahe schockiert. »Weshalb bist du Anwärterin geworden?«

»Wegen Raven House«, gebe ich leise zu und rutsche unruhig auf dem Leder hin und her.

»Und dir hat niemand gesagt, dass zusätzlich zur kostenlosen Unterbringung auch alle anderen Kosten des Studiums übernommen werden?«

Ich schüttele den Kopf, sehe dann vom Boden zwischen den Sitzbänken wieder auf und direkt in Nasreens von zarten Lachfältchen umringte dunkle Augen. »Dann hat unsere Nummer zwei wohl etwas versäumt.« Ihr Blick huscht kurz zu Laura, die aber nicht reagiert, ehe sie wieder mich ansieht. »Das nenne ich mal eine positive Überraschung. Ich hoffe, du schaffst es.«

Ich bin verwirrt von ihrer Direktheit und murmele nur ein »Danke«. Während der weiteren Fahrt habe ich nur noch das Stipendium und all die Möglichkeiten im Kopf, die eine Mitgliedschaft bei den Ravens bedeuten würde: Meine Familie könnte sofort die Kredite auslösen und die Hypothek auf Großtante Marys Haus tilgen. Es wäre ... ein Traum. Ein Traum, für den ich kämpfen werde – erst recht mit dem Verdacht, dass Laura mir absichtlich so viel verschwiegen hat.

Der Himmel ist mit rosafarbenen Schäfchenwolken betupft, als wir durch ein breites geöffnetes Metalltor rollen. Wir starren alle zum Fenster hinaus, verfolgen die kunstvoll in Form geschnittenen Hecken und passieren mindestens zwei Brunnen, ehe die Limousine eine Kurve fährt und auf meiner Seite des Wagens ein majestätisches Gebäude nach oben wächst. Kairi stößt einen leisen Schrei aus und verschließt dann sofort mit ihrer Hand den Mund. Der Fahrer öffnet die Tür, alle steigen langsam aus und betrachten voller Ehrfurcht den barocken Prachtbau vor uns.

»Willkommen auf dem Landsitz der Stewards«, werden wir von Valérie begrüßt. Sie steht auf der von steinernen Balustraden gesäumten Vordertreppe, flankiert von all den anderen Ravens. »Lord und Lady Steward verbringen die Wintermonate in Italien und haben uns freundlicherweise ihren Sommersitz überlassen.« Sie macht eine ausladende Geste. »Bitte folgt mir, damit wir unseren Flügel beziehen können. Die Lion-Anwärter werden ebenfalls gleich ankommen.«

Begleitet von lautem Gemurmel gehe ich neben Dione die Stufen hoch. Wir folgen Valérie in einen Seitenflügel, in dem sie uns auf verschiedene Etagen verteilt. Dione und ich bekommen ein Zimmer, worüber ich mehr als froh bin. Unser Gepäck ist schon da, und kurz nachdem wir uns frisch gemacht haben, werden wir von einem Dienstmädchen in einer perfekten Uniform, die ich nur aus Kostümgeschäften und Serien kenne, abgeholt und in den pompösen Speisesaal gebeten.

Bis jetzt habe ich den Speisesaal in Raven House für luxuriös gehalten. Was nun vor mir liegt, ist schlichtweg die Kulisse eines historischen Films. Der riesengroße Raum wird von einer Tafel in U-Form dominiert. Die Wände sind voller edler Kunstwerke, zwischen denen Lampen hängen, die alten Gaslichtern nachempfunden sind. Hoch über uns reflektieren Tausende Kristalle mehrerer Kronleuchter das Licht und sprenkeln die Gemälde und Tapeten.

Das Dienstmädchen bittet uns, noch zu warten, und deutet auf Valérie, die neben einem jungen Mann mit kurzen dunkelblonden Locken an der Stirnseite der Hufeisentafel sitzt. Neben ihnen reihen sich Ravens und Lions auf, die ich besonders genau mustere. Ich erkenne ein paar der Jungs vom Campus wieder oder – wie den Sohn eines Medienimperiums – aus der Presse. Auf jeder Seite sind noch acht Plätze frei. Ich sehe zur Seite und entdecke einen weiteren Eingang zum Speisesaal, wo ein paar Jungs miteinander feixen und zu uns deuten. Die Lion-Anwärter. Dezent daneben steht ein Typ im Anzug, der wie aus der Zeit gefallen scheint. Alles an ihm schreit *Security*.

Nachdem wir unsere Plätze eingenommen haben, betrachte ich die acht uns gegenübersitzenden Lion-Anwärter etwas genauer – und verschlucke mich fast, als sich ein Typ mit hellbraunen Haaren und in eine Lederjacke gekleidet endlich von seinem Sitznachbarn abwendet und ich ihn erkennen kann. Dione neben mir kneift mich in den Oberschenkel, sodass ich beinahe aufschreie.

»Das ist Joshua Prentiss!«, flüstert sie so laut, dass besagter Joshua sofort zu uns herüberschaut – wie alle anderen im Raum auch. Hitze schießt mir in die Wangen und ich starre auf das blütenweiße Stoff-Tischset vor mir. Eigentlich hätte mir klar sein müssen, dass der Sohn der US-Präsidentin der perfekte Nachwuchs für die Lions ist. Offenbar ist mir tief in meinem Inneren noch nicht klar, in welchen Kreisen ich mich wirklich befinde, obwohl mich ihr Luxus tagtäglich umgibt.

Während das Essen von einem Schwarm Kellnerinnen und Kellner serviert wird, geben Valérie und Kellan Thomas – der Vorsitzende der Lions – kleine Hinweise zum Verlauf des Abends.

»Kellan und ich haben auf unseren Tablets eure Bewertungsbögen.« Sie sieht alle Raven-Anwärterinnen nacheinander direkt an. »Das klingt aber wesentlich schlimmer, als es ist«, sagt sie an Kairi gewandt, die ganz blass geworden ist. »Wir ›bewerten‹ lediglich, wie ihr euch in bestimmten Situationen schlagt, damit wir euch den perfekten Match zuweisen können.« Sie sieht zu Kellan neben sich, der daraufhin das Wort ergreift.

»Lions dulden keine Hahnenkämpfe«, ermahnt er seine Anwärter, die sich sofort etwas aufrichten – oder habe ich mich getäuscht? »Es wird nicht von euch entschieden, auf wen ihr am morgigen Matching-Night-Ball trefft. *Wir* entscheiden das.« Kellans Kiefermuskulatur arbeitet. Obwohl er sich nicht bewegt, gleiten Schatten über sein markantes Gesicht. Bei den Lions scheint eine etwas strengere Ordnung zu herrschen.

Während der endlos vielen Gänge aus winzigen Portionen auf gigantischen Tellern tauschen Anwärter und Anwärterinnen unentwegt Blicke aus wie schüchterne Teenager. Manche wirken sogar abschätzend, kalkulierend. Wobei man wohl kaum am Essverhalten sehen kann, wer zu einem passen könnte. Oder doch? Valérie und Kellan tuscheln ständig miteinander und deuten auf ihre Tablets auf dem Tisch, in die sie mit dem dazugehörigen Stift Notizen machen. Für den Rest der Mahlzeit verkrampfe ich mich bei jedem Bissen, während mir seltsame Fragen durch den Kopf gehen. Esse ich korrekt? Wo genau soll ich mein Messer ablegen? Ist das der richtige Löffel für die traumhafte Schokocreme, die zum Dessert serviert wird? Und warum fühlt es sich an wie eine Henkersmahlzeit?

12

FREITAG, 6. 11.

Das Wissen, akribisch beobachtet zu werden, macht mich wahnsinnig. Es wird auch nicht besser, als wir den Speisesaal verlassen und in den »Gesellschaftsraum von Lord und Lady Steward« gebeten werden. Die meisten Ravens und Lions biegen einen Flur vorher ab, nur wenige sind neugierig auf die Datingspielchen, die nun folgen sollen. Na ja, je weniger »Zeugen« diese Peinlichkeit hat, desto besser, denke ich mir, während ich einen Fuß vor den anderen setze, aber eigentlich am liebsten davonlaufen würde.

Dione nimmt meine Hand und drückt sie kurz. Im Gegensatz zu meinen Eisklötzen ist ihre warm und weich. »Es ist keine Prüfung, bei der du versagen kannst«, flüstert sie in mein Ohr und ich nehme mir vor, die Worte zu beherzigen, mit denen Dione meine tiefste Angst eingefangen hat.

Im Gesellschaftsraum erwartet uns ein Speeddating-Szenario, wie ich es aus Filmen kenne: acht Tische, auf denen ein Blumenarrangement aus Rosen und eine Kerze stehen, die Romantik assoziieren sollen. In mir erweckt beides eher den Drang, davonzulaufen.

»Nicht«, haucht Dione, legt mir die Hand auf den Rücken und schiebt mich weiter auf einen der Tische zu.

Ergeben setze ich mich.

Kellan erklärt den Ablauf. »Sobald ich das Startzeichen gebe, setzen sich die ersten Herren zu den Damen. Ihr habt jeweils fünf Minuten Zeit, einen ersten Eindruck voneinander zu bekommen. Nach den fünf Minuten rücken die Lion-Anwärter einen Tisch weiter. Danach könnt ihr eure potenziellen Matches für die weiteren Spiele vielleicht schon richtig gut einschätzen. Viel Spaß!«

Die Jungs treten an die Tische. Das Schaben des Stuhls meines ersten Gegenübers verursacht bei mir eine Gänsehaut und ich schaudere, als er mir gerade mit einem ebenso unsicheren Lächeln seinen Namen nennt: Niklas Arvidsson.

»Geht es dir gut?«, fragt er gleich im Anschluss und wir verbringen die vollen fünf Minuten Datingzeit mit einem oberflächlichen Gespräch über unsere aktuelle Befindlichkeit. Nach Niklas' skandinavischer Blässe und den blonden Haaren ist der Kontrast zu meinem nächsten Gegenüber, Julio Hernandez, umso stärker. Der überaus selbstbewusste Spanier prahlt mit der Firma seines Dads und würde sich damit bei einem normalen Date sofort ins Aus schießen, ganz gleich, wie charmant er darüber hinaus sein kann.

Barron Carstairs ist das typische Klischee eines arroganten Sprösslings uralten Adels – worüber ich innerhalb der fünf Minuten mehr erfahre als über ihn. Seine steife Haltung, die übertriebenen Bewegungen seiner Hände – ich hätte mit Dione um alles Mögliche gewettet, dass er so versnobt ist, wie er aussieht. Und ich hätte gewonnen.

Das erste gute »Date« habe ich mit Kemal Bayoumi, der Biochemie studiert – erst jetzt fällt mir auf, dass ich von keinem der anderen Jungs bisher etwas über den Studiengang erfahren habe –, weil er seine »gesamte Kindheit im Labor seiner Eltern verbracht« hat und »garantiert schon über dem ersten Strampler einen Laborkittel trug«. Mit seinem Humor verzaubert er mich regelrecht und dadurch entspanne ich mich zum ersten Mal an diesem Abend. Die fünf Minuten sind leider viel zu schnell um.

Mein nächster Datepartner ist Thomas Baumgärtner. Er stammt aus Deutschland, hat drei Geschwister, spielte Fußball bis in irgendeine Liga, die mir nichts sagt, ist von zu Hause abgehauen und wohnt nun bei seiner Tante. Sein Monolog klingt wie die Sprachausgabe meines Handys, wenn ich mir einen Wikipedia-Artikel vorlesen lasse. Zum Glück ist unsere Zeit begrenzt.

Anando Rai nennt mir direkt nach seiner Begrüßung und Vorstellung die Bedeutung seines indischen Vornamens: Glück und Freude. Und ebendies möchte er für mich sein. Wir diskutieren den Rest der Zeit darüber, was mein Name bedeutet. Da *cara* im Spanischen *teuer* heißt, spricht er mich nur noch mit »Teuerste« an, während ich immer wieder zum Nachbartisch spicke, an dem Emily gegenüber von Joshua Prentiss sitzt, der wortwörtlich auf seinem Stuhl hängt wie dahingeworfene Klamotten. Statt mich auf mein Glück – Anando – vor mir zu konzentrieren, bemerke ich jede noch so kleine Regung des Präsidentinnensohns.

Ziemlich erleichtert springt er auf, als die Runde zu Ende ist, komplimentiert Anando von seinem Platz und setzt sich mit einem spitzbübischen Zucken des rechten Mundwinkels mir gegenüber. Die Arme legt er lässig auf den Tisch, dann wartet er ab, bis ich ihn ausreichend gemustert habe. Seine schwarze Lederjacke hat er inzwischen abgelegt, nur ein sehr enges dunkelblaues T-Shirt bedeckt seinen offensichtlich gut trainierten Oberkörper.

»Genug gestarrt?«, fragt er und unterbricht damit meinen ausführlichen Scan – schließlich hat man nicht jeden Tag den Sohn der ersten Präsidentin der USA direkt vor sich.

Nein, das ist gelogen. Seine Mutter könnte weiß Gott wer sein, ich würde vermutlich trotzdem seiner geraden Kieferlinie folgen und meinen Blick über die Bartstoppeln bis zu seinen dunkelblauen Augen wandern lassen, vor denen ein paar hellbraune Haarsträhnen hängen. Joshua Prentiss strahlt mit jeder Zelle ein übertriebenes Selbstbewusstsein aus, das mit dem von Tyler konkurrieren kann. Auch wenn es sich bei ihm anders anfühlt. Wo Tyler wie ein offenes Buch ist, wirkt Joshua Prentiss so kühl und distanziert, als hätte ich nicht das Recht, ihm gegenüberzusitzen – geschweige denn, ihn zu mustern. Automatisch versperrt sich etwas in mir und geht in Deckung. Ich lehne mich nach hinten und verschränke die Arme vor der Brust.

»Na also. Geht doch«, sagt Joshua und streicht sich die Haare aus dem Gesicht, ehe er loslegt. »Ich bin Josh, meine Lieblingsfarbe ist Schwarz – und ja, mir ist bewusst, dass es keine Farbe ist. Sollte Schwarz ausgeschlossen sein, nehme ich Jeansblau. Deine?«

Ich starre ihn an, während die abgefeuerten Worte langsam in mein Hirn sickern. »Türkis?«, erwidere ich zögernd und nach einem kurzen, kaum sichtbaren Zusammenzucken nickt er.

»Ich habe keine Geschwister. Du?«

»Eine Schwester, Phoebe«, sage ich vollkommen überrumpelt und füge wie aus dem Nichts hinzu: »Wir nennen sie meistens Phee.«

»Wie du vermutlich weißt, ist mein Dad gestorben. Leben deine Eltern noch, sind sie geschieden oder …«

»Das wird jetzt aber persönlich, oder?« Ich setze mich aufrechter hin, um zumindest annähernd auf gleicher Höhe zu sein.

»Wir müssen die fünf Minuten bestmöglich ausnutzen. Ich will gewinnen.« Er grinst kurz, dann hakt er nach: »Und? Geschieden, verwitwet ...«

»Verheiratet«, sage ich und warte auf den nächsten Teil des Verhörs. Josh nutzt die Zeit wirklich optimal aus und ich weiß am Ende mehr von ihm – private, *wichtige* Dinge als nach Thomas' heruntergeratterter Zusammenfassung.

Der letzte Speeddate-Kandidat lässt sich mir gegenüber auf den Stuhl fallen und stöhnt theatralisch, während er sich seine blonden Dreadlocks aus dem Gesicht schiebt. »Ich weiß, wie unhöflich ich rüberkomme, aber wenn ich mir noch irgendeine Information merken soll, explodiert mein Gehirn.«

Ich lache und er grinst mich an, seine weißen Zähne heben sich stark von seiner dunklen Haut ab. »Dann soll ich nicht einmal meinen Namen nennen?«, frage ich.

Er zieht kurz sein Lippenpiercing zwischen die Zähne. »Na gut, vielleicht doch.« Er reicht mir die Hand, sie ist warm und rau. »Hi, ich bin Austin Sanders und definitiv nicht für so was hier geeignet.«

Lächelnd stelle ich mich ebenfalls vor.

»Freut mich, dich kennenzulernen, Cara. Was studierst du?«

»BWL. Ich weiß, langweilig, aber ...«

»Langweilig? Am St. Joseph's ist nicht einmal BWL langweilig. Oder hast du bisher den Eindruck?«

»Nein, eher im Gegenteil, aber ...«

»Dann sag das nicht, nur weil du denkst, andere denken so darüber.«

Ich kneife die Augen zusammen und überlege, was er studieren könnte. Aber ich bin sauschlecht im Raten, also frage ich nach.

»Jura.«

Ein offenbar vorurteilsbehafteter Teil in mir will etwas dazu sagen, doch ich presse rasch die Lippen aufeinander, was Austin zum Grinsen bringt.

»Ich liebe es, Vorurteile anderer gegen mich zu verwenden.« Er wackelt mit der ebenfalls gepiercten Augenbraue.

»Erwischt«, gebe ich zu.

»Du bist nicht die Einzige. Das wird später meine Superheldenkraft vor Gericht: unterschätzt zu werden.«

Wir lachen beide und erneut finde ich es schade, als Valérie das Speeddating für beendet erklärt.

Alle erheben sich und wenden sich den beiden Vorsitzenden der Verbindungen zu.

»Zeit, euer frisch erworbenes Wissen auf die Probe zu stellen«, beginnt Kellan, das Tablet unter den Arm geklemmt, ehe Valérie fortfährt: »Wir bitten euch nun in Paaren nach vorn. Cara, Austin. Erweist ihr uns die Ehre, zu beginnen?«

Als könnten wir Nein sagen. Wir sehen uns kurz an, heben die Schultern und gehen nach vorn, wo Kellan gerade zwei Stühle mit den Rückenlehnen aneinander aufstellt. Nachdem wir uns hingesetzt haben, drückt Valérie mir eine grüne und eine rote Karte in die Hand, während Kellan das Spiel erklärt.

»Ihr bekommt jeweils eine grüne und eine rote Karte. Ich stelle euch Fragen und ihr müsst antworten, indem ihr die grüne Karte für Ja und die rote Karte für Nein hochhebt. Wer etwas sagt oder irgendwie versucht, das Ergebnis zu beeinflussen, bekommt einen Minuspunkt, den ihr über euren Match hinaus mit euch tragen werdet und der vielleicht zum Ausscheiden führt, wodurch ihr eure Anwärterschaft verlieren würdet.«

Ich schlucke, plötzlich wieder die Bedeutung der Situation im Blick. Das hier ist nicht nur Spaß, sondern – zumindest für mich – bitterer Ernst. Mithilfe eines passenden Partners, mit dem ich die späteren Aufgaben perfekt lösen kann, könnte ich die Vision, die ich während der Fahrt hierher hatte – wie sich alle finanziellen Sorgen meiner Familie in Luft auflösen –, wahr werden lassen. Von allen Kandidaten des Speeddatings könnte ich mir am besten eine enge Zusammenarbeit mit Austin vorstellen. Daher strenge ich mich enorm an, doch wir scheitern grandios. Jedes Mal wenn wir dieselbe Karte hochhalten, jubeln die anderen – was leider bei zehn Fragen nur zwei Mal vorkommt. Aber ich weiß weder, ob Austins Mum Richterin ist – ich tippe auf ja –, noch glaubt er, dass mein Lieblingskaffeezusatz Karamell ist. Es ist zum Verrücktwerden.

Zu allem Unglück wiederholt sich das Spiel, während sich ein Lion-Anwärter nach dem anderen hinter mich setzt und die Fragen alle gleich dämlich bleiben. Der Letzte in der Runde ist Josh, mit dem ich dank des ausgiebigen Speedverhörs ganze sieben Übereinstimmungen habe. Zwei davon waren geraten, aber was soll's.

Josh bleibt sitzen und ich darf endlich aufstehen, mich zu Dione und den anderen gesellen und ebenso wie sie jubeln oder buhen, je nach Übereinstimmung. Die fiese Seite in mir freut sich über jedes Buh, das einem Fail zwischen Laura und Josh folgt. Sie ist mit leuchtenden Augen zum Stuhl gegangen, hoch motiviert und siegesgewiss, doch am Ende hatten die beiden gerade einmal vier Übereinstimmungen.

Als Dione an der Reihe ist und sich ihre Partner abwechseln, bin ich beeindruckt, was sie aus den Jungs herausbekommen hat und wie viel diese offenbar über Dione wissen. Sie ist eindeutig ein Speeddating-Profi und weiß, worauf es ankommt. Die meisten Punkte schafft sie mit Barron und Austin.

Als alle dran waren, ist es schon kurz nach elf und trotz des Mitfieberns bin ich wahnsinnig müde und kann mir ein Gähnen nicht mehr verkneifen. Valérie und Kellan beraten sich ein Stück entfernt von uns.

»Ein Spiel haben wir noch, ehe wir euch entlassen. *Kiss, Mary, Kill.* Bitte kommt einzeln nach vorn.«

Laura springt auf und geht zu den beiden. Kellan fächert ein paar Karten auf und Laura zieht drei davon. Welche Namen darunter sind oder wie sie sich entscheidet, bleibt unter den dreien.

Als ich später vorn stehe, schaue ich mir die primitive Kiss-Mary-Kill-Tabelle auf dem Tisch an, bis Kellan neu gemischt hat und sieben Karten professionell auffächert. Ich ziehe die ganz rechts, wie ich es von klein auf bei sämtlichen Kartenspielen tue. Phee meinte mal, dass ich den schönen Fächer wohl nicht zerstören will, aber ich habe keine Ahnung, ob das stimmt.

Ich wende die Karten und starre auf die Namen, mein Hirn rückt mit dem Hinweis nach, dass es nur sieben Karten waren, nicht acht. *Kiss, Mary, Kill* mit ... den Raven-Anwärterinnen Nasreen, Laura und Dione.

Warum habe ich erwartet, dass ich den Karten potenzielle Matches zuordnen muss? Während der Wartezeit bin ich die Lion-Kandidaten durchgegangen, sodass mich die weiblichen Namen nun vollkommen aus dem Konzept bringen.

»Du musst die Karten nur in die für dich passende Spalte legen«, erklärt Valérie noch einmal.

Schnell ordne ich die Karten. Dione würde ich heiraten. Ich schiebe ihren Namen in die mittlere Spalte. Wenn ich eine der drei umbringen müsste, wäre es wohl Laura. Ihr Name liegt nun unter »Kill«. Bleibt im Ausschlussverfahren nur noch der Kuss mit Nasreen.

Valérie macht ein Foto davon, ehe Kellan die Karten zusammensammelt und mischt. Valérie lächelt mich aufmunternd an, was sich wie ein Lob anfühlt, ehe sie Niklas nach vorn ruft.

Dione fragt mich stumm nach meinem Urteil, aber ich schweige. Ich kann mir nur allzu gut vorstellen, dass diese Überraschung auch eine bleiben soll, daher signalisiere ich ihr nur ein »später«.

Als endlich alle gewählt haben, dürfen wir gehen. Dione und ich sind gerade an der Tür des Gesellschaftsraums angekommen, da stellt Laura die Frage, die vermutlich nicht nur mir auf der Zunge liegt.

»Wann verrätst du uns denn das Ergebnis der Matching Night, Valérie?«

»Ihr lernt euren Partner morgen Abend beim Ball kennen.«

13

SAMSTAG, 7.11.

Spa-Tag. Das war für mich immer ein vollkommen abstrakter Begriff, den ich nur aus Zeitschriften und Serien kannte. Im Gegensatz zu den meisten Ravens. Ich spüre eine Mischung aus Neugier und Spannung, will unbedingt wissen, ob so ein »Entspannungstag« für Glücksmomente sorgen kann. Gestern Abend habe ich aus Mangel an anderen guten Momenten in mein Glückstagebuch eingetragen: *Glück ist ... etwas überstanden zu haben, vor dem du Angst hattest.*

Ich habe den Aufgaben der Matching Night aus Angst vor einer möglichen Blamage mit einem mulmigen Gefühl im Bauch entgegengesehen. Aber rückwirkend betrachtet – jetzt, wo ich nichts mehr am Ergebnis ändern, sondern nur noch hoffen kann –, war das Ganze eher eine Kleinigkeit, auch wenn die Gesellschaft einiger Lions nicht immer angenehm war. Aber dasselbe gilt auch für einige Ravens.

Blicke fliegen zwischen den wartenden jungen Frauen hin und her. Alle tragen bequeme Kleidung und lässig gebändigtes Haar, kein großartiges Styling oder Schminke im Gesicht. Unsere Limousinen holen uns direkt nach dem ausgiebigen Frühstück ab und kutschieren uns in ein nahegelegenes Wellnesshotel, dessen gesamter Spa-Bereich heute exklusiv für uns reserviert ist.

An Diones Seite betrete ich den von Lavendelduft erfüllten Wartebereich. Alles wirkt strahlend, glänzend und ... steril. In unseren flauschigen weißen Bademänteln und den fluffigen Hausschuhen fügen wir uns wenig später farblich perfekt ein. Eine Kellnerin kommt mit einem Tablett voller Gläser zu uns, verteilt sie und fragt, aus welcher der bereitgestellten Karaffen sie einschenken dürfe. Ich wähle Mineralwasser, in dem ein paar Limettenscheiben auf und ab schwimmen wie etwas Lebendiges.

Während wir es uns auf den Sesseln bequem machen, wird eine nach der anderen – oder auch kleine Grüppchen – für die Anwendungen abgeholt. Das nahezu einzige Gesprächsthema ist – wie sollte es anders sein – der bevorstehende Matching-Night-Ball und die potenziellen Matches.

»Ich verstehe nicht, wie ich mit Josh so schlecht abschneiden konnte«, höre ich Laura zu Cheryl sagen. Sie sitzen zu dritt beisammen und Brittany scheucht die Angestellten herum, als gehöre ihr das ganze Hotel.

»Er hat so viele Dinge gefragt. Wir hätten weit mehr Übereinstimmungen haben müssen.«

»Offenbar wollte er nicht mit dir matchen«, wirft Brittany ein und starrt in meine Richtung. »Sondern mit einer anderen.« Sie nimmt einen Schluck aus ihrem Glas, ohne ihren Blick von mir zu nehmen. »Er wird schon noch sehen, was er davon hat.«

Dione, Nasreen und ein paar ältere Ravens haben ebenfalls mitgehört. Letztere verdrehen die Augen. Garantiert gab es auch zu ihrer Zeit Zankereien um die begehrtesten Partner. Neid kann Valérie jedoch nicht leiden, weil das nur schlechte Stimmung verbreitet. Und offenbar hat auch sie das Gespräch mitbekommen, denn innerhalb weniger Sekunden erhebt sie sich von ihrem Platz an der glänzenden Theke und geht mit schnellen Schritten auf die Dreiergruppe zu. Sie flüstert Laura etwas ins Ohr, das dem neugierigen Gesichtsausdruck zufolge nicht einmal Brittany und Cheryl hören können. Laura strafft die Schultern und setzt sich aufrechter hin. Diese Haltung hält sie bei, bis Celeste, Dione, Nasreen und ich zu unseren Anwendungen abgeholt werden.

Ich hätte nie gedacht, dass beruhigende Klänge, vorgewärmte Steine auf dem Rücken, Massagen und Öle tatsächlich dazu beitragen können, den Kopf freizubekommen. Wie die magischen Hände und Zaubermittelchen das angestellt haben, kann ich im Nachhinein nicht mehr sagen. Aber am späten Nachmittag fühle ich mich wie nach einer Woche Dauerschlaf und bleibe selbst in der Limousine entspannt, als erneut das Thema Ball aufkommt.

Dione und ich machen uns einen Spaß daraus, die Jungs unseren Anwärterkolleginnen zuzuordnen. Als sich alle bis auf Laura anschließen, lasse ich mich sogar darauf ein, meine wild aus der Luft gegriffenen Matches auf kleinen Zetteln zu notieren, die Nasreen aus einem Notizbuch in ihrer Handtasche gerissen hat. Danach lassen wir unsere Zettel kreisen.

»Der Fußballtyp? Echt jetzt?«, fragt Emily und sieht mich empört an. »Der war so langweilig. Was habe ich dir denn getan?« Ihr Gesichtsausdruck vernichtet das Ergebnis sämtlicher *Jungbrunnen*-Behandlungen. Alle lachen im Chor über die Reaktion, die nicht die einzige bleibt. Im Prinzip beschwert sich jede Anwärterin über jeden Match, als wir die Zettelstapel durchgehen. Bei mir sind von Austin

(Yeah!), über Niklas (Gähn!) und Barron (Gott, nein!) fast alle dabei.

Schließlich lässt sich auch Laura dazu hinreißen, ihre fiktiven Matches zu kommentieren. »Der Typ mit den verfilzten Haaren? Was soll ich denn mit dem? Ah, schon viel besser.« Mit einem zufriedenen Grinsen schaut sie auf den nächsten Zettel. Celeste neben ihr spickt darauf und liest Joshuas Namen vor.

»Woher wusste ich nur, dass du ihn dir krallen willst?«, spricht Nasreen meine Gedanken aus und erntet dafür einen stechenden Blick aus Lauras leuchtend grünen Augen, ehe sie ein kokettes Lächeln aufsetzt, das ihre hohen Wangenknochen hervorhebt.

»Weil ich es verdient habe.«

Ich bin mir sehr sicher, dass alle Raven-Anwärterinnen ihre ganz eigene Meinung dazu haben. Doch niemand kommt mehr dazu, sie auszusprechen, denn der Wagen hält vor dem Herrenhaus der Stewards und wir steigen aus.

Valérie steht wie am Tag davor auf der Treppe und wartet auf uns. »Ihr könnt alle direkt in den Gymnastikraum gehen. Eure Kleider wurden bereits dorthin gebracht.«

Wir folgen ihr die Treppe hinauf und einen der Flure entlang zu einem Raum mit hohen Fenstern, Parkett und einer komplett verspiegelten Wand. Etliche Kleiderständer auf Rollen sind darin verteilt und es stehen mehrere bequeme Stühle vor der Spiegelwand, neben denen – den Utensilien auf den Beistelltischen zufolge – Friseure und Visagisten auf uns warten.

Während wir uns anziehen, schminken und frisieren lassen, bringen uns Kellnerinnen Snacks, die das verpasste Abendessen ersetzen sollen, und dazu Gläser mit perlendem Champagner. Ich lehne jedoch ab und bestelle lieber Wasser, schließlich möchte ich gern Herrin über all meine Sinne sein, wenn ich gleich meinem Match gegenübertrete. So weit denken aber offenbar nicht alle. Charlotte leert ein Glas nach dem anderen, ihre Nervosität ist regelrecht greifbar. Der Alkohol macht ihr Zittern jedoch eher schlimmer als besser. Ich bringe ihr ein paar der winzigen Blätterteigtäschchen und kann sie überreden, etwas zu essen.

Kurz vor sieben bin ich fast fertig und starre mein Spiegelbild an. Das Kleid sitzt jetzt tatsächlich noch besser als bei der Anprobe, was ich nicht für möglich gehalten hätte. Aber nun habe ich das Gefühl, alles oberhalb des Seidenbandes an meiner Taille wäre ein Teil von mir, eine zweite Haut. Der hauchdünne Stoff mit den Stickereien schmiegt sich an meine Arme bis knapp unter die Ellbogen, wo die Ärmel in einem Spitzensaum enden. Der tragende Teil des Kleides darunter sitzt weder zu eng noch lässt es mich unförmig wirken. Es betont meine Figur perfekt. Die hohen schwarzen Stilettos, die ich zusammen mit Dione ausgewählt habe, sind bequemer als erwartet.

Die Stylistin tritt hinter mich und nimmt die Halbmaske aus meiner Hand. Meine Haare hat sie so hochgesteckt, dass sie das Band der Maske unter einer der Strähnen zuknoten kann. Das Metall ist für einen Moment noch eiskalt, als es meine Haut berührt, wärmt sich jedoch schnell auf. Die Kettenglieder streifen bei jeder kleinen Bewegung sanft über meine linke Wange wie ein zarter Kuss.

Die Maske macht die Veränderung perfekt. Es ist eindeutig, dass ich es bin – die kupferroten Haare sind schwer zu verbergen –, dennoch wirke ich wie eine vollkommen andere Person. Ich bin mir nur noch nicht sicher, wie ich das finden soll.

Auch Dione hat inzwischen ihre Maske erhalten. Ihr Kleid gleicht einer Galaxie. Zahlreiche Glitzersteinchen – oder Diamanten – auf dem glänzenden dunklen Stoff funkeln bei jeder Bewegung. Von ihrer Taille aufwärts ziehen sich rosafarbene Schlieren über den Stoff, die dann in einer Farbexplosion auf ihrem Kopf enden. Ihre Maske ist ein filigranes Geflecht aus Silber, so zart, als würde schon ein Wangenkuss sie von ihrem Gesicht schmelzen.

»Du siehst hinreißend aus«, sage ich, als sich unsere Blicke im Spiegel begegnen. Zarte Röte zeigt sich am unteren Rand ihrer Maske.

»Äh ... danke«, sagt sie und zupft an ihrer perfekt sitzenden Taille herum.

»Und ich betone, dass ich damit nicht deine Kreation meine«, lege ich nach, weil ich es unglaublich süß finde, wie schlecht sie mit Komplimenten umgehen kann.

»Anwärterinnen«, dringt nun Valéries Stimme durch den Gymnastiksaal und ein Ruck geht durch den Raum. Alle stehen inzwischen verändert vor der Spiegelwand, viele in selbst geschneiderten Modekreationen von Dione, was in meinem Inneren eine Wärme aufsteigen lässt, die ich als Stolz deute. Auch Valérie trägt ein Kleid von Dione. Ein nachtschwarzer Traum, der in einem langen ausgestellten Rock mit schwarzen Federn endet, die auch ihre Halbmaske bedecken. Ihre kinnlangen Haare hat sie nach hinten gegelt und aus den Spitzen ragen etliche weitere schwarze Federn hervor. Auf ihren Schultern ruht eine Stola, die zu leben scheint. Tausende schwarze Marabu-Federn erzittern bei jeder Bewegung und jedem noch so kleinen Lufthauch. Durch die geöffnete Tür hinter ihr dringt leise Musik zu uns herein. Nichts Klassisches, wie man in diesem Haus erwarten würde, sondern wummernde Bässe, über denen eine leise Melodie schwebt.

»Folgt mir bitte.« Valérie dreht sich um, wir kommen ihrem Befehl nach und treten aus dem Gymnastikraum auf den Flur hinaus. Weil es inzwischen dunkel ist, beleuchten zahlreiche vergoldete Wandlampen den Weg über den dicken Läufer, der unsere Schritte verschluckt und das Gehen in den hohen Absätzen erschwert. Mit jedem Dezibel, den die Musik lauter wird, schlägt mein Herz schneller. Das ganze Styling und die aufwendigen Kleider erinnern mich an die Abschlussbälle in Highschool-Filmen, und unter die Angst, auf irgendeine Weise zu versagen und meine Träume zu vernichten, mischt sich eine knisternde Aufregung. Das Kribbeln in meinem Bauch breitet sich immer weiter aus, als wäre ich in einem solchen Film gefangen und bereit, meinem Abschlussdate zu begegnen. Dione greift nach meiner Hand und ich drücke sie sanft, als uns Valérie anhält.

»Anwärterinnen, es ist so weit.«

Wenn ich sie nicht sehen könnte, würde ich ihr breites Lächeln garantiert hören, das ihre Maske leicht nach oben schiebt.

»Stellt euch bitte in der von mir genannten Reihenfolge auf.« Sie schaut auf das Tablet, das auf ihrem Unterarm ruht wie ein Teil von ihr. Passend zum Outfit hat es eine Schutzhülle mit aufgedruckten Federn. Sie tippt kurz auf das Display und die Musik verstummt. Stimmen und Geflüster steigen eine nicht weit entfernte Treppe empor, ehe eine erwartungsvolle Stille einsetzt, als hätte das alte Gebäude die Luft angehalten.

Valérie senkt die Stimme zu einem kaum hörbaren Flüstern. »Laura als meine Zweite geht voran.«

Laura tritt mit erhobenem Kopf nach vorn. Sie trägt ein trägerloses goldenes Meerjungfrauenkleid, das ihre schlanke Figur betont, ehe es in weiten Wellen über ihre hohen goldenen Schuhe fällt und beinahe den Boden streift. Selbst unter der goldenen Halbmaske ist ihr Ausdruck eindeutig zufrieden.

»Danach folgen Charlotte, Kairi, Emily, Nasreen und Celeste.« Alle genannten Mädchen reihen sich im Flur auf. »Den Abschluss bilden Dione und Cara.«

Mit zitternden Knien stelle ich mich als Letzte in die Reihe. Dione sieht über die Schulter zu mir und schenkt mir ein aufmunterndes Lächeln.

»Es ist kein Test«, flüstert sie, ehe wir Valérie im Gänsemarsch zur Treppe folgen. Mit einem kurzen Tippen auf ihr Tablet löscht Valérie sämtliche Kristallkronleuchter im Foyer und taucht alles unterhalb der Treppe in vorübergehende Dunkelheit. Einen Wimpernschlag später erleuchten Tausende kleine Lichter das Geländer rechts und links der Treppe, selbst die Stufen vor uns schimmern in einem sanften goldenen Licht. Von unten muss es aussehen, als schwebe Laura auf Sternen hinab, um ihre Hand auf den Unterarm ihres maskierten Begleiters zu legen, der am Fuß der Treppe auf sie wartet. Ich kann im Halbdunkel dort unten nicht erkennen, wer ihr Match ist.

Charlotte, Kairi und die anderen folgen Lauras Beispiel, haken sich bei ihrem Partner unter und verschwinden aus meinem Blickfeld, begleitet von sanften Gitarrenklängen. Der perfekte Soundtrack.

Dione wirft mir noch einen kurzen Luftkuss zu, bevor sie nach unten geht. Mit zusammengekniffenen Augen glaube ich, am Fuß der Treppe Austins Rastazöpfe zu erkennen, und mein Magen sackt nach unten.

»Bist du bereit?«, flüstert Valérie und streicht mir sanft über den nackten Unterarm.

»Ich weiß nicht«, erwidere ich ehrlich und zaubere damit ein Lächeln auf Valéries Lippen.

»Ich wünsche dir viel Spaß beim Ball. Jetzt aber los, dein Match wird sonst ungeduldig.« Sie deutet mit dem Kopf zur Treppe und drückt noch ein letztes Mal meinen Arm.

Ich gehe auf das Licht am oberen Absatz zu und habe plötzlich nur noch einen Gedanken: Was, wenn ich über den Saum des Kleides stolpere, wenn ich auf den hohen Absätzen umknicke und die Treppe hinunterstürze, anstatt anmutig hinabzusteigen wie die anderen Anwärterinnen? Was, wenn … Mit der rechten Hand umklammere ich das Geländer und drehe mich zu Valérie um.

»Du darfst dich ruhig am Geländer festhalten, da spricht nichts dagegen«, sagt sie mit ansteckend entspannter Stimme. »Mir ging es damals nicht anders. Die Aufregung hat Gummi aus meinen Beinen gemacht.«

Ich schließe die Augen, hole ein letztes Mal tief Luft, hebe meine Lider und wage den ersten Schritt. Dann den nächsten. Meine Hand schwebt nur noch über dem Handlauf, ich muss mich nicht festhalten, denn mit jeder Stufe werde ich sicherer. Am Ende der Treppe greife ich nach der Hand, die mir entgegengehalten wird. Sie ist überraschend rau, durch die Halbmaske kann ich den dazugehörigen Lion-Anwärter jedoch nicht ausmachen. Die vollen Lippen verziehen sich zu einem schwachen Lächeln, das eher gezwungen und daher alles andere als beruhigend auf mich wirkt. Die

Augen sind unter der schwarzen, mit Silber bestäubten Maske kaum zu sehen.

»Willst du hier nur rumstehen, Emerson?«

Meine fluffige Abschlussball-Traumdate-Stimmung gefriert beim Klang der eiskalten Stimme, der ein genervtes Seufzen folgt.

14

SAMSTAG, 7.11.

Ich bin mir nicht sicher, ob Sekunden, Minuten oder Stunden vergehen, ohne dass ich mich an dem mir angebotenen Arm unterhake. Die zahlreichen Lichter um mich herum verschwimmen zu einem goldenen Rauschen.

»Joshua Prentiss?«, vergewissere ich mich, nachdem ich meine Stimme wiedergefunden habe.

»Josh«, erwidert er knapp, aber bestimmt. Und in einem Ton, der nur allzu deutlich macht, dass er normalerweise das Sagen hat. Dann schiebt er seinen angewinkelten Arm noch ein Stück weiter in meine Richtung. »Wir können hier warten, bis die Party vorbei ist, aber ich habe seit heute Nachmittag nichts gegessen und daher...«

»Was haben sich Valérie und Kellan nur gedacht?«, spreche ich meine Gedanken laut aus. Offenbar liegt genug Enttäuschung in meiner Stimme, denn Josh lässt seinen Arm fallen und dreht sich zu mir um.

»Wie bitte?«, fragt er mit seinem amerikanischen Akzent und schiebt die silberglänzende Maske nach oben.

Mit einem Blick auf den ungläubigen Gesichtsausdruck kommen mir die nachfolgenden Worte wie von selbst über die Lippen. »Warum sind sie der Meinung, *wir* würden perfekt zusammenpassen? Wir haben ...«, ich rudere mit einer Hand in dem spärlichen Raum zwischen uns, »nichts gemeinsam.«

»Ich bin ganz deiner Meinung, Emerson.« Josh greift meine noch immer in der Luft hängende Hand und legt sie auf seinen Unterarm. »Aber wir sind doch erwachsen genug, das nicht jedem zu zeigen.« Er kneift die Augen zusammen und schiebt die Lippen vor. »Zumindest einer von uns ist es.«

Dann besitzt er auch noch die Unverschämtheit, meine untergehakte Hand zu tätscheln wie ich den Kopf von Phee, wenn ich sie ärgern will. Das gefrorene und anschließend zersplitterte Abschlussdate-Feeling schmilzt in der wütenden Hitze dahin, die nun in mir brodelt.

»Ich werde auf dich achten, *Prentiss*«, verwende ich wie er zuvor nur den Nachnamen. »Als Erwachsene macht man das so.«

Ich ignoriere das Zischen, mit dem er absichtlich laut einatmet, ziehe den Sohn der mächtigsten Frau der Welt mit mir und halte auf den Ballsaal zu.

Ein unmaskierter junger Mann tritt vor der doppelflügeligen Tür näher, aber Josh hebt den Arm und winkt ab. »Nein, Jace, es ist okay.«

»Vergiss es, Josh.« Dieser Jace kommt entschlossen näher, ich weiche automatisch zurück. »Sicherheitskontrolle.«

Ich drehe mich zu Josh um. »Ist das dein ...«

»Jason Miller, Secret Service.« Statt eines Ausweises hält er mir einen schwarzen Stab vor die Nase und beginnt damit in nur wenigen Zentimetern Abstand über mein Kleid zu fahren. Das Ding gibt ein konstantes schwaches Surren von sich und ich realisiere, dass ich von der Highschool-Lovestory in einen Polit-Thriller gesprungen bin.

Jason gibt mit einem Nicken sein Okay, dass wir den Weg fortsetzen dürfen. Dieses Mal ist es Josh, der mich vorantreibt, weil ich noch immer nicht darüber hinwegkomme, dass ich eben durchleuchtet wurde wie auf einem Flughafen.

»Was für ein toller Start in die Ballnacht«, murmele ich leise vor mich hin. Josh hat aber so gute Ohren, dass er mich hört.

»Nicht nur in die Ballnacht.« Er setzt ein breites Grinsen auf, das eher besorgniserregend als nett ist, aber bevor ich nachhaken kann, höre ich Valéries Stimme aus den Boxen schallen.

»Liebe Ravens, liebe Lions und liebe Anwärterinnen und Anwärter. Willkommen zum jährlichen Maskenball. Würden unsere Matches bitte nach vorn treten?«

Die Schar der Maskierten gleitet zur Seite, sodass Josh und ich auf direktem Weg zum DJ-Pult gehen können, wo Valérie sich das Mikro gekrallt hat. Ich höre das Getuschel um uns herum, immer und immer wieder Joshs Namen – und den seiner Mutter. Er wabert nach oben bis unter die hohe gewölbte Decke, unter der zahlreiche Kristallkronleuchter winzige Lichtpünktchen durch den Saal werfen, der aus Barbies Königinnentraum entsprungen sein könnte. Überall funkelt verschwenderisches Gold, mal mattiert, mal auf hochglänzenden Flächen, die im spiegelnden Licht aussehen, als würden sie brennen. Zu unserer Rechten sind etliche bodentiefe Fenster, vor denen transparente goldene Gardinen hängen. Und direkt vor meiner Nase stolziert die goldene Meerjungfrau Laura am Arm ihres Partners nach vorn. Ich kann immer noch nicht erkennen, wer es ist. Im Vergleich zu den Anwärterinnen sind die Jungs in ihren Smokings nahezu im Einheitslook erschienen, daher bin ich froh, als Josh mir »Barron Carstairs« zuraunt, als könnte er meine Gedanken lesen. Etwas dezenter gekleidete maskierte Kellner huschen mit Tabletts zwischen den Gästen umher, ein paar von ihnen flankieren aber auch Valérie und Kellan.

»Eure erste Aufgabe startet noch heute Abend«, verkündet Valérie mit einem unheilvollen Grinsen und hebt etwas hoch, das verdammt nach … Nein! Unter Schockstarre sehe ich zu, wie Valérie ein Pärchen nach dem anderen mit Plüsch-Handschellen verbindet. Als sie bei Laura und Barron Carstairs ankommt, die direkt vor uns stehen, weiche ich zurück.

»Stell dich nicht so an, Emerson«, haucht Josh so nah an meinem Ohr, dass sein Atem für eine Gänsehaut sorgt. »Die meisten träumen davon, an mich gefesselt zu sein.«

»Damit sie vor deinen Anmachsprüchen nicht davonlaufen können?«, erwidere ich, ohne ihn dabei anzusehen. Mein Blick ist auf den rosa Plüsch gerichtet, dessen darunterliegendes Metall gerade um Lauras Handgelenk einrastet.

»Mach nicht so ein Gesicht, Cara«, flüstert mir wenig später auch Valérie zu, während Kellan Josh fesselt. »Es werden Fotos gemacht.« Sie deutet kurz mit dem Kopf zur Seite, wo tatsächlich jemand fleißig meinen angewiderten Gesichtsausdruck in Pixel bannt, den vermutlich auch die Maske nicht kaschieren kann. Also ringe ich mir ein Lächeln ab, als Valérie Joshs Arm nah an meinen bringt und das weiche Plüsch an meinem Handgelenk kitzelt.

»Es geht doch nichts über dein bezauberndes Lächeln, Emerson«, raunt Josh mir ins rechte Ohr und ich schwöre, dass ich sein breites Schmunzeln höre. Es hallt in mir nach und übertönt das Klick-klick-

klick, mit dem sich die Fessel immer enger um mein Handgelenk schließt. Valérie drückt am Ende noch einmal meine Hand und tritt lächelnd zurück zu Kellan, der das Mikrofon an sich genommen hat.

»Auch von mir ein herzliches Willkommen«, beginnt er. »Alle Ravens und Lions wissen, wie wichtig uns die Tradition der Matching Night und der gemeinsamen Aufgaben der Anwärterphase ist.« Zustimmendes Murmeln, Klatschen und sogar vereinzeltes Jubeln rauschen durch den Saal und hallen von der Gewölbedecke wider. »Für alle Anwärterinnen und Anwärter gilt: Ab jetzt seid ihr an euren Match gebunden. Wenn ihr die Handschellen nach dem obligatorischen ersten Tanz loswerden wollt, kommt zu mir und Valérie. Viel Spaß beim Ball.«

Ich verspüre plötzlich einen unbändigen Drang, zu tanzen. Noch ehe die Musik einsetzt, wende ich mich der noch freien Tanzfläche an der Seite zu, wo der blank polierte Marmor die Deckenlichter reflektiert. Mit einem nicht gerade sanften Zerren an meinem rechten Arm werde ich jedoch gestoppt.

»Willst du etwa, dass ich dich zum Tanz *bitte*?«, wende ich mich an Josh, dessen linke Augenbraue sich daraufhin über den Rand der Maske hebt.

»Wenn, dann bitte *ich dich* zum Tanz, Emerson. Meine Mom hat mich schließlich gut erzogen.«

Die Erwähnung seiner Mutter rückt alles in ein anderes Licht. *Mom.* So … normal. Und doch ist sie die Präsidentin der USA. Ich öffne den Mund, um etwas zu sagen, die Silben bleiben jedoch auf meiner Zunge kleben.

»Die Reaktion ist mir nicht neu. Aber du darfst den Mund wieder schließen.« Er stupst mich am Kinn an.

»Du bist …«, presse ich hervor.

»Gut aussehend, charmant, berühmt für meine guten Sprüche«, hilft er mir auf die Sprünge.

»… ein arroganter Idiot. Warum wurden ausgerechnet wir als Paar ausgesucht? Ich kann Typen nicht ausstehen, die alle Frauen anglotzen, als wären sie Beute. Und ja, ich habe gesehen, wie du Laura auf ihren goldenen Hintern gestarrt hast.«

»Höre ich da etwa Eifersucht, Emerson?«

Wie ich diesen herausfordernden Ton hasse!

»Ganz sicher nicht. Ich mag nur keine arroganten Typen wie dich, die sich selbst überschätzen.«

»Wirklich?«

Ich sehe, wie sich seine Augen hinter der Maske verengen, und erinnere mich plötzlich an ein Gespräch vor ein paar Wochen, einen der täglichen Flirts mit Tyler. Derselbe Vorwurf, aber mit einem Lachen.

»Bei Tyler ist es anders«, murmele ich vor mich hin. Ich brauche klare Grenzen für mich und mein Post-Mason-Herz.

»Wie bitte?«

»Ach, nichts. Lass uns tanzen, damit wir die Dinger loswerden.« Ich wende mich wieder der Tanzfläche zu, auf der bereits das erste Paar in Handschellen tanzt, Kairi und ihr Partner, aber Josh hält mich zurück.

»Was noch?« Ich klinge wie ein maulender Teenager und ärgere mich über mich selbst.

»Während der nächsten Tage ist *alles* ein Test, Cara.« Seine Stimme klingt mit einem Mal anders. Sie bringt auch nicht die genervte Cara hervor, sondern einen anderen Teil von mir zum Schwingen. Außerdem hat er meinen Vornamen benutzt.

»Wie meinst du das?«

»Ich meine, wir sollten uns erst mal das Büffet ansehen, ein paar Runden durch den Saal drehen, mit Freunden sprechen und unter den Letzten sein, die auf die Tanzfläche gehen und anschließend darum bitten, die hier loszuwerden.« Er hebt den linken Arm und zieht damit natürlich meine rechte Hand mit nach oben.

»Du denkst, das ist schon der erste Test?« Ich sehe auf den weichen Plüsch hinab, der wie Wolken um unsere Handgelenke liegt. Was, wenn Josh recht hat?

»Ich denke nach. Solltest du auch mal probieren, Emerson.«

Wie gern hätte ich laut aufgestöhnt. War klar, dass die Version von Josh eben nur eine Ausnahme war und er die Mauer zwischen uns sofort wieder hochzieht.

»Wenn ich noch mehr *nachdenke*, stehst du leider gleich ohne Partnerin da. Denn wenn ich es mir recht überlege, wäre ich gerade überall lieber als hier.«

»Du wärst überall lieber als an meiner Seite?«

»Ja, stell dir vor, dein Charme versagt bei mir.«

Seine Mundwinkel kräuseln sich, ehe er sich mit der Zungenspitze die Lippen befeuchtet. »Bist du dir sicher?«

»Ja«, presse ich schnell hervor, bevor sich mein lossprintender Herzschlag auf meine Stimmbänder auswirkt, und lege etwas umständlich mein gefesseltes Handgelenk auf seinen Unterarm. Die Kette zwischen den Handschellen ist dafür gerade lang genug.

»Dann lassen wir meinen Charme wohl besser auf die anderen Gäste wirken.«

»Willst du uns blamieren?«, sprudelt es wie von selbst aus mir heraus. Joshs Mundwinkel zucken, als wir gemeinsam losgehen.

Ich halte Ausschau nach Dione, die mit ihren Haaren eigentlich alles andere als unauffällig ist, kann sie jedoch nirgendwo im Saal entdecken.

»Suchst du jemanden?«, fragt mich Josh. »Sag mir wen, dann kann ich dir von hier oben aus behilflich sein.« Er bemüht sich sichtlich, nicht zu grinsen.

»So klein bin ich nun auch nicht«, verteidige ich mich automatisch. »Schon gar nicht mit denen hier.« Ich hebe mein linkes Bein und ziehe den Rock etwas nach oben. Schlechte Entscheidung. Mein Körper ist es nicht gewohnt, einbeinig auf schmalen Stilettos zu stehen, und ich gerate aus dem Gleichgewicht. Mein Begleiter stützt mich, ehe ich mich wieder gefangen habe.

»Das üben wir besser noch.«

Ich hole tief Luft, lasse die spitze Bemerkung dann jedoch unkommentiert. »Ich suche nach Dione. Dione Anderton. Ich weiß nicht genau, wer ihr Match ist, tippe aber auf Austin.«

Josh nickt kurz und sieht sich im Saal um. »Sie scheint nirgendwo zu sein. Vielleicht müssen die beiden bereits ihre erste Aufgabe erfüllen.«

»Heute schon?«, meine Stimme klingt selbst in meinen Ohren schrill. »Ich dachte, das hier«, ich tippe mit der linken Hand auf seinen Teil der Plüschfesseln, »wäre die erste Aufgabe.«

»*Alles* ist eine Aufgabe, habe ich mir sagen lassen«, murmelt er vor sich hin und schiebt die Maske nach oben. Sein Blick ist in die Ferne gerichtet, er zieht sein Handy aus der Tasche, wählt eine Nummer und fragt: »Wo ist Anderton?« Dann legt er auf.

Weil nichts passiert, denke ich, er will mich nur veräppeln – das süße kleine Mädchen aus der britischen Provinz. Ich setze gerade zu einer Schimpftirade an, als eine Nachricht auf seinem Display erscheint. Josh wirft einen Blick darauf, dann zieht er mich zielstrebig zu den bodentiefen Fenstern. Als er nach draußen deutet, friere ich allein schon bei dem Gedanken an die Temperaturen dort, aber Josh geht zielstrebig weiter. Er hält mir die schwere Glastür auf, was zu einem umständlichen Aneinanderrempeln durch die Fesseln führt. Dadurch merke ich zuerst gar nicht, dass mir anstatt der erwarteten Kälte warme Luft entgegenschlägt, vermischt mit dem Geruch nach feuchter Erde und verschiedenen Pflanzen. Nachdem sich die Tür hinter uns geschlossen hat, höre ich in der plötzlichen Stille das stetige Tropfen von Wasser und leise Stimmen. Dann ein Lachen, das unverkennbar Dione gehört.

Ich ziehe Josh in diese Richtung. Wir passieren zahlreiche knöchelhohe Leuchten, die wie kleine metallene Pilze aussehen und ein indirektes Licht auf den unebenen Pfad werfen. Auf den mit Rindenmulch ausgelegten Wegen fällt es mir schwer, nicht umzuknicken, daher stütze ich mich mehr als einmal unfreiwillig an Josh ab, der zum Glück keinen Kommentar dazu abgibt. Aus diesem Grund halte auch ich mich zurück, als er über eine Bodenwelle stolpert und sich an mir festkrallt.

»Wer hat dir gesagt, wo sie ist?«, frage ich, um das unangenehme Schweigen zwischen uns zu brechen.

»Jace. Es ist sein Job, zu wissen, wer sich wo befindet.« Sein Tonfall klingt so arrogant, dass ich ernsthaft überlege, ob ich mir die grinsende Version von Josh nur eingebildet oder erträumt habe. In diesem Moment biegen wir um einen ausladenden Oleander und landen an einem filigranen, in ein Meer aus Rhododendren gebetteten Metallpavillon, der aus einem Disneyfilm stammen könnte. Jede der unzähligen Streben, die sich oben immer weiter verflechten, ist von einer Lichterkette mit Hunderten kleinen Lämpchen umschlungen. In ihrem Licht entdecke ich Dione und Austin. Sie lungern mit ausgestreckten Beinen auf der Metallbank. So habe ich Dione noch nie gesehen. Sie hat ihre Maske in die Haare geschoben, genau wie Austin, und grinst mich an, während sie auf den Platz neben sich klopft. Ich will mich schon setzen, da beugt sich Josh zu mir. Sein Atem streift mein Gesicht, als er flüstert: »Du musst neben mir sitzen.«

Völlig perplex sehe ich ihn an, dann deutet er mit dem Kinn auf unsere Hände. Vor Freude über Dione habe ich ganz vergessen, dass ich an einen arroganten Idioten gefesselt bin.

»Werde ich. Aber ich sitze auch neben Dione«, sage ich im besten Befehlston und lasse mich langsam neben meine Freundin sinken. Josh ist gezwungen, sich noch weiter nach vorn zu beugen. Mit meiner freien Hand und einem herausfordernd süßen Lächeln klopfe ich auf den freien Platz zu meiner Linken. Joshs Kiefermuskulatur regt sich. Er schürzt die Lippen, gibt dann jedoch nach und setzt sich mit einer Drehung, damit wir uns nicht verknoten, neben mich. Erst dann wird mir klar, dass mein rechter Arm nicht meterlang ist und meine Hand maximal bis zu meinem Oberschenkel reicht, auf den Josh nun in Zeitlupe und mit einem zufriedenen Ausdruck im Gesicht seine gefesselte Hand legt. Ich starre darauf und überlege, was ich sagen soll, als Dione losprustet.

»Das könnte lustig werden«, meint auch Austin und reicht Dione mit seiner freien Hand ein Glas, das neben ihm stand. Dann nimmt er ein weiteres und prostet uns zu.

»Joshua Prentiss«, stellt sich Josh höflich vor. Offenbar hat er wirklich eine bessere Erziehung genossen als der Rest von uns.

»Wissen wir«, erwidert Dione und prustet wieder los.

Austin steigt mit ein.

»Was habt ihr denn schon getrunken oder …«, frage ich unsicher und versetze mir direkt darauf in Gedanken einen Tritt, während Austins Augenbrauenpiercing nach oben wandert. Vorurteile. Hatten wir das nicht erst gestern beim Speeddating?

»Wir haben beschlossen, Spaß zu haben«, erklärt Dione. »Das ist unser erstes Glas, aber von Austins Geschichten wird man high.«

Austin lächelt ehrlich und deutet mit einem Kopfnicken eine Verbeugung an. »Stets zu Diensten.«

Ich werfe einen Blick zur anderen Seite, wo Joshs Miene so ziemlich das Gegenteil ausdrückt. Er sitzt da wie ein bockiges Kind. Ich stupse ihn mit der Schulter an und lege so viel Sarkasmus in die Stimme, wie ich in dieser entspannten, hübsch beleuchteten Kulisse aufbringen kann. »Hast du deinen Charme im Ballsaal gelassen?«

»Den verwende ich nur sparsam. Für heute ist er wohl aufgebraucht.« Seine Stimme ist frei von jeder Emotion.

Ich drehe mich zu Dione, um Josh demonstrativ den Rücken zuzuwenden, was seine Hand etwas weiter auf meinen Oberschenkel zieht. Ich versteife mich, seine Finger ballen sich zur Faust.

»Vielleicht sollten wir jetzt tanzen gehen?«, schlage ich in die Runde vor.

»Um die Nähe zu meinem bezaubernden Match gegen einen Drei-Meter-Radius zu tauschen?«, erwidert Austin und hebt die gefesselte Hand, an der Diones Arm baumelt. Sie grinst. »Dazu bin ich noch nicht bereit.«

»Drei-Meter-Radius?« Ich schaue Josh fragend an und versuche, in seiner Zitronenbissmiene zu lesen.

Er antwortet tatsächlich schneller als Austin. »Die hier sind nur ein Sinnbild für die elektronische Fessel, die Valérie und Kellan in unserer App aktivieren werden, sobald wir zu ihnen gehen.«

»Heißt das …«

Endlich sehe ich wieder ein Grinsen auf Joshs Lippen. Wenn auch ein raubtierhaftes. »O ja, Emerson. Genau das heißt es.«

15

SAMSTAG, 7.11.

Beim obligatorischen Tanz versuche ich, mir meine *überschwängliche* Freude über meinen Match nicht gleich anmerken zu lassen. Dass Josh mich nahezu im Sekundentakt daran erinnert, ist sicher hilfreich. Dennoch hat mir das Treffen im Pavillon gezeigt, wie toll es hätte laufen können. Austin hat ein absolutes Talent, seine Zuhörer in den Bann zu ziehen. Morgen werde ich garantiert Muskelkater vom Lachen haben. Selbst Josh konnte sich hin und wieder ein breites Grinsen kaum verkneifen. Ich hätte gern seine Gedanken gelesen und kann mir vorstellen, dass er als Gegenmittel zu Austins Humor finstere Verfolgungsjagden vor Augen hatte, was auch den wachsamen Blick erklären würde. Irgendwann hat er dann beschlossen, unsere kleine Auszeit zu beenden, und mich – höflich – um einen Tanz gebeten. Dione und Austin haben unisono geseufzt und uns »Kindern« viel Spaß beim Tanzen gewünscht.

Wie gern hätte ich Austin als Match gehabt!

»Wenn wir morgen irgendeine Aufgabe bekommen, bei der man viel laufen muss, wirst du mich tragen müssen«, sagt Josh, nachdem er mich mal wieder viel zu schnell hin und her gerissen hat und ich mit den blöden Schuhen aus dem Gleichgewicht geraten und auf seinem Fuß gelandet bin.

»Wir können gern die Schuhe tauschen. Mal sehen, wie du dich dann anstellst«, gebe ich grummelnd und in meiner Ehre gekränkt zurück. Schließlich haben Hannah und ich in ihrem letzten und meinem vorletzten Highschooljahr einen Tanzkurs besucht.

»Nie wieder!«, erwidert Josh prompt und bringt mich damit aus dem Konzept.

»*Wieder*?«, hake ich nach. »Wie in: Das hast du schon mal gemacht?«

Er mustert mich unter der Maske und überlegt offenbar, wie viel er über sich preisgeben will. »Es war eine Wette mit einer Freundin, weil ich sie ... kritisiert habe, mir zu oft auf die Füße zu treten.« Seine Augen glänzen, sein Blick gleitet vermutlich zu jenem Moment, der ihm sofort ein ehrliches Lächeln auf die Lippen zaubert.

Etwas zwickt in meiner Magengegend und ich lenke mich mit einer Rückfrage ab. »Und du konntest echt in den Dingern tanzen?«

»Nicht wirklich. Aber gib's zu, im ersten Moment warst du beeindruckt.« Das spitzbübische Grinsen lässt die emotionale Erinnerung in seinen Augen verblassen.

»Womit habe ich das nur verdient«, sage ich und trete ihm bei der nächsten Drehung mit voller Absicht noch einmal auf den Fuß.

Nachdem Josh genug gejammert hat, gehen wir zu Valérie und Kellan, die uns nach einer kurzen Notiz auf ihren Tablets die Handschellen abnehmen. Ich reibe mir das Handgelenk, während Kellan aus einer Schachtel unter dem Tisch zwei weiße Boxen hervorzaubert, die unsere Namen tragen. Mit gerunzelter Stirn öffne ich die Goldschlaufe und finde im Inneren eine Smartwatch, auf deren Unterseite mein Name eingraviert ist.

»Die Uhren werden mit euren Handys synchronisiert, sobald ihr die Freigabe erteilt«, sagt Kellan und bittet uns um die Codeeingabe auf unseren Handys. Während ich auf die Synchronisation warte, streckt Kellan Josh die Hand entgegen. »Ich muss an dein Handgelenk.«

Josh ziert sich noch immer.

»Die Uhr ist obligatorisch für die Fortsetzung der Anwartschaft.«

Endlich gibt sich Josh geschlagen, erteilt erst die Freigabe auf dem Handy und löst anschließend seinen rechten Manschettenknopf. Gut gebräunte Haut kommt zum Vorschein. Die Muskeln darunter arbeiten, als er den Ärmel hochkrempelt.

Ich reiche Valérie ohne Aufforderung meinen rechten Arm und ohne eine Frage von mir erklärt sie: »Handys kann man dem Partner mitgeben oder irgendwo liegen lassen.« Sie legt mir die Uhr an. Das kühle Metall auf der Unterseite des Displays lässt mich erschaudern. Vielleicht liegt es auch an ihren Worten? »Die Uhr hier sendet Kellan und mir einen Alarm, sollte sie abgenommen werden. Für die Zeit der Anwärterphase werdet ihr sie *immer* tragen, das ist wichtig. Sie ohne triftigen Grund – und ohne Absprache – abzunehmen, führt zum Ausschluss. Das besagen die Regeln.« Sie wartet mit dem verschließen des Armbandes, bis ich zustimmend genickt habe. »Wir erhalten auch ein Signal, wenn ihr euch während der aktivierten Phase mehr als drei Meter voneinander entfernt.« Sie deutet auf das Raven-Symbol neben einem Kompass auf dem Display, dessen Zeiger sich gerade wild im Kreis dreht. »Alles verstanden?«

Ich nicke wieder und starre auf die Zeiger, die gerade zum Stillstand kommen, als Josh seinen Arm senkt.

»Dann ein kurzer Systemtest.« Kellan umrundet den Tisch und zieht Josh mit sich. Das Raven-Symbol auf meinem Display wechselt von Grün über Orange zu Rot, kombiniert mit einer immer stärkeren Vibration. Das komplette Display leuchtet in grellem Rot auf, als Josh die 3-Meter-Grenze überschritten hat.

Valérie ruft über die Musik hinweg: »Signal ist da. Alles korrekt.« Sie hebt den Daumen in Kellans Richtung. Daraufhin schiebt er Josh wieder zu mir, die Farben wechseln wieder, die Vibration wird schwächer und endet dann komplett.

Josh stellt die Frage, die er offenbar in meinem Gesicht gelesen hat: »Wie lange bleibt dieser Alarm aktiv?«

»Heute bis Mitternacht. Morgen habt ihr noch einen Tag für euch allein, ab Montag solltet ihr euch dann von acht bis zwanzig Uhr in der Nähe voneinander aufhalten. Ihr bekommt dazu aber noch eine Push-Nachricht in der App und auch auf der Uhr. Übrigens: Die Uhren sind vollkommen wasserdicht, eine Tiefe ab etwa einem halben Meter schwächt jedoch die Übertragung, was das Signal stört und den Radius falsch berechnen könnte. Beim Tauchen solltet ihr also besser vorsichtig sein.«

»Hatte ich sowieso nicht vor«, murmele ich vor mich hin und versuche in Gedanken bereits, die kommende Woche zu planen. In meinem Kopf klebt dabei neben meinem immer Joshs Gesicht wie eine billige Fotobearbeitung. Wie soll das gehen?

Dione und Austin haben ihren Tanz inzwischen auch beendet und schlendern zu uns.

Argwöhnisch mustert Dione die Uhr an meinem Handgelenk.

»Seit wann hast du denn so eine? Und wieso hast du mir das nicht gesagt? Ich hätte sie passend ...«

»Dione!«, ruft Valérie und zieht die Aufmerksamkeit meiner Freundin auf sich, indem sie mit Diones Uhr wedelt.

Sie wendet sich schnell noch einmal zu mir. »Ist es das, was ich denke?«

Ich nicke.

»Na dann los, lassen wir uns weiter fesseln«, sagt Austin mit einem breiten Grinsen und schiebt Dione an mir vorbei.

»Viel Spaß«, wünsche ich ihnen.

»Und jetzt?« Ich sehe auf die ungewohnte Uhr am Handgelenk. »Kann die auch irgendwie die Uhrzeit anzeigen?« Auf dem Display sehe ich nur den Kompass und die grüne Anzeige für die Nähe zu Josh.

»Komm mit«, fordert er mich auf und geht schnurstracks auf einen der Stehtische in der Nähe der Bar zu. Dort nimmt er meine Hand und bettet sie unerwartet sanft auf die weiche Tischdecke. Dann tippt er das Display an und ich bekomme einen Crashkurs in Sachen Bedienung. Selbst auf meine noch so dämlichen Rückfragen reagiert er gelassen und freundlich.

»Und nun drück mal hier«, bittet er mich.

Ich drücke wie gefordert auf das kleine Symbol, starre auf ein blinkendes grünes Herz und warte auf eine Erklärung.

Die Berührung kommt wie aus dem Nichts. Seine Finger fahren mit einer federleichten Bewegung über den Spitzensaum meines Ärmels, mit Daumen und Zeigefinger zieht er eine Spur auf der Ober- und Unterseite meines Unterarms entlang. Noch bevor er mir sanft in den Nacken pustet, verstehe ich, was die App macht. Das Herz blinkt schneller und schneller und die Zahl darunter schießt in die Höhe. Hastig ziehe ich meine Hand weg und schließe die Anzeige, wie er es mir gezeigt hat.

»Mein Charme hat also keine Wirkung?«, sagt er ruhig und beißt sich auf die Unterlippe. »Dein Puls sagt etwas ganz anderes.«

Höheren Mächten sei Dank springt die Anzeige meiner Uhr in diesem Moment auf Mitternacht und das grüne Raven-Symbol verblasst zu einem deaktivierten grauen Feld. Ich renne so schnell aus dem Ballsaal, dass Cinderella neidisch gewesen wäre – und ohne meinen Schuh zu verlieren. Dabei überlege ich ständig, wie ich Josh die nächsten Wochen in meiner Nähe ertragen soll, ohne vor Scham im Boden zu versinken.

Zu allem Unglück kommt es noch schlimmer. Auf meinem Bett wartet ein Umschlag mit Raven-Symbol. Langsam und nervös gehe ich darauf zu, als könnte er mich im nächsten Moment anspringen. Ich *weiß* einfach, dass es die erste Aufgabe ist. Dione hat ihrer Mum dieses Detail entlockt und der Umschlag, der so unschuldig auf meinem Kopfkissen ruht, sieht exakt so aus, wie sie ihn mir beschrieben hat.

Ich reiße ihn auf und entnehme die Karte im Inneren.

Bis zum letzten Ball werden du und dein Match ein Paar spielen. Ergeben die Umfragen der Ravens unter den Kommilitonen am St. Joseph's, dass man eure Beziehung für einen Fake hält, erhaltet ihr Minuspunkte.

Bestätige den Erhalt der Aufgabe in der Raven-App.

Darunter steht ein handschriftlicher Vermerk:

Tu nichts, was ich nicht auch tun würde ;-) V.

Denkt Valérie etwa, sie hätte mir einen Gefallen getan, indem sie mir irgendwie Josh als Match angehängt hat? Ich öffne die App – sogar auf der Smartwatch – und quittiere den Empfang der Aufgabe in dem kleinen Pop-Up. Danach schreibe ich Valérie eine Nachricht und starre auf die Uhr, bis als Sperrbild wieder der Kompass erscheint. Ich blicke auf den Pfeil und bewege mein Handgelenk. Er weist immer in Richtung Flur. Das Raven-Symbol in der Ecke ist grau.

Irgendwann gebe ich auf, mache mich bettfertig und lege mich hin. Dione ist immer noch auf dem Ball und genießt bestimmt die Zeit mit Austin.

Meine Gedanken wenden sich dem heutigen Eintrag in das Glückstagebuch zu. Während ich sie in Richtung Spa-Tag dränge und mich davon zu überzeugen versuche, dass die Stunden der Entspannung, die Besinnung auf den eigenen Körper, die wohltuenden Massagen echte Glücksmomente waren, zerrt mein Unterbewusstsein immer wieder einen ganz anderen Vorschlag hervor: *Glück ist ... wenn eine federleichte Berührung für Herzrasen sorgt.*

Ich hasse es dafür.

16

MONTAG, 9.11.

Den Sonntag verbrachten Dione und ich mit Ausschlafen, der *Bewertung* unserer Matches – wobei ich leider nur einen Promi-Punkt bekam – und der Heimreise nach Whitefield. Ich gewöhnte mich langsam an das Gewicht der Smartwatch, erschrak nur ein einziges Mal, weil ich vergessen hatte, dass ich sie am Arm trug, und bei einem Blick aus dem Augenwinkel an irgendein widerliches Krabbeltier dachte. Sehr zur Erheiterung von Dione. Am Abend habe ich noch mit meiner Familie geskypt und von meinem vorübergehenden Zimmer in Raven House erzählt. Später hat mich Phoebe noch ewig genervt, weil sie mehr wissen wollte. Ich musste ihr Fotos vom Gebäude schicken, als würde ich hier Urlaub machen. Aber ihre Begeisterung war schon immer ansteckend und so blieb mir nichts anderes übrig, als die ganze Anwärtersache als Hürde zu einem unglaublich tollen Ziel zu sehen: einem Stipendium und einem Ort, der anderen wie ein erstrebenswertes Urlaubsziel erscheint.

Glück ist … einen Ort zu haben, an dem man sich wohlfühlt.

Genau das erzähle ich an diesem Morgen Dione, die mir im Speisesaal von Raven House gegenübersitzt und immer wieder verspielt an ihren bunten Strähnen zupft, während sie mit leuchtenden

Augen von ihren Tagesplänen mit Austin erzählt. Ich hingegen suhle mich in meiner miesen Laune darüber, dass Josh mir nicht einmal auf meine Nachricht in der Raven-App geantwortet hat – geschweige denn, dass wir unsere Nummern ausgetauscht hätten – und ich nun langsam nervös werde, weil ich keine Ahnung habe, ob wir um Punkt acht Uhr innerhalb unseres Sollradius sein werden. Um uns herum ist es ungewöhnlich laut. Während wir den Speisesaal in der letzten Woche fast für uns allein hatten, sind die Tische heute gut gefüllt und Miley verteilt fleißig Kaffee und andere Getränke.

Ich scrolle durch mein Handy und öffne im Minutentakt die Raven-App.

»Wieso antwortet er nicht?«, frage ich Dione, als wäre sie allwissend.

»Vielleicht ist ihm irgendwas dazwischengekommen.«

Ich hebe auffordernd die Brauen, ohne etwas zu sagen.

»Etwas total Präsidentinnen-Sohn-Wichtiges«, fährt sie überschwänglich fort. »Immerhin schleppt er einen Secret-Service-Typen bodyguardmäßig mit sich herum.« Sie zieht die Stirn in Falten. »Kennst du den alten Film mit Kevin Costner und Whitney Houston? Wir haben ihn letztens hier angeschaut und ich frage mich seitdem, wie viele Schützlinge wohl etwas mit ihrem Bodyguard anfangen. Könntest du das für mich in Erfahrung bringen?« Sie steckt sich ein abgezupftes Stück Croissant in den Mund und spült den Bissen mit einem Schluck Kaffee nach.

»Ich soll Josh fragen, ob er etwas mit seinem Bodyguard hat?« Meine Stimme klingt seltsam ruhig, ehe ich mir das Lachen nicht mehr verkneifen kann.

Dione zuckt mit den Schultern. »Na ja ... wieso nicht? Und ob er

noch irgendjemanden kennt, der etwas mit seinem Bodyguard hat.«
Sie nickt eifrig. »Ich kenne einige exzentrische Menschen und viele reiche Leute, aber tatsächlich ist niemand dabei, der Personenschutz hat. Ist das nicht seltsam?«

Ich zucke mit den Schultern. »Hätte der Typ mich nicht mit seinem Zauberstab abgetastet, hätte ich nicht einmal bemerkt, dass Josh einen Bodyguard hat. Dabei sollte er für diesen Job doch immer in Joshs Nähe sein, oder?« Ich trinke den letzten Schluck Kaffee aus.

»Vielleicht muss ein guter Bodyguard einfach unsichtbar bleiben«, denkt Dione laut nach. »Und seinem Schützling Freiraum lassen.«

»Davon hatte Josh garantiert zu viel. Er ist total verzogen.« Ich werfe einen Blick auf mein Uhrendisplay. »Und er hat immer noch nicht auf meine Nachricht reagiert. Als wäre es nicht schon schlimm genug, dass ich meine Tage mit ihm verbringen muss.«

»Ach, er wird dich schon nicht beißen«, meint Dione zuversichtlich.

»Aber wie soll ich Tyler oder Hannah erklären, dass ich mit Josh Prentiss zusammen bin?«

»Hast du wieder Kontakt zu Hannah?« Dione runzelt die Stirn.

»Nein, immer noch Funkstille. Aber nicht mit Tyler. Er schreibt die ganze Zeit, ob wir uns treffen können, weil er mich O-Ton ›das ganze Wochenende nicht gesehen hat und sein Herz sich nach meiner Gesellschaft verzehrt‹.«

»Er ist so ein Spinner.« Dione schüttelt lachend den Kopf. »Aber vielleicht ist vor allem das deine Aufgabe: *Ihm* zu beweisen, dass du und Josh ein Paar seid.« Sie massiert sich mit dem Zeigefinger die Nasenwurzel. Ein antrainierter Tick, immer wenn sich dort eine

Falte bildet, hat sie mir erklärt. »Valérie und Kellan werden nicht nur Leute über euch befragen, die ihr kaum kennt, glaubst du nicht auch?« Sie zieht kurz die Nase kraus, dann fährt sie fort: »Außerdem ist es gefährlich, sich mit ihm zu treffen. Ihr seid so«, sie hakt ihre Zeigefinger ineinander, »eng miteinander, dass man dir unterstellen könnte, du missachtest die Regeln. Er ist kein Lion. Und auch keine Raven«, schiebt sie hinterher, weil das ja theoretisch erlaubt wäre. »Und wenn jemand Valérie oder Kellan meldet, dass ihr zusammen seid …« Den Rest des Satzes stellt sie mit ihrem Zeigefinger dar, der über ihre Kehle gleitet.

»Das hilft mir jetzt auch nicht weiter«, sage ich ehrlich und sie zuckt mit Dackelblick die Schultern. Ehe ich noch etwas sagen kann, vibriert meine Uhr. Die Benachrichtigung der Raven-App:

In 30 Minuten wird die Verbindung aktiviert.

»Wir sollten los. Sonst dreht Austin durch.« Dione tupft sich mit einer Serviette den Mund ab und erhebt sich. Ich folge ihr nach oben zu unseren Zimmern, verschwinde noch einmal kurz im Bad und treffe sie beim Runtergehen wieder.

Den Blick auf meine Uhr gerichtet gehe ich neben Dione Richtung Westcourt des St. Joseph's. Wir durchqueren den Garten und folgen dem Weg zwischen den abschirmenden Hecken hindurch, ohne dass ich eine Nachricht von Josh erhalte. Mit jedem Schritt wird mir noch bewusster, dass ich für die nächste Zeit, die wegweisend für den Rest meines Studiums ist, von einem anderen Menschen abhängig bin, den ich kaum kenne – der jetzt aber glücklicherweise neben dem Tor zum Raven-Gelände steht und so gelangweilt aussieht wie ich damals, als Mason mich ins Fußballstadion mitgeschleppt hat. Josh trägt Jeans und eine dunkle Lederjacke über einem weißen Hemd, lehnt lässig an der Mauer, die Raven House umgibt, und starrt in die Ferne. Weiter hinten auf dem Hauptweg zum College gehen einzelne Grüppchen vorbei. Eine Frau schaut sehr lange – zu lange – zu uns herüber. Sie trägt eine große Umhängetasche, verlangsamt ihren Schritt und streift sich das flatternde blonde Haar aus dem Gesicht.

Mit Diones Worten im Kopf, überzeugend zu sein, gehe ich direkt auf Josh zu und umarme ihn unbeholfen. Woraufhin er sich versteift.

»So stürmisch heute, Emerson?« Josh weicht nicht aus, sondern flüstert die Worte in mein Ohr. »Ich wusste, dass du dich nach mir sehnst. Du hast es mir schließlich oft genug geschrieben.«

»Und mir zu antworten ist unter deiner Würde?«, frage ich mit einem festgetackerten Lächeln für unsere Kommilitonen, die den Schleichweg durch das Tutorengebäude zum Westcourt nehmen, obwohl mir gerade eher nach Schreien zumute ist.

»Ich hatte etwas Wichtiges zu tun.«

Das Unausgesprochene »und du bist nicht so wichtig« bringt meine Wangen zum Glühen. In diesem Moment hätte ich alles dafür gegeben, einfach weggehen zu können. Aber nein, ich bin an diesen Typen gefesselt, der mich nicht ausstehen kann. Dafür bringe ich schnell so viel Abstand zwischen uns wie möglich.

»Wir sollten wenigstens so tun als ob.« Er deutet mit dem Kopf in Richtung Hauptweg und streckt mir seine Hand entgegen. Ich weiß nicht einmal, wie er die Studentin hinter sich überhaupt bemerkt hat. Mit einem knappen Nicken greife ich nach seiner Hand. Seine

Finger schließen sich vertraut um meine. Zu vertraut. Ich will ihm die Hand entziehen, doch er hält sie fest.

»Wir müssen überzeugend sein, Emerson. Sonst stehst du ohne Zimmer da und ich muss zurück ins Wohnheim zu Jace.« Während er das sagt, beugt er sich zu mir und küsst mich auf den Scheitel. Ich rieche sein Parfüm, irgendein süßlicher Duft, der sich mit seinem Zahnpasta-Atem mischt. Es dauert einen Moment, bis sich mein Hirn wieder soweit geklärt hat, dass ich antworten kann.

»Woher weißt du, dass ich keinen Platz ...«

»Jace«, sagt er schlicht, während wir den kleinen Innenhof des Bauwerks durchqueren, in dem die Tutoren ihre Büros haben. Schweigend gehen wir weiter und steuern über den Maincourt hinweg das Kursgebäude an. Ohne nachzufragen, gehe ich einfach davon aus, dass er meine Kurse besucht – schließlich hat er nicht einmal eine Tasche mit seinen Unterlagen dabei.

Wir gehen bereits die langen Flure entlang zu meinem Praxiskurs bei Professorin Deveraux, als die App meldet, dass unsere Verbindung in fünf Minuten aktiviert wird. Weil wir gerade vor der Damentoilette sind, will ich noch kurz reingehen, ehe ich den Rest des Tages darauf achten muss, mich nicht weiter als drei Meter von Josh zu entfernen. Was meiner groben Einschätzung nach nicht so einfach werden dürfte.

»Aber beeil dich!«, sagt Josh, während ich ihm meine Tasche reiche. »Wenn ich vor dem Mädchenklo herumstehe, wirke ich wie ein gestörter Stalker.«

»Vielleicht bist du das ja?«, erwidere ich nur knapp, ehe ich die schwere Holztür aufdrücke, an den sechs Waschbecken vorbeigehe und eine der Kabinen betrete.

Ich höre ein Lachen, dann den Namen eines Jungen, den ich nicht kenne, und zischende Tuscheleien wie früher in der Highschool. Etwas rumpelt und ich will schon rufen, ob alles okay ist, da kommt mir eine andere Stimme zuvor. Kurz darauf wird es erst still, dann höre ich Wasser rauschen.

Als ich mich wieder angezogen habe, ist es zwei Minuten vor acht. Wenn ich zu den Waschbecken gehe, bin ich auf jeden Fall innerhalb der drei Meter, sofern sich Josh nicht von der Tür wegbewegt hat, daher schließe ich die Tür auf und drücke schnell die Klinke.

Besser gesagt, ich *versuche* es.

Denn ganz egal, wie fest ich an der Türklinke rüttele, sie gibt keinen Millimeter nach. Und das wird sie auch nicht, wenn ich weiterhin auf das kleine Display an meinem Handgelenk starre und zusehe, wie der Countdown weiterrennt.

Noch eine Minute bis zur Aktivierung.

Wenn ich bis dahin nicht im Vorraum mit den Waschbecken bin, werden wir unseren ersten Minuspunkt kassieren, der zum Rauswurf führen könnte. Ich sehe mich hastig um und schätze ab, ob ich unter den Kabinenwänden hindurchkriechen kann, auch wenn sich mir vor Ekel die Haare aufstellen, wenn ich auch nur daran denke, auf einer Toilette über den Boden zu robben. Aufgrund des schmalen Spalts würde das aber ohnehin nur ein Schlangenmensch schaffen. Ich sehe nach oben. Die etwas breitere Lücke zwischen Decke und Kabine ist meine einzige Chance.

Ich steige auf den Deckel der Toilette, greife nach dem oberen Rand der Kabinenwand und versuche, nicht daran zu denken, wie eklig es selbst dort oben sein könnte. Dann setze ich einen Fuß auf den unnachgiebigen Türgriff, ziehe mich nach oben, schwinge mich ungalant über die Wand und lasse mich zwischen den anderen Kabinen mit einem lauten Klatschen auf den Boden fallen. Dabei sehe ich, dass eine Teleskopputzstange mit einem breiten Wischmopp daran meinen Türgriff blockiert. Doch dafür habe ich jetzt keine Zeit. Noch zehn Sekunden. Ich eile in den Vorraum, stütze mich am ersten Waschbecken neben der Tür zum Flur ab und hole keuchend Luft. Die Uhr gibt ein schwaches Brummen von sich, als die digitale Fessel aktiviert wird. Das Raven-Symbol in der Ecke leuchtet orange. Geschafft.

Ich drehe gerade das Wasser auf, als ich im Spiegel hinter mir eine Bewegung wahrnehme. Laura reißt gerade ein paar Tücher aus dem Spender und trocknet sich seelenruhig die Hände ab.

»Das war knapp, Cara. Du solltest darauf achten, immer in der Nähe deines Matches zu bleiben.« Sie wirft die Tücher in den Mülleimer und verlässt mit erhobenem Kinn die Damentoilette.

Am liebsten würde ich ihr ohne Händewaschen hinterherrennen und ihr mit all den Bakterien auf meinen Händen den Hals umdrehen! Doch die Vernunft siegt. Ich wasche mir dreimal die Hände und desinfiziere sie anschließend mit der Desinfektionslösung neben der Tür.

»Brauchst du immer so lange?«, sind Joshs erste Worte. Er drückt mir meine Tasche gegen die Brust und wendet sich sofort zum Gehen.

»Laura hat mich eingesperrt«, sage ich, was ihn innehalten lässt.

»Sie hat *was*?«

»Sie hat mit einem Wischmopp die Klinke der Toilettentür blockiert. Ich musste über den Kabinenrand klettern.«

»Wieso macht sie das?« Er streicht sich eine Strähne aus dem Gesicht.

»Weil zwischen den Toiletten da hinten«, ich zeige zur Tür, »und hier draußen«, ich deute auf ihn, »mehr als drei Meter liegen.«

»Sie wollte uns Minuspunkte anhängen!«

Endlich checkt er es.

Ich nicke.

»Wir werden uns andere Toiletten suchen«, murmelt er, während wir zu meinem Kurs gehen und uns in der obersten Reihe einen Platz suchen. »Kleinere, die den Abstand nicht gefährden. Oder die für beide Geschlechter zugelassen sind.«

»Ich werde nicht mit dir aufs Klo gehen«, lehne ich sofort ab.

Josh hebt verteidigend die Hände. »War nur ein Vorschlag.«

»Ein total mieser Vorschlag«, ergänze ich und packe meine Unterlagen aus.

»Vielleicht. Aber immerhin mache ich mir Gedanken. Obwohl *ich* noch ein anderes Zimmer auf dem Campus habe.«

Bis zu diesem Seitenhieb und der Erinnerung, dass er nicht wie ich auf die Mitgliedschaft in der Verbindung angewiesen ist, hatte ich mich wieder etwas entspannt – was Josh offenbar gewittert hat und natürlich sofort zunichtemachen musste.

»Macht es dir Spaß, mich immer daran zu erinnern, wie gut du es hast?«, schnauze ich ihn an.

»Wie bitte?«, hakt er mit großen Augen nach, doch ich ignoriere ihn.

»Hast du es deshalb auf einen Match mit mir angelegt? Damit du mir das ständig auf die Nase binden kannst?«

Er geht nicht darauf ein. »Wieso glaubst du, dass ich es darauf angelegt habe?« Seine Brauen bilden nahezu eine Linie. Ich erkläre ihm, was ich von Laura gehört habe.

»Ich hätte meine Seele dafür gegeben, nicht mit ihr zu matchen. Sie ist eine widerliche Person.«

Er sagt das mit so viel Enthusiasmus in der Stimme, dass er mir damit den Wind aus den Segeln nimmt und ich tatsächlich auflache. Die Mädchen vor uns drehen sich mit vorwurfsvollen Blicken um, denn Professorin Deveraux betritt den Raum und füllt ihn mit ihrer unglaublichen Präsenz.

Die nachfolgenden Kurse ziehen sich hin wie eine fiese Grippe und sind an Joshs Seite ungefähr genauso angenehm. Im Laufe des Vormittags erhalte ich einige Nachrichten von Tyler.

> Wie kommt es, dass ich kein Update vom exklusiven Raven-Wochenende bekommen habe?

> Oder Fotos.

> Fotos wären echt toll gewesen.

> Habt ihr in knappen Dessous herumgesessen?

> Ich hätte echt gern Fotos davon gehabt!

>> Du bist so ein Spinner!

> Ein liebenswerter Spinner, wenn ich bitten darf.
> Heute Filmabend bei mir?

Ich denke an Diones Worte und zögere. Tyler scheint meine Zweifel zu ahnen.

> Komm schon, du brauchst bestimmt ein wenig Abwechslung und eine Männerbrust zum Anlehnen.

Als Antwort bekommt er einen Augenverdreh-Smiley.

17

MONTAG, 9.11.

Als Josh und ich uns endlich auf das Mittagessen einigen können, ist die halbe Pause schon vorbei und wir müssen schon fast zu der kleinen Pizzeria joggen, die hungrige Studenten mit fertigen Pizzastücken versorgt.

Das Wetter ist heute mal wieder so klischeehaft englisch, dass es nicht mehr feierlich ist. Die Turmspitze der Kathedrale verschwindet selbst jetzt noch im Nebel. Wir essen, während wir durch den Park zurück zum St. Joseph's gehen. Nach ein paar einsilbigen Antworten von meinem »Freund« habe ich selbst den Small Talk aufgegeben und konzentriere mich nur noch auf meine Pizza, bis ich nichts mehr zur Beschäftigung habe. Josh sieht sich währenddessen immer wieder um oder starrt auf seine Lion-Watch. Als er wieder einmal einen Blick über die Schulter wirft, wird es mir zu viel und ich bleibe stehen.

»Leidest du unter Verfolgungswahn?«, frage ich.

Er blinzelt mich nur an. Dann zuckt sein Mundwinkel, was mich verunsichert.

»Was?«

Als er die Hand hebt, weiche ich im ersten Moment instinktiv zurück.

»Du hast da etwas Tomatensoße«, sagt er in neutralem Ton und streift mit seinem Daumen sanft über meine Wange. Für einen Wimpernschlag verharrt seine Hand und er neigt den Kopf etwas nach unten. In meinem Magen erwacht die Pizza zum Leben.

Dann erklingen schwere Schritte und ich weiche erschrocken zurück. Josh reißt ebenfalls den Kopf nach oben und sucht die Quelle des Geräuschs. Die junge blonde Frau mit der großen Tasche, die ich heute Morgen schon vor dem Grundstück der Ravens gesehen habe, dreht sich gerade noch einmal um, ehe sie weitersprintet. In der Hand hat sie eine Kamera mit Teleobjektiv.

»Nein!«, rufe ich.

Josh reagiert schneller und rennt ihr bereits hinterher. Erst als mein Handgelenk zu brummen beginnt, erwache ich aus meiner Erstarrung und folge ihm. Als ich ihn eingeholt habe, bellt er gerade in sein Handy.

»Hast du sie gefunden?«

»Nein«, erklingt die Antwort laut genug, sodass ich sie hören kann.

Kurz darauf taucht Jace zwischen zwei Gebäuden auf, die Hände entschuldigend erhoben. Er joggt zu Josh und mir. »Sie war nicht dort, wo ich sie aufhalten sollte«, sagt er, ehe er mir kurz zur Begrüßung zunickt. »Vermutlich ist sie in einem der vielen Gebäude hier untergetaucht.« Sein Arm macht eine kurze Geste über die jahrhundertealten Gemäuer, die uns umgeben. »Ich habe das Ganze gleich für eine schlechte Idee gehalten.«

Für einen Angestellten klingt er verdammt vorwurfsvoll, was seine finstere Miene noch unterstreicht.

»Und jetzt?«, frage ich, auch wenn ich die Antwort bereits kenne. Aber die Hoffnung stirbt bekanntlich zuletzt.

»Jetzt warten wir ab, ob Moms Team ein Angebot bekommt, das Foto zurückzuhalten.« Josh streicht sich mit einer fahrigen Geste die Haare aus dem Gesicht. »Und wenn nicht, bist du berühmt.« Seine Stimme trieft vor Sarkasmus.

»Ohhh, danke!«, gebe ich in demselben Tonfall zurück. »Das ist alles, was ich mir je erträumt habe!« In Gedanken sehe ich Phee, die regelmäßig sämtliche Klatschseiten durchkämmt und dort vielleicht schon heute ihre große Schwester zu sehen bekommt. Verdammt! Und da sind auch Mum und Dad, Hannah und … Tyler. Ich schlucke.

»Hey, wir kriegen das sicher wieder hin. Moms Assistentin ist sehr gut in ihrem Job.«

Versucht Josh tatsächlich, mich zu beruhigen? Ich sehe ihn an, dann zu Jace, der zuversichtlich nickt.

»Paige hat ein ganzes Archiv voller Fotos von Josh. Wenn er frech wird, droht sie ihm immer, sie an die Presse zu verkaufen«, sagt er grinsend.

Mein Kopf ruckt zu Josh, der mit einem lauten Seufzen in den Himmel schaut, bevor er ebenfalls grinst und Jace freundschaftlich gegen den Oberarm boxt. Die beiden sind wohl eher Freunde als Präsidentinnensohn und Bodyguard. Ich setze den Punkt auf die imaginäre »Was ich über Josh weiß«-Liste. Sehr lang ist sie bisher nicht, weil er fast nur preisgibt, was zu seiner öffentlichen Person gehört, oder eine Show abzieht, was immer wieder deutlich wird, wenn die Maske doch einmal kurz fällt.

Den Rest des Tages verbringen wir mit dem Durchstöbern einschlägiger Newsseiten und im Kontakt mit dieser Paige, die laut Josh für die Öffentlichkeitsarbeit im Weißen Haus zuständig ist und dafür sorgt, dass die Außenwirkung der Präsidentin tadellos bleibt. So hat es mir Josh jedenfalls erklärt und dabei versichert, dass sie seit der Vereidigung seiner Mutter eine wirklich einwandfreie Arbeit geleistet hat. Natürlich sagt er mir nicht, was genau sie denn so gut macht – und verschleiert oder zurückhält. Er wechselt lieber das Thema und fragt mich über mein Leben in Raven House aus, über die Einteilung der Zimmer, über die Hierarchien und ob ich mich wohlfühle. Er fragt sogar, ob ich schon mal in Valéries Zimmer war, weil Kellan bei den Lions anscheinend ein dekadentes Apartment bewohnt, in dem er auch sein Büro untergebracht hat. Aber ich muss ihn enttäuschen.

Am Abend wechseln wir von den Handydisplays zum Starren auf unsere Uhren und ich merke, dass ich noch nie einer Uhrzeit so entgegengefiebert habe.

Keine Sekunde nachdem der Rabe in der Ecke grau geworden ist, rufe ich ein »Bis morgen!« und gehe mit großen Schritten zu Tylers Wohnheim. Während des abgedrehten Stalkens der Klatschseiten habe ich mich so sehr nach einem Stück Normalität gesehnt. Ich habe sogar Hannah geschrieben, mehrmals. Ich hätte ihr so gern von dem unfreiwilligen Foto berichtet. Sie hätte mich aufgemuntert wie immer, wenn mir etwas auf der Seele liegt. Aber meine vielen Nachrichten blieben bisher unbeantwortet, was sich noch schlimmer anfühlt als die Sorge um meine vermeintliche Berühmtheit. Ich vermisse Hannah. Seit ich denken kann, war sie für mich da. Und ich für sie. Was bin ich für eine miese Freundin, wenn ich nicht unterstütze, was sie tut? Wenn ihr die Recherche zum Verschwinden des Mädchens so wichtig ist, sollte ich ihr dabei helfen. Ich könnte ihr vorschlagen, mich in Raven House bei den älteren Studentinnen umzuhören. Sie müssen Beverly ja gekannt haben.

Spontan ändere ich meinen Kurs und halte auf die alte Bibliothek zu. Schon von außen ist deutlich zu erkennen, dass die Redaktion des *Whisperer* unbesetzt ist. Die Bogenfenster des Lesesaals sind erleuchtet, die der Büroräume liegen wie dunkle Grabsteine daneben. Ich drehe wieder um und klopfe wenig später an Tylers Tür.

»Moment!«, ruft er und seine Stimme klingt weiter entfernt, als es sein Apartment eigentlich zulässt.

Ich sehe mich im Treppenhaus um, betrachte die schwarzen Schuhe, die in zwei Paaren vor dem Apartment nebenan blitzblank poliert und völlig akkurat – parallel zur Wand und zueinander – aufgereiht stehen. Sie schreien das Wort »Anzug« geradezu, sodass sie unmöglich einem Studenten gehören können. Na ja, vermutlich hat nicht jeder in meinem Alter seinen Sneakers ewige Liebe geschworen.

»Was gibt es denn da zu sehen?«, höre ich Tyler nah an meinem Ohr, noch ehe ich die Wärme und Feuchtigkeit gemischt mit dem Geruch eines erfrischenden Duschgels wahrnehme. Er trägt nur ein Handtuch um die Hüfte und lehnt sich, mit einer Hand am Türrahmen abgestützt, in den Flur, um meinem Blick zu folgen. Seine Haare sind nass und ich höre, wie die ersten Tropfen leise auf dem steinernen Boden landen.

Ich habe vergessen, was ich eben noch gedacht habe. Mein Hirn ist leer, all meine Sinne sind auf Tyler gerichtet: auf seinen Duft, das schmale glitzernde Rinnsal, das aus den nassen Haaren an seinem Hals hinunterläuft und sich einen Weg über seine Brust bahnt. Ein schräger Teil von mir hatte sich Tyler bereits oben ohne vorgestellt, doch offensichtlich steht es sehr schlecht um meine Fantasie. Seine Brustmuskulatur ist viel ausgeprägter als in meiner Vorstellung und geht in einen nahezu perfekt trainierten Sixpack über. Ein zarter Streifen kurzer dunkler Haare unterhalb seines Nabels verschwindet unter dem Handtuch, wo endlich auch mein Starren enden sollte. Mein Mund ist so trocken, dass ich nur ein heiseres »Hi!« zustande bekomme, worüber sich Tyler köstlich amüsiert.

»Komm rein! Es ist tierisch kalt hier draußen.«

Japp, das sehe ich an seiner Gänsehaut, die das Rinnsal in neue Bahnen lenkt, und an den aufgerichteten Brustwarzen. In der rechten steckt tatsächlich ein *Barbell*. Meine Beine arbeiten zum Glück von selbst und treten an Tyler vorbei in seine Wohnung, während sich mein Blick endlich von den beiden silbernen Kugeln löst, die seine Brustwarze flankieren. Mit einem tiefen Atemzug sauge ich wieder etwas Sauerstoff in mein offensichtlich unterversorgtes Gehirn. Mein Herz rast dementsprechend schnell und ich brauche einen Moment, bis der hormonelle Anfall, dem ich wohl unterliege, vorbei ist. Tylers Grinsen ist so unverschämt, dass ich lachen muss und den Kopf schüttele, aber mehr über mich selbst als über ihn.

»Du hast extra für mich geduscht?«, versuche ich, unsere normale Stimmung wiederherzustellen, nachdem er die Tür hinter uns geschlossen hat.

Er nickt, seine dunklen Augen funkeln noch immer. »Und hätte ich gewusst, welche Wirkung ich damit erziele, hätte ich schon viel früher unter der Dusche getrödelt.« Er streicht sich die Haare nach hinten und schnippt mir anschließend mit der nassen Hand zu, sodass ich ein paar Tropfen abbekomme. »Setz dich und schau dir meine Vorauswahl an. Ich bin gleich zurück.«

Ich genieße das Muskelspiel seiner Arme und der Schulterpartie, während er im Gehen mit den Fingern seine Haare schüttelt, bis der Spiegel, den er gerade passiert, voller kleiner Punkte ist. Erst als Tyler im Bad verschwunden ist, lasse ich mich auf die Couch fallen.

Auf dem kleinen Tisch vor mir steht bereits eine große Schüssel Popcorn zusammen mit einer Schale voller Kekse und einer Pralinenschachtel. Will Tyler mich mästen? Oder weiß er, dass ich gerade heute eine große Portion Endorphine gebrauchen kann – selbst wenn sie sich in Tonnen von Zucker verstecken?

Ich schnappe mir sein Tablet und scrolle durch die neu geladenen Titel. Heute stehen wohl Filme auf dem Plan, die schon zu Mums Zeiten echt alt waren. Und doch hat Tyler offenbar zugehört, als ich von den etlichen Übernachtungen bei Hannah mit *Grease*, *Dirty Dancing* und *Flashdance* erzählt habe. Hannah war anfangs vor allem von der miesen Bildqualität genervt, konnte sich dem Charme von Olivia Newton John aber nicht entziehen und unsere Singalongs waren legendär – legendär peinlich, aber spaßig.

Ich wähle *Grease*, und noch während sich Danny und Sandy am Strand verabschieden, kehrt Tyler aus dem Badezimmer zurück, barfuß in Jeans, aber zumindest lässt das enge schwarze T-Shirt nicht so viele Gehirnzellen verdampfen wie der Anblick seiner bloßen Haut. Er setzt sich neben mich auf die Couch, greift nach der Popcornschale und zieht die Beine im Schneidersitz nach oben, während er sich nach hinten fallen lässt.

Bis das lange Intro endlich vorbei ist, habe ich schon eine Menge Popcorn verdrückt. Beim nächsten Auftritt von Danny durchfährt mich jedoch ein noch nie dagewesener Gedanke. Die Lederjacke, das Lächeln, die Schulter lässig an eine Mauer gelehnt …

Ich werfe mich nach vorn und greife zum Tablet, um den Film zu stoppen. Warum muss ich gerade jetzt ausgerechnet an Josh Prentiss denken?

»Was ist los?«, fragt Tyler kaum verständlich, weil er den Mund voller Popcorn hat.

»Ich habe keine Lust auf den Film. Lass uns einen anderen nehmen.« Ich scrolle bereits durch die Auswahl, als Tyler mir das Tablet wegnimmt. Er sagt kein Wort, bis ich es nicht mehr aushalte und mich ihm zuwende.

»Was ist los? War das Wochenende nicht gut?«

Ich presse die Zähne so fest aufeinander, wie ich kann, verschließe die Lippen, um die Worte zurückzuhalten, die aus mir herausdrängen. Ich bin für diese Heimlichtuerei nicht geschaffen. Vielleicht ist meine persönliche Challenge schon, Stillschweigen über die Raven-Praktiken zu bewahren. Also schüttele ich nur den Kopf, ehe ich stur auf meine Finger hinabschaue, die ich in einer Tour ineinanderschiebe und wieder löse. So lange, bis ich komplett erstarre, weil Tyler mir die Haare, die wie ein Vorhang zwischen uns nach unten gefallen sind, über die Schulter streift.

Seine Berührung ist kaum spürbar und doch schlägt sie ein wie eine Bombe. Nur flüchtig streichen seine warmen Hände über meine Wange und bringen den Duft nach Popcorn mit sich, der sich ebenso schnell auflöst wie die Berührung. Was mir bleibt, ist ein Kribbeln, das bis zu den Fingerspitzen dringt, und das wilde Pochen meines Herzens, das immer schneller wird, je länger Tyler so nah neben mir verharrt. Nah genug, dass mich sein warmer Atem streift. Nah genug, dass ich mich nur ein kleines Stück nach vorn beugen müsste, um ihn zu küssen. Die Sekunden dehnen sich zu Minuten. Unsere Atemzüge gehen schwer. Keiner von uns rührt sich.

Bisher habe ich nie auf diese Weise an Tyler gedacht. Es war alles ein Spiel, ein freundschaftliches Necken, ein wildes Flirten, bis wir vor Lachen Muskelkater bekamen. Alles ohne Gefahr. Ohne Gefahr, verletzt zu werden.

Was hat sich geändert?

Mein Herz setzt mindestens einen Schlag lang aus, als Tyler sich mit der Zunge die Lippen befeuchtet. Er senkt die Lider, ich spüre seinen Blick brennend auf mir, auf meinem Mund. Nur mit Mühe und mehrmaligem Schlucken widerstehe ich dem Drang, ebenfalls etwas gegen die entsetzliche Trockenheit meiner Lippen zu unternehmen.

Tyler sieht unter halb geschlossenen Lidern durch die dichten langen Wimpern zu mir auf. In seinen Augen ruht ein Wunsch, den er offenbar nicht auszusprechen wagt. Er schluckt hörbar und kommt noch ein klein wenig näher. Einladung und Bitte zugleich. Die Luft um uns herum knistert vor aufgestauter Emotionen und ungesagter Dinge. Ich hole bebend Luft, sauge seinen Duft nach Duschgel ein und schließe langsam die Augen. Mein Körper wendet sich ihm wie von selbst weiter zu, der Wärme entgegen, die Tyler ausstrahlt. Stück für Stück – bis sich mein Hirn einschaltet und ich so schnell zurückweiche, dass Tyler aus dem Gleichgewicht kommt und sich gerade noch so an der Rückenlehne festhalten kann, um nicht vornüberzukippen.

Ich war eben fast dabei, eine der wichtigsten Regeln der Ravens zu brechen! Wie konnte es so weit kommen?

»Ich muss gehen!«, sage ich hastig, fahre mit den Fingern durch mein Haar, als hätte schon der Gedanke an einen Kuss sie durcheinandergebracht, bevor ich mit einer Tonne schlechten Gewissens auf den Schultern aus dem Apartment stolpere und in Richtung Raven House renne, so schnell meine wabbeligen Beine es zulassen.

18

DIENSTAG, 10.11.

Blinzelnd taste ich am nächsten Morgen aus Gewohnheit nach meinem Handy auf dem Nachttisch, obwohl ich den Wecker auch über die Smartwatch deaktivieren könnte. Ich gähne ausgiebig und strecke mich, ehe mich die Realität einholt. Blinzelnd sehe ich die unzähligen Nachrichten von Tyler auf dem Startbildschirm, die den ständigen Vibrationen meiner Smartwatch nach vor allem gestern Abend eingegangen sind. Ich ignoriere sie ebenso wie meinen verräterischen Herzschlag.

Erst ein unerwarteter Name unter den Benachrichtigungen sorgt dafür, dass ich mit einem Mal hellwach bin und mich aufsetze. Eine Nachricht von Hannah. Ich öffne den Chat und fühle mich wie von einem Eimer Eiswasser übergossen, als ich das angehängte Foto sehe.

Es ist ein sehr gutes Foto – für ein Paparazzi-Bild. Im Hintergrund sind die verschwommenen Umrisse der alten Gebäude und die Turmspitze der Kapelle in nebliges Nichts gehüllt, davor stehen zwei Personen, gestochen scharf. Das Bild wurde im perfekten Moment aufgenommen. Joshs Daumen liegt sanft auf meiner Wange und ich sehe zu ihm auf, als wäre er meine Sonne. Wäre ich nicht dabei gewesen, würde selbst ich glauben, dass ich hier Zeuge eines sehr intimen Moments sein darf.

Dann gleitet mein Blick auf Hannahs Nachricht und all die Lügen fallen in sich zusammen wie ein Kartenhaus.

> Gratulation, dass du Tyler Walsh losgeworden bist. ;-)

Ich tippe sofort wie eine Wilde los und starre dann auf den Text.

> Das stimmt nicht. Es ist nicht das, wonach es aussieht. Er hat mir nur einen Klecks Tomatensoße von der Wange gewischt.

Ich kann die Nachricht nicht absenden. Was, wenn man ausgerechnet Hannah zur Beziehung von Josh und mir befragt und nicht nur Tyler, wie Dione vermutet hat?

Es tut mir in der Seele weh, Buchstabe für Buchstabe zu löschen, und es fühlt sich an, als würde ich mit jedem weiteren Zeichen einen Teil des Vertrauens zwischen Hannah und mir ausradieren.

Ich kann Hannah nicht belügen.

Aber ich darf ihr auch keinesfalls die Wahrheit sagen. Also werde ich mich für die Zeit der Anwartschaft einfach von ihr fernhalten müssen. Ganz gleich, wie bitter allein der Gedanke daran schmeckt. Sobald ich eine Raven bin, werde ich ihr einfach alles erzählen, und auf ihr Verständnis hoffen, das mir schon so oft im Leben geholfen hat.

Im Speisesaal winkt mir Dione schon entgegen. Dem von ihr nur selten benutzten Concealer zufolge war es eine lange Nacht, mit der ich sie sofort nach der Begrüßung konfrontiere, ehe sie den Schnappschuss erwähnen kann.

»Wir haben ewig geredet, gelacht und waren dann noch in Whitefield in der Spätvorstellung im alten Kino. Ich fürchte, dort bin ich sogar kurz eingenickt.« Sie gähnt hinter vorgehaltener Hand und steckt mich damit an, was sie sofort ausnutzt, um mir ihr Handy über den Tisch zuzuschieben. Mit einem Doppelklick zoomt sie Josh und mich auf dem Foto heran.

»Mein Tag war offensichtlich nicht so aufregend wie deiner. Erzähl!« Sie beißt in ihren Toast und schaut mich dabei aufgeregt an. Wenigstens ihr kann ich die Wahrheit sagen, die weit weniger glanzvoll ist, als das Foto glauben lassen mag. Dione kann ich auch den Grund für meine sehr frühe Rückkehr nach Raven House nennen. Natürlich im Flüsterton.

»Verdammt, Cara. Du musst so aufpassen!« Dione sieht sich im Raum um, als würde jeden Moment ein Spion aus dem Nichts auftauchen. »Das ist kein Spiel. Meine Mum hat mich vor der Anwärterphase gewarnt. Es gibt keine zweite Chance. Die Regeln sind knallhart. Sei bitte vorsichtig.« Sie streckt ihren Arm, an dem ein ganzer Schwarm hauchdünner Metallarmbänder klirrt, über den Tisch und greift nach meiner Hand. »Ich will dich als meine Raven-Schwester behalten«, sagt sie mit ernster Stimme und noch viel ernsterem Blick. »Mach keinen Unsinn und riskiere nicht die Mitgliedschaft – und deine Zukunft – für einen Typen.« Sie sieht mich so lange ohne jegliches Blinzeln an, bis ich nicke.

Erleichtert lehnt sie sich zurück.

»Kannst du das mit Tyler allein klären oder brauchst du meine Hilfe?«

»Ich schaff das schon. Danke.« Ich weiß zwar noch nicht wie, aber nachdem Dione mir noch einmal klargemacht hat, was für mich auf dem Spiel steht, bin ich guter Dinge, es hinzukriegen. Nur noch diese Woche und die nächste. Das muss doch zu schaffen sein.

Überpünktlich verlasse ich Raven House und steuere direkt auf Josh zu, der wieder wie ein Lederjacken-Model an der Wand lehnt, die Daumen in die Gürtelschlaufe eingehakt. Heute sind seine Schultern jedoch hochgezogen und ein fettes *Sorry* steht ihm ins Gesicht geschrieben, als er mich entdeckt. Ich überlege gerade, was ich ihm sagen soll. Schließlich ist die Veröffentlichung des Bildes nicht seine Schuld, da sehe ich etwas weiter hinten auf dem Weg Tyler mit einer Papiertüte, auf der das Logo von *Evas Pâtisserie* prangt, und einem großen Becher Kaffee in der Hand. Verdammt.

Ich stolpere fast zu Josh und umarme ihn wie am Vortag, auch wenn sich heute alles in mir noch mehr dagegen sträubt, weil ich praktisch spüren kann, wie sehr ich Tyler damit verletze. Über Joshs Schulter hinweg sehe ich, wie er schockiert stehen bleibt und sogar beinahe die Papiertüte fallen lässt. Ich will am liebsten zu ihm rennen und mit ihm irgendwelche doofen Sprüche austauschen. Ich will die Zeit zurückdrehen zu einem Moment, in dem noch alles locker zwischen uns war.

Doch als ich gerade den Arm hebe, um Tyler zuzuwinken, greift Josh nach meiner Hand und zieht mich den Weg entlang auf Tyler zu.

»Guten Morgen«, sage ich schon von Weitem und mit einem Lächeln ins Gesicht getackert, obwohl mir eher danach ist, ihm verzweifelt zuzurufen: »Es ist eine Lüge! Rette mich!«

Tyler schaut zwischen Josh und mir hin und her, während wir Schritt für Schritt näher kommen. Immer wieder bleibt sein Blick an unseren verschränkten Fingern hängen. Josh lässt seinen Daumen über meinen Handrücken kreisen und je enttäuschter Tyler aussieht, desto stärker wird mein Drang, Josh meine Hand zu entreißen und mit diesem miesen Theater aufzuhören.

»Denk an deinen Schlafplatz in Raven House und an dein Stipendium«, raunt mir Josh noch zu, ehe wir bei Tyler ankommen, der uns noch immer abschätzend mustert. Josh hat recht. Und Diones Worte hallen wie ein Echo durch meinen Kopf. Wenn ich Tyler von Josh und mir überzeugen kann, dann wohl jeden.

»Guten Morgen«, murmelt Tyler und sieht noch einmal kurz zu Josh. »Wie kam es denn dazu?« Sein Kinn deutet auf unsere Hände, Josh zieht mich näher zu sich, lässt meine Hand los und legt den Arm um meine Schulter.

»Am Wochenende waren wir auf einer Party und da hat es einfach gefunkt«, sagt Josh und reibt mir über den Arm. Ihm scheint zu gefallen, wie Tyler die Augen zusammenkneift, denn seine Hand wandert an meinem Unterarm entlang, ehe sie auf meiner Taille liegen bleibt. Ich versteife mich, bemühe mich mit aller Kraft, nicht einen großen Satz zur Seite zu machen. Wenn ich etwas noch mehr hasse als Arroganz, sind es Besitzansprüche innerhalb einer Beziehung. Und genau das gibt Josh in diesem Moment vor und ich muss dabei so tun, als würde mir das gefallen. Mein Frühstück will wieder aus mir heraus.

»Hi, ich bin Joshua Prentiss«, stellt sich Josh dann vor, lässt mich los und reicht Tyler die Hand. Weil Tyler beide Hände voll hat, nimmt Josh ihm kurzerhand die Papiertüte ab.

»Tyler Walsh«, erwidert Tyler völlig überrumpelt. »Ist alles okay mit dir, Cara?« Seine dunklen Augen brennen sich in meine, er weiß, dass etwas nicht stimmt. »Ich wollte mit dir reden. Dringend.«

»Natürlich ist alles okay«, antwortet Josh für mich. Noch so etwas, das ich in Beziehungen hasse. Es erinnert mich schockierend an meinen Ex Mason und Hannahs ständige Vorträge, dass ich in seiner Gegenwart nicht ich selbst war. Ebenso wenig wie jetzt.

»Vielen Dank für den Lieferservice«, legt Josh nach und hält die Tüte hoch. »Wir müssen jetzt aber zu unserem Kurs.« Er greift wieder nach meiner Hand und zieht mich mit sich, vorbei an Tyler, der zu einer Salzsäule erstarrt ist.

»Wir reden später«, rufe ich noch über die Schulter hinweg.

»Musste das sein?«, zische ich Josh beim Weggehen zu, während ich meinen Fingernagel in seine Handfläche bohre. Er erträgt es mit heroisch unbeeindruckter Miene und schenkt mir sogar ein strahlendes Lächeln, das aus Tylers Sicht vermutlich täuschend echt aussieht. Dann beugt er sich zu mir und drückt mir einen Kuss auf den Scheitel. Mein Handgelenk brummt und ich sehe eine Nachricht von Tyler aufploppen.

> Du und Joshua Prentiss? Dein Ernst?

»Antworte nicht«, sagt Josh, noch ehe ich es vorhabe.

Ich wüsste sowieso nicht, was genau ich darauf antworten sollte.

»Du bist total in mich verschossen und achtest nicht auf Nachrichten von anderen Kerlen«, fährt er vollkommen überzeugt fort.

»Tyler wird wissen, dass etwas nicht stimmt, wenn ich mich plötzlich wie ein verliebter Teenie benehme und einfach alles mit Füßen trete, wofür ich ansonsten stehe. Er kennt mich und weiß, dass ich mich niemals von einem Typen herumkommandieren lassen würde.« Immerhin kann ich die Zurückhaltung gestern Abend auf meine Fake-Beziehung schieben und nicht auf die unsägliche Regel der Ravens, was Nicht-Lions angeht. Vielleicht kann ich mich ja doch weiter auf freundschaftlicher Ebene mit Tyler treffen, bis ich von Josh befreit werde.

Ich entziehe Josh meine Hand, was sich anfühlt, als hätte ich zumindest ein Stück meiner Selbstachtung zurückgewonnen.

Josh sagt nichts dazu. Er reicht mir nur die Papiertüte von *Evas Pâtisserie*. »Bringt er dir öfter Frühstück?«, fragt er, bemüht, seine Stimme neutral klingen zu lassen. Ich sehe ihn an, seine Neugier springt mir praktisch entgegen. Ich lasse ihn zappeln, gewinne immer mehr die Kontrolle zurück, während wir am Tutorengebäude und an Tylers Wohnheim vorbei in Richtung Kursgebäude gehen. Ich spüre etliche Blicke auf mir, als hätten die alten Bauwerke Augen.

Meine Taktik funktioniert. »Läuft da etwas zwischen euch?«, fragt Josh weiter. »Du weißt, dass für die Zeit der Anwärterphase alle Beziehungen außerhalb der Lions und Ravens tabu sind.«

»Ja, verdammt«, sage ich genervt. »Das steht in der App. Ich bin nicht blöd. Und nein, zwischen mir und Tyler läuft nichts. Wir sind Freunde.« Die letzten Wörter würge ich mit rauer Kehle hervor.

»Bist du dir da sicher?«, schreit mir sein Blick deutlicher entgegen, als es Worte hätten tun können.

»Ja, verdammt«, grummele ich, nehme die Tüte an mich, öffne sie und inhaliere den Duft. Sofort hebt sich meine Laune etwas.

»Dann hoffe ich mal, dass Tyler Walsh das genauso sieht. Sonst wird er uns in Schwierigkeiten bringen.«

Während des ersten Kurses erreicht mich Tylers Nachricht mit dem Foto von Josh und mir. Wenn er es heute Morgen noch nicht gesehen hat, wollte er offensichtlich nicht über Josh und mich reden, wie ich vermutet habe, sondern über *ihn* und mich. Meine Kehle schnürt sich zusammen. Es folgen weitere Fotos von Josh. Verschwommene Paparazzi-Bilder oder überbelichtete Fotos von irgendwelchen Partys, auf denen Josh rot leuchtende Pupillen hat oder eine Hand sein halbes Gesicht verdeckt.

»Schreibt er dir immer noch?«, fragt mich Josh beim Mittagessen. Wir haben uns an einer Imbissbude eine große Portion Pommes frites geholt und teilen sie uns nun wie ein verliebtes Paar. Joshs Idee, nicht meine. Während wir nach einer freien Bank suchen, knurrt mein Magen bereits und ich nehme mir einen Happen aus der Schale. Das Herbstwetter macht heute endlich mal eine Pause und gefühlt jeder Student von Whitefield genießt die Sonnenstrahlen im Freien.

»Er schreibt mir nicht nur, sondern schickt mir sehr viele nicht ganz vorteilhafte Fotos von dir.« Ich schiebe mir ein weiteres Stück Pommes in den Mund.

»Die gibt es nicht«, sagt Josh wie aus der Pistole geschossen.

»Wetten doch?« Ich krame mein Handy aus der Tasche und öffne den Chat mit Tyler.

»Die sind schon längst verjährt.« Josh fährt sich durch die Haare und kaut auf der Innenseite seiner Wange herum. Wird er etwa leicht rot?

»Aber sie existieren«, lege ich nach. Natürlich ist er so eitel, dass ihn die Fotos stören. »Das Internet vergisst nicht. Willst du etwas zu der Dunkelhaarigen sagen, die du auf diesem Bild so schön abschirmst?« Ich scrolle weiter und zeige ihm das Foto mit seinen Horrorfilmaugen und der erhobenen Hand.

»Nein.«

Ohne ein weiteres Wort läuft er mit unserem Essen davon. Ich spurte ihm hinterher und überlege, ob ich weiter nachhaken soll, beschließe aber, nicht wie er in offensichtlichen Wunden herumzustochern. Die Portion Pommes ist fast alle, als wir endlich eine freie Bank entdecken. Josh lässt seine Lederjacke von den Schultern gleiten, wirft sie auf die Lehne und setzt sich. Für einen kurzen Moment scheint er irgendwo anders zu sein. Er schließt die Augen und legt den Kopf in den Nacken, um die Sonne zu genießen. Diese Geste ist mir so furchtbar vertraut, dass ich lächeln muss.

Ich setze mich ebenfalls und Seite an Seite kauen wir vor uns hin.

»Die Zeit damals war kompliziert«, bricht er unerwartet das Schweigen.

»Weshalb?«, frage ich ehrlich neugierig.

Er sieht mich an und scheint zu überlegen, was er mir anvertrauen kann. Ich halte die Luft an.

»Mom war noch Kongressabgeordnete, es war mein letztes Highschooljahr und ich habe es ziemlich krachen lassen, je mehr mir Moms Berater irgendwelche Vorschriften gemacht haben.« Er stößt laut die Luft aus. »Die Präsidentschaftskandidatur ist die reinste PR-Show und ihr Kontrahent ...« Den Rest des Satzes lässt er offen. Vermutlich hat man ihm auch eingetrichtert, nicht über die politischen Gegner seiner Mutter öffentlich zu urteilen.

Ich nicke, weil ich irgendwie verstehen kann, dass es nicht leicht sein muss, wenn man in ein Leben gezwungen wird, das man sich nicht ausgesucht hat. Ich hatte lange genug eine Zukunft im Versicherungsbüro meines Dads vor Augen. Hätte Hannah mich nicht zu der Bewerbung am St. Joseph's überredet, wäre meine Zukunft vorprogrammiert gewesen. Erst im Büro bei den Angestellten, dann irgendwann an Dads Schreibtisch. Ich schaudere.

»Ist dir kalt?«, fragt Josh und greift schon nach seiner Jacke. Eine winzige Geste, die mich erneut zum Lächeln bringt.

»Nein, alles okay.«

Er sieht mich abschätzend an, dann nickt er.

»Zu guter Letzt wurde ich auf eine Militärakademie geschickt, um den Teil der Bevölkerung von Mom zu überzeugen, der laut Umfragen noch schwankte.«

»Wie kommt es dann, dass du in Europa studierst? Wäre es nicht deine ›heilige Pflicht‹, nach Harvard oder Yale zu gehen?«

»Das war der Kompromiss, den ich mit Mom geschlossen habe. Ich habe hart dafür gekämpft.« Seine Miene wird wieder kalt. Er steht schnell auf und wirft die Pappschale in die Recyclingtonne ein paar Schritte entfernt. Mein Handgelenk beginnt leicht zu vibrieren. Orange.

»Lass uns wieder reingehen«, sagt er und schon ist das kleine bisschen vertraute Atmosphäre zwischen uns verschwunden, als hätte es nie existiert.

Während des Nachmittags ist Josh mies gelaunt, als wollte er den guten Eindruck, den ich für einen Moment von ihm hatte, wieder ausmerzen. Deshalb bin ich heilfroh, mich mit Tylers miesen Bildbearbeitungsversuchen ablenken zu können. Inzwischen ist er dazu übergegangen, Fotos von Josh zu *verschönern*. Weil er mich aber kennt und weiß, dass ich ihm die Lästerei irgendwann vorwerfen würde, googelt er offenbar auch sich selbst und schickt mir Fotos, die von ihm im Netz kursieren. Die Nachricht dazu:

> Falls du auf Bad Boys stehst, kann ich durchaus mithalten. :-P

Auf dem Foto sieht Tyler echt fertig aus. Mehrere leere Gläser und Flaschen stehen vor ihm auf einem kleinen Tisch, ein paar Jungs hocken um ihn herum, die alle wie er das Hemd halb aufgeknöpft haben und sich von einer Horde hübscher Mädchen umgarnen lassen.

> Stammt das aus deiner wilden Jugend? :-)

> Willst du damit sagen, dass ich nicht mehr jung bin?
> Das ist nicht sehr nett, C!

Ich antworte nur mit einem Augenverdreh-Smiley.

> Heute Fernsehabend bei mir? Wir können gern vergessen, was auch immer gestern passiert ist. Aber ich vermisse dich, Cara.

> Ich weiß noch nicht

… tippe ich gerade, als die nächste Nachricht eingeht.

> Und wehe, du versetzt mich, nur weil du jetzt einen Freund hast. Das ist so Teenie-Drama. Über solche Mädchen lästern wir in Filmen immer!

Da hat er recht. Ich seufze.

> Außerdem würde mein Selbstbewusstsein stark darunter leiden.

Ich will zusagen und spüre ein warmes Kribbeln im Bauch, das ich sofort verdränge. Ich stelle mir vor, wie wir *den Abend vergessen*, und sehe mich schon in Tylers Wohnzimmer auf der Couch an ihn gekuschelt wie vor meinem Einzug in Raven House – ein Abend mit Scherzen und blöden Sprüchen. Doch das Bild verschwimmt und der gestrige Abend taucht vor meinem inneren Auge auf, wie unsere Gesichter sich einander nähern und ich *nicht* zurückweiche.

> Ich kann nicht.
> Tut mir leid.

»Er baggert dich an, obwohl du einen Freund hast? Das ist aber nicht die feine englische Art. Du solltest besser auf deinen Umgang achten, Emerson.« Josh stößt *tztz*-Laute aus und schüttelt in gespielter Empörung den Kopf.

Ich bin nur noch genervt. »Hat dir schon mal jemand gesagt, wie unhöflich es ist, die Nachrichten anderer Leute mitzulesen, *Prentiss?*«

»Touché«, sagt er mit einem Grinsen, das jedoch nichts Echtes an sich hat.

19

MITTWOCH, 11.11.

> Willst du mir nicht ein paar heiße Details über deinen berühmten Freund verraten? ;-)

Eine von vielen Nachrichten von Hannah. Bei jedem Aufleuchten ihres Namens auf dem Display wird mein schlechtes Gewissen wegen all der Lügen schlimmer. Seit Tagen habe ich keinen Eintrag mehr ins Glückstagebuch gemacht, weil der einzige Moment, der für ein kurzes Glücksgefühl gesorgt hat, meine Raven-Anwartschaft beenden könnte, sollte irgendwer das Buch zufällig in die Finger bekommen.

Beim Frühstück lächelt Dione bei jeder Nachricht, die auf ihrem Handy eingeht, vor sich hin.

»Läuft da etwas zwischen dir und Austin?«, frage ich und spüre, wie sehr ich mich nach dem Gefühl sehne, das sie mit jeder Pore ausstrahlt. Zufriedenheit. Glück. Ein klein wenig davon färbt sogar auf mich ab und ich notiere in Gedanken: *Glück ist ... wenn man sich für andere freuen kann.*

»Nicht so, wie du denkst. Aber ... Die Fake-Beziehung schweißt zusammen. Und nach der gestrigen Aufgabe ...«

»Ihr habt schon eine neue Aufgabe bekommen?« Sofort mache ich mir Sorgen, dass Josh und ich bereits ausgeschieden sind, weil bislang keine weitere Karte auf dem Kopfkissen lag und auch keine Nachricht über die Raven-App eingegangen ist. Was haben wir falsch gemacht? Hat man mir meine Abneigung gegen Josh doch angemerkt? Wurde irgendwer über uns befragt? Hannah vielleicht? Hat sie mich deshalb mit Details zu Josh gelöchert? Verdammt! Vielleicht hätte ich ihr besser doch antworten sollen.

Und sie anlügen müssen.

Nein, das kann ich einfach nicht.

»Hey, alles gut. Tu ihm nicht weh!«, holt mich Dione aus meiner aufsteigenden Panik und deutet nach unten. Ich sehe auf meine Finger, die sich in den lauwarmen Muffin bohren. Intensiver Schokoladengeruch steigt mir in die Nase.

»Die Aufgabe bekommen alle Anwärterpaare nacheinander. Ihr kommt schon noch an die Reihe.« Das Funkeln in ihren Augen erlischt und ein Schatten legt sich über ihr Gesicht.

»Was ist los?«, frage ich alarmiert, ein Stück Muffin fällt auf meinen Teller und ich lege den kleinen Kuchen schnell ab, ehe ich ihn noch komplett zermatsche.

Dione beugt sich über den Tisch, sodass ihre Haare beinahe in die dampfende Teetasse fallen. »Ich glaube, Emily und Anando haben die Aufgabe nicht geschafft.«

»Was musstet ihr denn machen?«, frage ich entsetzt. Meine Stimme klingt so laut, dass zwei Ravens ein paar Tische weiter ihr Gespräch unterbrechen und zu uns schauen.

Dione wirft mir einen mahnenden Blick zu. »Darüber dürfen wir nicht reden. Daher gehe ich ja davon aus, dass alle dieselbe Aufgabe bekommen. Aber sie ... Ich habe da was aufgeschnappt ... Verdammt, ich darf nichts sagen, ohne gegen die Anweisungen zu verstoßen. Hoffentlich schafft ihr es. Mit Anando hatte ich bisher nichts zu tun und auf Emily kann ich verzichten, auf dich aber nicht. Wenn ihr besteht, fallen die beiden garantiert am Entscheidungstag raus.«

Ich denke darüber nach und überlege, wie Valérie und Kellan die Aufgaben bewerten.

»Ihr müsst die Aufgabe nur durchziehen und dürft keine Minuspunkte kassieren«, sagt Dione in so lockerem Ton, als würde sie über die Designerstücke reden, die sie gerade auf ihrem Handy aufruft.

»Ich habe mir gedacht, dass dieses Kleid perfekt für dich wäre, wenn am Wochenende der nächste Ball ansteht«, wechselt sie wenig unauffällig das Thema. »Was meinst du?« Sie dreht ihr Handy um, damit ich das Outfit besser sehen kann. »Das Motto kannst du dir vermutlich denken, oder?«

Ich starre auf das schwarze Charlestonkleid mit den Glitzersteinchen und den silbernen Pailletten, die in geometrischen Formen angeordnet sind, bevor sie an einem funkelnden Fransensaum enden, der etwas unter den Knien des Models endet.

»Zwanzigerjahre-Party?«

»Exakt!« Dione strahlt mich an und zeigt mir als Nächstes eine Seitenansicht des Models. »Ich würde dir zu schwarzem Chiffon mit silbernen Elementen raten, weil ich fürchte, dass du in einem cremefarbenen Kleid zu blass wirken könntest. Gefällt es dir?«, hakt sie nach und hält mir die dritte Ansicht unter die Nase. Details der aufgestickten Pailletten.

»Es ist wunderhübsch. Aber ...«

»Es passt perfekt zu deiner Haarfarbe. Anstatt Federn bekommst du ein Stirnband aus silbernen Pailletten ins hochgesteckte Haar.« Sie zeigt mir ein weiteres Bild, das Porträt eines Models, das so ziemlich genau meine Haarfarbe hat und das beschriebene Stirnband trägt. »Ich liebe die Goldenen Zwanziger.« Dione seufzt laut. »Alles war so stilvoll, die Musik und dann die Frauenbewegung. Warum hat noch niemand eine Zeitreisemaschine erfunden?« Übertrieben seufzend blickt sie auf ihren Tee hinab.

Durch ihre Schwärmerei rückt das Gespräch über die geheime Aufgabe völlig in den Hintergrund. Während des restlichen Frühstücks zeigt Dione mir alle möglichen Kleidervarianten der Zwanzigerjahre und verrät mir, wer welches Kleid am besten tragen könnte. Dann macht sie mich mit den Schuhen dieser Zeit vertraut, geschlossene Sandalen mit niedrigem Absatz.

»Ein paar Ravens haben mir erzählt, dass Valérie diesen Ball am liebsten mag«, plappert Dione munter weiter. »Was ich sofort glauben kann. Ihr Gesicht und ihre Frisur sind prädestiniert dafür. Ich bin so gespannt, was sie tragen wird!«

»Das weißt du nicht?«, frage ich.

»Valérie macht um dieses eine Wochenende anscheinend immer ein Geheimnis. Ich glaube ja, dass sie nur noch am St. Joseph's ist, um weiterhin die Bälle mitzumachen.« Sie lacht so laut, dass erneut Gespräche unterbrochen und Blicke auf uns gerichtet werden. Ich lache nicht, weil auch ich mir schon die Frage gestellt habe, wieso Valérie ihr ewiges Studium nicht endlich abschließt.

Bevor wir nach dem Frühstück kurz in unsere Zimmer zurückkehren, erinnert mich Dione noch einmal daran, keine Fehler zu riskieren, damit ich weiter im Rennen um die Mitgliedschaft bleibe.

»Vergiss nicht, dass Valérie neben ihrem guten Geschmack für Mode einen Riecher für Skandale hat, die bei den Ravens nicht geduldet werden«, sind ihre letzten Worte, ehe sie ihre Tür hinter sich schließt.

Ich sammle meine Unterrichtsmaterialien für den Tag zusammen und gehe nach unten. Dione ist nicht im Gesellschaftsraum. Dafür sitzt Laura mit einem Kaffee an der Theke. Ich versuche, direkt an ihr vorbeizusehen und den Raum einfach zu durchqueren, da klatscht sie rhythmisch in die Hände und wedelt dabei ihr süßliches Parfüm in meine Richtung. Unwillkürlich drehe ich mich zu ihr um. Sie greift gerade nach ihrer Tasse und pustet den aufsteigenden Dampf zu mir.

»Gekonnter Schachzug mit dem *Paparazzi-Bild*«, sagt sie, ehe sie einen Schluck nimmt, um den dramatischen Effekt ihrer Aussage mit der seltsamen Betonung zu erhöhen. Zu meiner Schande wirkt es und die Frage kommt mir schneller über die Lippen, als ich den Mund schließen kann.

»Schachzug?«

»Ach, bitte!« Sie verdreht die Augen unter den krass verlängerten Wimpern. »Elaine Montfort ist eine Top-Fotografin. Sie gehört nicht zu diesen herumlungernden Paparazzi, die der Campus-Security aus einem Kilometer Entfernung auffallen. Wusstest du das etwa nicht?« Sie blinzelt mich unschuldig an und meine Finger verkrampfen sich um den Träger meiner Tasche. Aber ich will mir nicht die Blöße geben, dass ich es tatsächlich nicht wusste, daher zwinge ich mir ein falsches Lächeln auf die Lippen.

»Gratulation zu deiner Detektivarbeit, Laura«, sage ich und imitiere ihren klebrig-süßen Tonfall. »Viel Erfolg bei der nächsten Auf-

gabe. Es sind schon Paare daran gescheitert, wie ich gehört habe.«
Ich speichere ihren ehrlich überraschten Gesichtsausdruck ab, drehe mich um und gehe zielstrebig auf den Windfang zu. Als ich endlich außer Sichtweite bin, beschleunige ich meine Schritte, sprinte beinahe bis zur Grundstücksgrenze und hole tief Luft.

Luft, die ich brauche, um Josh, der wie immer an der Mauer auf mich wartet, mit dem neuen Wissen zu konfrontieren.

»Du hast eine Profifotografin angeheuert, die Bilder von uns machen sollte?«, brülle ich ihn an.

Er sieht nicht gerade aus, als würde er sich schuldig fühlen. Im Gegenteil. Seine Lippen formen sich zu einem siegessicheren Lächeln, das mich nur noch mehr in Rage bringt.

»Du bist schuld an dem Stress mit Tyler!«

Er zuckt nur mit den Schultern. »Hättest du deinen ›nur ein Freund‹-Freund direkt informiert, wäre es nicht so weit gekommen. Außerdem ...«

»Mein Privatleben geht dich überhaupt nichts an«, unterbreche ich ihn.

»O doch! Und ob es das tut. Nur weil du diesem Weiberhelden ins Netz gegangen bist, riskiere ich nicht meine Lion-Mitgliedschaft.«

Ich lache auf. »Als würdest du etwas riskieren. Du bist doch so oder so drin.« Ich unterdrücke ein Augenverdrehen. Die Lions würden sich den Sohn der ersten US-Präsidentin bestimmt nicht durch die Lappen gehen lassen.

»Bin ich nicht. Egal, was du denkst. Wir müssen die Anwärterphase ernst nehmen. Jace' Backgroundrecherchen haben ergeben, dass du genauso für die Aufnahme kämpfst wie ich. Daher habe ich während der Matching Night falsche Antworten gegeben und alles darangesetzt, nicht mit einer anderen Anwärterin zu matchen.«

Das spontane Geständnis würgt alle weiteren Vorwürfe ab und ich runzele die Stirn. Brittany lag mit ihrer Aussage Laura gegenüber tatsächlich richtig. Josh *wollte* nicht mit ihr matchen.

»Zufrieden?«, mault er und ich sehe, wie seine Kiefermuskulatur arbeitet.

Ich werde ihm nicht die Genugtuung geben, zu antworten, sondern gehe einfach an ihm vorbei. Erst als die Uhr an meinem Handgelenk vibriert, höre ich, dass Josh mir folgt.

Während ich Josh am Vormittag zu seinen Kursen begleite – Valérie und Kellan sorgen für eine vorübergehende Erlaubnis der Anwärterinnen und Anwärter, in »andere Kurse hineinzuschnuppern« –, suche ich nach der Ursache für den bitteren Geschmack, der seit dem Gespräch am Morgen auf meiner Zunge festhängt. Den kurzen Geistesblitz, dass ich über den wahren Grund von Joshs Interesse an mir enttäuscht sein könnte, schiebe ich vehement von mir. Es interessiert mich nicht, warum er mit mir matchen wollte. Definitiv nicht. Also konzentriere ich mich auf seine offenbar hohe Meinung, dass er sein Ziel – die Mitgliedschaft – am besten mit mir erreichen kann, und arrangiere mich mit dem Gedanken, dass wir nun offenbar wirklich Partner sind. Wir verfolgen dasselbe Ziel und sollten an einem Strang ziehen.

Ich beuge mich zu ihm hinüber und flüstere: »Keine Alleingänge mehr wie die Aktion mit dem Pressefoto«, verlange ich.

Er nickt, aber am Zucken seiner Mundwinkel sehe ich, dass er mich nicht ernst nimmt. Ich feuere einen finsteren Blick auf ihn ab, der ein echtes Lächeln hervorlockt.

»Ja, ja, schon gut. Keine Alleingänge mehr. Wir sind jetzt *Partner-in-crime*.« Darauf folgt der Versuch eines Zwinkerns, das eher nach kratzender Kontaktlinse aussieht.

Etwas besser gelaunt und mit der Situation vorerst im Reinen, erzähle ich ihm von der ominösen Aufgabe und dem vermeintlichen Ausscheiden von Emily und Anando.

»Ich danke dem Universum dafür«, flüstert Josh. Er tippt sich an die Schläfe und sieht zur Saaldecke. »Anando ist eine Nervensäge!«

Ich kehre kurz in Gedanken zu unserem Speeddate und dem Gespräch über die Bedeutung unserer Namen zurück. Offenbar nervt Anando auch Josh damit.

»Er kommt jeden Tag mit irgendwelchen Sprüchen über Gott und die Kirche an. Dabei habe ich damit so gar nichts am Hut.« Er streicht sich die Haare aus dem Gesicht. »Höchstens für Mom.« Seine blauen Augen sind für einen Moment verschleiert und ich glaube, die Liebe zu seiner Mutter darin zu erkennen. Ein weiterer Punkt für meine Josh-Liste. Ein eindeutiger Pluspunkt sogar.

»Mir wäre es lieber, wenn Laura und Barron rausfliegen würden«, sage ich ganz leise.

»Stimmt, das wäre mir auch lieber. Carstairs ist ein arroganter Idiot!«

»Da kenne ich noch jemanden«, kontere ich und sehe Josh vorwurfsvoll an. Kurz verändert sich sein Gesicht und ich glaube, sein wahres Ich hinter der Maske ist enttäuscht, doch schon im nächsten Moment zeigt er sich wieder professionell neutral.

»Man tut, was man kann«, sagt er nur und wendet sich wieder seinem Professor zu. Weil ich nicht einmal weiß, in welchem Kurs ich überhaupt sitze und mich der Dozent nicht interessiert, scrolle ich durch die Nachrichten von Tyler.

Oder besser gesagt, seine Warnungen.

> Er behandelt dich nicht gut, C.
>
> Ich bin immer noch schockiert, wie du dich in seiner Gegenwart benommen hast.

Letztere kam gestern mehrmals – nur geringfügig abgewandelt. Im Prinzip bin ich ihm dankbar dafür. Tyler weiß, was ich von so einem Benehmen halte, er kennt sogar einen winzig kleinen Teil meiner Vergangenheit, weiß von Masons Kontrollsucht. Er ist schließlich der Grund, warum Tyler und ich die Flirtgrenze nie überschritten haben.

In der Mittagspause summt mein Armband leise und meldet eine weitere Nachricht.

> Du solltest dich wirklich von ihm fernhalten. Bitte.

»Kann er nicht mal aufhören, *meiner* Freundin Nachrichten zu schicken?« Joshs Schritte werden energischer und schneller. Ich habe Mühe, mitzuhalten und höre ihn nur vor sich hin grummeln. »Was stimmt mit dem Kerl nicht? Wieso hängt er wie eine Klette an dir?«

»Das tut er doch gar nicht!«, verteidige ich Tyler.

»Ach nein? Dann dreh dich mal um.«

»Wie bitte?«

Josh bleibt stehen, greift nach meiner Hand und wirbelt mich herum. Und tatsächlich. Tyler schlendert gerade bemüht lässig den Weg entlang und hebt die Hand zu einem kurzen Winken.

»Er macht sich Sorgen«, sage ich nur. »Du kennst meine Geschichte nicht.«

Ich kann Josh ansehen, wie gern er Tyler zur Rede stellen würde.

»Und er schon?«

Ich nicke, mache aber keine Anstalten, Josh über Mason aufzuklären, auch wenn er das eindeutig erwartet.

»Ich werde mit ihm reden, okay? Ihn einfach um mehr Raum bitten.«

Ich gehe auf Tyler zu, um ihn um ein Treffen zu bitten. Josh folgt mir, und noch ehe ich den Mund aufmachen kann, blafft er Tyler an: »Halt dich von uns fern!«

»Als würde ich auf das hören, was *du* mir sagst.« Tyler verschränkt die Arme vor der Brust.

»Das solltest du besser.« Josh strafft die Schultern und macht sich größer.

»Und wenn nicht? Hetzt du dann dein Schoßhündchen auf mich?« Tyler gestikuliert in Richtung Rasenfläche, wo – von mir bisher total unbemerkt – Jace herumlungert und auffällig unauffällig auf sein Handy schaut. Ein paar Meter weiter entdecke ich Laura und Barron, die sich unterhalten.

»Sag ihm, er soll mich nicht verfolgen, oder es gibt Ärger.«

Josh und Tyler stehen sich gegenüber, als würden sie jeden Moment auf Höhlenmenschniveau sinken und eine Schlägerei anfangen.

»Schluss jetzt!«, gehe ich dazwischen, schiebe die beiden auseinander und sehe, wie Jace ebenfalls alarmiert näher kommt, um notfalls einzugreifen.

Ich wende mich Tyler zu, der nur Augen für Josh hat. Im nichtromantischen Sinn. »Können wir uns heute Abend treffen? Kurz nach acht?«, bitte ich ihn.

Tyler mahlt noch einmal mit dem Kiefer, blinzelt dann und richtet den Blick auf mich. Das tödliche Feuer darin erlischt sofort. »Kommst du zu mir?«

Hastig suche ich nach einer anderen Lösung. »Wir treffen uns besser am Brunnen vor dem Hauptgebäude.«

Für einen Moment sieht Tyler irritiert aus, nickt dann aber.

»Bis heute Abend«, sage ich bemüht freundlich und lächle so angestrengt, dass meine Wangen zu zittern beginnen, weshalb ich rasch zu Boden sehe.

Josh geht ohne ein Wort davon. Meine Uhr beginnt sanft zu summen und ich sehe ihm nach. »Warte!«, rufe ich panisch.

»Lass ihn doch«, sagt Tyler mit zufriedenem Gesicht und einer zu großen Portion Genugtuung in der Stimme.

Das Brummen an meinem Handgelenk wird stärker.

Was hat dieser Idiot nur vor? Riskiert er wirklich Minuspunkte, nur weil sein Ego verletzt wurde?

»Ich muss los. Bis heute Abend«, sage ich schnell und will Josh folgen. Das Raven-Symbol wechselt gerade von Orange zu Rot, als Tyler nach meiner Hand greift. Ich muss weg! Zu Josh und seinem verdammten Ego. Ich habe keine Zeit, mit Tyler zu diskutieren.

»Heute Abend. Dann reden wir«, sagt Tyler mit sanfter Stimme, seine Finger gleiten kurz über meinen Handrücken und verursachen überall Gänsehaut, bevor er mich loslässt und ich davonrenne.

»Bist du bescheuert?«, brülle ich Josh an, der stur weiterläuft wie ein trotziges Kind. »Du riskierst für Nichts einen Minuspunkt!«

»Den riskiere nicht *ich*, Emerson, sondern *du*.« Er macht eine bedeutungsschwere Pause. »Wetten, dass Laura schon Valérie geschrieben hat, dass wir gegen Regel Nummer 2 verstoßen haben?«

Ich stöhne auf. Dione hat mich heute früh sogar noch gewarnt. Außenwirkung. Ein Streit zwischen Josh und Tyler – um mich – mitten auf dem Campus gilt sicher nicht als gute Publicity. Verdammt.

Meine Raven-App zeigt eine neue Nachricht.

Lauras Name.

> Danke für deine Unterstützung. :-)
> Ich hoffe, du bist nicht allzu traurig
> über deinen baldigen Auszug.

Jetzt ist mir der Appetit definitiv vergangen. Joshs Vorlesung in Europäischer Politik und die nachfolgenden Stunden verschwimmen zu einem blassen Nebel.

Ich betrete Raven House direkt nach dem Abschalten der elektronischen Fessel und renne hoch in mein Zimmer, um mir kurz eine dickere Jacke zu holen, damit ich nicht erfriere, wenn ich mit Tyler am Brunnen herumstehe.

Doch mit einem Blick auf mein Kopfkissen verpuffen sämtliche Pläne für den Abend.

20

MITTWOCH, 11.11.

»Jetzt verstehe ich, warum Dione mir keine Details verraten hat«, flüstere ich und doch erscheint mir meine Stimme viel zu laut in dem dunklen Flur – mitten in der Nacht allein mit Josh, umringt von dunklen, jahrhundertealten Mauern, die im Tageslicht wesentlich freundlicher wirken. Der graue Stein scheint immer näher zu kommen, während wir in einer Nische unter einem vermutlich entsetzlich wertvollen Tisch kauern und darauf warten, dass der Sicherheitstyp endlich seine stündliche Runde beendet hat.

Heute um Mitternacht werden eure Uhren wieder aktiviert und eine weitere Aufgabe wartet auf euch.
Eure Kleidung sollte mit den Schatten verschmelzen.

So lautete die Botschaft auf meinem Kopfkissen. Ich habe Tyler abgesagt und ignoriere seither die Rückfragen, die unentwegt von ihm eingehen.

> Verbietet ER dir etwa, dich mit mir zu treffen?

> Oder sind es deine neuen »Freunde«?

> Du musst da raus, C.

> Wenn ich gewusst hätte, dass es so läuft, hätte ich nie den Kontakt hergestellt.

> Ich mache mir wirklich Sorgen! :-/

Meine Uhr hat so oft gesummt, dass Josh mir helfen musste, den Vibrationsalarm für Nachrichten zu deaktivieren.

Direkt nach Tyler hatte ich Josh über die Raven-App angeschrieben, weil mir aufgefallen ist, dass ich keine Handynummer von ihm habe – was wir inzwischen geändert haben. Wie sieht es denn aus, wenn mein *Freund* nicht in meiner Kontaktliste steht?

Kurz vor Mitternacht hat Josh dann an unserem morgendlichen Treffpunkt auf mich gewartet. In schwarzer Jeans und schwarzem Hoodie unter der schwarzen Lederjacke, war er *mit den Schatten verschmolzen*, wie es in der Aufgabe stand.

»Der Einbrecherlook steht dir«, sagte ich mit einem Grinsen. Nach mehreren Energydrinks, um nicht müde zu werden, war ich total aufgedreht und hibbelig.

Mein Outfit ist seinem ganz ähnlich. Schwarze Leggins, anthrazitfarbene Sweatjacke mit Kapuze über zwei Sweatshirts, die Haare zu einem straffen Knoten zusammengebunden. Lediglich die Sohlen meiner schwarzen Chucks leuchten in der Dunkelheit. Josh hat nach einem kurzen Blick auf mich die linke Augenbraue angehoben und mich mit »Hi, Bonny!« begrüßt.

Mein »Hi, Clyde!« entlockte ihm ein schiefes Grinsen und selbst im Halbdunkel unter den Laternen sah ich seine Augen funkeln wie auch jetzt, als er sich ein klein wenig aus unserer Nische nach vorn beugt und schnell wieder zurückzieht. Unsere einzige Lichtquelle ist der Mond jenseits der Rundbogenfenster, der sich immer wieder hinter Wolken versteckt und die Schatten wandern lässt.

»Dir macht das Spaß, oder?«, frage ich leise, während ich mein Gewicht verlagere, weil meine Beine einzuschlafen drohen. Josh dreht sich zu mir um. Im schummrigen Licht sieht er aus wie eine Schwarz-Weiß-Fotografie. Der Dreitagebart lässt die Konturen seiner Wangenknochen verschwimmen und ihn irgendwie traumhaft wirken. Seine Wimpern sind zum Neidischwerden lang und dicht. Aus dieser Nähe und ohne etwas zu tun zu haben, kann ich Josh in Ruhe mustern, sehe die zarten Lachfältchen an seinen Augenwinkeln und die etwas tiefere Falte zwischen seinen Brauen. Hannah hat immer behauptet, Schwarz-Weiß-Bilder schüfen aus jeder kleinen Falte tiefe Gräben, womit sie wohl recht hatte. Doch trotz dieser kleinen Fehler wirkt Joshs Gesicht wie gemeißelt.

Ich sollte aufhören, ihn anzustarren.

Schnell sehe ich wieder auf den dunklen Flur und zappele mit einem Bein, weil die Wirkung der Energydrinks irgendwo hin muss. »Wird dich Jace eigentlich retten, wenn du erwischt wirst?«

»Ich habe ihm nichts von der Aufgabe erzählt«, gesteht Josh leise. »Er hätte mich davon abgehalten oder die Sache selbst übernommen.«

Ich drehe mich wieder zu ihm um. »Ist er nicht ein schlechter Bodyguard, wenn er nicht mitkriegt, dass du dich mitten in der Nacht davonschleichst?«

»Ich gehe davon aus, dass er längst schläft. Zumindest hoffe ich das. Er trackt sonst immer meinen Standort.« Obwohl er nicht zu mir sieht, bin ich mir sicher, dass er gerade die Augen verdreht.

»Muss nervig sein, immer überwacht zu werden«, denke ich laut nach.

»Es ist gar nicht so schlimm. Jace ist in Ordnung, er ist ein Freund geworden.«

»Der sich vor dich werfen würde, wenn man auf dich schießt. Oder der dazwischengeht, wenn du dich prügelst. Wie ein großer Bru…«

»Sch!« Josh legt den Zeigefinger auf die Lippen und zieht mich tiefer in die Nische. Seinen Arm lässt er um meinen Bauch geschlungen. Ich lausche angestrengt, höre jedoch nichts als meinen vor Schreck rasenden Herzschlag in meinen Ohren. Der plötzliche enge Körperkontakt wirkt auch nicht gerade beruhigend.

Es vergehen mehrere, gleichmäßige Atemzüge von Josh, die meinen Nacken streifen und die winzigen Härchen, die sich einfach nie bändigen lassen, zum Beben bringen. Dann höre ich tatsächlich Schritte, die immer lauter werden. Ich halte die Luft an. Der grelle Lichtkegel einer Taschenlampe durchtrennt die Schatten im Flur wie ein Laserschwert und ich rücke instinktiv noch etwas weiter nach hinten, noch dichter an Josh, dessen Wärme ich an jedem Zentimeter meines Rückens spüre. Seine Hand liegt brennend an meiner Taille. Es scheinen Stunden zu vergehen, bis der Wachmann fröhlich – und schlecht – pfeifend unser Versteck passiert hat, glücklicherweise leuchtet er nicht in jede der vielen Nischen zwischen den alten Holztüren, in denen teils alte Rüstungen, teils antike Tische stehen wie in unserer.

Nach einer gefühlten Ewigkeit, meine Beine kann ich in der gekrümmten Haltung schon gar nicht mehr spüren, verklingen die Schritte endlich irgendwo in der Dunkelheit jenseits unseres Verstecks. Wir kauern trotzdem noch weiter im Dunkeln, nur um ganz sicher zu sein, dass der Wachmann nicht zurückkommt. Joshs Umarmung lockert sich, dann bleibt nur noch Kälte, wo bis eben sein Arm lag. So leise wie möglich kriechen wir unter dem Tisch hervor.

»Das Büro des Dekans ist da drüben.« Josh deutet nach rechts.

»Ich weiß«, sage ich. »Wir haben uns den Lageplan vor nicht mal einer halben Stunde zusammen angeschaut.«

»Schon okay, ich wollte nur nett sein.«

»Indem du mir unterstellst, orientierungslos zu sein?« Ich schüttele den Kopf.

»Ja, ja, schon gut. Ich hab's verstanden. Lass uns gehen und diese verdammten Bücher suchen.«

Direkt nach der Aktivierung unserer digitalen Fessel erschien eine Nachricht auf unserer App:

> Im Büro des Dekans sind zwei Bücher versteckt. Findet sie und nehmt sie an euch. Sie sind euer Ticket für die nächste Phase. Die Lieferantentür ist unverschlossen, den Schlüssel zum Büro legt der Wachmann immer oben auf die Zarge, nachdem er das Büro in stündlichem Rhythmus gecheckt hat.

Gleich darauf folgte eine weitere Nachricht. Ein Foto von zwei in Leder gebundenen Büchern. Auf dem einen war das Logo der Ravens eingeprägt, auf dem anderen konnte man deutlich das Relief eines Löwen erkennen.

»Wir sollen einen Einbruch begehen?«, war meine erste Reaktion, die Josh nur einen kurzen Lacher entlockte, ehe er voll in die Planung einstieg, als hätte er so was schon Tausende Male gemacht. Während wir die beleuchteten Wege über den West Court zum Main Court gingen, rief er die Homepage des St. Joseph's auf und suchte nach dem Orientierungsplan. Das Büro des Dekans war schnell gefunden.

»Es ist kein Einbruch, wenn die Türen unverschlossen sind oder wir einen Schlüssel haben«, sagte er.

»Aber wir sollen etwas stehlen. Das ist ein Verbrechen«, legte ich nach. Ich war froh darüber, nichts zu Abend gegessen zu haben. Mein Magen klumpte sich ununterbrochen zusammen und die Energydrinks brodelten wie in einem Hexenkessel. »Es könnte den Rauswurf für uns bedeuten!«

Mit einem Mal konnte ich verstehen, warum Emily und Anando die Aufgabe nicht erfüllt hatten. Gerade Anando schätze ich viel zu korrekt ein, um etwas Illegales zu tun.

»Bedeutet der Rauswurf bei den Ravens für dich nicht dasselbe?« Josh sah mich nur an und brannte mit seinem intensiven Blick nach und nach alle Zweifel an der Aktion fort. Er hatte recht. Die Ravens waren meine beste Option, vielleicht tatsächlich die einzige.

Sie *sind* meine beste Option.

Ich straffe meinen Körper und folge Josh zum Büro des Dekans. Meine Schuhe quietschen auf dem polierten Marmor und ich fluche leise. Bei dem Versuch, keine Geräusche zu machen, geraten meine Schritte ins Stocken und Josh stößt einen erstickten Laut aus, der verdammt nach Lachen klingt, während er die obere Kante der Türzarge nach dem Schlüssel abtastet. Er streift ihn dabei nur und der schwere Metallschlüssel rutscht ab.

Ich sehe ihn in Zeitlupe fallen, in meinen Ohren höre ich bereits den Aufprall auf dem Marmor, das Echo breitet sich aus, während er noch einmal aufspringt und mit einem lauten Klirren nach dem Wachmann schreit. Mit ungeahnter Reaktionsgeschwindigkeit schnellt meine Hand nach vorn und greift zielgenau zu. Der Schlüssel landet dumpf in meiner Handfläche. Das Metall ist eiskalt.

»Respekt«, flüstert Josh nur. Er schnappt sich den Schlüssel, steckt ihn in das Messingschloss und tritt zur Seite: »Die Ehre hast du dir verdient.«

Ich sehe kurz zu ihm. Das Mondlicht streichelt sein für die Situation viel zu vergnügtes Gesicht. Ich schüttele nur den Kopf. Bei mir hätte das Herunterfallen des Schlüssels beinahe für einen Herzinfarkt gesorgt. Schnell trete ich vor und drehe den Schlüssel um, ehe ich die Türklinke nach unten drücke.

Fast ohne quietschende Sohlen betreten wir das Büro des Dekans, um unsere Aufgabe zu erfüllen. Je mehr Details sich aus der schummrigen Dunkelheit schälen, desto hoffnungsloser werde ich. Dieses Büro ist die reinste Bibliothek. Die hohen Wände bestehen praktisch nur aus schweren Regalen mit Fachbüchern, alter Literatur, Notizbüchern und weiß Gott was noch. Mitten im Raum befindet sich ein massiver Schreibtisch, hinter dem ein viel zu moderner ergonomischer Chefsessel steht. Die Besucherstühle davor könnten jedoch aus der Zeit der Erbauung des Gebäudes stammen und passen gut zu dem Kamin, der in die Mauer neben der Tür eingelassen ist und von weiteren Regalen eingerahmt wird.

»Ich übernehme die Seite, du die andere, okay?«, sagt Josh. Ich bewege mich keinen Zentimeter, daher hakt er nach. »Was ist los? Wir haben nicht ewig Zeit, der Wachmann wird wiederkommen«, erinnert er mich.

»Es ist unmöglich«, bringe ich hervor, während sich meine Träume mit leisen Plopp-Geräuschen auflösen wie Seifenblasen.

»Ist es nicht. Hast du nicht gesagt, dass Anderton und Sanders die Aufgabe erledigt haben? Wenn die das schaffen, schaffen wir es auch.« Er hält meinen Blick so lange gefangen, bis ich nicke.

Wenn Dione ihr Buch gefunden hat, schaffe ich das auch. Wieder und wieder sage ich in Gedanken dieses neue Mantra auf, während ich mit den Fingern die Bücherreihen entlangstreife und hin und wieder einen Band herausziehe, weil der Buchrücken nichts über den Inhalt verrät. Auf der anderen Raumseite arbeitet sich Josh durch ein Regal nach dem anderen. Das Ticken der alten Standuhr zwischen den beiden Fenstern wird mit jedem Schlag lauter. Beim ersten Mal verpasst mir der Viertelstundengongschlag einen Schock. Bei den zwei folgenden Malen zucke ich kaum mehr zusammen.

»Oh, ich hab's«, ruft Josh viel zu laut und wedelt mit einem kleinen Buch. Es ist das Buch der Ravens. Meine Aufgabe ist erfüllt. Josh steckt es unter seine Lederjacke und arbeitet schnell weiter.

Ich bin mit meinen Regalen fertig, Josh steht kurz vor dem Ende seiner Wand. Das Buch der Lions haben wir noch nicht entdeckt. So langsam wird die Zeit knapp. Der Wachmann wird bald wieder seine Runde drehen.

Ich sehe mich nach einem Versteck um. Die einzige Möglichkeit wäre der Mahagonischreibtisch, auf dem sich Akten und allerhand Zettel stapeln. Ich gehe zum Platz des Dekans, krabbele zwischen die mit zahlreichen Intarsien dekorierten Schubfächer und lege meinen Kopf auf den Boden. Durch die schmale Spalte ist die Tür kaum zu sehen. Sollte der Wachmann jedoch weiter in den Raum treten und sich näher umsehen, würde dieses Versteck zu einer Falle werden. Ich will mich aufrichten und stoße mit dem Kopf gegen die steinharte Schreibtischplatte.

Mein »Au!« geht in einem lauten Rascheln unter, während ein Stapel Papier zu Boden segelt. Ein Poltern sagt mir, dass es nicht nur lose Blätter waren. Schnell krieche ich unter dem Schreibtisch hervor, reibe mir dabei den Kopf und hoffe, dass nichts kaputtgegangen ist.

Josh ist schon zur Stelle und hilft mir dabei, mit hastigen Bewegungen die Blätter zusammenzuschieben.

»Geht es?«, fragt er nebenbei. »Wir sollten das kühlen, sobald wir die Sache hier erledigt haben.«

Ich will mich gerade für seine Fürsorge bedanken und ablehnen – so schlimm ist es gar nicht –, da bleibt meine Hand an etwas unter dem Papier hängen. Ich ziehe ein ledernes Buch hervor.

»Hier ist deins«, keuche ich, noch immer atemlos vor Schreck. Ich nehme das Buch an mich. Das Leder erwärmt sich binnen Sekunden.

»Dann nichts wie raus hier.« Josh erhebt sich bereits.

»Wir müssen das in Ordnung bringen«, sage ich und deutete auf die verstreuten Blätter. Josh wägt kurz unsere Optionen ab, dann nickt er.

Wir räumen das Chaos so gut wie möglich wieder auf den Schreibtisch, verlassen das Büro und schließen von außen wieder ab. Meine Finger krallen sich in das weiche Leder das Lion-Buches, während

Josh den Arm nach oben streckt und den Schlüssel zurück an seinen Platz legt. Erst als wir uns mit hastigen Schritten vom Büro entfernen, kann ich wieder atmen und mein Herzschlag beruhigt sich.

Dann ertönt das Geräusch von Metall auf Stein, dessen Echo durch den ganzen Flur hallt. Der Schlüssel muss abgerutscht sein. Wir hören entfernte Schritte. Schritte, die immer schneller werden.

Josh reißt mich herum, drängt mich in die Nische neben einer Ritterrüstung und presst sich mit mir in die Schatten. Die Schritte werden lauter. Ich bin mir sicher, dass der Wachmann meinen pochenden Herzschlag hören kann. Je länger ich den Atem anhalte, desto lauter scheint er zu werden. Doch der Mann rennt an uns vorbei, zielstrebig auf das Büro des Dekans zu, vermute ich.

Kurz darauf höre ich ein Schaben, als er den Schlüssel aufhebt. Sein schweres Schnaufen dringt bis zu uns, ehe seine abgehackte, atemlose Stimme den Flur entlangschwebt. »Vermutlich sollte ich doch irgendwo einen Haken anbringen.« Ein schweres Seufzen.

Vor Erleichterung sacke ich zusammen. Josh hält mich, drückt meinen Rücken fest gegen seinen Körper. Ich lasse den Kopf nach hinten fallen, gegen seine Brust und atme dabei sein Parfüm ein. Ein Hauch von Leder hängt über allem. Unwillkürlich kommt mir in den Sinn, dass ich ihn an seinem Geruch erkennen könnte. Selbst in tiefster Dunkelheit – wie hinter einer Ritterrüstung, in der vielleicht Monsterspinnen ein gemütliches Zuhause gefunden haben. Ich schaudere, was Josh missversteht. Er umarmt mich fester, legt sein Kinn auf meinen Kopf und wir verharren eine ganze Zeit lang in dieser Position. Eng umschlungen, schwer atmend. Erst als der Wachmann wieder weg ist und länger kein Geräusch mehr zu hören ist, wagen wir uns aus dem Versteck.

Die kalte Nachtluft hat sich noch nie so gut angefühlt! Ich würde am liebsten unter dem Mondschein tanzen, über das Pflaster rund um den Brunnen schweben, so erleichtert bin ich. Josh ist kreidebleich, wie ich im Licht der Laterne erkenne. Das Plätschern des Brunnens ist das einzige Geräusch, als Josh mehrmals tief durchatmet. Ein Lächeln schleicht sich auf seine Lippen. Ohne Vorwarnung überwindet er die Distanz zwischen uns und schlingt seine Arme um mich. Ich keuche kurz auf, genieße jedoch das ansteckende Lachen und erwidere die Siegesumarmung.

»Wir haben es geschafft«, haucht er in mein Ohr und verursacht kleine Explosionen auf meiner Haut, bevor er mich wieder loslässt und das Raven-Buch aus seiner Jacke hervorzieht.

»Aber sehr knapp«, sage ich, während wir die Bücher austauschen.

»Sei nicht so pessimistisch, Emerson«, erwidert Josh kopfschüttelnd. »Nur das Ergebnis zählt.«

Ich nicke schwach und sehe mir das gestohlene Buch genauer an. Meine Finger fahren die Prägung des Raben nach, ehe ich es aufschlage. Das Vorsatzpapier ist royalblau, die Farbe der Ravens. Auf der nächsten Seite wiederholt sich das Logo, darunter ist mein Name gedruckt.

Die Seite zeigt mir meinen Traum:

Raven Cara Emerson

In winzigen Buchstaben, schon fast einer Fußnote gleich, steht darunter:

Dieses Buch ist dein Mitgliedsausweis. Wenn du es verlierst, es dir gestohlen wird oder anderweitig abhandenkommt, verlierst du sämtliche Ansprüche einer Raven.

»Hast du das gesehen?« Ich deute auf die Fußnote und halte Josh das Buch entgegen. Er blättert gerade in seinem und schaut mit einem Stirnrunzeln zu mir auf. Dann nickt er.

»Du solltest das Buch besser nicht aus den Augen lassen«, rät er mir und ich weiß sofort, worauf er anspielt. Wenn Laura nicht einmal davor zurückschreckt, mich auf der Toilette einzusperren, wird sie garantiert versuchen, mir das Buch wegzunehmen.

»Erobere die Fahne«, murmelt Josh vor sich hin.

»Was?«, frage ich und streiche mir die Haarsträhnen aus dem Gesicht, an denen der leichte Wind unentwegt zupft.

»Es ist wie dieses Spiel. Jede Mannschaft hat eine Fahne, die sie verteidigen muss. Gleichzeitig müssen beide Parteien versuchen, die Fahne des anderen Teams zu stehlen.« Ich erinnere mich dunkel an ein solches Spiel aus irgendeinem Buch oder einer Serie. Aber es klingt logisch, was er sagt.

»Ich werde es hüten wie ein Drache seinen Goldschatz.« Ich presse das Buch gegen meine Brust, der Geruch nach Leder steigt zu mir auf. Josh blättert noch immer in seinem.

»Auf den nächsten Seiten werden die ganzen Regeln wiederholt, die auch in der App stehen. Danach kommt nichts mehr. Vielleicht soll man ein Tagebuch oder so daraus machen?« Mit einem Knall, der von der Fassade des Hauptgebäudes widerhallt, schließt er das Buch und zuckt mit den Schultern.

So langsam ebbt das Adrenalin ab und ich kann mir ein Gähnen nicht mehr verkneifen.

»Wir sollten nach Hause gehen, Emerson. Du bist wohl nicht gerade eine Nachteule.« Josh lächelt, bietet mir den Arm an und ich hake mich bei ihm unter. So ohne Adrenalin oder die Wirkung der Energydrinks in mir friere ich trotz Zwiebellook und bin dankbar für seine Nähe.

Wir wechseln gerade vom erhellten Platz rund um den Brunnen auf den etwas spärlicher beleuchteten Fußweg, als unsere Uhren vibrieren.

Herzlichen Glückwunsch zur bestandenen Aufgabe! Zur Belohnung werden eure Fesseln in den nächsten Minuten abgeschaltet und bleiben morgen deaktiviert. Genießt eure Freiheit, vergesst aber nicht, trotzdem weiterhin als Paar aufzutreten.

Wenn das nicht mal eine tolle Belohnung ist, die ich mir aber auch mehr als verdient habe!

21

DONNERSTAG, 12.11.

Die restlichen Stunden der Nacht verbringe ich mit dem nicht gerade erholsamen Traum, dass Laura mit triumphierendem Lächeln mein Buch in den Händen hält. Ich schrecke auf, und noch ehe ich meine Augen öffne, taste ich panisch unter dem Kopfkissen danach. Es ist noch da. Meine Hand streift über das Leder und die Enge in meiner Brust lässt langsam nach.

Es dämmert bereits. Ein neuer Tag beginnt.

Ein guter Tag, stelle ich fest, weil ich heute nicht an Josh gekettet bin. Im Bad gehe ich meine heutigen Kurse durch, schmiede Pläne für meine Josh-freie Zeit und tippe mit Zahnbürste im Mund eine Nachricht an Tyler.

> Wollen wir unser abgesagtes Treffen beim Mittagessen nachholen?

Es dauert keine Sekunde, bis die Antwort da ist.

> Hast du denn die Erlaubnis von Prentiss?

Sein Ärger springt mir aus jedem Buchstaben entgegen.

> Ich brauche keine Erlaubnis.

> Wenn du meinst ...
> Wird uns dann sein Schatten beobachten?

Ich habe keine Lust zu streiten, schon gar nicht um diese Zeit.

> Wenn du nicht möchtest ...
> Ich bin auch nicht sauer oder so.
> Ich kann dich sogar verstehen. :-(

> Gut so. Das schlechte Gewissen hast du mehr als verdient. :-)

> Heißt das, wir treffen uns mittags?

Ein Mittagessen in aller Öffentlichkeit wäre perfekt. Viele Menschen bedeuten wenig Privatsphäre und keine Chance auf weitere Küsse.

> Nein, das klappt leider nicht.
> Ich habe einen Termin mit meinem Mentor.
> Wie sieht es heute Abend aus?

> Ich muss arbeiten. :-(

> Kann nicht jemand anderes übernehmen? :-/

> Ich habe meine Schicht letzte Woche schon an Suki abgetreten. Aber Moment, ich schreibe ihr.

Ich chatte kurz mit Suki, die sogar froh über das zusätzliche Geld ist, weil sie eine seitenlange Liste mit neuen Unterrichtsmaterialien erhalten hat. Ich sehe wieder einmal die Vorteile der Ravens deutlich vor mir, was meine Entschlossenheit bezüglich Tyler weiter steigert.

> Suki übernimmt! :-)
> Um 6 am Brunnen?

Hauptsache, ich kann ihn endlich von seiner Sorge um mich abbringen, damit ich die letzte Woche der Anwartschaft ohne weitere Zwischenfälle hinter mich bringen kann.

> Ja, ich freu mich.
> Bis dann, C.
> Pass auf dich auf. <3

> Bis dann.

Den ganzen Tag über fühle ich mich seltsam. Es ist ungewohnt, allein in den Kursen für Controlling und Rechnungswesen zu sitzen. Doch obwohl ich keine Ablenkung neben mir habe, kann ich mich kaum konzentrieren. Mittags treffe ich mich mit Dione zum Essen, die glücklicherweise den größten Teil unserer Unterhaltung allein bestreitet, während ich mich wie den Rest des Tages immer wieder umsehe und einen Blick auf meine Uhr werfe. Genauer gesagt auf den Kompass. Entweder hat er eine Störung oder die Magnetfelder der Erde verschieben sich wie in diesem alten Film, in dem plötzlich Vögel vom Himmel stürzen, weil sie desorientiert sind.

Nach drei gemeinsam verbrachten Tagen gleiten meine Gedanken peinlicherweise immer wieder zu Josh.

Womit er wohl seinen Cara-freien Tag verbringt?

Ich nutze die Zeit, um nach dem letzten Kurs noch Besorgungen zu machen, und schlendere die alte Hauptstraße von Whitefield entlang, vorbei an den uralten kleinen Geschäften mit den antiken Schildern aus Holz oder Metall, die über den Fußweg ragen und sich im Wind immer wieder quietschend bewegen. Durch die schmale Straße zu bummeln, gleicht einer Zeitreise. Nur selten holpern Lieferwagen oder mal ein Auto über das Kopfsteinpflaster, die Cafés haben niedliche Vordächer und die Gäste verschwinden hinter Fenstern mit Rundbögen oder Sprossen. Aufgestellte Tafeln kündigen die Angebote des Tages an.

Nachdem ich meinen Bedarf an neuen Stiften und Blöcken in einem süßen Schreibwarengeschäft mit roter Markise gedeckt habe, gehe ich auf dem Rückweg zu einer kleinen Konditorei, von der mir Hannah irgendwann mal erzählt hat. Ich will gerade die Glastür aufdrücken, an der ein hübsches Handlettering den Kunden ein herzliches Willkommen wünscht, als ein Dröhnen durch die Straße hallt.

Ein Motorrad rollt langsam über das Kopfsteinpflaster, der Motor knattert viel zu laut für die Geschwindigkeit. Der Fahrer mit dem tiefschwarzen Helm und dem verdunkelten Visier schaut immer wieder auf seinen Arm und gerät einmal gefährlich ins Schlingern, weil er einer Katze ausweichen muss, die sich daraufhin lautstark beschwert. Während das Motorrad an mir vorbeifährt, sieht der Fahrer schon wieder nach unten. Plötzlich hält er an, das Motorengeräusch verstummt und der Fahrer sieht sich um.

Ich erkenne Josh an der Lederjacke, noch bevor er das Visier nach oben schiebt und sich unsere Blicke treffen.

Jetzt habe ich meine Antwort. Joshua Prentiss verbringt seine freien Tage mit Mordversuchen an Katzen.

Er drückt mit dem Fuß den Ständer nach unten, bis sich das Motorrad leicht zur Seite neigt. Lässig setzt er den Helm ab und hängt ihn an den Lenker. Während er absteigt, lockert er mit den Fingern die platt gedrückten Haare.

»Hi, Emerson«, begrüßt er mich beim Näherkommen. »Hast du mich schon vermisst?«

»Nein«, sage ich viel zu schnell und sehe an seinem zufriedenen Lächeln, dass er meine Lüge durchschaut hat. »Was machst du hier?«, lege ich mit gepresster Stimme nach, weil sich mein Puls gerade drastisch erhöht.

»Dich suchen«, erwidert er nur knapp und öffnet die Jacke, ehe er das anthrazitfarbene Tuch löst, das eng um seinen Hals liegt.

»Du hast mich gefunden. Auch wenn ich nicht weiß, wie.« Hat er etwa Jace auf mich angesetzt?

»Ich werde dich immer finden, Emerson«, sagt er mit einem theatralischen Seufzen, das wie aus einem der kitschigen Liebesfilme klingt, über die Tyler und ich immer Witze machen.

»Ja, klar.« Dieses Mal halte ich das Augenverdrehen nicht zurück.

»Das war mein voller Ernst.« Er deutet mit dem Finger auf den Kompass seiner Uhr. Der Pfeil deutet auf mich.

»Das Ding trackt mich?« Meine Stimme klingt etwas schrill und das Kind an der Hand einer Frau, die uns gerade passieren, sieht mich neugierig an.

»Es trackt dich nicht. Ich sehe nur, in welcher Richtung du dich aufhältst.«

Jetzt wird mir klar, wieso mein Kompass heute ständig durchgedreht ist.

»Warum hast du mich gesucht?«, frage ich nun, da wir das Wie geklärt haben.

»Ich habe von deinen Plänen mit Walsh gehört.«

»Lass mich raten: Das hat dir ein Vögelchen gezwitschert?«

»Ich weiß nicht, was Jace von der Bezeichnung hält.« Er zuckt mit den Schultern. »Du solltest dich nicht mit ihm Treffen, Cara.« Bei der Erwähnung meines Namens wird seine Stimme sanfter, eindringlicher.

»Wieso? Er ist mein Freund.«

»*Ich* bin dein Freund, schon vergessen?«

»In welcher Welt bist du denn aufgewachsen?«, sage ich genervt. »Tyler und ich sind nur Freunde.« Das Wort kommt mir nach dem Fast-Kuss nicht mehr so flüssig über die Lippen wie davor.

»Zumindest weiß *ich*, wie man sich als Gentleman verhält.«

»Schon klar!«, erwidere ich, nachdem mein Auflachen dafür gesorgt hat, dass er das Gesicht verzieht. »Deshalb spielst du auch ständig den arroganten, besserwisserischen oder sogar kindischen Idioten. Oder hast du vergessen, wer gestern davongestapft ist und einen Minuspunkt riskiert hat?«

Wir taxieren uns wie Kontrahenten im Ring. Ich weiß, dass wir keine Gegner sind, dass wir dasselbe Ziel verfolgen, und doch spüre ich, dass es für ihn eine andere Bedeutung hat als für mich. Die vielen unbeantworteten Fragen auf der Josh-Liste. Warum ist er am St. Joseph's? Warum will er unbedingt ein Lion werden? Warum glaubt er, ich wäre die beste Option, dieses Ziel zu erreichen?

»Du solltest vorsichtig sein, Emerson. Dich mit Walsh einzulassen, ist gefährlich.«

»Er sagt dasselbe über dich«, kontere ich. »Er hält dich für einen ›besitzergreifenden Arsch‹. Und ich fürchte, so unrecht hat er da gar nicht. Ich werde meinen Josh-freien Nachmittag nach dieser kurzen Unterbrechung jetzt noch ein wenig genießen und mir Scones holen.« Ohne auf seine Antwort zu warten, lasse ich ihn stehen und schiebe nun endlich die Tür zur Konditorei auf. Köstlicher Duft nach Gebäck und frisch gemahlenem Kaffee steigt mir in die Nase und ich werde von einer wohligen Wärme begrüßt.

Ich schaffe es bis zur Theke, ohne mich nach Josh umzudrehen, was beinahe so unmöglich ist, wie den verdammten Zeiger auf meiner Uhr in eine andere Richtung zu lenken. Ich bestelle fünf der Gebäckteilchen, ehe ich mich dem inneren Zwang ergebe und durch das Schaufenster nach draußen sehe. Josh ist weg, sein Motorrad kann offenbar auch leise fahren. Er bewegt sich gerade in einem Bogen um mich herum, wenn ich meinem Kompass glauben darf.

Gut so, sage ich mir immer wieder, während ich zum Campus zurückgehe und dabei die Tüte mit den duftenden Scones an mich drücke. Dabei behauptet ein verräterischer Teil von mir die ganze Zeit, dass ich mich nur selbst belüge, denn gemeinsam Erlebtes verbindet mehr als alles andere. Doch mit Scones und von Miley zubereitetem Chai Latte bringe ich diesen Teil zum Verstummen.

Am späten Nachmittag hat sich endlich auch der restliche Nebel gelöst, der an Whitefield zu kleben scheint wie Spinnweben. Als ich mich auf den Weg zum Treffen mit Tyler mache, erwartet mich ein lila-pinkfarbenes Aquarell am Himmel, das dem Park eine romantische Atmosphäre verleiht. Dennoch werde ich das Gefühl nicht los, beobachtet zu werden. Immer wieder sehe ich mich um, nehme einen Umweg durch mehrere Innenhöfe, doch das Prickeln im Nacken bleibt.

Erst als ich das Leuchten in Tylers Augen sehe, verfliegt es. Er springt vom Rand des Brunnens auf und starrt mich ungläubig an.

»Ich hätte nicht gedacht, dass du wirklich kommst«, sagt er direkt nach der Begrüßung. »Ohne Prentiss oder seinen Schatten.«

»Warum?«, erwidere ich und gehe absichtlich nicht auf die Spitze gegen Josh ein. »Gestern ist mir etwas Dringendes dazwischengekomm…«

»Lass uns irgendwo hingehen, wo wir reden können. Italienisch? Oder Süßkram bei Eva?«

»Wir können doch auch hier reden«, sage ich und strebe bereits auf den Brunnenrand zu, wo Tyler eben noch gesessen hat.

Er beugt sich näher zu mir und flüstert: »Dieses Mädchen dort drüben ist direkt nach dir gekommen und hat dich seither nicht aus den Augen gelassen, obwohl sie vorgibt, auf ihr Handy zu starren.«

Ich will mich umdrehen und nachsehen, doch Tyler hält mich zurück. »Nicht so auffällig! Vielleicht ist das eine von Prentiss' Spionen.«

Ich schüttele schnell den Kopf. »Wie sieht sie denn aus?«

»Sie hat ultrakurze blonde Haare.« Tyler rümpft die Nase.

»Laura?« Ich greife automatisch zu meiner Umhängetasche und

vergewissere mich, dass das Raven-Buch noch dort ist. Gott, ich werde langsam paranoid.

»Was weiß ich! Ihr Name steht nicht auf ihrer Stirn«, sagt Tyler entschuldigend.

Ich hake mich bei ihm unter und gebe vor, in die Richtung zu wollen, aus der ich gekommen bin. Sofort sehe ich Laura mit einem breiten Grinsen im Gesicht auf einer der gusseisernen Metallbänke am Rand des Platzes sitzen. Mir fällt gleich auf, wie sie ihr Handy hält. Dieses Miststück filmt uns mit ziemlicher Sicherheit! Hastig rücke ich von Tyler ab und stolpere dabei beinahe über einen der Pflastersteine.

»Du ... Tyler«, ringe ich nach Worten. »Ich ... ich denke, wir sollten ...«

»Zu mir gehen?«, flüstert er mir in verschwörerischem Ton zu. »Ich hasse Beobachter auch.« Er zieht die Unterlippe zwischen die Zähne und grinst vergnügt.

»Ich dachte eher daran, das Treffen zu verschieben«, gebe ich zerknirscht zurück.

Sein Ausdruck ändert sich sofort. »Ich lasse dich nicht gehen, ehe wir endlich miteinander geredet haben!« Er greift nach meiner Hand und ich sehe, wie sich Lauras Brauen heben, ehe sie von ihrer Bank aufsteht und davoneilt. Verdammt!

Aber so etwas verstößt nicht gegen die Regeln, oder? Würde es ausreichen, um mich bei Valérie in Ungnade fallen zu lassen? Auch wenn Josh ihr versichern würde, dass es für ihn okay ist, wenn ich mich weiterhin mit Freunden treffe, selbst wenn diese männlich sind? Was für schräge, altmodische Gedanken! Trotzdem spüre ich Panik in mir aufsteigen und bin kurz davor, Laura hinterherzulaufen.

»Rede mit mir, C. Etwas stimmt nicht mit dir und ich muss wissen, was es ist. Du kannst mir vertrauen, egal, worum es geht.« Seine Worte sind wie ein warmes Bad nach einer entsetzlichen Kälte. Alles in mir sehnt sich danach, endlich abzuschalten, sehnt sich nach jemandem, der mit diesem Chaos nichts zu tun hat, der keinen Einbruch und Diebstahl begangen hat, um zu einer Studentenverbindung zu gehören, die knallharte Regeln vorgibt. Doch ich kann nicht.

»Hey, wenn du dir Sorgen machst, dann verschieben wir das Reden, okay? Lass uns einfach einen Film schauen ... mit viel Gemetzel«, fügt er nach einer kurzen Pause hinzu und atmet tief durch.

Ich scanne währenddessen den Platz nach Lauras platinblondem Pixie, anderen Ravens oder bekannten Gesichtern, kann jedoch niemanden entdecken. Nicht einmal Jace, dabei hätte ich Josh zugetraut, dass er ihn tatsächlich auf mich ansetzt.

»Dann aber schnell«, presse ich hervor, bevor ich es mir anders überlegen kann, und denke gleichzeitig fieberhaft darüber nach, wie genau ich Tyler davon überzeugen kann, auf Abstand zu gehen und keine Aufmerksamkeit zu erregen, bis die Anwärterphase überstanden ist.

»Du hast *geplant*, hierherzukommen?«, frage ich kurz darauf mit einem skeptischen Blick von dem kleinen dunklen Flur aus in das beleuchtete Wohnzimmer und auf die große Schüssel mit Popcorn und den zwei Millionen weiteren Kalorien, die sich in festem und flüssigem Zustand auf dem Couchtisch und darunter verteilen wie in jedem Kindertraum.

»Pst!«, sagt Tyler nur, ehe er näher kommt, und ich erstarre. »Ich will keine schlechte Stimmung, sondern einfach nur einen Film anschauen wie früher, bevor du zu diesen Weib... den Ravens gezogen bist. Wenn ich gewusst hätte, wie du dich danach verhältst, hätte ich dir nie davon erzählt.«

Die wenige Luft, die zwischen uns passt, ist wie elektrisch geladen. Doch er greift nur über mich hinweg und drückt auf den Lichtschalter im Flur, bevor er wieder zur Seite tritt. Ich hole tief Atem und fürchte, dass es eine ganz miese Idee war, sein Angebot anzunehmen.

Doch weniger als eine halbe Stunde später kommt es mir vor, als wäre ich nie in Raven House eingezogen. Wir brüllen zusammen die doofen Teenager an, die – ohne irgendjemandem Bescheid zu geben – in einem gruseligen, verbotenen Wald herumknutschen und dann bei einem Geräusch natürlich nichts Besseres zu tun haben, als aus dem Auto zu steigen und nachzusehen, anstatt so schnell wie möglich wegzufahren.

»Den Helden-Award würde ich in diesem Fall wohl ausnahmsweise nicht gewinnen«, sagt Tyler, ehe er sich eine Handvoll Popcorn in den Mund schaufelt.

»Diese Aktion schreit eher nach einem Award für Blödheit«, antworte ich und merke, wie ich mich immer mehr entspanne – und das, obwohl schon die nächste Szene zwei Leichen zeigt. Viele leere Schüsseln und Verpackungen später ist das Monster besiegt und der Abspann wirft schwache Schatten auf Tyler, der sich neben mir streckt und dabei meine Schulter streift. Sofort versteife ich mich, untermalt von der bittersüßen Musik des Abspanns.

»Jetzt müssen wir reden«, sagt er dann in fast schon feierlichem Ton und ich würde am liebsten davonlaufen, als wäre er das Monster aus dem Film.

»Ich kann nicht«, sage ich ihm die Wahrheit und schüttele den Kopf, sodass sich ein paar Strähnen aus meiner lockeren Haarklammer lösen.

»Und ich kann an nichts anderes denken als an Montagabend, Cara.« Seine Aufrichtigkeit ist entwaffnend, der Ausdruck in seinen dunklen Augen pure Verzweiflung. Mit einer kleinen Bewegung streift Tyler die losen Strähnen hinter mein Ohr. Die Berührung jagt winzige Blitze durch meinen Körper. »Wir haben uns fast geküsst.«

Mit nur einem Satz ruft er die verdrängte Nähe und das Prickeln jenes Abends zurück. Und wie am Montag müsste ich mich nur leicht zu ihm beugen, um ihn ...

Nein, sage ich mir und versuche, meinen rasenden Puls zu beruhigen. Ich sitze im Auto im verbotenen Wald. Die Schatten um mich herum werden immer finsterer.

»Erzähl mir von Josh. Hat er etwas gegen dich in der Hand?«, ändert Tyler so schnell das Thema, dass ich zuerst glaube, mich verhört zu haben.

»Nein!«, sage ich schnell. »Wieso sollte er?«

»Ich habe Nachforschungen angestellt. Mir ist aufgefallen, dass sich seit Kurzem mehrere *Freundschaften* zwischen Lions und Ravens entwickelt haben. Ein großer Zufall, oder?« Sein Atem streift meine Wange. Meine Gedanken rasen umher wie Irrlichter. Wenn er herumschnüffelt, gibt es Ärger mit Valérie und Kellan.

»Könnte sein«, murmele ich zur Antwort.

»Du bist nicht der Typ, der sich von einer Show, wie Prentiss sie abzieht, einlullen lässt. Daher denke ich, dass du Hilfe brauchst. Ich weiß nicht, was dort vorgeht, aber ich werde alles dafür tun, es herauszufinden.« Er atmet mit einem Zischen aus und streicht sich die

Haare aus dem Gesicht. »Du fehlst mir, Cara, und ich lasse mir das zwischen uns nicht von einem arroganten Idioten wie Joshua Prentiss zerstören. Ich werde herausfinden, was er gegen di...«

In meiner Verzweiflung, ihn zum Schweigen zu bringen, tue ich das Schlimmste, was man in dieser Situation machen kann. Eine schrille innere Stimme ruft mir noch die Warnung zu, nicht aus dem Auto zu steigen und dem Geräusch zu folgen. Aber es ist bereits zu spät. Ich beuge mich schnell nach vorn und unsere Lippen treffen sich alles andere als sanft.

Es ist kein Kuss, sondern nur das Aufeinanderpressen von Lippen. Zumindest im ersten Moment. Dann werden Tylers Lippen weich, und als er den Mund leicht öffnet, entfährt ihm ein leises Stöhnen, das mir durch Mark und Bein geht. Seine Zunge teilt meine Lippen, jede tastende Berührung jagt Hitzewellen durch meinen Körper. Starke Arme ziehen mich näher, und während ich mich an seinen Körper schmiege, wird mir mehr und mehr bewusst, wie sehr ich seine Nähe wirklich vermisst habe. Eine Nähe, die ich nun mit jedem Sinn in mich aufnehme. Den Geruch nach Duschgel, der noch an ihm haftet, ein fruchtiges Shampoo, das mich streift, als er eine Spur aus Küssen von meinem Mund zu meinem Ohr zieht, wo jeder seiner stockenden Atemzüge für kleine Explosionen sorgt.

Wie sehr habe ich mich mit der Behauptung, nicht ernsthaft an ihm interessiert zu sein, selbst belogen? Meine Hände krallen sich in sein Haar, dirigieren ihn zu der Stelle am Hals, an der mein rasender Puls schlägt, während ich seine Hände am ganzen Körper spüre, bis sich mein Bewusstsein in Hitze und keuchendem Atem auflöst. Ich finde den Weg unter sein Hemd, spüre das Zucken seiner Bauchmuskeln unter der erhitzten Haut, während sich meine Hände immer weiter voranarbeiten, ihn noch näher an mich pressen und die Außenwelt mit ihren Problemen und Pflichten verschwindet.

Tyler stößt ein heiseres Knurren aus. Ich realisiere erst, dass jemand unentwegt klingelt und an der Apartmenttür hämmert, als die Seifenblase um uns herum platzt und die Realität wieder auf mich einstürzt. Eine Realität, in der ich eben meine Zukunft riskiert habe. Die Hitze in meinem Unterleib wird zu ätzender Säure.

»Wer zum Teufel ist das?«, frage ich mit belegter Stimme, Bilder von Valérie vor mir, auf deren adeligen Gesichtszügen sich schwere Enttäuschung abzeichnet. Steht sie dort vor der Tür?

Vollkommen genervt springt Tyler auf. Er zupft sich das Hemd etwas zurecht, das aber selbst nach dieser Behandlung laut »in flagranti erwischt« schreit wie der Rest seines Äußeren. Die geschwollenen Lippen, das verstrubbelte Haar. Er beugt sich noch einmal kurz zu mir, küsst mich sanft auf die Wange und knabbert an meinem Ohr, ehe er mir zuhaucht, mich nicht einen Millimeter zu bewegen. Was er alles mit der Person anstellen würde, die dort vor der Tür steht, geht in weiterem Klopfen und Klingeln unter, während er zur Tür eilt.

»Was willst *du* hier?«, höre ich ihn dann laut sagen.

Jace' Antwort löscht auch den Rest der Hitzewelle, die Tylers letzter Kuss ausgelöst hat. »Cara muss sofort zurück ins Wohnheim. Dringende Versammlung der Ravens.«

Sie haben mich erwischt. Valérie hat überall Spione, das hat zumindest Dione behauptet. Und nun hat mich irgendwer angeschwärzt und …

Ich springe auf und gehe so schnell zur Tür, dass ich auf dem blank polierten Linoleum im Flur nur schlitternd zum Stehen komme.

»Warum schickt man *dich*, um mich zu holen?«, frage ich Joshs Bodyguard, der mich vorwurfsvoll von oben bis unten mustert, während ich gegen das plötzliche grelle Licht des Flurs anblinzele. Ich fühle seinen Blick auf dem zerknitterten T-Shirt, meinen aufgelösten Haaren, der Röte auf meinen Wangen und den Lippen.

»Ich wohne nebenan«, sagt Jace schlicht und deutet auf die Tür neben Tylers, vor der die ungewohnt polierten und perfekt aufgereihten schwarzen Anzugschuhe stehen.

»Da wohnst *du*?« Meine Stimme hallt viel zu schrill durch das steinerne Treppenhaus und ich verziehe das Gesicht.

»Japp. Seit Josh nach Lion Manor gezogen ist, hab ich das ganze Apartment für mich allein.« Er wirft mir ein schwaches Grinsen zu, bevor er sich durch die Haare fährt. Die Situation scheint ihm unangenehm zu sein. Aber sicher nicht annähernd so unangenehm wie mir.

»Wo ist Josh?«, frage ich, erwarte jedoch keine Antwort.

»Er rettet dir den Arsch, obwohl ich ihn davon abhalten wollte. Zieh dich an und verschwinde von hier.«

Mit einem Mal sehe ich den Profi vor mir, nicht den Freund, von dem Josh erzählt hat. Und diese Person, mit den zu einem Strich verzogenen Lippen und dem drohenden Blick, sorgt dafür, dass ich in meine Sneakers schlüpfe und meine Jacke und Tasche vom Sideboard nehme.

»Du rennst, wenn sie schreien? Cara, du kannst jetzt nicht ...«, will Tyler mich aufhalten, aber Jace stellt sich ihm in bester Bodyguardmanier entgegen, die Stimme klirrend kalt.

»Sie kann und sie wird.«

Jace folgt mir die Treppe hinunter, doch bevor ich die Eingangstür öffnen kann, stemmt er sich mit der flachen Hand dagegen und versperrt mir so den Weg.

»Ich muss gehen«, sage ich und versuche, gegen sein Gewicht anzukommen und die Tür aufzuziehen.

»In Raven House ist keine Sitzung. Aber Josh meinte, er müsste dich da wegholen, bevor etwas geschieht.« Erneut ein abfälliger Blick, der auch gut zu Josh gepasst hätte. »Doch offenbar war Josh zu spät. Und ich habe nicht mitbekommen, wie ihr vom Platz abgehauen seid, weil ich Laura gefolgt bin.«

»Josh lässt mich überwachen, wenn ich nicht bei ihm bin? Spinnt er jetzt total?« Meine Stimme überschlägt sich fast.

»Er will in die Verbindung. Und du bist seine Eintrittskarte. Er wird alles tun, um sein Ziel zu erreichen.«

22

FREITAG, 13.11.

»Emily ist nicht da. Weiß sie denn Bescheid, dass wir heute hier abfahren? Und wo ist Celeste?« Ich sehe mich nach der blond gelockten Anwärterin um und blicke in die sternförmig abgehenden Gassen rund um das *Oxygen*, einem tagsüber natürlich geschlossenen Klub, der zu einer auf dem Campus nicht gerade positiv beurteilten Drinking-Society gehört. Sehr exklusiv und im Umgang mit Frauen sehr fragwürdig.

Zu meiner Überraschung kam heute Vormittag eine Nachricht, dass die digitale Fessel bis zum Eintreffen auf dem Anwesen der Stewards inaktiv bleibt. So konnte ich meinen Kurs in Wirtschaftsinformatik besuchen und sogar noch die Wochenaufgabe bei Professorin Deveraux abgeben. Ich war froh, Josh nicht begegnen zu müssen, aber nun denke ich, dass ich ihn doch hätte suchen oder ihm zumindest schreiben sollen. Nach dem gestrigen Abend wird unser Aufeinandertreffen sicher nicht gerade angenehm.

»Wenn sie tatsächlich ausgeschieden sind, werden sie am Parkplatz warten wie sonst.« Diones Blick schweift dennoch ebenfalls zwischen den Häuserschluchten umher. »Nur diejenigen, die weiter sind, erhalten eine Nachricht.«

Ich sollte mich freuen. Ich bin meinem Ziel einen Schritt näher und doch fühlt es sich alles andere als gut an. Noch immer knotet sich mein Magen zusammen, wenn ich auch nur an Tyler denke. An den Kuss, der so hungrig und verzehrend zugleich war. Aus Angst, wieder in eine Beziehung wie mit Mason zu geraten, habe ich Tyler auf Distanz gehalten, bis es nicht mehr ging.

Eine Limousine nach der anderen füllt sich mit Ravens, bis auch der Wagen für uns Anwärterinnen ankommt. Wir setzen uns genau wie am vergangenen Wochenende hin, die freien Plätze bleiben geisterhaft leer. Das Fehlen von gleich zwei Anwärterinnen ist natürlich Gesprächsthema Nummer eins. Haben sie die Bücher nicht gefunden? Oder anderweitige Fehler begangen?

Nasreen hakt bei Laura nach, die nur eine giftige Antwort gibt. »Geht dich nichts an«, sagt sie, während sie unentwegt an der Innenseite ihrer Wange nagt. Ich glaube, auch als *Zweite* weiß sie nicht mehr als wir – was sie natürlich niemals zugeben würde.

»Habt ihr schon etwas in eure Bücher geschrieben?«, versucht Charlotte, die kühle Stimmung in der Limousine aufzulockern. Alle schütteln den Kopf und sie gibt auf.

Am vergangenen Wochenende hat sich auf dem Steward-Anwesen mein Leben verändert und doch fühlt es sich nicht schlecht an, als wir an geometrisch geformten Buchsbäumen vorbeifahren und auf die von Balustraden gesäumte breite Eingangstreppe zuhalten. Die Stimmung im Wagen hebt sich spontan, die Zurückgelassenen sind vergessen, nervöse Vorfreude scheint alle zu erfassen, sogar Laura, die endlich nicht mehr ihren Stress an ihrer Wange auslässt und sie als Kaugummi missbraucht.

Valérie erwartet uns wie beim letzten Mal auf der Treppe. Heute steht jedoch auch Kellan neben ihr, einen finsteren Ausdruck im Gesicht. Eine Limousine der Lions hält an, als wir gerade aussteigen, und ein Brummen an meinem Handgelenk zeigt mir, dass die Verbindung aktiviert wird. Dione hakt sich sofort bei mir unter und strebt auf die Lion-Anwärter zu.

Austin reißt die Tür auf, ehe der Fahrer ausgestiegen ist und den Wagen umrundet hat, springt aus dem Auto und schließt Dione in die Arme, als hätten sie sich jahrelang nicht gesehen. Danach drückt er mich und seine ungebändigten Rastalocken streifen über mein Gesicht.

»Bin ich froh, dort raus zu sein. Es ist die Hölle auf vier Rädern«, flüstert Austin uns zu und legt einen mitleiderregenden Blick auf.

Dione lacht. »Bei uns war es wie in einer Kühlkammer.« Sie schaudert und sucht bei mir nach Zuspruch.

»O ja. Am Fenster sind noch Eisblumen zu sehen.« Ich deute vage hinter mich, aber Austin und Dione haben sich bereits dem nächsten Thema zugewandt. Die beiden passen auf so vielen Ebenen zusammen, wie ich es nie für möglich gehalten hätte. Ich freue mich für Dione und wünsche ihr – wenn auch mit einem kleinen Funken Neid –, dass ihr Match zu einer ebenso großen Lovestory wird wie der ihrer Eltern.

Um die beiden nicht zu stören, suche ich nach Josh. Die restlichen Lion-Anwärter stehen zusammen auf dem hellen Pflaster seitlich der Treppe. Ich will Joshs Blick auf mich ziehen, doch er schaut demonstrativ in eine andere Richtung. Idiot!

»Ihr Lieben, willkommen zu meinem liebsten Wochenende während der Anwärterphase«, begrüßt uns Valérie und alle Gespräche verstummen. Auch ich wende mich ihr und Kellan zu.

»Nicht jeder hat ein Faible für Partys wie vor einhundert Jahren«, wirft Kellan ein und sieht mit einer hochgezogenen Braue zu Valérie, die aufgeregt von einem Bein aufs andere tänzelt und so breit grinst wie Phee an ihrem Geburtstag, »aber ich freue mich natürlich schon auf die Aufgaben, die euch an diesem Wochenende erwarten.« Er hebt das Tablet kurz hoch, das er in seiner linken Hand hält. »Ihr habt nicht dieselben Zimmer wie am letzten Wochenende, um den Alarm der Fesseln nicht unnötig auszulösen. Folgt den Dienstboten, sie haben euer Gepäck bereits verteilt. Wir treffen uns um neunzehn Uhr zum Dinner.«

Alle streben auf die Treppe zu, ich höre leises Tuscheln über die möglichen Aufgaben und einen abfälligen Kommentar – von Barron – über die »unförmigen Kleider in den Zwanzigerjahren des letzten Jahrtausends«. Dione wartet auf mich und hakt sich bei mir unter, sieht sich aber immer nach Austin um, damit sie im grünen Bereich bleibt. Mein Raven-Symbol leuchtet konstant orange, als ich die Stufen hinaufsteige. Josh will Abstand, aber keine Minuspunkte kassieren. Gut so.

Wir wollen gerade die breite Eingangstür zwischen den Säulen passieren, da hält mich Valérie zurück. »Wir müssen dich noch kurz sprechen.«

Sie kann mir dabei nicht in die Augen sehen. Meine Hände werden eiskalt und ich schaue mich hektisch nach Josh um, als könnte er mich irgendwie retten. Doch er ignoriert mich noch immer, starrt nur auf sein Handy und tippt hastig darauf herum. Hat er sich bei Kellan über mich beschwert, um vielleicht heil aus der Sache herauszukommen? Säure steigt in meinem Hals auf und ich werde den bitteren Geschmack auch nicht los, als Dione kurz meine Hand drückt.

»Wir sehen uns später.« Sie lächelt mich an, aber es wirkt aufgesetzt wie nie zuvor. Sorge steht in ihren Augen und ihr Lächeln fällt in sich zusammen, noch ehe sie sich von mir abwendet und das Gebäude betritt.

Nach allen anderen Anwärterinnen und Anwärtern durchqueren wir den Eingangsbereich. Valérie und Kellan flankieren mich wie Bodyguards – oder eher wie irgendwelche Agenten, die einen Schwerverbrecher überführen. Das einzige Geräusch sind unsere Schritte, vor allem das laute Klackern von Valéries High Heels und das leise Brummen meiner Uhr, das jedoch kein einziges Mal stärker wird. Wir halten uns rechts und folgen dem Flur zum Gesellschaftsraum. Ich muss mich dank der Smartwatch nie umsehen, ob Josh uns immer noch folgt.

Kellan weist mir einen altrosafarbenen Polstersessel zu, dem ein passender Zweisitzer gegenübersteht, auf dem er und Valérie sich niederlassen. Ich wage es nicht, mich nach Josh umzusehen. Selbst dann nicht, als Valérie bei einer Bediensteten Tee für uns bestellt, als wäre das hier nur ein freundliches Zusammentreffen. Dabei spüre ich überdeutlich, dass es das nicht ist. Die Luft im Raum ist schneidend dick. Im Kamin lodert ein wohliges Feuer, doch bei jedem Knacken des Holzes zucke ich zusammen. Wir schweigen uns an, bis der Tee serviert und eingegossen ist, Scones und andere Süßigkeiten auf dem kleinen Beistelltisch stehen und die Angestellte verschwunden ist, nachdem Valérie sich bedankt hat.

Die Vorsitzende der Ravens greift nach ihrer Tasse und hält sie fest, ohne zu trinken. »Wir wollten mit dir sprechen, weil uns etwas zugetragen wurde.« Sie sieht Kellan flehend an, der kurz den Mund verzieht und nach einem entnervten Seufzen für Valérie fortfährt: »Cara Emerson, du hast gegen die oberste Regel während der Raven-Anwartschaft verstoßen und dich mit einem Außenstehenden eingelassen. Als Konsequenz musst du dein Raven-Buch abgeben.«

Der Rand meines Blickfeldes verschwimmt. Ich sehe gerade noch, wie Kellan mir die Hand wie in Zeitlupe entgegenstreckt. Irgendwo wird eine Tasse abgestellt.

Dieses Buch ist dein Mitgliedsausweis. Wenn du es verlierst, es dir gestohlen wird oder anderweitig abhandenkommt, verlierst du sämtliche Ansprüche einer Raven.

Ich schüttele langsam den Kopf. Mein Arm verkrampft sich um meine Tasche, die ich während seiner Worte instinktiv an mich gezogen haben muss. Mein Raven-Buch. Ich kann mich nicht bewegen, selbst die Schüsse, die der Kamin abfeuert, schaffen es nicht durch die lähmende Angst, die sich wie Gift durch meine Adern frisst. Warum habe ich mich auf Tyler eingelassen, die Sicherheit des Autos im verbotenen Wald verlassen wie die dummen Teenager in diesem Horrorfilm?

Ich spüre die Feuchtigkeit einer Träne, die mir aus den Augen rollt, aber ich fühle sie nicht. Da sind nur zerplatzte Träume und Hoffnungen.

»Habt ihr Beweise?«, höre ich Joshs Stimme hinter mir. Natürlich ist er im Raum. Mein Sessel ist mehr als drei Meter von der Tür entfernt. Ich blinzele weitere Tränen aus meinen Augen, um meinen Blick wieder zu klären, und sehe zu Kellan.

»Die haben wir«, sagt er in Joshs Richtung und hält das Tablet hoch, auf dem mich Tyler gerade neben dem Brunnen beim Hauptgebäude fest in die Arme schließt und mir etwas ins Ohr flüstert. Laura! Diese miese Schlange! Ein dünnes Stimmchen in meinem Kopf flüstert jedoch, dass der Teil des Abends ja nicht regelwidrig war, wie ich es mir selbst zur Beruhigung auch eingeredet habe.

Josh gibt dieser Stimme Ausdruck: »Das sagt doch gar nichts. Sie sind Freunde, warum sollten sie sich nicht umarmen dürfen?« Sein Tonfall klingt zu bemüht locker. Ich frage mich, ob ich Anfang der Woche bereits einen Unterschied bemerkt hätte und ob es Kellan und Valérie ebenfalls auffällt.

»Danach wurde sie beobachtet, wie sie Tyler Walshs Wohnheim betreten und erst Stunden später in einem *derangierten Zustand* verlassen hat.«

Kellan spricht wie ein Detective in einer alten Krimiserie und über den *derangierten Zustand* hätte ich gelacht, wenn die Lage nicht so ernst gewesen wäre.

»Und?«, fragt Josh.

Kellan wirft ihm daraufhin einen Blick zu, der deutlich macht, wie sehr er am Verstand des Präsidentinnensohnes zweifelt.

»Es verstößt gegen die oberste Regel, wenn sich eine Anwärterin mit einem Außenstehenden einlässt.« Kellan ist kurz davor, die Beherrschung zu verlieren. Seine Finger schließen sich immer fester um das arme Tablet. Ich würde mich nicht wundern, wenn das Display jeden Moment einen Riss bekommt.

Trotz allem wage ich nicht, mich umzudrehen, sondern behalte Kellan weiterhin im Auge. Selbst als ich langsame Schritte höre. Ich zucke erst zusammen, als sich eine Hand auf meine Schulter legt – viel zu nah an meinem Hals, als dass es eine harmlose Geste sein könnte. Ich rieche Joshs Duschgel. Mein Herz scheint irgendwelche Geschwindigkeitsrekorde brechen zu wollen.

»Sie war nicht in Lion Manor, wenn ich deine Andeutung richtig verstehe.« Kellan kneift die Augen zusammen.

»Ich auch nicht«, höre ich Josh. Er schafft es sogar, seiner Stimme einen neckischen Unterton zu verleihen, ehe er Kellan, Valérie – und auch mich – aufklärt. »Mein Bodyguard bewohnt noch immer mein altes Apartment, das zufällig im selben Gebäude liegt wie das von Tyler Walsh. Cara und ich«, seine Finger wandern bei meinem Namen an meiner Halsbeuge entlang und hinterlassen pure Gänsehaut, »wir dachten, wir bräuchten nach dem Foto in der Presse nicht noch mehr Aufmerksamkeit.« Seine Hand streicht meine Haare zur Seite und ich schmiege mich wie von selbst an sie, eine Geste purer Dankbarkeit. Irgendwo im Hinterkopf hallen Jace' Worte nach: »*Er rettet dir den Arsch.*« Indem er sich versteckt und so für ein Alibi gesorgt hat.

Valérie jauchzt überglücklich und lenkt meine Aufmerksamkeit endlich von Kellan weg. Ihr Blick huscht zwischen uns hin und her und ihre blauen Augen funkeln mindestens genauso wie die winzigen Saphire an ihrem Hals. »Wir haben einen *echten Match*! Dass ich das noch erleben darf!« Sie greift nach Kellans Oberarm, zieht ihn zu sich und drückt ihn, worüber Kellan alles andere als begeistert ist.

Ich wage es nicht, zu atmen, etwas zu sagen oder mich zu bewegen, um nichts falsch zu machen. Daher konzentriere ich mich auf die federleichte Berührung von Joshs Fingern, die wie ein Lufthauch über meine Schulter und den Hals streifen.

»Gratuliere«, sagt Kellan in hartem Ton.

Ist er etwa enttäuscht? Oder spielen die beiden so etwas wie guter Cop, böser Cop?

Als Kellan aufsteht, greift Valérie zu ihrer Tasse, trinkt daraus und atmet tief ein. Dann erhebt sie sich, ist mit zwei großen Schritten bei mir und umarmt mich. »Ich wusste es! Ich freue mich so für euch!«

Erst als nicht einmal mehr das Echo ihrer laut klackernden Schritte durch den Flur hallt, wage ich es wieder, mich zu rühren. Ich sacke in mich zusammen, als hätte man mir sämtliche Luft entzogen.

»Danke«, stoße ich schließlich aus.

»Keine Ursache. Ich habe dich ja gewarnt.«

Ich nicke und würde am liebsten zwischen den Polstern verschwinden, aber natürlich passiert das Gegenteil. Josh umrundet den Sessel, geht vor mir in die Hocke und legt seine Hände direkt neben meinen Knien ab. Ich glaube, die Hitze zu spüren, die von ihm ausgeht, eine nervöse Energie.

»Wir sind ein Team, Emerson. Noch bis nächstes Wochenende, okay?«

Ich nicke.

Ich werde mich von Tyler fernhalten, bis das alles vorbei ist. Diese eisige Lähmung wie eben bei der Konfrontation will ich nie wieder spüren. Genauso wenig will ich noch einmal miterleben, wie Kellan seine Finger nach *meinem* Buch ausstreckt.

23

FREITAG, 13. 11.

»Ich kann es immer noch nicht fassen, dass er dich gerettet hat«, murmelt Dione vor sich hin und geht dabei in meinem Zimmer auf und ab wie auf einem Laufsteg. Austin sitzt auf der kleinen Couch am Fenster und sieht ihr zu. Ursprünglich wollte er draußen warten, um uns »nicht zu stören«, doch dann hätte sich Dione nicht frei bewegen können und es gehört eindeutig nicht zu ihren Stärken, auf der Stelle zu treten.

»Ich auch nicht. Aber glaub mir, ich hätte ihn dafür am liebsten umarmt«, erwidere ich seufzend und sehe zu meinem großen Doppelbett hinüber – oder eher auf die Wand, vor dem es steht. Dahinter befindet sich Joshs Zimmer, das durch eine Tür im Kleiderschrank mit meinem verbunden ist. Wie primitiv die Erbauer des Gebäudes versucht haben, irgendwelche *Begegnungen* vor dem Personal geheim zu halten!

Durch die unpraktisch angebrachten großen »Schränke« zwischen uns war es zunächst nicht einfach, unsere Zimmer ohne Auslösen der Fessel zu betreten. Die Türen der Suiten liegen mehr als drei Meter auseinander. Es hatte einige Versuche mit starker Vibration inklusive rotblinkendem Raben gebraucht, bis wir nacheinander in den Zimmern waren, die uns das Dienstmädchen zugewiesen hatte. Erst danach haben wir die Tür im Schrank entdeckt und beschlossen, von nun an zusammen durch die Tür zu einem der beiden Zimmer zu gehen. Er oder ich nutzen anschließend den von uns »Affärentür« getauften *geheimen* Durchgang.

»Hauptsache, das Problem ist gelöst.« Dione stößt einen tiefen Atemzug aus. »Und ich hoffe, dass du dich jetzt besser unter Kontrolle hast. Weißt du, welche Sorgen ich ausgestanden habe, als die beiden dich aufgehalten haben?« Dione bleibt vor mir stehen und sieht mir tief – und sehr vorwurfsvoll – in die Augen.

»Ja, *Mum*.« Ich senke den Kopf, damit sie mein Grinsen nicht sieht.

»Du bist unglaublich, Cara. Oder, Austin?«

Austin hebt nur verteidigend die Hände. »Ich werde hier nichts sagen, was später gegen mich verwendet werden kann.«

»Verräter«, zischt Dione, gefolgt von einem Lachen.

Die beiden sind einfach toll zusammen. Aber je mehr Stunden wir gemeinsam verbringen, desto deutlicher wird, dass es – zumindest bisher – nur reine Freundschaft ist. Sie necken sich, reißen Witze, aber flirten kein bisschen. Allein daran hätte ich schon erkennen können, dass es zwischen Tyler und mir anders war. Konnte man überhaupt flirten, ohne automatisch *mehr* zu wollen? Oder war nur ich ganz offensichtlich nicht dazu in der Lage? Auch jetzt, nur mit dem kurzen Gedanken an Tyler, flattern Hunderte Schmetterlinge in meinem Bauch und es fühlt sich nicht mehr zum Davonlaufen an, wenn ich an das Wort *Beziehung* denke. Tyler hat die schlechten Assoziationen mit seiner beharrlichen Art wohl weggebrannt.

»Während der restlichen Anwärterphase musst du dich aber echt anstrengen, Cara«, ermahnt mich Dione noch einmal.

»Wird gemacht. Ich bin Josh was schuldig.« Blöd, aber wahr. Ich kann nur hoffen, dass diese Schuld nicht zu einer noch größeren Last wird, als es der Rauswurf bei den Ravens gewesen wäre.

Der Speisesaal ist heute fast ausschließlich von Kerzen erleuchtet. Mein Mitleid geht an die arme Seele, die all die Dochte anzünden musste. Oder all die Rosen verteilt hatte, die nicht nur auf dem Tisch und in den großen Vasen zwischen den Fenstern stehen, sondern gefühlt überall sind. Ich versuche, mich an die Arrangements vom letzten Wochenende zu erinnern, doch solche Nebensächlichkeiten sind rund um die Matching Night offenbar von meinem Gehirn aussortiert worden.

Das knielange Kleid aus türkisfarbenem Satin, das Dione mir für das Dinner ausgesucht hat, schimmert in all den Kerzenflammen auf, als ich bei Josh untergehakt den Saal betrete.

An der Stirnseite der breiten Tafel springt Valérie auf und winkt uns zu sich.

»Sollen wir etwa bei ihr vorn sitzen?«, flüstere ich Josh zu.

»Die Aufmerksamkeit geht auf dein Konto, Emerson.« Josh zieht mich an meinem untergehakten Arm etwas näher und presst mich an sich. »Und jetzt lächeln!«

Ich versuche es, aber schon nach ein paar Metern beginnen meine Wangen zu spannen. Als mich dann noch Lauras giftiger Blick trifft, fällt meine Maske in sich zusammen, noch bevor wir bei Valérie und Kellan ankommen, die uns die Plätze neben sich zuweisen. Die Seiten sind nicht länger nach Geschlechtern getrennt, die Anwärter sitzen neben ihren Matches, die übrigen Ravens und Lions sind bunt gemischt.

»Was tut sie noch hier?«, fragt Laura so laut, dass alle Gespräche am Tisch verstummen und selbst die Flammen der Kerzen reglos verharren, bis Valérie einen erbosten Blick in Lauras Richtung wirft. »Bei Tisch werden keine Probleme besprochen.«

Mehr muss sie nicht sagen.

Laura setzt sich geknickt hin, tuschelt aber während der fünf Gänge unentwegt mit Barron an ihrer Seite, sodass sogar Nasreen und Thomas neben ihnen immer wieder den Kopf schütteln.

Beim anschließenden Treffen aller Matches im Gemeinschaftsraum lässt Barron die Bombe platzen. Wir haben uns auf die vielen Sofas und Sessel verteilt, um uns die Pläne für das Wochenende anzuhören, das Feuer im Kamin verbreitet eine behagliche Wärme und etliche Bronzekerzenständer lassen alle Gesichter weicher erscheinen.

»Ich lege Widerspruch gegen die weitere Anwartschaft von Cara Emerson ein.« Barron steht neben einem Ohrensessel, in dem Laura wie eine Königin thront, seine Hand ruht auf der Rückenlehne. Die beiden wirken wie auf einem der alten Porträts der Steward-Ahnen im Flur.

Ich sehe sofort zu Valérie, die fest die Lippen zusammenpresst. Kellan neben ihr hat bereits eine Bierflasche in der Hand – was in der Kulisse wie Blasphemie wirkt – und sieht aus, als würde er den offiziellen Teil des Tages nur schnell hinter sich bringen wollen. Doch bevor er etwas sagen kann, strafft Laura die Schultern, setzt sich noch gerader hin und verkündet: »Laut Regelwerk der Ravens hat jeder das Recht, einen Beweis für den *echten Match* zu verlangen.«

Mein Blick sucht den von Josh, der mir keine Antwort auf meine unausgesprochene Frage gibt. Ich versuche es bei Dione, doch die zuckt nur mit den Schultern.

»Laura Sanderson«, dröhnt Valéries Stimme durch den Raum, in dem alle reglos verharren, sodass der keuchende Laut, den Laura angesichts Valéries bedrohlicher Tonlage ausstößt, für jeden hörbar ist. Doch sie fängt sich gleich wieder. »Du zweifelst an dem echten Match der beiden?« Ihre Fingerspitzen zucken und sie umfasst ihr Weinglas fester.

»Das tue ich«, sagt Laura. »Das tun wir beide. Wir zweifeln den *ersten echten Match* an.« Sie hebt ihren rechten Arm und Barron greift nach ihrer Hand. Es sieht ziemlich unbequem aus, aber ich bin mir sicher, die beiden wollen damit zeigen, dass sie ebenfalls ein echter Match sind.

Doch erst mit Kellans nächsten Worten wird mir klar, warum das wichtig ist. »Und ihr beansprucht den Titel des ersten echten Matches und damit die Wildcard also für euch?«

Es folgt ein nahezu erhabenes, ernstes Nicken von Laura.

»Wildcard?«, flüstere ich, ohne die Lippen zu bewegen.

»Die Befreiung von allen Aufgaben der nachfolgenden Woche«, gibt Josh ebenso leise zurück. »Und null Risiko für Minuspunkte«, schiebt er als Erklärung hinterher. »So steht es in den Hausregeln.«

Ich habe mir die Regeln in der App durchgelesen. Mehrmals sogar. Aber eine derartige Stelle habe ich nicht entdeckt. So etwas hätte ich mir gemerkt.

Ein langes Seufzen unterbricht meine Gedanken. »Wenn du darauf bestehst«, sagt Valérie in genervtem Ton und nimmt einen langen Schluck aus ihrem Weißwein. »Cara, Josh, seid ihr bereit, die Herausforderung anzunehmen?«

Ich habe keine Ahnung, was sie meint, daher stoße ich einen leisen Schrei aus, den Josh jedoch sofort mit seinem Mund erstickt.

Die Zeit bleibt stehen. Wenn ich geglaubt habe, dass es vorher still im Raum war, so herrscht jetzt ein Vakuum außerhalb von Josh und mir und der prickelnden Berührung unserer Lippen. Ich will mich instinktiv von diesem Überfall zurückziehen, meine Handflächen pressen gegen seine Brust und ich spüre das hämmernde Herz unter dem weichen Stoff seines Hemds. Es schlägt im selben rasenden Takt wie meins, nervös, verängstigt und … berauscht. Ehe ich mich versehe, erwidere ich den Kuss, schiebe Josh nicht länger von mir weg, sondern kralle mich an seinem Hemd fest und ziehe ihn näher. Der Kuss vertieft sich, ich nehme den rauchigen Geschmack seines Whiskeys wahr, als seine Zunge endlich auf meine trifft.

Niemand unterbricht uns.

Vielleicht bekomme ich es auch nur nicht mit. Die Welt um uns herum ist untergegangen, es existiert nichts als dieser Kuss und die brodelnde Hitze in einem Meer aus Stille.

Erst als ich das Gefühl habe, darin zu ertrinken, tauche ich wieder auf. Die Umgebungsgeräusche kehren zurück, als ich an die Oberfläche komme. Ich höre zuerst ein einsames Klatschen, dann immer mehr Beifall. Ich kann Josh nicht in die Augen sehen und wende mich schnell ab.

Valérie lächelt mich an und prostet mir zu, Dione in der Nähe des Kamins hält ihren Daumen hoch, während Lauras Gesicht und Dekolleté von etlichen roten Flecken überzogen sind. In meinem Kopf rauscht es noch immer so laut, dass ich Valérie kaum höre.

»Mit *diesem* Kuss habt ihr die Behauptung von Barron und Laura eindeutig widerlegt. Ich erkläre euch zum ersten echten Match dieses Jahres. Die Wildcard geht an Cara und Josh«, sagt sie und erhebt sich. »Nun haben wir etwas ganz Besonderes für euch. Jeweils zwei Matches treten gegeneinander an.«

»Dione und Austin, ihr spielt gegen Kairi und Niklas«, übernimmt Kellan die Einteilung. »Charlotte und Julio, ihr spielt gegen Nasreen und Thomas, Cara und Josh gegen Laura und Barron.«

Natürlich kommt es noch schlimmer. Ich wage nicht, zu Josh neben mir zu sehen. Dafür spüre ich seine Anwesenheit. Dem Kribbeln meiner Haut nach muss jede Zelle meines Körpers kleine unsichtbare Blitze mit ihm austauschen. Rasch lenke ich meine Gedanken weg von ihm, weg von seinem Geruch, weg von …

»Cara, Josh, Laura, Barron«, höre ich Kellan sagen. Mechanisch stehe ich auf und folge Laura und Barron. Der elektrostatischen Auflladung der Luft nach zu urteilen ist Josh direkt hinter mir, als ich bei Kellan ankomme. Täusche ich mich, oder sehe ich ein hämisches Grinsen auf Kellans Lippen, als sein Blick über unsere Vierergruppe schweift?

Die anderen Matches haben sich um Valérie versammelt und werden bereits in das Spiel des Abends eingeweiht. Ich höre Kairis Rückfrage nach den Strafpunkten, ehe endlich auch Kellan mit den Anweisungen beginnt.

»Eigentlich hatten wir einen Escaperoom geplant, aber warum nur ein Zimmer nutzen, wenn wir ein ganzes Anwesen für eine Schnitzeljagd zur Verfügung haben?«, beginnt er und genießt die erwartungsvolle Spannung, die zumindest ich nur vortäusche. Ich muss mich richtig konzentrieren, um meine Gedanken nicht abschweifen zu lassen oder meine Lippen zu berühren, die noch immer nach einem Hauch Whiskey schmecken. Was ist da gerade passiert?

Josh stupst mich mit dem Ellbogen an und flüstert mir ins Ohr, dass ich besser zuhören sollte, anstatt mich meinen Tagträumen von ihm hinzugeben. Zumindest kurzfristig reißt mich seine Arroganz in die Realität zurück.

»Ein Team startet bei Val, eins bei mir. Ihr erhaltet zeitgleich den ersten Hinweis, dann geht es los. Ihr vier startet im ersten Wettkampf.« Er dreht sich zu Valérie um. »Seid ihr so weit?«

Valérie nickt ihm zu und die Paare zerstreuen sich im Raum mit der Anweisung, diesen nicht zu verlassen, wenn sie nicht disqualifiziert werden wollen.

Anschließend stellt sie sich neben Kellan. »Ich bin so aufgeregt«, sagt sie. »Mal sehen, wer unseren Hinweisen schneller folgen kann.« Sie klatscht in die Hände.

»Wer kommt mit mir?«

Sie hat ihre Frage noch nicht zu Ende gestellt, da steht Laura schon neben ihr und zieht Barron mit sich.

»Dann mal los. Viel Glück, Cara und Josh«, verabschiedet sich Valérie und führt unsere Kontrahenten aus dem Raum.

»Wir müssen warten, bis die beiden am Startpunkt sind. Bis dahin erkläre ich noch einmal die Regeln. Erstens: Eure Fesseln sind aktiv. Für jeden Verbindungsabbruch müsst ihr fünf Minuten Strafzeit absitzen, in der ihr nicht miteinander sprechen dürft. Zweitens: Auf eurer Strecke trefft ihr überall Ravens und Lions. Einige können euch helfen, andere helfen vielleicht euren Gegnern.«

»Woher wissen wir, wer zu wem gehört?«, fragt Josh geistesgegenwärtig, während ich die Informationen kaum verarbeiten kann. Mein

Kopf ist noch immer mit dem Kuss beschäftigt. Oder eher mit dem Chaos in meinem Inneren, das er ausgelöst hat.

»Das könnt ihr nicht wissen. Deshalb solltet ihr auf der Hut sein«, sagt Kellan, ehe er auf das Tablet schaut, auf dem sich gerade eine Nachricht öffnet.

»Die anderen sind bereit. Ich verlasse euch jetzt. Ihr bekommt den ersten Hinweis auf eure Uhren geschickt – zeitgleich mit den anderen. Viel Glück!« Kellan verabschiedet sich noch mit einem kurzen Fingertippen an die Stirn, dann geht er mit schnellen Schritten aus dem Raum und zieht dabei sein Handy aus der Tasche. Auf dem Flur höre ich ihn schon telefonieren. Am liebsten wäre ich ihm hinterhergelaufen, um das peinliche Schweigen mit Josh zu verhindern, das sich unausweichlich zwischen uns schiebt.

»Cara!«, sagt er gerade etwas lauter, als hätte er mich bereits mehrmals angesprochen. Ich starre noch immer zur Tür, zu dem Schatten, der im Flur größer und kleiner wird, weil Kellan auf- und abgeht, während er unverständliche Worte in sein Handy spricht.

»He, sieh mich an!« Er tritt vor mich und hält mich sanft an den Schultern fest. Anschließend streift sein Finger mein Kinn und er hebt meinen Kopf ganz langsam an, bis wir uns in die Augen sehen. »Wir müssen das jetzt durchziehen. Vergiss den Kuss, vergiss alles, was eben passiert ist, okay? Wir müssen kämpfen und gewinnen.« Er redet so enthusiastisch, dass er damit die unangenehme Spannung zwischen uns zumindest etwas abschwächt, sodass ich tief durchatmen kann. »Ich würde es mir nie verzeihen, wenn wir gegen den Arsch Barron Carstairs verlieren würden – ganz zu schweigen von Laura.«

Damit entlockt er mir sogar ein müdes Lächeln.

»Bist du bereit zu gewinnen?«, fragt er und grinst mich mit einem spitzbübischen Funkeln in den dunklen Augen an, als würde er mich zu einem weiteren Diebstahl anstiften.

»Immer doch, Clyde«, erwidere ich nach einem weiteren befreienden Atemzug und sein Grinsen wird breiter.

In dem Moment summen unsere Uhren. Der erste Hinweis geht über die Raven-App ein.

Sucht in der Bibliothek nach der Bedeutung des Namens.

»Nach welchem Namen?«, frage ich sofort und sehe Josh an.

»Keine Ahnung. Wir können ja auf dem Weg dorthin überlegen. Vielleicht kommt auch gleich noch eine zweite Nachricht.«

Er nimmt wie selbstverständlich meine Hand. Mein Magen ballt sich zusammen, aber ich lasse die Vernunft siegen. Wenn wir uns an den Händen halten, können wir uns nicht verlieren und den Alarm auslösen. Mit einem kurzen Nicken signalisiere ich ihm, dass es okay ist, dann rennen wir aus dem Gesellschaftsraum. In dem langen Flur des Südflügels lungern immer wieder Ravens oder Lions zwischen den Rosenarrangements herum, deren geballter süßlicher Duft mir schon fast Übelkeit beschert. Wer von ihnen gehört zu uns, wer zu Laura und Barron? Und wie sollen wir das herausfinden?

»Ich wünsche euch viel Glück, ihr Süßen«, ruft uns Brittany mit ihrer honigsüßen Stimme zu, was für mich automatisch wie das Gegenteil klingt. Sie lehnt an der Wand neben der schweren Holztür zur Bibliothek und schnuppert an einer Rose, die sie offenbar aus der Vase auf dem Tisch vor der Wand geklaut hat. Zumindest passt die Blume zu ihrem schienbeinlangen Kleid mit Rosenprint.

Josh drückt die Tür so fest auf, dass sie gegen die Wand kracht und Laura vor Schreck ein Buch aus der Hand fällt. Josh rennt darauf zu, doch sie hebt es schnell auf und schiebt es – verborgen vor uns durch Barron, der sie abschirmt wie ein menschlicher Sichtschutz – wieder ins Regal zurück, dann rennen sie hastig aus der Bibliothek. Offenbar hatten wir eine erheblich weitere Strecke hierher als die beiden.

»Wie konnten sie das Rätsel so schnell lösen und das richtige Buch finden?«, fragt Josh und geht auf das Regal zu, in dem Laura das Buch wieder an seinen Platz gestellt hat. Er begutachtet sorgfältig die möglichen Bücher und zieht sie sogar aus dem Regal. »Vielleicht ist eins davon … wärmer oder riecht nach Laura«, erklärt er, während mein Blick nur über die Buchrücken gleitet – Chroniken der Familie Steward, fein säuberlich nach Jahrhunderten sortiert. Das wäre bei der Aufgabenstellung vermutlich auch meine erste Anlaufstelle gewesen. Und doch wissen wir nicht, von welchem Namen wir die Bedeutung suchen sollen.

Josh ist dazu übergegangen, jedes der potenziell möglichen Bücher mit Buchrücken nach oben und einem Flattern der Seiten nach Hinweisen zu durchsuchen.

»Falls da ein Zettel drin gewesen ist, hat Laura ihn mitgenommen, ganz sicher.« Ich atme tief durch. »Was, wenn sie gar nicht dieselbe Nachricht bekommen haben wie wir?«

Josh sieht zu mir, ohne zu antworten. Gedankenverloren fährt er sich mit der Hand durch das Haar und reibt sich anschließend den Nacken. »Was ist *ein Name* noch?«, murmelt er vor sich hin und sieht sich dabei um. Das Büro des Dekans war schon sehr beeindruckend, doch die Bibliothek der Stewards ist schlicht umwerfend, der

Traum einer jeden Leseratte. »Hat das Wort vielleicht noch eine andere Bedeutung?«

Ich höre ihm nicht mehr zu, sondern gehe zielstrebig auf das Regal mit den Klassikern zu. Josh folgt mir, als meine Uhr zu vibrieren beginnt.

»Du kannst nicht einfach wegrennen!«, ermahnt er mich, während ich nach einem bestimmten Titel Ausschau halte.

»Was suchen wir?«, fragt er.

»Was ist ein Name?«, frage ich und wiederhole damit nahezu seine Worte, die er nur anders betont hat.

»Keine Ahnung«, erwidert er nur und sieht mich an, als zweifele er an meinem Verstand.

»Draußen steht Brittany mit einer Rose in der Hand, einem Kleid mit Rosenmuster und einem Strauß Rosen in der Vase vor der Tür zur Bibliothek. Schon im Speisesaal bestand die Blumendekoration nur aus Rosen, unterwegs bin ich fast in Rosenduft erstickt …«

»Na und? Was hat das alles mit der Aufgabe zu tun?«

»›Was ist ein Name?‹«, zitiere ich, während meine Finger ungeduldig über die Buchrücken vor mir streifen. »›Was uns Rose heißt, …‹«

Weiter komme ich nicht, da erkennt Josh endlich, worauf ich hinauswill. Zeitgleich mit mir entdeckt er eine in dickes Leder gebundene Ausgabe von *Romeo und Julia* und zieht sie aus dem Regal. Er lässt erneut die Seiten durch die Finger gleiten, aber wie ich vermutet habe, ist kein Zettel darin.

»Irgendwo im zweiten Akt«, sage ich.

Josh sieht überrascht auf.

»Was?« Ich verdrehe die Augen.

»Ich hätte nicht gedacht, dass du auf tödliche Liebe stehst«, zieht er mich auf.

»Tu ich nicht, aber meine Lehrer an der Highschool. Jedes Jahr wird eine Shakespearewoche veranstaltet und im letzten Jahr habe ich mich der Arbeitsgruppe zu *Romeo und Julia* angeschlossen.«

Ich verrate ihm nicht, dass es in all den Jahren davor nicht anders war, weil Hannah diejenige mit dem makaberen Faible für die tödliche Lovestory ist. Ich bin aus Liebe zu ihr immer mitgegangen und wir haben die altersgemischten Gruppen genossen. Aus Nostalgie habe ich auch mein Abschlussjahr in dieser Arbeitsgruppe verbracht. Ohne Hannah war es jedoch nicht annähernd so lustig. Ich schiebe den Gedanken an sie beiseite. Ich vermisse sie so sehr, dass es wehtut. Sie hätte vermutlich schon bei der Nachricht direkt an Shakespeare gedacht. Ich seufze.

»Da!«, ruft Josh und zeigt auf einen handgeschriebenen Namen direkt neben Julias Monolog über die Bedeutung von Namen.

Alexis Steward.

Den Namen haben Laura und Barron also in den Chroniken der Familie nachgeschlagen. Schnell suchen wir den richtigen Band heraus. Josh hält das schwere Buch, während ich blättere.

Unter dem Foto einer Frau, die recht modern gekleidet ist und das Haar straff nach hinten gekämmt trägt, überfliege ich einen Bericht.

»Hier!«, sage ich, deute auf die Stelle und lese laut vor: »Alexis Steward, ehemalige Papadopolous, liebte das Meer und das Schwimmen. Sie hat ihre Heimat nie vergessen und wollte auch nach ihrer Heirat mit Charles Steward nicht auf ihr liebstes Hobby verzichten. Im Jahr 1961 erweiterte sie Steward Abbey um den Ostflügel, um weiterhin jeden Morgen beim Schwimmen den Sonnenaufgang zu betrachten.«

»Es gibt hier einen Pool?«, fragt Josh und runzelt die Stirn.

»Offensichtlich.«

»Dann mal los.« Dieses Mal zucke ich nicht zurück, als mir Josh die Hand reicht, nachdem er das Buch wieder in die Lücke im Regal gestellt hat. Wir verlassen die Bibliothek und unsere Schritte hallen durch den gesamten Flügel, während wir im selben Takt durch den langen Gang in Richtung Hauptteil des Gebäudes rennen, wo sich Josh zu orientieren versucht.

»Das hier müsste Osten sein.« Er deutet auf ein kurzes Stück Flur, das schon nach wenigen Metern in einem kleinen Erker mit Polsterecke endet und in mir den Wunsch weckt, mich dort unter eine Decke zu kuscheln und zu lesen. Wir sehen durch das Fenster in den Garten hinunter, der viel tiefer liegt, als die Eingangstreppe, die uns in das Gebäude geführt hat.

Ich gehe zurück und drücke die Klinke der einzigen Tür in dem kleinen Flur. Sofort steigt mir der Geruch von Chlor in die Nase.

»Du bist gut«, sagt Josh mit anerkennendem Blick und hält mir die Tür auf. Ich steige die Treppe hinab, die von etlichen kleinen Lampen beleuchtet wird, die mir Stück für Stück einen Einblick in die Tiefe geben.

Das Wasser liegt von Scheinwerfern hell erleuchtet vor uns. Die Reflexionen malen rastlose weißblaue Schlieren an die Wand zu unserer Rechten, die anderen zwei Wände bestehen aus Glas.

Dann sehe ich eine Bewegung im Halbdunkel.

»Da!« Ich lenke Joshs Aufmerksamkeit auf die zwei Gestalten auf einer breiten Loungemuschel vor dem gegenüberliegenden Fenster. Laura und Barron.

»Sie müssen Strafminuten absitzen«, flüstert Josh. »Sie haben sich offenbar zu weit voneinander entfernt.«

Mitleid habe ich nicht. Da sie sich offenbar an das Sprechverbot von Kellan halten, werfen sie uns nur giftige Blicke anstatt irgendwelcher Sprüche zu, die uns ablenken und das Erledigen der Aufgabe verzögern würden. Worin auch immer die besteht.

»Im Pool liegt etwas!« Josh zieht mich näher an den Rand, bis auch ich etwas Dunkles unter der wabernden Wasseroberfläche sehe. Josh zieht sein Lion-Buch aus der Innentasche seines Jacketts und reicht es mir, ehe er sich im nächsten Moment wortwörtlich die Kleider vom Leib reißt, aus seinen Schuhen schlüpft und kopfüber in den Pool springt, während ich sein Buch zu meinem in die kleine Handtasche von Yves Saint Laurent stecke, die mir Dione passend zu meinem Kleid gegeben hat. Während ich mich damit abmühe, sie zu schließen, beginnt meine Uhr zu summen, obwohl ich direkt am Poolrand stehe und nicht annähernd drei Meter von Josh entfernt bin.

Da fällt mir der Hinweis von Valérie wieder ein, als wir die Uhren bekommen haben. Sie sind zwar wasserdicht, aber Wasser kann die Übertragung stören.

Ich sehe zu Laura und Barron, die offenbar nicht gewarnt wurden und nun ihre Zeit absitzen müssen. Ohne weiter nachzudenken, lasse ich die Tasche fallen, schlüpfe aus den Schuhen und springe samt Designerkleid hinter Josh her – der gerade nach oben kommt und gegen mich stößt.

Prustend fragt er: »Was tust du denn im Pool?«

Als ich es ihm erkläre, schließt er mich freudig in die Arme. Der Umstand, dass er nur Boxershorts trägt und meine Haut nur noch von an mir klebendem Satin bedeckt ist, bringt meinen Körper zum Kochen. Es hätte mich nicht gewundert, Nebelschwaden aufsteigen zu sehen.

Vielleicht hat Josh denselben Gedanken. Vielleicht reagiert er aber auch auf das aufkommende Flüstern von Laura und Barron, die sich eben darum streiten, dass auch Laura mit ins Wasser muss.

»Los, weiter«, sagt er und wir schwimmen hastig zurück zum Rand, die Verlegenheit drängt mit jedem Zug auf mich ein wie das Wasser.

Wir finden tatsächlich mehrere Bademäntel und flauschige Badeschuhe neben der Tür zur Treppe nach oben. Fast gleichzeitig greifen wir zu und ich schlinge die duftende Baumwolle fest um meinen Körper, während wir das Schwimmbad hinter uns lassen.

»Das war übrigens ein Gewicht auf dem Grund des Pools. Darauf stand, dass wir in den Westturm müssen«, sagt Josh. Also jagen wir die Treppe zum Erdgeschoss hoch und weiter in den Westflügel, an dessen Ecke wir bei unserer Ankunft zumindest von außen einen etwas höher liegenden turmartigen Raum gesehen haben. Aber ob der wirklich als Westturm bezeichnet wird?

Mit keuchendem Atem nehmen wir eine Stufe der Wendeltreppe nach der anderen. Die Luft wird immer kühler und ich bereue es, mir nicht die Zeit genommen zu haben, das triefende Kleid auszuziehen, das inzwischen meinen Bademantel durchnässt hat. Als ich schon um eine Pause bitten will, fällt mein Blick auf eine schwere Tür, hinter der das Turmzimmer einsehbar wird – ein winziger Raum mit kleinen Schießscharten und einem Kamin, dessen prasselndes Feuer die einzige Lichtquelle ist. Daneben ist etwas Holz aufgestapelt. Es riecht nach einer kalten Nacht am Lagerfeuer. Kühler Novemberwind zieht gerade mit einem leisen Pfiff durch den Raum und mir wird klar, warum es hier trotz des heimeligen Kamins so kalt ist. In den kleinen Fenstern sind keine Scheiben.

Seitlich der Treppe, an deren oberem Absatz wir gerade angekommen sind, ist ein Teil des Turmzimmers mit einem Vorhang abgeteilt. Vor Josh und mir befindet sich nichts als ein gigantisches Bett. Die dunklen Seidenlaken reflektieren das tanzende Feuer.

Auf dem Bett liegt ein Zettel.

Josh holt ihn, während ich die kurze Zeit zum Verschnaufen nutze und mich vor den Kamin stelle. Trotz der Anstrengung ist mir eiskalt und meine Lippen zittern unentwegt.

»Was ist die nächste Aufgabe?«, bibbere ich.

Josh antwortet nicht, sondern sieht sich nur hektisch um, was mir Angst macht.

Ich eile mit drei zitternden Schritten auf Eisklumpenfüßen zu ihm und nehme ihm das Stück Papier aus der Hand.

Herzlichen Glückwunsch zum Sieg!
Ihr habt eine gemeinsame romantische Nacht gewonnen.

In diesem Moment hören wir, wie ein Schlüssel im Türschloss umgedreht wird.

24
FREITAG, 13.11.

Ich hämmere gegen die schwere Holztür. Meine Schläge hallen in dem kleinen Raum wider und jenseits der Tür durchs Treppenhaus. Mein Herz schlägt schneller und schneller. Die Kälte spüre ich nicht mehr, sie wird vom Erinnerungsstrom verdrängt, der sich über mich ergießt und mich nach unten presst.

»*Du kannst nicht einfach Schluss machen*«, *schreit Mason so laut, dass es in meinen Ohren dröhnt.*

»*Doch, ich kann*«, *sage ich so selbstbewusst wie möglich, wie ich es mit Hannah geübt hatte.*

»*Das ist ihre Schuld, oder? Dieses Miststück hat dich gegen mich aufgehetzt!*«, *zetert er weiter und fährt sich mit den Händen durch die kurzen Haare.* »*Nein, sorry, es tut mir leid*«, *fügt er sofort hinzu.* »*Ich brauche dich, Cara. Ich kann dich nicht verlieren.*« *Seine Augen sind rot, er wirkt verloren und ich sehe mich selbst, wie ich immer wieder darauf hereingefallen bin. Doch Hannah hat mir eingetrichtert, stark zu bleiben.* »*Ich werde jetzt gehen, Mason. Leb wohl.*«

Ich gehe mit zielsicheren Schritten zur Tür, doch er ist schneller. Er stößt mich leicht weg – ohne mir wehzutun –, aber ich taumele zurück und muss mit ansehen, wie er die Tür von außen schließt und anschlie-

ßend den Schlüssel herumdreht. Ich hämmere wieder und wieder gegen die Tür, doch niemand ist im Haus, niemand hilft mir. Bis Hannah, die in ihrem Auto vor dem Haus auf mich gewartet hat, kommt und mich rettet.

»Cara, Cara!« Eine Hand legt sich auf meine Schulter. Sanft, beruhigend. Joshs Atem streift meinen noch immer feuchten Nacken und mir wird noch kälter.

Bis eben war die Erinnerung an meine Trennung von Mason nur noch ein Schwarz-Weiß-Foto in einem alten Album auf dem Dachboden meines Geistes. Ich habe Mason hinter mir gelassen, sehe nur hin und wieder den Schatten unserer Beziehung im Augenwinkel. Doch all das Erlebte der letzten Tage war offenbar zu viel für mich. Ich kauere an der Tür, meine Hände schmerzen, weil ich so oft gegen das Holz getrommelt habe.

»Ich werde jetzt Kellan Bescheid geben, dass wir die Aufgabe ... oder die Belohnung, wie auch immer sie es nennen, abbrechen. Okay?« Seine sanfte Stimme bewirkt etwas, ich kann wieder atmen, zumindest ein wenig. Ich nicke schwach, will Josh nicht ansehen. Will nicht, dass er mich so sieht – das Wrack, das Mason aus mir gemacht hat und das nun wieder zum Vorschein gekommen ist.

»Du musst zum Kamin. Du bist eiskalt. Komm, ich helfe dir.«

Meine Glieder sind steif, meine Ohren brennen vor Schmerz. Noch immer rinnen ein paar Tropfen aus meinen Haaren und sickern in die weiche Baumwolle des Bademantels. Wenigstens kann Josh dadurch nicht sehen, dass ich weine.

»Hier«, sagt er sanft. Er fasst mich nicht an, zieht mich nicht hoch, sondern bietet mir nur seinen Unterarm als sichere Stütze. Ich weiß die Geste zu schätzen und nutze sie.

Die Hitze des Kamins wärmt mich, kann jedoch die Kälte, die inzwischen meinen ganzen Körper durchdringt, nicht vertreiben. Ich hatte noch nie so eine Panikattacke. Hin und wieder wache ich aus Albträumen von jenem Nachmittag auf, ja. Aber alles andere hatte Hannah mit ihrer bloßen Anwesenheit von mir ferngehalten. Jetzt ist Hannah weg und die Erinnerungen kehren zurück. Ich zittere unkontrolliert, wahrscheinlich eher vor Kälte als vor Angst, während ich jedes einzelne Bild und jedes einzelne Gefühl dieses Nachmittags weit von mir schiebe, wie ich es mit Hannah immer geübt habe. Josh telefoniert in der Zwischenzeit mit Kellan. Mir war nicht aufgefallen, dass er sein Handy aus dem Schwimmbad mitgenommen hat.

»Wir wollen abbrechen. Cara geht es nicht gut … Wie, dann verlieren wir die Wildcard? Wir haben sie uns verdient, verdammt … Nein, auf dem Zettel steht, wir haben die Nacht *gewonnen*, nicht, dass wir damit bestraft werden. Einen Gewinn kann man ablehnen … Moment, ich frage nach.«

»Es geht schon wieder«, sage ich, das Gesicht auf den Kamin gerichtet. Die Hitze verdampft die letzten Tränen. Mein Puls geht wieder normal, lediglich die Kälte ist noch da. Ich lasse mir *nicht* von Mason mein Leben versauen. Nicht noch mehr. Es reicht, wenn allein sein Name einen Schatten auf jegliche potenzielle Beziehung danach wirft. Entschlossenheit rauscht durch meine Adern und ich richte mich sowohl innerlich wie auch äußerlich auf.

»Wirklich? Wir müssen das nicht durchziehen, Cara.«

Endlich drehe ich mich zu Josh um. Sein musternder Blick streift die tropfenden Haare, meine geröteten Augen und den ganzen halb nackten Rest von mir, der unter dem inzwischen offenen Bademantel hervorblitzt. Schnell schlinge ich ihn wieder enger um mich.

»Wir ziehen es durch«, sage ich mit fester Stimme.

Josh spürt offenbar meine Entschlossenheit, denn er nickt kurz und sagt ins Handy: »Wir bleiben. Bis morgen früh dann.« Er wirft das Handy aufs Bett.

Für einen Moment verharrt er von mir abgewandt, fährt sich durch die nassen Haare und atmet tief durch. Dann dreht er sich zu mir um. Auch das Band um seinen Bademantel hat sich gelockert, ich sehe die Gänsehaut auf seiner gut definierten Brust.

»Willst du darüber reden?«, fragt er leise.

Als ich den Kopf schüttele, scheint er erleichtert zu sein.

»Deine ganze Kleidung ist nass.«

»Ach, das habe ich noch gar nicht bemerkt.« Ich bemühe mich um einen lockeren Ton. »Nur leider sind meine Ersatzklamotten gerade nicht hier.«

»Wenn du noch näher an den Kamin gehst, wirst du dich verbrennen. Aber es wird trotzdem nicht helfen, dich zu wärmen.« Er zittert ebenfalls, obwohl er keine nassen Klamotten außer den Boxershorts unter dem Bademantel trägt.

»Du zitterst auch«, spreche ich das Offensichtliche aus, ehe ich checke, dass er meinetwegen nicht ans Feuer herantritt. »Du kannst ... sorry, ich wollte dir nicht ... Komm her.«

Tiefe Dankbarkeit liegt in seinem Blick und binnen eines Wimpernschlags steht er neben mir und reibt sich die Hände vor den Flammen, ehe er sich bückt und weitere Scheite in das Feuer wirft. Funken stieben auf und ich zucke zurück, trete jedoch sofort wieder näher.

»Es wird nicht reichen und das weißt du«, sagt er leise.

Wie auf Kommando pfeift ein Windstoß durch die Schießscharten und lässt die Flammen ebenso erzittern wie Josh und mich.

»Wollen die uns umbringen?«, frage ich mit bibbernder Stimme. Mühsam bewege ich meine Zehen.

Josh schüttelt den Kopf. »Sie wollen, dass wir *eine Lösung* finden.« Er deutet nur knapp zum Bett, zu der extradicken Decke und den Kissen in den seidenen Bezügen, die ich allerdings nur durchnässen würde, was ich ihm sofort sage.

»Du musst raus aus den nassen Klamotten.«

Er sagt es frei von jeder Anzüglichkeit und ohne Humor. Er will nicht, dass ich es für einen Spruch oder Witz halte. Dann sieht er sich um und geht zu dem Vorhang, hinter dem ich eigentlich auf eine Toilette gehofft habe. Fehlanzeige! Er verbirgt lediglich ein Regal mit Kerzen und weitere Stapel Feuerholz. Ich denke lieber nicht daran, dass es keine Toilette gibt. Zumindest versuche ich es.

»Zieh dich aus!« Er schiebt mich am Vorhang vorbei und zieht ihn zwischen uns wieder zu. Dann höre ich, wie er offenbar mit der schweren Decke kämpft.

»Ich bringe dir das Laken, damit du dich damit bedecken kannst.«

Ich lächele tatsächlich bei dem uralten Begriff. *Bedecken.* Er passt hierher, in einen Turm mit Schießscharten, die nicht verglast wurden, und einem Kaminfeuer als einzige Beleuchtung.

Etwas Kaltes streift meinen Kopf und ich springe zur Seite – fast gegen den Schrank –, als das Satinlaken von der Halterungsstange gleitet, über die Josh es gehängt hat.

Mit eiskalten Fingern öffne ich den Bademantel und lasse ihn zu Boden fallen, wobei er das letzte bisschen Wärme mit sich reißt. Zitternd versuche ich, mich aus dem Kleid zu schälen, doch es klebt an mir wie eine zweite Haut. Eine widerlich kalte zweite Haut. Als ich endlich den verdammten Reißverschluss erreiche und umständlich aufziehe, bin ich bereits ein Eisklotz. Kurz verfluche ich Dione dafür, dass »zu diesem Kleid bei der Oberweite leider nur ein Push-Up akzeptiert werden kann«, der Stunden zum Trocknen brauchen wird. Kurzerhand lege ich ihn ab und schlinge das kühle Laken um meinen nur noch von einem Slip bekleideten Körper, werfe BH und Bademantel über den Vorhang und schiebe ihn zur Seite.

Joshs Blick bleibt einen Moment zu lange an mir hängen, ehe er sich wieder auf seine Aufgabe konzentriert, die dicke Decke vor dem Feuer anzuwärmen.

»Schnell, rein da«, er deutet mit dem Kinn zu der lakenlosen Matratze. Eng in das Laken eingeschnürt, tapse ich hin und lasse mich umständlich darauf sinken. Josh stößt ein unterdrücktes Lachen aus, dann legt er die vorgewärmte Decke über mich. Ich seufze auf, schließe für einen Moment die Augen und genieße, wie das Blut in meine Glieder zurückkehrt. Diese Mischung aus Kribbeln und Brennen war noch nie so schön. Doch die gestohlene Wärme des Feuers ist schnell absorbiert. Ich öffne die Augen und beobachte Josh, der weiteres Holz in den Kamin wirft, nachdem er mein Kleid davor ausgebreitet hat. Nun reibt er seine Hände ganz dicht vor den Flammen. Er zittert, macht jedoch keine Anstalten, ohne Einladung zu mir unter die Decke zu kommen. Also biete ich es ihm an.

»Du solltest auch unter die Decke kommen. Dein Bademantel ist nass«, sage ich.

Schneller, als ich es für möglich gehalten hätte, reißt Josh den Bademantel von sich und legt sich zu mir. Sofort senkt sich die Matratze, sodass ich eilig in die andere Richtung robbe, um nicht zu ihm zu rollen. Er bringt eine Kälte mit sich, die ich sogar durch das Laken fühlen kann, und ich schaudere erneut. Meine Zähne klappern noch immer, stelle ich fest, während ich an die Zimmerdecke starre und zusehe, wie die Flammen des Kamins die Schatten der Balken zum Tanzen bringen.

Ich bin mir nur allzu bewusst, wie nah wir uns sind – fast nackt, nur durch eine hauchdünne Satinschicht und etwas Bettdecke getrennt, die zwischen uns auf die Matratze gesunken ist. Der Kuss am frühen Abend scheint ewig her, drängt sich aber immer stärker zwischen uns, je mehr ich auftaue. Zum ersten Mal habe ich überhaupt Zeit, darüber nachzudenken. Der aufgedrängte Kuss hätte sich nicht gut anfühlen dürfen, oder? Er war nur gespielt, eine überzeugende Show, dass wir ein echter Match sind, rede ich mir ein. Josh hat uns damit die Wildcard für die kommende Woche gesichert.

Neben dem Knistern der Flammen und meinem leisen Zähneklappern sind nur Joshs regelmäßige Atemzüge zu hören, bis eine Bewegung die Matratze erschüttert.

»Rutsch näher«, verlangt er und hebt vorsichtig die Decke zwischen uns an, sodass keine Kälte von außen eindringen kann. Stattdessen trifft mich ein Schwall Wärme aus seiner Richtung. Der lang ersehnte Sonnenstrahl nach einem kalten, nebligen Winter.

Ich rutsche instinktiv näher, lasse aber noch Abstand zwischen uns. Josh vernichtet die restliche Distanz und will den Arm um mich legen. Wir sehen uns an, sein Gesicht liegt im Schatten des Kaminfeuers.

»Du weißt, dass ich rein gar nichts von dem versuchen werde, was dir gerade durch den Kopf geht. Ich will nur nicht erfrieren oder von deinem Zähneklappern um meinen Schönheitsschlaf gebracht werden.«

Ich glaube ihm, auch wenn das Zucken seines Mundwinkels bei jedem anderen Typen eine Warnung gewesen wäre. Ich hebe den Oberkörper leicht an, er schiebt den Arm unter mir durch und zieht mich an sich, sodass sich das Seidenlaken gegen seine nackte Haut presst. So liegen wir Seite an Seite und starren an die Decke. Meine Gedanken nehmen chaotische Züge an. Ich bin mit dem Sohn der amerikanischen Präsidentin so gut wie nackt in einem Bett! Das ist … absurd. Ich kann das nicht.

Ich will wegrutschen, aber sein starker Arm hält mich fest. Ich sehe zu Josh, doch der starrt vollkommen reglos nach oben. Ich mustere sein Profil, das spärliche Licht tanzt über seine Nase und die vollen Lippen. Vielleicht verharrt mein Blick etwas zu lange, während sich sein Arm um mich schmiegt.

»Nicht dass du dir etwas darauf einbildest, Emerson«, sagt er in die Stille hinein und ich höre sein Grinsen, ehe es sich auf seinen Lippen zeigt. »Ich habe nur keine Lust, zu erfrieren. Und jetzt schlaf!«

Ich lächele über seinen Versuch, es mir leichter zu machen. »Ist dir schon mal aufgefallen, dass du ständig mit Befehlen um dich wirfst?«, sage ich zu den Dachbalken und verdränge die Frage, ob dort oben vielleicht eine Horde Spinnen wohnt.

»Wenn es niemand sonst tut, muss man den Job einfach übernehmen«, erwidert er.

»Du kannst Leute nicht zum Einschlafen zwingen«, sage ich und werde von einem langen Gähnen erfasst.

»Offensichtlich schon.« Ein Lachen lässt seinen Oberkörper beben.

»Sag mir, woran du gerade denkst. Deine Stimme bringt mich sicher zum Einschlafen.«

»Na, vielen Dank auch.« Er schnaubt, sein Atem streift mich. Er muss sich mir zugewandt haben. Ich starre stur weiter an die Decke, genieße die Wärme und seine leise Stimme. »Wenn du es unbedingt wissen willst: Hast du dich schon einmal gefragt, was im Tresor der Ravens versteckt ist? Oder habt ihr gar keinen? Der von Kellan ...«

»Häh?«, unterbreche ich ihn und blinzele. Mir ist gar nicht aufgefallen, dass ich die Augen bereits geschlossen habe. »Was ist das denn für ein Themenwechsel?«

Seine Schulter neben meinem Kopf zuckt. »Du wolltest wissen, woran ich denke. Aber wenn du gar nicht daran interessiert bist, solltest du vielleicht doch meinem Befehl folgen.« Er zieht mich mit seinem Arm noch etwas näher an sich. »Gute Nacht, Emerson.«

»Gute Nacht, Prentiss.«

Ich schließe die Augen. Hinter meinen Lidern tanzt das Feuer. Nachdem ich endlich das beklemmende Gefühl losgeworden bin, das Josh ausgelöst hat, weil ein Teil von mir offensichtlich hoffte, er könnte an mich denken, zieht mich das leise Knistern der Flammen irgendwann doch in den Schlaf.

Am nächsten Morgen weckt mich ein Krähen. Blinzelnd versuche ich, mich zu orientieren, und hebe mein Gesicht aus der wohlig warmen Höhle, in der es vergraben war. Ich reiße die Augen auf. Joshs Halsbeuge. Ich liege mit einem Bein um seinen Oberschenkel geschlungen halb auf ihm, eine Hand auf seinem Brustkorb und ... meine nackte Brust an seine Seite gepresst. Ohne mich zu bewegen, versuche ich zu erspüren, wo mein Laken abgeblieben ist.

Es ruht irgendwo auf Hüfthöhe über Josh und mir, weil ich es bei meiner Schling-das-Bein-um-ihn-Aktion wohl mitgerissen habe.

Ganz langsam, Millimeter für Millimeter, rücke ich von der Wärme ab, bedecke zumindest meine Brust wieder mit dem Satin und lasse meinen Fuß über den Matratzenrand hinweg nach unten gleiten.

Verdammt ist das kalt! Ich ziehe das Bein schnell zurück. Neben mir erklingt ein ersticktes Lachen. Ich drehe den Kopf und blicke direkt in Joshs amüsiert funkelnde Augen unter noch halb gesenkten Lidern, umrahmt von Haaren, die in alle Richtungen abstehen und ihn viel jünger wirken lassen.

»Du hättest auch sagen können, dass du wach bist«, brumme ich nur, was ihm ein weiteres Lachen entlockt.

»Und mir den Spaß entgehen lassen? Niemals. Außerdem wird doch sonst immer den Männern nachgesagt, dass sie sich nach einer gemeinsamen Nacht im Morgengrauen aus dem Staub machen.«

»Wir haben …«, setze ich an, aber seine erhobene Braue lässt mich innehalten. Ich verdrehe die Augen. »Ja, okay, wir *haben* die Nacht zusammen verbracht«, gebe ich zu und das siegessichere Lächeln, das Joshs Saphiraugen erstrahlen lässt, fühlt sich wie ein Kitzeln in meinem Magen an.

»Ich bin ein Gentleman und lasse dir den Vortritt«, sagt er, legt sich auf den Rücken und reibt sich den Schlaf aus dem Gesicht.

Während ich mich nun weniger umständlich aus dem Bett schiebe und dabei noch einmal die Kälte verfluche, murmelt er etwas von krähendem Hahn und dass er so etwas noch nie erlebt hat.

Im Kamin ist noch ein kleiner Rest Glut, den ich einhändig – das Satinlaken ist so glatt, dass es sich nicht feststecken lässt – mit kleinen Holzscheiten und etwas Herumstochern mit dem Schürhaken wieder zum Leben erwecke, ehe ich mich hinter dem Vorhang in das tatsächlich getrocknete Kleid zwänge und den Bademantel überziehe. Erleichtert, mich wieder ohne Laken bewegen zu können, fällt meine Aufmerksamkeit auf das nächste Problem. Sofort meldet sich meine Blase mit Nachdruck.

»Wir müssen dringend raus hier«, sage ich, als ich hinter dem Vorhang hervortrete. Josh klettert gerade – nur in seine enge Boxershorts gekleidet – aus dem Bett und streckt sich ausgiebig. Dabei bietet er perfektes Material für eine Muskelstudie. Er fährt sich durch das wirre Haar und versucht vergeblich, es in Ordnung zu bringen. Kaum hat er die Hände gelöst, stehen wieder Strähnen ab.

»Darf ich mich anziehen oder hast du es plötzlich nicht mehr so eilig, Emerson?«

Ich beiße mir ertappt auf die Lippe und drehe mich schnell um. Sein Grinsen kann ich trotzdem in seiner Stimme hören, als er sagt: »Im Morgengrauen wird die Tür offen stehen. Das hat Kellan zumindest gesagt. Da diese dummen Viecher beim ersten Sonnenstrahl krähen, müsste es bereits so weit sein. Ich kann nachsehen«, bietet er an, doch ich gehe schon zielsicher zur Tür und drücke die Klinke.

Seit der Sache mit Mason war ich nicht mehr so froh über eine unverschlossene Tür. Ich sehe über die Schulter zu Josh, der gerade den Gürtel des Bademantels knotet. Mich streift in einem leichten Luftzug sein Geruch, der ihm trotz Tauchgang im Pool und einer Nacht kuscheln noch immer anhaftet.

Dann sehe ich auf meine Uhr. »Du musst wohl mitkommen, die Verbindung ist immer noch aktiv.«

»Wolltest du so eilig weg von mir?«, fragt er, als er sich umsieht und sich sein Handy schnappt.

Meine kleine Handtasche mit meinem Handy, dem Lipgloss – und unseren beiden Büchern! – muss noch im Schwimmbad liegen. Mir wird eiskalt.

»Was ist los?«, fragt er und sieht sich gehetzt um.

»Meine Tasche mit unseren Büchern...«, rufe ich und will bereits loshetzen, da deutet er auf den Boden, wo neben seinem Paar Badeschuhen die kleine Tasche mit dem silbernen ineinandergeschlungenen Buchstaben YSL liegt.

»Wie hast du ... wann ...«, stammele ich, doch er zuckt nur mit den Schultern, bückt sich und hebt die Tasche hoch. Nachdem er sein Buch herausgenommen hat, reicht er sie mir.

»Ich denke an alles«, flüstert er mir dicht vor der Nase zu, während er an mir vorbei durch die Tür geht. Ich eile ihm hinterher und überlege, ob die Aussage mehr als eine Bedeutung hat.

25

SAMSTAG, 14.11.

Erst beim wöchentlichen Spa-Tag habe ich Zeit, das undurchdringliche Knäuel aus Gedanken und Gefühlen zu entwirren. Doch die Entspannungsmassage und auch die Buchung aller angebotenen Anwendungen des Wellnesshotels werden vermutlich nicht ausreichen, das Chaos wirklich aufzulösen. Eine Woche zuvor war mein einziges Problem, die bevorstehenden Aufgaben mit irgendeinem Lion überstehen zu müssen. Jetzt habe ich eine Wildcard in der Hand und muss keine einzige Aufgabe mehr erfüllen. Nicht einmal die Fessel würde in der kommenden Woche aktiviert werden. Das war die Belohnung für die überstandene Nacht, die Valérie beim Frühstück verkündet hat, ehe sie mit einem breiten Grinsen in ihr Croissant biss. Die Tür war übrigens kurz nach Mitternacht wie in dem anderen Turm leise entriegelt worden, weil weder Valérie noch Kellan oder die anderen Ravens und Lions verantworten wollten, dass jemand nicht zur Toilette gehen konnte. Uns hätte es freigestanden, den Raum zu verlassen, aber wer durchhielt, war die digitale Fessel los – wie Josh und ich und auch Dione und Austin. Unsere jeweiligen Gegner waren zu langsam gewesen und hatten deshalb keinen eiskalten Turm betreten und auch keine Chance auf die Deaktivierung der Fessel erhalten.

Laut Dione bin ich nun schon fast eine Raven – ich müsste schon gegen die obersten Regeln verstoßen oder mein Buch wegwerfen, um nicht aufgenommen zu werden. Ich sollte erleichtert sein, denn meine Chance auf ein Studium ohne Verschuldung meiner Familie liegt zum Greifen nah, aber ausgerechnet jetzt habe ich Probleme, an die ich bis vor Kurzem nicht einmal gedacht habe. Ich kann weder an Tyler noch an Josh denken, ohne dass meinem Herzen oder meinen Hormonen vor lauter Hin und Her schwindelig wird, obwohl ich mir wieder und wieder sage, dass Josh und ich nur eine Show abziehen, dass alles nur eine Inszenierung ist.

Ein Spiel.

Ein Spiel, bei dem ich meinen Traum gewinnen kann.

Dennoch verwirrt er mich.

Die langen stressigen Fahrten von meinem B&B zum College, die auf der Straße verbrachten Stunden, die mir zum Lernen fehlten, die nervenaufreibende Parkplatzsuche – all das scheint Jahre her zu sein. So schnell verdrängt man wohl das Negative.

»Cara! Das ist eine Entspannungsmaske!«, ermahnt mich Dione.

Ich öffne die Augen und wende mich ihr zu. Dabei spüre ich, wie kleine Bröckchen von mir abfallen.

»Also entspann dich gefälligst!«

Dione ruht ganz relaxt auf dem Liegesessel neben mir, mit derselben vermutlich völlig übertreuerten »Magie« im Gesicht wie ich, was ihr jedoch das Aussehen einer wunderschönen Marmorstatue verleiht. Meine Haut spannt, weil das Zeug mittlerweile getrocknet ist. Unser Schönheitsguru Patrice wollte zurückkehren, sobald »der Zauber« gewirkt hat.

»Deine Maske hat überall Risse. Ich sehe, wie dein Gesicht arbeitet. Du sollst dich entspannen, nicht nachdenken!« Ihre Maske bekommt lediglich Risse vom Sprechen.

»Als wäre das so einfach.« Mein Augenverdrehen verursacht zum Glück kein weiteres Abbröckeln.

»Dann erklär mir dein Problem in einem Satz«, verlangt sie. »Wenn du das nicht schaffst, bist du selbst das Problem.«

»Ernsthaft? Ist ein Problem kein Problem, wenn man es nicht in einem Satz erklären kann?«, sage ich automatisch, während mein Gehirn längst dabei ist, Ein-Satz-Probleme zu finden.

»Ich leide an keine Ahnung was. Noch immer hungern Menschen überall auf der Welt. Es wird noch immer mehr Geld in die Produktion von Waffen gesteckt als in Hilfsgüter …«

»Ja, ja, schon gut«, werfe ich ein. »Du hast recht.« Dann überlege ich, was genau mein Problem ist. Es dauert etwas, bis ich mir sicher bin. »Ich habe Angst, dass meine Gefühle mir meine Zukunft verbauen.«

Diones Was-habe-ich-dir-gesagt-Blick fällt binnen Sekunden zusammen. »Hast du dich mit Josh gestritten?« Über ihrer Braue bricht die Maske auf und heller Staub rieselt auf ihre dunklen Wimpern, dann weiten sich ihre Augen. »Ist da etwa mehr gelaufen als der Show-Kuss?« Ihr Blick wird weich, vielleicht sogar mitleidig.

Ich schüttele den Kopf. »Es ist … es hat sich falsch angefühlt«, sage ich, doch sie missversteht mich.

»Es wäre schlimm, wenn es sich nicht falsch angefühlt hätte. Er hat dich quasi überfallen.«

Ich sage nichts.

»Oh ...«

Pause.

Jetzt versteht sie mich auch so.

»Ooooh!« Ihre Mimik arbeitet und überall lösen sich Teile der Maske auf wie bei einer Statue, die zum Leben erwacht.

Weil sie nicht weiterspricht, erkläre ich: »Es hat sich zu gut angefühlt. Dabei war ich mir bis dahin sicher, dass ich Tyler ...«

»Kann es sein, dass man dich nur küssen muss, um dich zu verwirren?« Dione lacht. »Das werde ich mir merken.«

Dione hat ein Talent dafür, miese Laune zu vertreiben. Aber ihre Worte brachten es auf den Punkt.

»Du bist jung, du bist hübsch, du bist fast eine Raven. Nutze einfach die restliche Zeit mit Josh, um dir klarzuwerden, was du ihm gegenüber empfindest. Nach der Aufnahme in die Verbindung kannst du dann offiziell mit ihm Schluss machen und mit Tyler in den Sonnenuntergang reiten.« Sie legt eine Hand auf ihr Herz und begleitet die Geste mit einem theatralischen Seufzen.

»Was ist, wenn Tyler sich bis dahin von mir abwendet?«, fasse ich das vielleicht tiefer sitzende Problem zusammen.

»Pft!«, stößt sie aus. »Wenn er auf dich steht, dann wird er warten. Und kämpfen. Offensichtlich tut er ja so einiges, um dich glücklich zu machen.« Sie zuckt mit den Brauen und kneift sofort hinter der abbröckelnden Maske die Augen zusammen.

»Was soll das heißen? Wir haben nicht ...«

Dione hebt abwehrend die Hände. »Du darfst machen, was du willst. *Nach* der Aufnahme bei den Ravens.«

Während des restlichen Tages hilft Dione mir dabei, mich von irgendwelchen Gedanken an Jungs abzulenken. Doch bei den Vorbereitungen für den Abend tut sich ein weiteres Problem auf. Eine Nachricht von Suki.

> Springst du heute Abend für mich ein? Mir geht's total schlecht und ich habe dir jetzt so oft ausgeholfen.

> Ich bin leider nicht in Whitefield. :-(Sonst natürlich gerne.

> Kannst du nicht zurückkommen? Wenn Dan mitbekommt, dass es mit der Vertretungssuche nicht funktioniert, bekommen wir alle Ärger.

> Tut mir wirklich leid, aber ich komme erst Sonntag gegen Mittag zurück.

> Übernimmst du dann meine Schicht? Für heute frage ich bei den anderen nach.

> Natürlich. Vierzehn Uhr?

Sie schickt nur ein Daumen-hoch-Emoji.

> Gute Besserung.

> Danke.

»Wir wollten doch nicht über Jungsprobleme nachdenken«, ermahnt mich Dione, während sie auf dem mobilen Kleiderständer nach meinem Partykleid sucht, ehe sie mit dem Kleidersack auf dem Arm hinter mich tritt. Ich starre mich immer noch im Spiegel an, um mich an meinen Anblick zu gewöhnen.

»Ich denke nicht an meine Jungsprobleme«, verteidige ich mich und ernte dafür einen vorwurfsvollen Blick aus ausdrucksstark geschminkten Augen. Dione steht das Zwanzigerjahre-Make-up besser als mir, bei ihr wirkt es viel natürlicher, während ich mir vorkomme wie ein anderer Mensch. Die Stylistin hat meine Haare zu Locken gedreht und in Ohrhöhe festgesteckt, sodass sie nicht wie gewohnt glatt bis über meine Brust fallen, sondern sich um meinen Hinterkopf bauschen. Dazu habe ich schwarz umrahmte Augen und komplett schwarze Lider wie eine Gothic-Prinzessin.

Diones Haare wurden in Wellen streng an den Kopf gelegt. Ihr pinkfarbener Ansatz wurde mit einem Spray kaschiert, sodass sie nun das perfekte lilahaarige Flapper-Mädchen ist. Inklusive Haarband, das an ihrer rechten Schläfe in einer pinkfarbenen großen Schleife endet. Mir legt sie gerade das Stirnband an, das ich vor ein paar Tagen auf ihrem Handy bewundern durfte. Die silbernen Pailletten werfen bei jeder Bewegung vor dem hell erleuchteten Theaterspiegel kleine Reflexionen an die Wand daneben.

»Es ist Suki«, erkläre ich Dione, deren skeptischer Blick im Spiegel auf mich gerichtet ist. »Sie hat mich gebeten, heute ihre Schicht zu übernehmen. Auch wenn ich lieber arbeiten würde, als …«

»Ich will nicht hören, dass du dich nicht auf die Party freust. Ich habe so lange nach deinem perfekten Outfit gesucht!«

»Und das Kleid ist ein Traum!«, versichere ich ihr. »Aber Suki ist jetzt so oft für mich eingesprungen, teils sogar kurzfristig. Ich lasse sie nur ungern hängen.«

Dione ist fertig mit dem Stirnband und legt mir eine Hand auf die Schulter. »Du bist der netteste Mensch, den ich kenne. Aber du kannst nicht immer helfen.«

Das ist lieb gemeint, dennoch ist es nur eine Floskel. »Suki hilft immer. Und ich enttäusche sie. Aber ich habe angeboten, morgen die Mittagsschicht zu übernehmen.«

»Na also. Das ist doch der perfekte Kompromiss. Und jetzt raus aus den Klamotten!«

Ich gehorche der Meisterin und nur wenig später trete ich an Joshs Arm in meinem schwarzen Charlestonkleid mit Tausenden symmetrischen Glitzersteinchen und Pailletten die Stufen von Steward-Abbey hinab. Ihm steht der Zwanzigerlook natürlich wie alles andere auch. Freundlicherweise hat er mein Raven-Buch zu seinem in die anscheinend extra vergrößerte Innentasche seines Jacketts gesteckt, weil in die Mikrohandtasche, die man damals trug, gerade einmal mein Handy passt.

»Du siehst toll aus«, sagt Josh mit einem galanten Lächeln. Bei jedem Schritt kitzeln mich die unzähligen, von schimmernden Perlen beschwerten Fäden, die von meinem Kleidersaum hängen.

»Und du siehst aus wie ein Gangster«, gebe ich zurück. Obwohl es nicht zur Abendgarderobe aus der Zeit gehört, trägt er eine zum Anzug passende graue Schiebermütze. »Fehlt nur noch die Zigarre oder so.«

Er grinst mich frech an und klopft mit seiner freien Hand auf seine Westentasche, aus der die klassische Kette baumelt. »Ich habe vorgesorgt. Wenn, dann richtig.«

Ich verdrehe die Augen, als wir gerade vor dem Ballsaal ankommen, wo Kellan und Valérie die Türflügel flankieren. Dione hatte recht: Valérie ist wie geschaffen für den heutigen Tag. Auch ihre Haare sind in Wellen an den Kopf gelegt, festgehalten von einem Stirnband mit einer schwarzen Feder an der linken Schläfe. Aber weil ihre Frisur kaum anders wirkt als sonst, strahlt sie eine Natürlichkeit aus, die sie schlicht atemberaubend wirken lässt. Das Make-up betont ihre schmalen Gesichtszüge und die Augen sind ausdrucksstark hervorgehoben. An ihrem schlanken, hellen Hals baumeln mehrere zarte Goldketten in unterschiedlichen Längen.

»Ihr seht fantastisch aus!«, ruft sie, nachdem sie Kairi und Niklas in den Raum verabschiedet hat. »Ein absolutes Traumpaar, nicht wahr?« Sie stupst Kellan an, der gekleidet ist wie die Jungs, die damals Zeitungen verkauft und dabei die Schlagzeilen durch die Straßen gebrüllt haben. Er seufzt mitleiderregend.

»Ihr beide könnt den Abend dank der Wildcard in vollen Zügen genießen«, sie zwinkert Josh und mir zu, »oder ihr helft uns bei der Aufgabe für die übrigen Matches.«

Ohne mich mit Josh abzustimmen, biete ich sofort unsere Hilfe an, denn ich bin dankbar für jede Ablenkung.

»Das habe ich mir gedacht. Ich schicke euch eine Nachricht mit der Aufgabe. Jetzt dürft ihr aber erst einmal das Büffet ausprobieren. Maria hat perfekte Arbeit geleistet.«

Sie deutet zur Tür und wendet sich dann Dione und Austin zu, die inzwischen auch unten sind. Ich habe ihr Lachen schon von Weitem gehört.

Im Raum wurde eine kleine Bühne aufgebaut, auf der bereits eine Jazz-Band spielt, natürlich stilecht mit Schiebermützen. Eine Frau in einem knöchellangen cremefarbenem Charlestonkleid, das sich von ihrer dunklen Haut leuchtend abhebt, steht hinter einem großen silbernen Mikrofon, das aus *The Great Gatsby* stammen könnte. Sogar daran haben die Organisatoren der Party gedacht.

Josh zieht mich zu den Tischen, die neben den geschlossenen Türen zum Wintergarten aufgestellt wurden. Die gefüllten Schüsseln, Platten und Schalen werden von etlichen Kerzen in goldenen Kandelabern beleuchtet. Mein Magen knurrt beim Anblick all der Köstlichkeiten, und ohne uns abzustimmen, belade ich eifrig den Teller, den Josh für uns beide hält. Ich muss ihm zugutehalten, dass ihm kein Wort über die vergangene Nacht – insbesondere meinen Zusammenbruch – über die Lippen kommt. Stattdessen amüsieren wir uns mit Dione und Austin, tanzen sogar zu einer Zwanzigerjahre-Interpretation von Ed Sheeran, bis Dione und Austin eine Nachricht erhalten.

»Unsere nächste Aufgabe wartet«, entschuldigt sich Dione und zieht Austin mit sich. Ich sehe mich nach den anderen Paaren um, auch sie streben auf den Eingang zum Ballsaal zu. Barron sieht noch miesepetriger aus als sonst, wenn das überhaupt möglich ist.

Auch Joshs und meine Uhr signalisieren einen Nachrichteneingang. Der Text kommt von Valérie.

> Ihr seid unser heutiges »Ziel«. Die Matches sollen euch finden. Das hier ist die Aufgabe, die sie in fünf Minuten erhalten werden. Denkt daran: Ihr dürft niemandem helfen! Das wäre gegen die Regeln.

Anschließend erscheint ein Foto von einer auf alt gemachten Zeitung. Josh zieht das Handy aus der Tasche, um es besser sehen zu können. Das Titelbild zeigt Josh und mich, eine Aufnahme vom heutigen Tag. Darunter steht die Headline: *Die Fahndung nach der Suffragette Cara Emerson und ihrem aufständischen Verbündeten Joshua Prentiss läuft. Die Behörden haben als Belohnung für ihre Ergreifung eine weitere Wildcard ausgeschrieben.*

»Das ist dann wohl unser Startsignal«, sagt Josh und schaut sich um. Er wählt eine Nummer, während er mich mit der anderen Hand am Rücken zum Büffet schiebt.

»Sollen wir uns unter der Tischdecke verstecken?«, frage ich, doch er hört mir gar nicht zu, sondern spricht in sein Handy.

»Du musst die anderen im Auge behalten. Sorg dafür, dass nur Sanders und Anderton in den Wintergarten kommen ... Klar, das machen wir ... Bis dann.«

Er drückt die Tür zum Wintergarten auf und bittet mich mit einer kurzen Geste vorzugehen. Feuchte, warme Luft strömt mir entgegen. Die Orchideen neben der Tür verströmen einen so intensiven Duft, dass es meiner Nase schon fast zu viel ist.

Josh sieht noch einmal in den Ballsaal, dann zieht er die Tür hinter uns zu. Sofort verstummt der Partylärm, die Musik ist nur noch leise zu hören.

»Du hast Jace angewiesen, die anderen aufzuhalten?« Ich grinse Josh an.

»Hey, ich bin ein gesuchter Frauenrechtler. Von mir erwartet man doch, sich gegen die Regeln zu verhalten.« Er zieht kurz seine Mütze vom Kopf, streicht sich die Haare nach hinten und setzt sie wieder auf. »Jetzt komm, Suffragette Emerson.«

Sein Lachen hallt in meinem Magen nach, während ich ihm kopfschüttelnd folge. Ich würde mich freuen, wenn Dione und Austin ebenfalls eine Wildcard gewinnen würden. Aber Nasreen und Thomas wären ebenfalls okay. Nur Laura und Barron hätte ich mir gern vom Hals geschafft.

Wir gehen mit schnellen Schritten die indirekt beleuchteten Wege entlang, bis wir am Pavillon ankommen, in dem wir vergangene Woche Dione und Austin getroffen haben.

»Du bist gut«, stelle ich fest, als wir uns setzen. »Das ist – neben unseren Zimmern – vielleicht der erste Ort, an dem uns Dione und Austin suchen könnten.«

»Ein Lob meiner Meisterin«, haucht Josh theatralisch und verdirbt damit wieder einmal die positive Atmosphäre zwischen uns. Mit einem Mal wird mir klar, dass wir allein sind. Nur Josh und ich unter einem Meer von kleinen Lichtern an den Streben des Pavillons. Ich rutsche unruhig auf dem Sitzkissen herum.

»Ist dir etwa kalt?«, fragt Josh irritiert. »Ich finde es hier drückend heiß.« Er trägt neben Hemd und Weste noch immer das Jackett. Die hohe Luftfeuchtigkeit hier drin lässt selbst meine Haut an den nackten Armen glänzen.

»Nein, es ist …« Ich fische nach den richtigen Worten.

»… dir unangenehm, mit mir allein zu sein?«, hilft er mir auf die Sprünge und trifft damit sofort ins Schwarze. Schnell sehe ich weg und verneine die Frage hastig, was er natürlich durchschaut. Er tippt mir auf die Schulter und instinktiv wende ich mich ihm wieder zu.

»Bin ich wirklich so schlimm?«, will er mit entwaffnender Ehrlichkeit wissen.

»Es ist … Ich kann damit nicht umgehen«, sage ich schwach.

»Ich weiß. Aber gerade das macht den Spaß aus.« Er zuckt mit den Brauen und ich stöhne genervt auf. »Ich bin eine so einschüchternde Persönlichkeit, dass ich so etwas ständig erlebe«, sagt er in fast schon feierlichem Ton, woraufhin ich lachen muss. »Gefällt es dir, gegen die Regeln zu verstoßen, Emerson?«

»Welche Regeln?«

»Na, die Anweisung von Valérie, niemandem zu helfen«, erwidert er nur knapp, ehe er die Arme ausbreitet und mit beiden Händen die Metallstreben hinter sich umgreift. Dabei streift er mich, sodass ich instinktiv von ihm wegrücke. Aus Gewohnheit hatte ich mich nah neben ihn gesetzt, dabei ist das gar nicht mehr nötig. Ich werde nie wieder darauf achten müssen, welche Farbe mein Raven-Symbol hat.

»Ich habe gegen keine Regel verstoßen«, verteidige ich mich. Dabei kreist unentwegt das Wort *Mittäterschaft* in meinem Kopf herum, das ich bei einem von Joshs Jura-Kursen aufgeschnappt habe.

Sein Blick sagt etwas Ähnliches. »Und? Stehst du auf den Kick, Verbotenes zu tun? Die Sache mit Walsh ...«

Ich hebe die Hand, um ihn zu unterbrechen. Ich will garantiert nicht mit ihm über meine Beziehung zu Tyler sprechen. Dafür nutze ich die Gelegenheit für eine Frage, die ich schon länger mit mir herumtrage. »Wieso kannst du ihn nicht ausstehen? Du kennst ihn doch gar nicht.«

»Wer sagt denn, dass ich ihn nicht ausstehen kann?«

Ich brauche meine Antwort nicht auszuformulieren, er kann sie in meinem Gesicht ablesen.

»Es gibt Liebe auf den ersten Blick und es gibt Menschen, die das Gegenteil auslösen.« Josh zuckt mit den Schultern.

»Du glaubst an Liebe auf den ersten Blick?«

Er verdreht die Augen. »Das war nicht wörtlich gemeint«, verteidigt er sich. »Es gibt einfach Menschen, die triffst du und weißt, dass du dir lieber jedes Brusthaar einzeln ausreißen würdest, als noch eine Minute länger in ihrer Gegenwart zu sein.«

Ich lache über seinen Vergleich, ehe mein Hirn automatisch das gespeicherte Bild seiner nackten Brust aufruft und nach Haaren sucht. Ich stöhne innerlich auf und lenke mich schnell ab, indem ich mich dem Rhododendron widme, dessen pinkfarbene Blütenpracht bis in den Pavillon quillt.

»Sag bloß, du hast so etwas noch nie empfunden? Nicht einmal gegenüber jemandem, von dem du nur Schlechtes gehört hast?«

Ich denke etwas länger darüber nach und schüttele dann den Kopf.

»Stell dir vor, Dione erzählt dir mit Tränen in den Augen von einem Ex, der alles andere als nett zu ihr war, und du begegnest ihm. Wäre das kein Grund, ihn auf den ersten Blick zu hassen?«

Ich stelle mir vor, wie Dione meine Geschichte zum Besten gibt, mir von ihrem Mason erzählt – und wie ich ihn daraufhin kennenlerne.

»Doch, vermutlich würde ich ihn hassen. Aber was hat das mit Ty...«

»Sch!«, unterbricht er mich und wir lauschen gemeinsam den Stimmen, die sich über dem leisen Rascheln und stetigen Tropfen erheben. Es sind nicht Dione und Austin.

Ich seufze leise.

»Komm, wir verstecken uns vor Carstairs. Warum hat Jace ihn nicht aufgehalten?« Josh verzieht enttäuscht das Gesicht und reicht mir die Hand. Mein Herz pocht schnell, ich will Laura nicht zu einer Wildcard verhelfen. Also lasse ich mich von Josh hochziehen und gemeinsam steigen wir über die oberste der Metallstreben, die gleichzeitig die Rückenlehne bilden, direkt in das Meer der ausladenden Rhododendren. Josh zieht mich mit sich nach unten und wir kauern uns auf den feuchten Boden, den Geruch nach frischer Erde in der Nase. Unter unseren Füßen schlängeln sich die schwarzen Schläuche des Bewässerungssystems.

Ich höre Barrons nasale Stimme schon von Weitem und stelle fest, dass bei ihm die fünf Minuten Speeddating ausgereicht haben, um ihn nicht zu mögen. Weshalb ich Joshs Hass-auf-den-ersten-Blick-Gedanken nun auf jeden Fall zustimmen würde – auch wenn es nicht direkt Hass war, was ich Barron gegenüber empfunden habe. Aber Antipathie war es auf jeden Fall.

»Hier stinkt es«, schimpft Laura.

»Aber der Bodyguard von Prentiss lauert nicht umsonst am Eingang herum oder hält Jasaari und Baumgärtner auf. Sie sind hier. Und wir kriegen unsere Wildcard.«

Seine Stimme wird dabei immer lauter. Irgendwann höre ich sogar seine dumpfen Schritte, obwohl die Wege nur aus Rindenmulch bestehen. Instinktiv kauere ich mich noch mehr zusammen und wir lassen uns von den süßlichen Duftschwaden des Rhododendrons einhüllen.

»Was denn jetzt?«, fragt Barron genervt. »Wir müssen uns beeilen.«

»Moment«, sagt Laura nur – und im nächsten Moment durchpeitscht ein schrilles Klingeln die Luft.

»Verdammt!«, sagt Josh neben mir und wirft sich auf meine kleine Handtasche, um den Laut etwas zu dämpfen.

»Was ist das?«, flüstere ich erschrocken. Das Klingeln geht weiter. Es hört sich wie ein Alarmsignal an. »Ich habe das Handy auf stumm geschaltet«, wispere ich.

»Ein Anruf über die Raven-App klingelt immer und sollte nur in Notfällen verwendet werden«, erwidert Josh und gibt auf, den Ton verbergen zu wollen. Und er hat recht. Valérie hatte bei der Einweisung so etwas gesagt, ich habe es nur nie getestet.

Ich höre ein paar dumpfe, schnelle Schritte, ehe jemand den Holzboden des Pavillons zum Knirschen bringt. Kurz darauf raschelt es und wir heben synchron die Köpfe. Über uns ragt Barron Carstairs mit einem widerlichen Grinsen im Gesicht zwischen den hübschen Blüten auf.

»Ich habe sie«, ruft er Laura zu, die sich im nächsten Moment durch den Rhododendron schiebt. Ihr Lächeln sieht dem von Barron erschreckend ähnlich.

Schade für Dione und Austin. Den beiden hätte ich die Wildcard gegönnt.

Wir lassen uns abführen wie Schwerverbrecher. Im Ballsaal bildet sich ein Gang zwischen den Partygästen. Unter Beifall schieben uns Laura und Barron auf die Bühne zu, wo Valérie und Kellan bereits warten und uns empfangen.

26

SONNTAG, 15. 11.

Stark gedämpftes Vogelgezwitscher dringt an mein Ohr, vermischt sich mit dem Rhododendrongeruch, den ich aus meinem Traum mit mir nehme. Es ist so hell. Blinzelnd öffne ich meine Augen und sehe einen breiten Streifen Licht, den die Sonne auf meine Bettdecke malt.

Dann fällt mir ein, dass die Sonne morgens nicht in mein Zimmer scheint, ich setze mich rasch auf und angele nach meinem Handy. Es ist aus, obwohl es noch am Ladekabel hängt. Ich schalte es ein. Während es sich aktiviert, klettere ich aus dem Bett. Warum ist das Handy ausgegangen? Ich habe extra den Wecker gestellt, um noch in Ruhe packen zu können, ehe wir Richtung Whitefield aufbrechen.

Als das Display endlich aufleuchtet, bleibt mein Herz stehen. Es ist schon nach zwölf Uhr.

Ich hämmere gegen die Affärentür zu Joshs Zimmer, die er heute Nacht benutzt hat, um in sein Bett zu kommen – damit alle, die auf den Fluren unterwegs waren, sehen konnten, dass wir uns zum Schlafen in ein gemeinsames Zimmer zurückziehen.

Josh reagiert nicht, also drücke ich auf die Klinke und betrete sein

Zimmer. Es riecht nach ihm und ich muss für einen Moment stehen bleiben, um meine frisch erwachten Sinne zu sortieren. Mein Match liegt in seine Decke verheddert in seinem Bett, das Kissen so fest umschlungen, dass sicher einige neidisch darauf wären.

»Josh«, rufe ich lauter und trete näher. Weil er noch immer keine Regung zeigt, setze ich mich auf die Bettkante und rüttele an seiner Schulter. »Josh!«

Endlich zuckt er zumindest. »Hm?«, gibt er verschlafen von sich, bevor auch der Rest von ihm aufwacht. »Cara?«, fragt er, blinzelt mehrmals gegen die Helligkeit an und reibt sich schließlich die Augen. »Was tust du hier?«

So aus dem Schlaf gerissen ist er offenbar nicht mal zu einem Spruch fähig.

»Es ist schon nach zwölf. Mein Handy war aus, deshalb hat mein Wecker nicht geklingelt. Wir sollten längst auf dem Weg nach Whitefield sein.«

Josh gähnt und schiebt sich die Haare aus dem Gesicht, ehe er sich zumindest etwas aufrichtet. »Das geht klar. Kellan meinte, dass uns mit der Wildcard auch eine eigene Limousine zusteht. Wir kommen also zurück.«

»Ich muss aber um vierzehn Uhr meine Schicht im Diner antreten! Steh auf, wir müssen sofort los.«

Josh schaut zum Fenster, dann zu mir. »Die Limousine wird nicht schnell genug sein.«

»Aber ich darf nicht zu spät kommen, der Job ...« Meine Stimme bricht.

»Ich weiß was Besseres. Zieh dich an!«

Sein Blick streift mich wie eine Berührung. Mir wird heiß und kalt, während ich erst jetzt realisiere, dass ich nur in Slip und T-Shirt, das mir knapp über den Po reicht, in seinem Zimmer stehe. Josh will sich eben aus dem Bett schieben, legt dann aber hastig die Decke wieder über seine Beine.

»Jetzt, Emerson! Sonst schaffen wir es garantiert nicht.«

Ich springe vom Bett auf und renne zur Tür. Josh ruft mir noch hinterher, mich warm anzuziehen, was ein ungutes Gefühl zur Folge hat, das sich rund fünfzehn Minuten später noch verschlimmert.

»Ich soll auf dem Ding mitfahren?«, frage ich und beäuge misstrauisch das Motorrad, während Josh mir einen Helm reicht. Er zieht schwer an meinem Arm.

»Japp. Jace ist damit hergekommen, er wird unsere Sachen einsammeln und unsere Limousine nehmen. Mit dem Motorrad sind wir deutlich schneller. Vielleicht schaffen wir es noch rechtzeitig zum Diner.«

Ich schlucke noch, während Josh bereits aufsteigt, die Hände an den Lenker legt und das Motorrad aufrichtet.

»Mit jeder Sekunde, die du zögerst, sinken unsere Chancen, pünktlich zu sein, Emerson«, ruft er unter seinem Helm hervor.

Ich hole tief Luft, setze meinen Helm auf und klettere umständlich hinter Josh auf das Motorrad. Mein Hintern berührt kaum das Polster, da heult der Motor schon auf. Schnell halte ich mich an Joshs Taille fest. Keine Sekunde zu spät, denn wir schießen nach vorn, weil Josh offenbar die Kupplung zu schnell kommen lässt. Meine Finger krallen sich in seine Lederjacke, doch die gibt immer wieder leicht nach, obwohl wir nur langsam die Einfahrt des Steward-Anwesens entlangrollen.

Josh löst eine Hand vom Lenker und wir geraten leicht ins Schlingern, sodass mein Herz für einen Schlag aussetzt und ich Bilder von Unfällen mit Motorrädern vor mir sehe. Er greift mit seinen dicken Handschuhen nach meiner Hand, zieht sie nach vorn und drückt sie gegen seinen Bauch. Meine andere folgt wie von selbst, aber ich versuche dabei, so viel Abstand wie möglich zwischen uns zu wahren, auch wenn ich nur bei der kleinsten Unebenheit auf der langen Einfahrt immer wieder nach vorn hopse. Noch bevor wir auf die Landstraße abbiegen, bremst Josh ab. Er stellt die Beine auf den Boden, öffnet das Visier und dreht sich halb zu mir um.

»Wenn du nicht beim kleinsten Huckel runterfallen oder uns beide aus dem Gleichgewicht bringen willst, musst du dicht zu mir heranrutschen und meine Bewegungen mitmachen.« Er greift mit beiden Händen zu mir nach hinten und zieht mich zu sich, sodass kein Lufthauch mehr zwischen uns passt. »Halt dich fest!«, ruft er noch, ich schlinge im letzten Moment meine Hände um ihn, dann schießen wir los. Ich spüre den Wind, der mir die Haarsträhnen aus der Jacke reißt, die ich kurz davor extra dort hineingestopft habe. Die Landschaft jagt an uns vorbei, während Josh jedes Tempolimit bricht. Einmal versuche ich, an ihm vorbei nach vorn zu sehen, doch meine Nackenmuskulatur hat große Mühe, den von Joshs Körper abgehaltenen Fahrtwind auszugleichen, und ich kauere mich sicherheitshalber wieder an seinen Rücken, halte mich einfach nur fest. Würde Jace dafür sorgen, dass mögliche Strafzettel für zu schnelles Fahren ausbleiben, oder ist das der Job dieser Paige, der Frau, die für Joshs Mutter arbeitet?

Fünf Minuten nach zwei stolpere ich auf wackeligen Beinen und mit eingeschlafenem Hintern ins Diner. Hinter der Theke wartet bereits Dan auf mich. Ich fahre grob durch meine zerzausten Haare und setze mein bestes Lächeln auf, das Dan jedoch nur noch grimmiger blicken lässt. Auch meine Entschuldigung prallt an ihm ab, während ich auf den Durchgang zum Büro aka unserem Umkleideraum zuhalte.

Dan stellt sich mir in den Weg. »Ich kann keine unzuverlässigen Mitarbeiter gebrauchen«, sagt er.

»Ich bin nur fünf Minuten zu spät«, halte ich dagegen. »Das kann doch jedem passieren.«

»Und was ist mit deiner Schicht von letzter Woche? Oder den getauschten Schichten in der Woche davor? Suki ist ständig für dich eingesprungen und nun ist sie von all dem Stress – zusätzlich zum Lernen – krank geworden.«

Ich schlucke. Alles, was ich dazu sagen kann, würde nur nach Ausreden klingen. Ich habe Sukis Situation ausgenutzt. Sie brauchte das Geld, aber ich habe nicht daran gedacht, dass ihr dann die Zeit zum Lernen fehlt.

»Tut mir leid. Es wird nicht wieder vorkommen.« Ich senke den Blick auf das Linoleum zu meinen Füßen.

»Wird es auch nicht. Ich habe schon Ersatz für dich eingestellt.«

Sofort sehe ich wieder nach oben. »Aber ich kann nicht auf den Job verzichten!« Nur dadurch bin ich nicht ganz auf die Ravens angewiesen und hätte zumindest eine Chance auf Eigenständigkeit, falls doch noch irgendetwas schiefgeht.

»Daran hättest du früher denken sollen. Sorry.« Dans Entscheidung steht fest. Da hilft keine Entschuldigung mehr. Trotz Grummeln in meinem Bauch kann ich ihn verstehen. Das hier ist seine

Existenz. Er kämpft dafür wie ich für meine. Ich habe ihn im Stich gelassen und nun bekomme ich die Quittung dafür. Mit hängenden Schultern durchquere ich das Diner und zähle dabei die Quadrate auf dem Linoleum.

»Bekomme ich kein Frühstück?«, fragt eine Stimme.

Ich will schon antworten, als ich realisiere, dass es Josh ist, der in einer der Nischen sitzt.

»Hey, was ist los?«, fragt er mit musterndem Blick.

»Ich wurde gefeuert«, sage ich nur knapp. »Kannst du mich zum Campus bringen?«

»Natürlich!« Josh schiebt sich aus der Bank und wenig später hocke ich wieder an ihn geklammert auf dem Motorrad.

»Tut mir leid, dass du deinen Job verloren hast. Ich hätte schneller fahren sollen«, sagt er, nachdem er die Zündung ausgeschaltet hat und ich abgestiegen bin.

»Noch schneller und wir wären geflogen«, sage ich, um wenigstens ihm ein kurzes Lächeln zu entlocken.

Er verzieht nur die Lippen. »Du brauchst den Job nicht, Cara.« Seine Stimme klingt sanft. »Wir haben die Wildcard, unsere Fessel wird nicht mehr aktiviert. Du hast das Stipendium sicher.«

Ich zwinge mich zu einem Lächeln. Als Dank für den Beruhigungsversuch. Noch sind wir nicht sicher. Wenn jede Woche mindestens ein Match ausscheidet, dann auch diese Woche. Doch das spreche ich nicht aus. Zum Abschied hebe ich noch kurz die Hand, dann öffne ich das Tor zum Garten der Ravens und gehe mit einem tauben Gefühl im Kopf auf Raven House zu.

»Du bist mit Joshua Prentiss zusammen?«, quietscht Phee mir entgegen, kaum dass Skype die Verbindung hergestellt hat. »O mein Gott! Wie ist er denn so? Dana und ich haben kürzlich auf einer Seite ein *Best-of-Video* von ihm gefunden, irgendwer hat vermutlich jedes Oben-ohne-Foto von ihm im Netz aufgespürt und zusammengeschnitten. Er ist sooo heiß! Soll ich es dir schicken? Ach nein ...«, sie schüttelt so schnell den Kopf, dass ich nur noch verpixelte Haare sehe. »Du hast ihn ja jetzt live. Ich bin neidisch. Du darfst in dem tollen Haus wohnen, gehst auf coole Bälle und dann hast du auch noch *diesen Typen* an deiner Seite!«

Ich warte, bis Phee sich etwas beruhigt. Dabei spüre ich, dass sich meine Wangen gerötet haben, und hoffe, die Facecam zeigt das nicht zu deutlich. Als sie endlich Luft holen muss, nutze ich meine Chance.

»Ich habe meinen Job im Diner verloren.«

»O nein!«, ruft sie sofort, denkt dann aber darüber nach und fügt hinzu: »Aber du wohnst doch da umsonst, oder?«

Ich habe Phee bisher nicht viel über die Raven-Anwartschaft erzählt, schließlich ist sie auch eine Außenstehende, also muss ich Stillschweigen bewahren und sage nur: »Es ist noch nicht sicher, ob ich auch bleiben kann.«

»Es gibt eine Probezeit wie in amerikanischen Filmen, oder?«, kombiniert Phee sofort. Sie ist viel zu schlau, um sich belügen zu lassen. »Das ist garantiert alles streng geheim. Ich verstehe. Dann nur so viel: Egal, was du unternehmen musst, um dabei zu sein ... tu es!«

Wenn sie jetzt noch von dem Stipendium wüsste, würde sie noch mehr ausflippen. Ich atme tief durch, während sie mir von ihrer letzten Woche erzählt.

»Wie geht es denn Hannah?«, fragt sie mich dann so bemüht unschuldig, dass bei mir sofort die Alarmglocken losschrillen.

»Wie soll es ihr denn gehen?«, frage ich zurück.

»Hannah hat mir geschrieben, dass du dich von ihr abschottest. Sie vermisst dich. Weißt du noch, als ich mich mit Dana gestritten habe? Da hast du gesagt, dass wir trotzdem beste Freundinnen sind und immer bleiben werden, ganz gleich, wie schwer wir uns zoffen.«

Ich erinnere mich an das tränenreiche Gespräch. Und den Rest des Satzes, den Phee nun wiederholt.

»Dass wir trotzdem beste Freundinnen sind und immer bleiben werden – wie Hannah und du.«

»Du hast recht, Phee«, gestehe ich.

Meine kleine Schwester grinst frech in die Kamera. »Das habe ich immer, hast du es noch nicht gemerkt?«

»Ist ja schon gut.« Ich schüttele den Kopf. »Bringst du den Laptop noch zu Mum und Dad? Oder sind sie wieder nicht zu Hause?«

»Doch, sind sie. Grandma Liv und Großtante Mary sind zum Tee da. Ich bring dich einfach zu allen. Sie werden sich freuen.« Und schon bewegt sich das Bild hinter Phees Kopf, und mir wird beinahe schwindelig, während sie die Treppen nach unten rennt und mich an die versammelten Familienmitglieder übergibt, die sich förmlich überschlagen, während sie mich zu meinen Erfolgen beglückwünschen, von denen Phee ihnen berichtet hat. Mit jeder Minute hebt sich die Enge um meine Brust, die sich während der Anwärterphase immer mehr um mich gelegt hat. Mir wird richtig leicht ums Herz.

Glück ist … Menschen zu haben, die einen immer lieben, egal was kommt.

Jetzt fehlt nur noch ein Mensch, der bisher ebenso dazuzählte und den ich schon viel zu lange ignoriert habe. Ich mache mich auf den Weg zur Redaktion des *Whisperer*.

27
SONNTAG, 15.11.

Ich ziehe eine Wolke Eclairduft mit mir in die alte Bibliothek. Auch – oder gerade – am Sonntag ist sie gut besucht, nahezu alle Studiertische sind besetzt, Bücherstapel und Unterlagen liegen vor konzentrierten Studenten. Kaum einer sieht auf, als ich vorbeigehe und zielstrebig auf die Tür zum *Whisperer* zugehe, während ich die Tüte von *Eva* vorsichtig unter den Arm mit den zwei Kaffees in der Papphalterung klemme.

Die Finger schon an der Klinke, zögere ich. Ich habe Hannah in den letzten Tagen ignoriert, eine Bestechung in Form von Koffein und Zucker wird nicht ausreichen. Anstatt die Tür einfach zu öffnen wie früher, klopfe ich leise an.

»Ja?«, ruft Hannah und ich trete ein. Mit dem Fuß schubse ich die Tür hinter mir zu.

Hannah sieht vom Schreibtisch auf, die dunklen Haare sind zu einem losen Knoten gebunden. Unter ihren Augen liegen tiefe Schatten, als hätte sie seit unserer letzten Begegnung nicht mehr geschlafen.

»Du siehst richtig fertig aus«, sage ich anstatt einer Begrüßung oder der zurechtgelegten Entschuldigung.

Hannah mahlt mit dem Kiefer, bevor sie antwortet. »So sieht man aus, wenn man von der besten Freundin abserviert wird. Obwohl …«, sie mustert mich aus zusammengekniffenen Augen, »vielleicht gilt das nicht für jeden.« Dann wendet sie sich wieder den Unterlagen vor ihr zu.

»Das habe ich wohl verdient«, flüstere ich und meine es auch so.

Sie starrt weiter stur auf die Papiere, aber ich kenne sie gut genug, um zu wissen, dass sie genau auf mich achtet.

»Hannah, ich bin die mieseste Freundin der Welt. Ich hätte dir vertrauen müssen und dich nicht ausschließen dürfen. Mein Leben ist gerade …«

Ihr Kopf ruckt nach oben, in ihren Augen funkelt pure Wut, während sie ihrer Enttäuschung freien Lauf lässt. »*Dein* Leben?«, ruft sie so laut, dass ich zusammenzucke. Der Geruch nach Eclairs wird stärker, weil ich die Tüte immer fester an mich presse. »Seit wann geht es nur um dich? Die Cara, mit der ich aufgewachsen bin, denkt an andere, ist besorgt um die Menschen um sich herum, will niemanden verletzen. Ich habe dich vor denen gewarnt und du hast mir nicht geglaubt.« Sie holt Luft, ihre Stimme bebt, während sie heftig blinzelt. »Dann habe ich versucht, Kontakt zu halten, es wiedergutzumachen, weil ich dich ausgeschlossen und mich so auf meine Recherchen fixiert habe. Aber du ignorierst mich. Dabei war mir unsere Freundschaft mehr wert als alles andere.«

War. Ich schlucke.

Hannah stößt ein abfälliges Lachen aus, das mich härter trifft als ihre Vorwürfe. Meine Sicht verschwimmt in Tränen, obwohl ich gegen das Brennen in meinen Augen ankämpfe, das mit jedem Wort von ihr unerträglicher geworden ist. Weil sie recht hat. Ich spüre eine heiße Träne über meine Wange rollen und senke den Blick. Eine weitere Träne fällt in Zeitlupe auf das Fischgrätenmuster der Holzdielen. Wie konnte ich auch nur denken, dass alles sofort wie früher wäre, wenn ich hier einfach so auftauche? Ich beiße mir fest auf die Lippen und wende mich ohne aufzusehen der Tür zu.

Ein Stuhl wird knarrend zurückgeschoben.

»Verdammt, Cara!«, ruft Hannah und ich bleibe auf halbem Weg zur Tür stehen. »Die alte Cara würde mich kennen und wissen, dass ich erst alles rauslassen muss, bevor ich mich beruhigen kann.«

Ich hebe den Kopf leicht an. Ein Hauch von Hoffnung berührt mich wie ein einzelner Sonnenstrahl.

»Und sie würde wissen, dass ich niemanden mit Kaffee und Eclairs von *Eva* aus dem Raum lasse.« Ihre Stimme hellt sich auf, ich höre ihr Lächeln. Es wärmt mich von innen und vertreibt die düstere Wolke, die bis eben über mir hing.

Ich atme tief durch, richte mich auf und drehe mich zu Hannah um. Mit einem schuldbewussten Lächeln reibt sie sich mit dem Handrücken die Tränen aus dem Gesicht.

Dann gibt es kein Halten mehr. Im Nachhinein würde ich behaupten, wir lagen uns plötzlich in den Armen, ohne uns bewegt zu haben. Weil der Weg nicht zählt. Es zählt nur die feste Umarmung, das freudige Schniefen, das den Schmerz wegbrennt. »*Beste Freundinnen – wie Hannah und du*«, souffliert Phees Stimme in meinem Kopf.

»Wo ist die kitschige Musik aus dem Off, wenn man sie mal braucht«, sagt Hannah, als sie sich langsam von mir löst. »Du hast mir gefehlt.«

»Du mir auch. Das darf nie wieder vorkommen, okay?«, sage ich flehend. Das Geheimnis rund um die Ravens muss ich nur noch bis zum Wochenende wahren, danach ist Schluss, schwöre ich mir. Der Gedanke haftet als bittere Note an meinem Gaumen und lässt sich nicht hinunterschlucken.

»Nie wieder«, versichert mir Hannah mit einem heftigen Nicken. Dann reißt sie mir den Kaffee und die Papiertüte aus den Händen und geht zum Schreibtisch. Ich höre nur noch ein lautes Rascheln, als sie gierig die Eclairs befreit.

»Zeit, für den guten Teil.« Sie schiebt mir den Stuhl zurecht, ich lege Tasche und Jacke ab und lasse mich anschließend ihr gegenüber darauf nieder. Hannah leckt sich bereits die Sahne aus dem Mundwinkel.

»Ich weiß, warum ich dir normalerweise nichts Gefülltes mitbringe«, necke ich sie und ernte daraufhin ein Schnauben.

»Ohne Sahne hätte das hier nicht funktioniert.« Sie wedelt mit der Hand zwischen uns hin und her.

»Zum Glück habe ich an die Füllung gedacht.« Meine Wangen lockern sich langsam und ich kann wieder lachen, ohne dass es sich falsch anfühlt. Ich brauche Hannah. Jeder braucht eine Hannah.

Glück ist ... einen Menschen zu haben, mit dem man durch dick und dünn gehen kann, den man an miesen Tagen oder in schlechten Momenten vielleicht von sich schiebt, der aber dennoch immer zurückkehrt.

Glück ist ... eine Hannah zu haben.

»Danke für die Eclairs«, sagt Hannah, nachdem wir alle süßen Teilchen binnen kürzester Zeit vernichtet haben. Dann richtet sie ihren Reporterblick auf mich. »Wie geht es dir so in Raven House?«

Jetzt folgt wohl der unangenehme Teil des Gesprächs. Doch ich habe mich vorbereitet. Mit einem tiefen Atemzug ziehe ich alle geplanten Sätze aus meinem Kopf.

»Es läuft gut. Ich bin so gut wie drin und dann habe ich auch wieder mehr Zeit für dich.« Ich greife nach dem Pappbecher und trinke einen Schluck. »Woran arbeitest du gerade?«

Hannah denkt zu lange über eine Antwort nach.

»Immer noch am Verschwinden von Beverly Grey?«, hake ich nach.

Sie nickt. »Ich komme einfach nicht weiter. Es gibt immer wieder neue Spuren, die dann wie ausradiert im Nichts enden, als wäre sie ein Geist.« Auch sie nimmt einen Schluck Kaffee, öffnet den Mund, sagt jedoch nichts. Als wäre sie nicht sicher, ob sie die Worte lieber zurückhalten soll.

»Hey, was ist los? Du kannst mit mir über alles reden, das weißt du.« Ich erwidere ihren Blick, bis sie nickt.

»Du ... Könntest du in Raven House ein bisschen für mich recherchieren? Ich muss wissen, ob Beverly dort irgendwelche Nachrichten hinterlassen hat, noch mit anderen als dieser Valérie schreibt, von der du mir erzählt hast.«

Das fluffige Gefühl in meinem Inneren fällt zu einem zähen Klumpen zusammen. »Du möchtest, dass ich ... spioniere?« Auch wenn ich die Idee bereits selbst hatte, ist es doch etwas ganz anderes, dazu aufgefordert zu werden.

Hannah zögert, nickt dann jedoch. »Ich weiß nicht, wie ich sonst noch an Informationen kommen soll. Das könnte *die* Story überhaupt werden. Größer als alles, was jemals im *Whisperer* erschienen ist.« Ihre Augen sehen mich hoffnungsvoll an, während die wahre

Bedeutung ihrer Worte in meinem Kopf nachhallt. *Die Story* zu finden könnte für Hannah eine Erweiterung des Teilstipendiums bedeuten, ihr Preise einbringen, zukünftige Arbeitgeber auf sie aufmerksam machen. Doch ich will es aus ihrem Mund hören.

»Okay, ich helfe dir …«, beginne ich und Hannah strahlt mich bereits an. Doch das Strahlen erlischt, als sie den Rest meines Satzes hört und plötzlich ein Graben zwischen uns entsteht, der immer größer wird. »… wenn du mir ehrlich sagst, warum du so auf das Mädchen fixiert bist und mir deine mysteriöse Quelle preisgibst.«

Hannah senkt den Blick und schüttelt träge den Kopf. »Ich kann nicht«, flüstert sie. »Noch nicht. Ich kann dir erst alles sagen, wenn du dort raus bist. Vertrau mir bitte, Cara! Verschwinde von dort, dann erzähle ich dir alles.«

Es tut weh. Trotz allem vertraut sie mir nicht – es sei denn, ich lasse meine Chance auf das Stipendium und all die anderen Vorteile der Ravens hinter mir. Aber das kann sie nicht verlangen. Ich weiß ja nicht einmal, wofür ich das alles aufgaben soll. Hannahs Familie musste sich auch nicht in Schulden stürzen, um ihr den Besuch am St. Joseph's überhaupt erst zu ermöglichen. Dabei kennt sie meine Situation genau und wurde bei mir zu Hause immer mit offenen Armen empfangen. Ein bitterer Geschmack im Mund begleitet die Worte, die wie von selbst nach außen dringen: »Dann kann ich dir auch *noch nicht* helfen.«

Sie nickt, ohne die Miene zu verziehen.

Meine Augen brennen bereits wieder und ich will nur weg von hier. Ich werfe mir Jacke und Tasche über den Arm und gehe, ohne mich zu verabschieden.

Immer wieder reibe ich mir die Tränen aus dem Gesicht, meine

Sicht verschwimmt und auf dem Weg durch den Park gerate ich einmal fast ins Stolpern, weil ich einen großen Stein nicht sehe. Ich haste weiter, den Blick nun auf den Boden gerichtet, sodass ich erst bemerke, dass mir jemand im Weg steht, als es zu spät ist.

»So stürmisch, C.?« Tylers Stimme schlingt sich um mich, noch ehe es seine Arme tun können, weil er mich auffangen will. Ich schaffe es jedoch, selbst das Gleichgewicht zu finden, und schaue nur rund zwanzig Zentimeter von ihm entfernt zu ihm auf. Sofort wechselt sein Gesichtsausdruck von neckisch-flirtend zu ehrlich besorgt.

»Was ist passiert?« Seine Hand wandert zu meiner Wange und wischt eine Träne mit dem Daumen ab, zieht sie jedoch nicht mehr zurück. Wie eine Druckwelle rasen die Gefühle durch meinen Körper. Es ist unmöglich, nicht alle Sinne auf die Berührung zu richten.

»C., rede mit mir!« Seine Finger gleiten sanft unter mein Kinn, um es anzuheben. Dann schaut er mir tief in die Augen. All die Verzweiflung, die er offenbar darin lesen kann, sorgt dafür, dass er für den Bruchteil einer Sekunde zurückweichen will, doch er tut es nicht. Er holt tief Luft und zieht mich in eine Umarmung. Der sanfte Druck, den er dabei ausübt, kämpft gegen den, der mir die Brust zuschnürt. Es ist eine freundschaftliche Umarmung wie die von Hannah kurz zuvor. Schlechte Idee, daran zu denken. Erneut steigt ein Schluchzen in mir auf.

Tyler spürt es und presst mich noch fester an sich, streicht mir wieder und wieder über den Rücken. »Du kannst mit mir über alles reden, Cara. Ich bin immer für dich da. Auch nur als Freund, wenn du das möchtest.«

Neue Tränen dringen nach außen. Ich will ihm sagen, dass er nicht nur ein Freund ist, dass ich mehr empfinde, mich nach seinem Geschmack sehne, nach den prickelnden Küssen, die er auf meiner Haut verteilt hat. Aber ich darf nicht. Noch nicht, verdammt.

Ich presse mich fest an ihn, genieße noch ein paar kurze Atemzüge lang seine Nähe, versuche, den Geruch nach seinem süßlichen Parfüm zu speichern, um ihn in den nächsten Tagen abrufen zu können.

Noch ein paar Tage Schauspielerei, dann ist es vorbei.

Mit aller Kraft, die ich noch aufbringen kann, schäle ich mich aus der Umarmung.

Tyler lächelt mich an. Erwartungsvoll.

»Bald«, wispere ich, kratze sämtliche Selbstbeherrschung zusammen und renne davon. Hoffentlich war es das letztes Mal, dass ich ihn von mir stoßen musste. Neben Hannah ist er der einzige Mensch außerhalb der Ravens, zu dem ich engeren Kontakt habe. Wenn ich die Anwartschaft verpatze, habe ich nur noch die beiden Personen, die ich während der letzten Wochen immer mehr vergrault habe.

28

FREITAG, 20.11.

Die einzige Vorbereitung auf den finalen Ball, die Aufnahmezeremonie und den Abschluss der Matchingphase, war die Auswahl des Ballkleides, das man auch gut als Hochzeitskleid hätte nutzen können. Dione war die ganze Woche über nervös wie nie, doch sobald während der Anproben der Grund für ihre Anspannung zur Sprache kam, blockte sie ab.

»Habt ihr eine weitere Aufgabe bekommen? Ist sie schiefgelaufen?«, hatte ich sie gefragt, während ich auf einem kleinen Podest stand und mehrere Lagen aus leichtem Organzastoff von meiner Taille abwärts nach unten fielen. Das war gestern Nachmittag gewesen und im Zimmer war es dank des Nebels draußen fast zu dunkel, um mit Sicherheit zu sagen, ob sich Diones Lippen tatsächlich kurz zu einem schmalen Strich verzogen hatten, ehe sie den Kopf schüttelte.

»Ist es nicht zu dunkel zum Arbeiten? Ich kann das Licht anschalten«, bot ich an.

»Nein!«, sagte sie viel zu schnell, ehe sich ein kleines Lächeln auf ihren Lippen zeigte. »Sonst verdirbst du dir die Überraschung.«

Viel mehr – außer belanglosem Frühstückstalk – hatten wir in dieser Woche nicht miteinander gesprochen. Dann kam per App die Nachricht, dass jede Anwärterin am frühen Freitagabend in einem eigenen Wagen zum Steward-Anwesen gefahren wird und bereits »festlich gekleidet« sein muss.

So stehe ich jetzt in einem dicken Mantel, unter dem der Traum in Weiß hoffentlich sauber bleibt, auf dem Parkplatz hinter Raven House und warte neben Dione, Nasreen, Kairi, Charlotte und Laura, bis die älteren Ravens in ihre Limousinen gestiegen sind und irgendwo jenseits des Feldes im Nebel verschwinden. Die Stimmung angespannt zu nennen, wäre eine Untertreibung. Jedem von uns ist nur allzu deutlich bewusst, dass alle verbliebenen Anwärterinnen hier stehen. Niemand hat eine andere Adresse genannt bekommen – was bedeutet, dass mindestens eine von uns nicht in Steward Abbey ankommen wird oder dort rausfliegt.

Eine knappe Stunde Verharrens in der kühlen Novemberluft später, was schon einem finalen Belastungstest gleicht, taucht endlich eine Fahrzeugkolonne aus schwarzen Wagen auf und rollt auf uns zu. Erleichtert zähle ich sechs Fahrzeuge. Offensichtlich dürfen wir alle erst einmal einsteigen. Unsere Namen werden aufgerufen, die Reihenfolge ist also nicht willkürlich, was meinen Magen mit jedem gefahrenen Kilometer mehr in Aufruhr versetzt, nachdem auch ich einsteigen durfte und die Limousine vom Platz gerollt ist. Immer wieder verfolge ich auf Google Maps meinen Standort, bisher weicht er nicht von der direkten Route zu den Stewards ab. Das Alleinsein macht mich wahnsinnig, steigert meine Nervosität ins Unermessliche, bis ich den bisher ruhigen Fahrer damit anstecke.

»Ist alles in Ordnung bei Ihnen?«, fragt er und fängt aus blassgrünen Augen meinen Blick im Rückspiegel auf. Der Mann ist schätzungsweise Anfang fünfzig und wirkt im Vergleich zu den Chauffeuren der vergangenen Wochen eher wie ein schlichter Taxifahrer. Kein Anzug, keine Krawatte, dafür aber ein viel weniger strenges Gesicht.

»Ich bin nur nervös«, sage ich unverfänglich und nestele an dem Stoff herum, der sich so weit aufbauscht, dass höchstens noch eine weitere Person auf den Rücksitz passen würde.

»Wegen des Zielorts?«, hakt er nach. Als ich schweige, fährt er fort: »Mein Chef fand es sehr seltsam, dass wir zwölf einzelne Wagen stellen sollen, die alle dasselbe Ziel ansteuern. Was für eine Verschwendung!«

Auch wenn es eine Beschwerde war, beruhigt mich seine Aussage. Alle Matches werden an denselben Ort gebracht. Ravens und Lions. Ich schaffe es, ein schwaches Lächeln nach vorn zu werfen, als könnte ich mich für den verschwenderischen Auftrag entschuldigen.

Die Fahrt dauert länger, als ich erwartet habe. Weil wir schon unsere Abendkleider tragen sollten, gehe ich davon aus, direkt zum Ball gebracht zu werden, und überprüfe ein letztes Mal mein Make-up, als Pete – mein Fahrer – mir sagt, dass wir fast da seien. Kaum habe ich mein Schminktäschchen weggepackt, durchqueren wir das geöffnete Tor zum Anwesen und rollen die lange Auffahrt der Stewards entlang. Im Gegensatz zu den vorherigen Wochenenden sind die Hecken und Büsche rund um das Herrenhaus mit Tausenden kleinen Lichtern geschmückt. Wir fahren an einer langen Reihe Wagen vorbei, die am Rand des Weges parken – kleine Sportwagen, lange Limousinen, schwere SUVs. Heute sind offenbar nicht nur Ravens und Lions aus Whitefield anwesend, was mir einen zusätzlichen Dämpfer verpasst. Ich habe mich inzwischen daran gewöhnt,

Josh als meinen Freund vorzustellen. Auch in dieser Woche haben wir – obwohl wir nicht mussten – die Mittagspausen zusammen verbracht, um den Schein zu wahren. Nun aber einem ganzen Saal voller fremder Menschen eine Beziehung vorzugaukeln, verursacht mir Übelkeit.

Erst als Pete mich darauf aufmerksam macht, dass ich aussteigen könne, realisiere ich, dass wir vermutlich schon seit mehreren Minuten vor dem Gebäude stehen, während ein Junge im Anzug draußen auf ein Zeichen wartet, mir die Tür öffnen zu dürfen.

Pete dreht sich zu mir um und hält mir eine Visitenkarte hin. »Falls Sie vor den anderen hier weg müssen.« Er zwinkert mir zu. »Ich fahre nicht direkt zurück nach Whitefield, sondern verbringe das Wochenende bei meiner Schwester unten im Dorf.« Er deutet vage hinter das Herrenhaus.

Weil ich nicht reagiere, drückt er mir die Karte in die Hand und signalisiert dem Jungen, dass er mir nun die Tür öffnen kann. Schnell stecke ich die Visitenkarte zu meinem Handy und dem Raven-Buch in meine Handtasche, dann steige ich aus.

Der Junge führt mich mit einer kleinen Verbeugung die Stufen hinauf, wo ein älterer Mann im stimmungsvoll beleuchteten Windfang steht, mir den Mantel abnimmt und um meinen Namen bittet. Er überprüft meine Antwort auf einem Tablet und nickt dem Jungen zu. »Es ist alles bereit für die junge Dame.«

Allein die Wortwahl sorgt für einen fetten Kloß in meiner Kehle.

Meine rechte Hand krallt sich um den Träger meiner silberfunkelnden Handtasche, während wir in Richtung Ballsaal gehen. Ich starre stur geradeaus. Irgendwann ist gedämpfte Musik zu hören, gemischt mit leisem Gläserklirren. Ich marschiere nun etwas zielstrebiger darauf zu, doch der Junge hält mich vor dem Ballsaal auf und öffnet eine schwere braune Tür auf der rechten Seite. Sofort rast mein Puls und meine Handflächen beginnen zu schwitzen. Unauffällig wische ich sie an meinem Kleid ab, während ich den Raum langsam betrete und immer mehr erkenne – zumindest den Bereich zu meiner Linken, denn die andere Seite versinkt in Dunkelheit. Knisterndes Kaminfeuer verbreitet eine angenehme Wärme, ein einsamer bronzener Deckenstrahler bricht das altmodische Ambiente, das die beiden hohen roten Polstersessel schaffen, auf denen Kellan und Valérie aufrecht sitzen wie auf einem Thron. Valéries wahrlich königliches mit unzähligen goldenen Steinchen besticktes Abendkleid fließt über das Polster nach unten und lässt sie wie eine Statue wirken. Kellan in seinem maßgeschneiderten Anzug mit Weste und Fliege neben ihr gibt kein so eindrucksvolles, aber dennoch einschüchterndes Bild ab. Vor allem sein finsterer Gesichtsausdruck.

Hinter mir wird die Tür geschlossen und ich fühle mich gefangen.

»Willkommen, Cara«, begrüßt mich Valérie, während Kellan nur schwach nickt.

»Hi«, bringe ich gerade so hervor und kämpfe gegen den inneren Drang an, den Kopf zu senken und einen Knicks zu machen. Ich bleibe etwa anderthalb Meter vor den beiden stehen.

»Wir haben schlechte Neuigkeiten«, sagt Valérie dann ohne Umschweife und bringt damit mein Herz zum Stillstand. Ich kann nicht mehr atmen, mich nicht rühren. Ich starre sie einfach nur an und warte darauf, dass sie meinen Traum für immer zerstört.

»Josh Prentiss hat die Lions verraten«, fährt Kellan fort und bringt mich damit so aus dem Konzept, dass ich nur ein paar unzusammenhängende Worte von mir geben kann. Josh? Ich dachte, es ginge um mich. Dennoch lasse ich nicht zu, dass mich die Erleichterung durchströmt, die den Knoten im Magen bereits gelöst hat. Noch nicht.

»Die Konsequenzen werden dich natürlich nicht tangieren. Manche Verstöße sind nicht dem ganzen Match anzulasten.« Kellans Braue hebt sich leicht, dann fügt er hinzu: »Wie du ja sicher weißt.«

Ich halte seinem Blick stand, suche nach den richtigen Worten. »Was hat Josh getan?« Die Frage, ob Josh jetzt kein Lion wird, bleibt unausgesprochen, schwingt jedoch in jeder Silbe mit. Wir haben gemeinsam dafür gekämpft. Es fühlt sich falsch an, so kurz vor dem Ziel zu scheitern. Ich weiß, wie sehr er zu den Lions gehören will.

»Es geht nicht nur darum, was er getan hat«, erwidert Kellan. Ein fast schon bösartiges Grinsen liegt auf seinen Lippen, als er nach seinem Tablet auf einem kleinen verschnörkelten Beistelltisch neben dem Sessel greift und es mit seinem Fingerabdruck aktiviert. »Wir müssen wieder härter durchgreifen. In den vergangenen Jahren haben wir die Konsequenzen eines Verrats offenbar nicht deutlich genug aufgezeigt.«

Mir wird immer kälter und ich sehe mit einem letzten Rest Hoffnung zu Valérie, doch sie kann mir nicht in die Augen schauen, sondern senkt den Blick, während sie ungewohnt nervös auf ihrem Thron hin und her rutscht und ihr Kleid damit zum Rascheln bringt. Kellan tippt in der Zwischenzeit auf dem Tablet herum und reicht es mir dann.

Beinahe hätte ich es fallen lassen, als ich realisiere, was auf dem Display zu sehen ist.

Das im Halbdunkel liegende Büro des Dekans. Die Tür öffnet sich und Josh betritt den Raum.

Schnitt.

Josh geht zielstrebig durch das Büro.

Schnitt.

Er sucht etwas im Regal und sieht sich immer wieder verdächtig um.

Schnitt.

Dann zieht er ein Buch heraus.

Schnitt.

Er steckt es freudig in die Innentasche seiner Jacke.

Schnitt.

Ich sehe, wie er den Raum verlässt und sich die Tür hinter ihm schließt.

Ich starre weiter auf das letzte Bild der geschlossenen Tür. Mein Atem geht stoßweise, mein Puls rast schneller, als ein Kolibri mit den Flügeln schlägt.

Es gibt Aufnahmen von der Nacht des Einbruchs!

Die Raumtemperatur nimmt rasend schnell ab und ich hätte mich nicht gewundert, wenn plötzlich Eisblumen auf den Fenstern neben Kellans Sessel erblüht wären.

In dieser Aufnahme wurden alle Bilder von mir herausgeschnitten. Aber sicher existiert das Gegenstück. Ich sehe praktisch vor mir, wie ich hinter dem Schreibtisch suche, dann die Unterlagen durchwühle und ein Buch an mich nehme.

»Jede Tat hat Konsequenzen. Wir haben natürlich dafür gesorgt, dass der Einbruch nicht mit dir in Verbindung gebracht wird, Cara.« Valéries Stimme ist weniger fest als sonst. Es kommt mir vor, als würde eine Entschuldigung darin mitschwingen.

»W...was passiert jetzt mit dem Video?«, presse ich hervor, noch immer nicht in der Lage, normal zu atmen. Mir ist schwindelig und blinzelnd versuche ich, das Gleichgewicht zu halten.

»Josh ist ein Medienliebling«, antwortet Kellan mit einem schon fast angewiderten Gesicht. »Die Presse wird sich nicht lange mit der Frage beschäftigen, ob das Video geschnitten ist. Es wird reichen, dass der Sohn von Präsidentin Prentiss nachts komplett in Schwarz gehüllt im Büro des Dekans herumschleicht. Die anderen werden sich von nun an hüten, gegen die Regeln zu verstoßen.« Er reißt mir das Tablet aus der Hand und legt es wieder auf den Tisch neben sich.

Ich sehe Joshs Gesicht vor mir. Wann immer er von seiner Mutter gesprochen hat, war seine Stimme weich, obwohl er so viel für sie in Kauf nehmen musste. Die Militärakademie, die vielen Vorgaben. All das hat seine Liebe für sie nicht geschmälert und seine Bewunderung war trotz allem immer herauszuhören.

Die negative Publicity, die dieses Video zur Folge hätte, würde nicht nur Josh, sondern auch seine Mutter treffen, die ein Vorbild für alle Frauen der Welt darstellt. Die erste Frau in einem Amt, das seit Inkrafttreten der Verfassung der Vereinigten Staaten von Amerika nur von Männern bekleidet wurde. Auch Hannah und Phee sehen wie ich zu dieser Frau auf – und sehr viele andere ebenso.

Noch während zwei Stimmen in mir diskutieren, frage ich: »Was genau wird ihm denn vorgeworfen? Ich habe doch fast die ganze Zeit mit ihm verbracht.«

Valérie und Kellan sehen sich lange an, während ich nicht einmal zu atmen wage. Wieder übernimmt Kellan den Job des bösen Cops. Er macht ein finsteres Gesicht und öffnet schon den Mund, da kommt ihm Valérie zuvor.

»Ich weiß, dass ihr … zusammen seid«, beginnt sie zögernd, in ihrer Stimme schwingt Bedauern mit und so viel Mitgefühl, dass es mir nur noch mehr Angst macht. Was zur Hölle hat Josh getan? »Du solltest es nicht von uns erfahren«, fährt sie fort. »Aber Josh wurde gestern Nacht mit einer anderen Frau … *gesehen*.«

Die Betonung dieses einen Wortes malt Bilder von Joshs nacktem, schweißglänzendem Oberkörper vor meinem inneren Auge. Seine Hände über einer Frau, die sich hingebungsvoll unter ihm räkelt.

»Das kann nicht sein«, sage ich mit fester Stimme, obwohl meine Hände dabei zittern. Schnell bringe ich sie zur Ruhe, denke daran, wie Josh mich verteidigt hat, mir geholfen hat. Garantiert hat Barron etwas mit den Anschuldigungen zu tun. Ich glaube einfach nicht, dass Josh ausgerechnet die Regel bricht, die er mir ständig vorgebetet hat. »Er hat die ganze Nacht mit mir verbracht.« Die Lüge kommt mir so leicht über die Lippen, dass ich sie schon fast selbst glaube.

Hinter mir klatscht jemand und das Geräusch peitscht durch den Raum. Hastig drehe ich mich um, mein Kleid bauscht sich auf und der Stoff fängt dabei das Licht des Kaminfeuers ein.

Aus den Schatten im hinteren Teil des länglichen Raums tritt eine dunkelhaarige Frau, die ich auf Mitte bis Ende vierzig schätze. Sie kommt aufrecht, aber vollkommen natürlich, mit großen Schritten auf uns zu und macht damit deutlich, dass sie das Sagen hat. Ihr Gesicht wirkt nicht gerade überfreundlich, aber die zarten Fältchen an den Augenwinkeln lassen sie trotz allem sympathisch wirken. Irgendwoher kenne ich sie.

»Sie sind überzeugt, Senatorin?«, fragt Valérie ungewohnt … unterwürfig. Diese Haltung passt nicht zu ihr. Ich komme mir vor, als hätte sich mit einem Fingerschnippen der Film geändert, in dem ich gelandet bin.

»Das bin ich«, erwidert die Frau mit amerikanischem Akzent. Ich versuche noch immer, sie irgendwo zuzuordnen.

»Gib mir dein Raven-Buch«, verlangt sie. Ihr Ton ist so gebieterisch, dass ich wie ferngesteuert zu meiner Tasche greife und sie öffne. Mit dem Buch in der Hand klärt sich mein Kopf wieder.

»Was habe ich falsch gemacht?« Meine Hände zittern schon wieder, meine Fingernägel krallen sich so fest in das Leder, dass sie garantiert Spuren hinterlassen. So kurz vor dem Ziel. Ich hätte sie nicht anlügen dürfen.

»Gib mir das Buch«, wiederholt die Frau ungeduldig und streckt mir die Hand entgegen.

Mein Unterkiefer bebt, ich presse fest die Zähne zusammen, um nicht loszuheulen.

So. Verdammt. Knapp.

Die Hand der Senatorin schnellt nach vorn wie der Kopf einer Schlange. Bevor ich reagieren kann, hat sie das Buch in der Hand. Fassungslos sehe ich zu, wie sie damit in Richtung Tür geht und all meine Träume von ausgelösten Krediten und einem stressfreien Studentenleben mit sich nimmt. Sie bleibt vor einem hüfthohen Tisch stehen, auf dem eine kleine unscheinbare Kerze flackert, und beugt sich vor. Ein seltsamer Geruch dringt zu mir und wird stärker, als sie mit dem Buch in der Hand zurückkehrt, das Gesicht vollkommen ausdruckslos.

»Willkommen bei den Ravens, Cara Emerson.«

Während ich noch völlig perplex und wie erstarrt dastehe, lächelt mich die Frau an und schlägt das Buch auf. Unter dem Raven-Symbol mit meinem Namen prangt nun ein Siegel – ein Rabe mit harten Kanten in blaues Wachs gepresst.

Die Senatorin reicht mir das Buch, ich greife im Automodus zu.

»Du kannst jetzt zur Party«, flüstert Valérie neben mir. Ich habe nicht einmal bemerkt, dass sie zu mir gekommen ist. Noch immer benommen, presse ich das Raven-Buch an die Brust und drehe mich zu ihr um.

Valérie zieht mich in eine feste Umarmung. »Herzlichen Glückwunsch, Raven-Schwester!«

»Die nächste Anwärterin wartet schon«, mischt sich Kellan ein und schenkt mir einen abfälligen Blick. Die wärmende Glut des Gemeinschaftsgefühls, das Valérie in mir ausgelöst hat, tritt er damit fast restlos aus. Die dunkelhaarige Frau zieht sich wieder in die Schatten zurück und Valérie schiebt mich zu einer Tür hinter den Sesseln. Als ich sie öffne, höre ich sofort laute Gespräche und Musik. Das im Vergleich zum schummrigen Nebenraum gleißende Licht etlicher Kronleuchter strahlt mich an, sodass ich blinzeln muss. Hinter mir schließt sich die Tür, ohne dass sich Valérie von mir verabschiedet. War es das? Wirklich? Ich stehe vermutlich minutenlang vor der Tür herum, bis ich es realisiere.

Ich habe es geschafft.

Benommen sehe ich mich um, straffe die Schultern und versuche, endgültig zu verdauen, was gerade passiert ist.

Ich bin eine Raven.

Beim Skypen nächsten Sonntag kann ich meiner Familie erzählen, dass ihr Glaube an mich geholfen hat, dass sie die Kredite auslösen und ich mein Studium unter den besten Voraussetzungen und vor allem stressfrei durchziehen und beenden kann.

Glück ist ... jemanden zu haben, der an dich glaubt, auch wenn du es nicht tust.

All die Anstrengungen der letzten Wochen haben sich bezahlt gemacht. Ich bin nun eine von ihnen. Mein Blick gleitet über die bunt glitzernde, fröhliche Menge vor mir. Die Gäste plaudern, stoßen an, lachen. Ich suche nach bekannten Gesichtern, doch auf den ersten Blick entdecke ich keine anderen Anwärterinnen, mit denen ich mich gemeinsam freuen könnte. Der Saal ist so voll, dass ich ihn nicht einmal zur Hälfte überblicken kann, also gehe ich los und bahne mir auf der Suche nach Dione oder vielleicht auch Nasreen einen Weg zwischen den vielen Grüppchen hindurch. Mein Blick streift Gesicht für Gesicht, während mein Gehirn Informationen dazu liefert wie eine VR-Brille aus einem Science-Fiction-Film: Caroline Waters, jüngste Vorstandsvorsitzende eines börsengehandelten Unternehmens. Ich habe ein Foto von ihr an Hannahs Wand in der Redaktion des *Whisperer* gesehen, genau wie die Bilder weiterer anwesender Frauen. Brianne MacKellan, die anstatt das Zeitungsimperium ihres Dads zu übernehmen, einfach ihr eigenes Medienunternehmen gegründet hat und nun zu den schärfsten Konkurrenten ihres Dads zählt. Joelle Masterson, eine gefragte Anwältin, die oft an der Seite zahlreicher Prominenter zu sehen ist, denen sie aus der Patsche geholfen hat. Sie alle waren ... *sind* Ravens. Wie ich. Ich spüre ein Prickeln am ganzen Körper, während Phees Stimme in meinem Kopf flüstert: »*Dad sagt doch immer, wie wichtig Beziehungen sind.*«

Ich bin nun eine von ihnen.

Doch sosehr ich auch davonschweben und mich von dem Hochgefühl und der ausgelassenen Atmosphäre des Balls treiben lassen will – allein der Gedanke an die vergangenen Minuten, an das Video von Josh und die damit verbundenen Ängste, ziehen mich nach unten und lassen meine Hände zittern. Dagegen helfen auch all die

Beglückwünschungen der verschwimmenden Gesichter von Gästen nicht, die mich bei meiner Suche nach Dione aufhalten. Ich schüttele fremde, mächtige Hände, bekomme Anfragen zur Vernetzung ... alles, wovon ich geträumt habe.

Und doch fühlt es sich falsch an.

Immer wieder sehe ich Joshs Video vor mir, nur dass ich es jetzt bin, die in dunkler Kleidung das Büro des Dekans durchwühlt und ein Buch stiehlt. Welche Konsequenzen würde dieses Video haben? Wofür kann es benutzt werden? Mit meinem Video könnte jedenfalls nicht die mächtigste Frau der Welt in einem schlechten Licht dargestellt werden. Ich schlucke den bitteren Geschmack hinunter, dass ein Rauswurf aus der University of Whitefield für mich jedoch dasselbe Desaster wäre. Ich taumele durch den Saal und suche weiter nach Dione, die in ihrem silberweißen Kleid, das an ein griechisches Gewand erinnert, doch leicht zu finden sein müsste. Sie könnte mir bestimmt alles erklären, mich beruhigen. Doch ich kann sie nirgendwo entdecken.

Mein Blick streift nach wie vor etliche Gesichter, doch mit einem Mal wirkt jedes ausgelassene Lachen wie Gelächter, jedes vielleicht sogar freundlich gemeinte Lächeln wie ein bedrohliches Grinsen. Meine Schritte beschleunigen sich proportional zu meinem Herzschlag. Das Licht ist viel zu hell, die Luft zu dick. Ich stehe zwischen so vielen Menschen und doch sind sie alle meilenweit entfernt.

Plötzlich sagt eine tiefe Stimme nah an meinem Ohr: »Darf ich um diesen Tanz bitten?«

Ich drehe mich um, habe schon eine Absage auf den Lippen, als ich in Joshs funkelnde Mitternachtsaugen blicke, in denen die Reflexionen der Kronleuchter wie Sterne tanzen. Er grinst mich breit an, während er nach meiner Hand greift und mich mit sich zur Tanzfläche zieht. Er nimmt einen Teil des tonnenschweren Gewichts von mir und mein Magen scheint für einen Moment zu schweben.

Mein Puls beruhigt sich. *Joshs Nähe* beruhigt mich. Ich kann wieder freier atmen.

»Du hast also für mich gelogen, Emerson?«, fragt er in neckendem Tonfall, als hätte er meine Angst und Unsicherheit gespürt und wollte mich ablenken. Ich bin ihm tatsächlich dankbar dafür und halte eine Antwort zurück, die alles wieder zunichtemachen würde.

»Du siehst atemberaubend aus«, sagt Josh dann leise und zieht mich an sich. Seine Linke ruht auf meiner Taille. Hitze durchströmt mich in Wellen von dieser Stelle aus. Als wir auf der hell beleuchteten Tanzfläche ankommen, wird mir zum ersten Mal bewusst, wie wenig schlicht mein Kleid tatsächlich ist. Dione hat sich an meine Bitte gehalten und einen ganz gewöhnlichen Schnitt gewählt. Ein enges Trägerkleid in A-Linie. Nur der tiefe Ausschnitt hat mich kritisch werden lassen. Mit dem freien Rücken habe ich weniger Probleme. Das Besondere an dem Kleid ist jedoch nicht der Schnitt, sondern die oberste Stofflage, die versprochene Überraschung. Das im Halbdunkel weiß wirkende Kleid funkelt unter den grellen Strahlern wie purer Sternenstaub. Jede noch so kleinste Bewegung lässt den weiten Stoff aufblitzen.

»Danke«, sage ich mit rauer Stimme. »Du siehst auch nicht gerade zum Davonlaufen aus«, füge ich ehrlich gemeint hinzu. Obwohl ich mich an seinen Anblick in Jeans und Lederjacke gewöhnt habe, wirkt der Smoking nicht falsch an ihm – im Gegensatz zu vielen anderen im Saal, die aussehen, als hätten sie in Papas Kleiderschrank gewühlt.

Josh neigt kurz den Kopf, ein stetiges Lächeln umspielt seine Lippen. So gelassen und locker habe ich ihn noch nie erlebt. Hat er tatsächlich an seiner Aufnahme bei den Lions gezweifelt?

Wir tanzen ein paar Minuten lang, dann halte ich es nicht mehr aus. »Sind wir jetzt drin? Endgültig? Keine Verbote oder Prüfungen mehr?« Ich spreche nicht aus, dass nun auch unsere Fake-Beziehung endet. Trotz allem habe ich mich an seine nervtötende Anwesenheit gewöhnt, immer auf der Suche nach den kleinen Momenten, in denen er mir etwas Echtes schenkt und nicht den Joshua Prentiss spielt, den die Medien kennen.

»Vielleicht hätte ich gar nichts dagegen, weiter an dich gekettet zu sein.« Ohne das übertriebene Zucken seiner Augenbrauen wäre der Satz vielleicht ganz nett gewesen.

Ich nehme kurz die Hand von seiner Seite und pike ihm in die Brust. Er reißt theatralisch die Augen auf, sodass ich lachen muss. Der echte Josh schmunzelt, als freue er sich über meine Reaktion. Die ersten Takte eines langsamen Liedes erklingen und Josh zieht mich näher. Er legt seine Hände locker auf meine Schultern, sodass mir gar keine andere Wahl bleibt, als mitzumachen und meine Hände an seine Taille zu legen. Wir tanzen nicht wirklich, sondern treten eher von einem Bein auf das andere, aber zumindest sind wir im selben Rhythmus.

»Was haben sie dir erzählt?«, fragt Josh nach dem ersten Refrain.

»Valérie und Kellan? Dass du rausfliegst, weil du dich mit einer Außenstehenden eingelassen hast.« Erneut flackern die Bilder seines nackten Oberkörpers vor meinem inneren Auge auf. Hitze schießt mir in die Wangen und ich schaue schnell weg.

»Sehe ich da etwa Eifersucht, Emerson?«

Warum ist er so unausstehlich direkt? Ich gebe etwas zwischen Schnauben und heiserem Lachen von mir, ehe ich mich wieder im Griff habe. »Garantiert nicht, *Prentiss*.«

»Bleib locker, es war nur ein Test.« Sein Lächeln erreicht seine Augen nicht.

Alles ist ein Test, erinnere ich mich an eins unserer ersten Gespräche.

»Sah ich auf dem Video wenigstens gut aus?« Er lacht, aber nicht für mich. Er sieht sich immer wieder um, während er mich in eine Drehung führt, die mein Kleid in einen funkelnden Diamanten verwandelt.

»Woher weißt du von dem Video?«, frage ich, sobald ich ihm wieder ins Gesicht sehen kann.

Er zieht mich in einen engeren Tanzbereich und umfasst mich mit seinen Armen. »Es ist nie vorbei«, flüstert er ganz nah an meinem Ohr. Seine Worte sorgen für eine Gänsehaut.

»Wie meinst du das?« Ich will mich von ihm schieben und ihn ansehen, doch er lässt es nicht zu.

»Von jeder Raven und jedem Lion gibt es ein Video wie dieses.« Er zieht mich in eine Drehung, damit ich all die in Prada, Chanel, D. A. und weiß Gott was gekleideten Menschen sehen kann und die wahre Aussage dahinter verstehe. »*Das* ist die wahre Eintrittskarte, Cara. Etwas, das sie gegen dich in der Hand haben, damit du tust, was sie sagen. Deshalb fliegt jeder automatisch raus, der den Einbruch nicht durchzieht.«

Er lächelt charmant, perfekt einstudiert, als würde er nicht gerade mein Traumschloss wegfegen, das ich Bauklotz für Bauklotz während der Anwartschaft errichtet habe – denn er bestätigt all die unangenehmen Überlegungen, die in meinem Kopf Form angenommen haben, seit ich sein Video gesehen habe. Ich bewege mich nur noch mechanisch, lasse mich willenlos von ihm führen. Ein Druckmittel. Die beiden Verbindungen hätten damit jeden denunzieren können, für Joshs Rauswurf sorgen können. Für den Rauswurf jedes Anwärters und jeder Anwärterin. Jedes Lion. Jeder Raven. Ich schaudere, während Josh das Showlächeln aufrechterhält.

»Du wurdest nicht zufällig für die Ravens ausgewählt, Cara.« Seine Stimme klingt ruhig, doch ich spüre sein Herz wild in seiner Brust pochen.

»Ich weiß. Tyler hat mich empfohlen.«

Ein leises Lachen. Nicht heiter, sondern gänsehauterregend. »Sie hatten dich schon vorher im Visier. Walsh hat lediglich den Kontakt hergestellt.«

Jedes seiner Worte kühlt meinen Körper weiter ab, baut eine Eiswand zwischen Josh und mir und dem Rest des rauschenden Festes. Sein Blick huscht immer wieder über die anderen Tanzenden. Er wirkt gehetzt.

»Wenn du willst, erzähle ich dir alles. Aber nicht hier.«

Der Rest des Balls gewinnt wieder an Kontur. Es sind viele Erwachsene da. So viele Menschen sollen irgendwann ein Buch aus dem Büro des Dekans gestohlen haben? Die meisten kenne ich nicht, aber allein ihre Haltung, ihre Gesten und ihre Blicke lassen sie selbstbewusst und mächtig wirken. Barron Carstairs tritt eben mit einem wissenden Lächeln zu einem Mann mittleren Alters. Der Ähnlichkeit ihrer Gesichtszüge nach – bis hin zum identisch überheblichen Blick – handelt es sich dabei vermutlich um seinen Vater. Auch Barron strahlt nun diese ganz besondere Aura aus wie alle hier im Saal.

Als könnte allein das Siegel im Verbindungsbuch den Mitgliedern eine besondere Magie verleihen.

Wie passe ich hier hinein?

Ich wäge meine Möglichkeiten ab. Wenn Josh einen Hinweis hat, sollte ich sein Angebot annehmen.

»Okay«, sage ich leise.

»Dann küss mich«, verlangt er.

Mein Atemzug klingt wie das Zischen einer Schlange. »Wie bitte?«

»Tu so, als würdest du nicht genug von mir bekommen. Der für alle anderen verständlichste Grund, die Party schon früher für ein paar *ungestörte Minuten* zu verlassen.« Sein Grinsen wirkt unverschämt, dennoch erreicht es seine Augen nicht. Er lächelt für die anderen, nicht für mich.

Spielt er immer noch sein schräges Spiel? Ein paar Takte lang beobachte ich die anderen Gäste um uns herum genauer. Sie lachen, stoßen mit Champagnerkelchen an. Mir fallen weitere Gesichter auf, die ich aus den Medien kenne. Politiker, Geschäftsleute. Ich sehe eine Frau in einem funkelnden Cocktailkleid, die in letzter Zeit Schlagzeilen gemacht hat, weil ein Abgeordneter ihres Wahlkreises den Kauf eines Grundstücks durchgeboxt hat, auf dem sie nun eine umstrittene Fabrik baut, obwohl die Anwohner mehrfach dagegen protestiert hatten. Und genau diesem Abgeordneten schenkt sie gerade ein strahlendes Lächeln.

Wie passe ich hier hinein? Hat Josh tatsächlich die Antwort darauf? Ich mustere ihn noch bis zum Ende des Songs, atme tief ein, um mir Mut zu machen, und verdränge die Zweifel, wem ich überhaupt noch vertrauen kann. Dann schlinge ich meine Arme enger um Josh, presse mich fest an ihn, sodass er vor Überraschung kurz aufkeucht, was die Aufmerksamkeit der Tanzenden um uns herum auf sich zieht. Zufrieden mit mir fahre ich anschließend durch sein Haar, streichele ihm über den Nacken und nähere mich seinem Ohr.

»Wir brauchen keinen Kuss, Prentiss.« Ich lache für das Publikum. »Lass uns gehen. Ich bin gespannt, was du mir zu sagen hast.«

29

FREITAG, 20.11.

Wir schaffen es nur langsam durch die Menge. Josh hält meine Hand, damit wir uns zwischen den weiteren Glückwünschen und Small-Talk-Versuchen nicht verlieren. Mehr als einmal gleitet ein widerlich klebriger Blick über mich, während Josh ein Schulterklopfen und ich ein anzügliches Grinsen bekomme. Auch Armani und Co. sind kein Garant für gutes Benehmen.

Gerade als wir den Saal verlassen wollen, tritt Dione durch die Tür, hinter der ihre letzte Prüfung stattgefunden hat. Ich möchte zu ihr, doch Josh schüttelt den Kopf, zieht mich näher und drückt mir einen Kuss auf die Schläfe. »Nachher«, haucht er mir ins Ohr.

Wir schweigen, während er mich durch den Flur zieht. Jedem, dem wir begegnen, wirft er ein wissendes Grinsen entgegen und erntet dafür ein Lachen oder Zuspruch, bis ich mich trotz makellos weißem Kleid schmutzig fühle.

Wir gehen nicht zur Treppe nach oben. Stattdessen führt mich Josh den kurzen Flur zum Schwimmbad entlang. Das schon zuvor ungute Gefühl verstärkt sich.

»Wieso gehen wir nicht auf unsere Zimmer?«, frage ich und bleibe stehen, während er mir die Tür offen hält. Chlorgeruch steigt mir in die Nase.

»Es könnte sein, dass wir abgehört werden.« Er meint das vollkommen ernst, ich sehe kein Flackern in seinen Augen, kein Zucken der Mundwinkel.

Und ich dachte, *ich* wäre zwischendurch paranoid geworden.

»Komm. Bitte«, sagt er mit so viel Nachdruck, dass ich den nächsten Schritt wage.

Während sich mein Kleid bei jeder Stufe nach unten um meine Beine bauscht, wühle ich so unauffällig wie möglich in meiner Handtasche nach einer möglichen Verteidigungswaffe. Ich wünschte, ich hätte das Pfefferspray aus meiner Jacke mitgenommen. Aber wer hätte gedacht, dass ich es hier brauchen könnte? Und wie kann es sein, dass ich mich in Joshs Gegenwart mit einem Mal … unwohl fühle? Es dauert all die Stufen nach unten, bis ich das Gefühl wirklich zuordnen kann.

Angst. Josh macht mir Angst.

Er geht zielstrebig um den Pool herum auf die Loungeliegen zu, auf denen Laura und Barron am letzten Wochenende ihre Strafminuten absitzen mussten.

Ich zögere. Alles in mir kreischt, dass etwas nicht stimmt, und ich bleibe auf meiner Seite des Pools stehen. Wir können uns auch so unterhalten.

»Was hat es mit den Videos auf sich? Und was meintest du damit, dass ich schon im Visier der Ravens war, bevor Tyler den Kontakt hergestellt hat?« Ich presse die Worte hervor und sie klingen in der Schwimmhalle voluminös wie ein Schrei. Die Akustik ist besorgniserregend und ich sehe mich automatisch zu den Treppenstufen um, die nach oben zur Tür führen. Nur mit Mühe schiebe ich all die skurrilen Antworten von mir, die mir mein Hirn souffliert.

Josh sieht nicht zu mir, sondern auf das sich träge wellende, blau erleuchtete Wasser. Sein Schweigen erdrückt mich, am liebsten würde ich zu ihm stürmen und ihn schütteln. Vielleicht will er genau das erreichen? Trotz der stickigen warmen Luft habe ich Gänsehaut und reibe mir über die Arme.

Endlich blickt er auf und öffnet den Mund. Über sein Gesicht tanzen die Reflexionen des Wassers. »Weißt du, wo Valérie diese Videos aufbewahren könnte?«

Seine Frage – statt der von mir geforderten Erklärungen – bringt mich aus dem Konzept. »Was? Warum?«

Josh fährt sich durch die Haare, dann erhebt er sich und kommt auf mich zu. Langsam. Mit erhobenen Händen. Als wüsste er genau, was in mir vorgeht. Seine Stimme ist sanft, klingt beinahe wie eine Entschuldigung. »Ich suche nach jemandem. Einer alten Freundin. Ihr Name ist Beverly Grey.«

Den inzwischen verhassten Namen aus seinem Mund zu hören, verwirrt mich noch mehr. »Du kennst Beverly?«

Er nickt langsam. »Ich bin nur am St. Joseph's, um herauszufinden, was mit ihr passiert ist. Deine Freundin Hannah hilft mir dabei.«

In meinem Kopf rasten die ersten Zahnrädchen so laut ein, dass ich fürchte, er könnte es hören. »Von *dir* hat Hannah all die Informationen über sie?«

Er nickt. »Ich habe sie um Stillschweigen über unsere Zusammenarbeit gebeten. Ich konnte schließlich nicht sicher sein, ob du das Stipendium so sehr willst, dass du mich ausliefern würdest, ehe

wir drin sind. Deshalb habe ich auch nichts von den Videos erzählt.«
Er macht eine kurze Pause, sein Blick wird abschätzend. »Du hast doch mit Hannah gesprochen, oder?«

Ich sehe ihn argwöhnisch an. Das Gefühl, geradewegs in eine Falle zu tappen, wird immer stärker. Das bisschen Vertrauen, das ich ihm gegenüber irgendwann gespürt habe, ist verschwunden – falls es je existiert hat und ich es mir nicht nur eingeredet habe oder einreden *wollte*.

Ich will die Falle umgehen, daher lenke ich ihn zu seiner ursprünglichen Aussage zurück. »Du hast gesagt, es gibt einen Grund, warum ich eine Raven-Anwärterin geworden bin.«

Josh bleibt wenige Meter von mir entfernt stehen. »Du hast mit Hannah in Richtung Ravens und Lions recherchiert«, beginnt er. »Weil Hannah sich aber bedeckt hielt und nichts auf dem Server gespeichert hat, bist nur du aufgefallen. Einer von Kellans Spionen, der beim *Whisperer* arbeitet, hat das jedenfalls herausgefunden. Nach meinem ersten – und einzigen offiziellen – Besuch in der Redaktion hat Jace ein Gespräch zwischen Luca Santiago und Kellan mitgehört. Er hat behauptet, dass du im Fall Beverly herumschnüffelst und herausfinden willst, was die Ravens und Lions damit zu tun haben könnten. Kurz danach hast du die Einladung für Raven House erhalten.«

»Ich habe nicht herumgeschnüffelt, das war nur Hannah«, verteidige ich mich instinktiv.

»Du hast einen großen Stapel Informationen über die beiden Verbindungen ausgedruckt«, sagt Josh, als müsste er mich nach einem Blackout an etwas erinnern.

»Garantiert nicht«, sage ich, während sich mein Hirn krampfhaft an Details an meine Zeit beim *Whisperer* zu erinnern versucht. »Ich habe nie selbst Artikel geschrieben oder dafür recherchiert. Ich bin nur durchgegangen, was Hannah mir hingelegt hat, oder habe ihr zugearbeitet und Sachen aus dem Drucker gehol...« Aus dem Drucker im Nebenraum, der direkt neben dem Tisch von Luca Santiago steht. Säure steigt in meiner Kehle auf.

Josh hebt die Braue. Ich hasse diesen Was-habe-ich-dir-gesagt-Blick. Aber zumindest habe ich jetzt etwas, woran ich mich festhalten kann. Das hier ist keine Falle, kein weiterer Test. Endlich habe ich die Antwort auf die große Frage, was Joshua Prentiss ausgerechnet ans St. Joseph's geführt hat. Aber seine Erklärung, dass ein Stapel Ausdrucke quasi die Eintrittskarte zu den Ravens gewesen sein soll, macht wenig Sinn, so sehr ich auch versuche, schlau daraus zu werden.

»Luca hat also gepetzt, dass ich anscheinend einen Artikel über die Verbindungen schreiben will, und sofort lädt man mich ein, mich noch genauer umzuschauen, oder was?« Es klingt zu absurd. Mein schrilles Lachen hallt von den Wänden wider.

»Natürlich nicht. Sie haben dich zu sich geholt, um dich zum Schweigen zu bringen und ein Druckmittel gegen dich in die Hand zu bekommen, solltest du auf Dinge stoßen, die nicht für die Öffentlichkeit bestimmt sind, und einen Artikel darüber veröffentlichen wollen.«

Weil ich ihn nur anstarre, während ich versuche, seinen unlogischen Erklärungen zu folgen, fährt er fort. »Sie haben dir das Leben als Raven schmackhaft gemacht. Die zusätzlichen Lernrunden, die Materialien, das tolle Ambiente. Du wolltest dazugehören, das kannst du nicht leugnen.« Sein Blick ist durchdringend wie nie. Er macht einen weiteren Schritt auf mich zu. »Die Regeln untersagen dir, ein schlechtes Licht auf die Verbindung zu werfen. Wahrscheinlich wurde am Anfang darauf gesetzt.« Er fährt sich durch die Haare. »Du wurdest jede Minute beobachtet, Cara. Sie haben einen Keil zwischen dich und alle anderen getrieben.«

Er macht eine kurze Pause, während ich nur Bilder von Hannah und Tyler vor meinem inneren Auge sehe.

»Vermutlich haben sie nichts gefunden, was dich ausreichend belasten und unter Druck setzen könnte, deshalb ...« Er senkt die Stimme. »Deshalb mussten sie sich etwas einfallen lassen. Da kam ihnen natürlich die Aufgabe gelegen, die alle Matches durchziehen müssen. Solltest du vorhaben, einen Artikel über die Verbindung zu schreiben, könnten sie dich mit dem Video mundtot machen. Du würdest vom College fliegen, sollte der Dekan von dem Einbruch erfahren. Dass sie dir heute mein Video gezeigt haben, ist eine unmissverständliche Drohung, sich auch künftig an die Regeln der Verbindungen zu halten.«

»Aber ... ich wollte doch nie ...« Mein Ziel war es nur, eine Raven zu werden. Mir wäre im Traum nicht eingefallen, dass ich mich mit einer der Aufgaben erpressbar mache.

»Aus diesem Grund ist es jetzt wichtig, dass wir herausfinden, wo diese Videos aufbewahrt werden.« Joshs Blick ist unglaublich intensiv, als versuche er, mich zu hypnotisieren.

»Nur deinetwegen existiert dieses Video. Du hast mich angestachelt und motiviert, diese Sache durchzuziehen.« Meine Stimme wird immer lauter und durchstößt die Stille der Schwimmhalle wie ein Pfeil.

»Ohne den Diebstahl würdest du inzwischen vermutlich auf der Straße sitzen«, erwidert Josh mit ebenso scharfer Stimme.

»Dank dir bin ich offenbar immer noch kurz davor.« Gott, was habe ich nur getan? »Lieber hätte ich ...« Den Rest des Satzes bringe ich nicht über die Lippen, weil es eine Lüge wäre. Für das Stipendium und die Beziehungen, die mir die Ravens in Aussicht gestellt haben, hätte ich alles getan. *Habe* ich alles getan. Ich kann die Schuld niemandem in die Schuhe schieben, nicht einmal Josh, der mich die ganze Zeit nur manipuliert hat.

»Ich musste zu den Lions. Die Verbindungen schotten sich so sehr ab, dass es für die Privatdetektive, die ich angeheuert habe, unmöglich war, mehr herauszufinden. Ich habe mich mit Hannah getroffen, damit jeder auf dem Campus erfährt, dass ich am St. Joseph's studiere, und auf den Prestigedrang der Lions gehofft, die mich tatsächlich eingeladen haben.«

Ich erinnere mich an den Artikel, den *einzigen* Artikel über Josh im *Whisperer*, was ich gegenüber Hannah mehrmals bemängelt habe.

»Ich habe Hannah versprochen, dich im Auge zu behalten, also habe ich dafür gesorgt, dass wir matchen, um unser Ziel zu erreichen.«

Seine Stimme ist ruhig, beinahe gelassen und doch hämmern die Worte immer härter gegen die Mauer aus Ungläubigkeit und Wut, die ich um mich herum erbaut habe. Ich kann nicht zulassen, dass er sie einreißt, denn ich sehe jede unserer Begegnungen, jede gemeinsam gemeisterte Aufgabe in einem anderen Licht.

»Du hast mich benutzt! Du hast mich zur Zielscheibe gemacht!« Meine Stimme klingt schrill, droht, jeden Moment zu brechen. Ich fühle mich schäbig, ausgenutzt. Worauf habe ich mich da nur eingelassen? Ich hatte das Gefühl, zwischen Josh und mir hätte sich etwas entwickelt – dabei war ich für ihn nur Mittel zum Zweck auf der Suche nach seiner Freundin! Hatte er die bildhübsche Brünette vor

Augen, während er mich küssen musste, um den Schein zu wahren? Und Hannah? Was ist aus meiner besten Freundin geworden? Wusste sie, dass ich mich durch die Anwartschaft in etwas hineinreite, aus dem ich nicht so leicht wieder entkommen würde? Meine Enttäuschung mischt sich mit der Angst, Joshs weiteres Handeln genauso wenig durchschauen zu können wie während der letzten Wochen. Die Gefühle brodeln in meinem Inneren, verwandeln sich in pure Säure, die sich durch meine Schutzmauer frisst. Ich muss verschwinden, ehe sie in sich zusammenfällt.

»Wirst du mir helfen, mehr über Beverly herauszufinden und die Videos zu vernichten?«

Ich drehe mich um. Mein Blick verschwimmt. Hätte ich die Kraft, würde ich diesen verdammten Teil meines Herzens herausreißen, der die Zeit mit Josh genossen hat, sich von ihm hat täuschen lassen – vielleicht sogar kurz erwogen hat, dass da mehr ... Ich lasse den Gedanken nicht weiter zu und renne los.

»Cara, warte!«, ruft Josh, während ich zielstrebig auf die Treppe nach oben zuhalte. Hinter mir höre ich keine Schritte. Trotzdem renne ich die Treppe hinauf, so schnell es in den hohen Schuhen möglich ist. Ich muss hier verschwinden. Weg von ihm. Das säurehaltige Gemisch aus Angst, Enttäuschung, Eifersucht und Wut durchströmt meine Adern, lässt mich kaum einen klaren Gedanken fassen.

Um nicht über das Kleid zu stolpern, raffe ich es zusammen und halte es fest. Ich überlege, direkt auf mein Zimmer zu gehen, aber Dione und Austin stehen wie Braut und Bräutigam vor dem Ballsaal und sehen sich suchend um. Als Dione mich entdeckt, winkt sie mich sofort zu sich. Zögernd trete ich näher und konzentriere mich auf ihr warmes, echtes Lächeln, bis das Brennen in meinen

Augen weniger wird. Dione hat mich nie belogen, was die Ravens angeht.

Oder?

Mein Atem geht immer noch schnell. Die Informationen, die Josh mir in Häppchen serviert hat, kreisen unentwegt in meinen Gedanken.

»Wir haben es geschafft!«, ruft Dione und schlingt ihre Arme um mich. Der Goldreif an ihrem Oberarm kratzt mir über die Schulter. »Ich habe so gehofft, dass du Josh schützen würdest. Herzlichen Glückwunsch, Cara!«

»Du wusstest von den Videos?«, frage ich direkt, ohne sie ebenfalls mit Glückwünschen zu überschütten, und schiebe sie auf Armlänge von mir.

Ihr Lächeln fällt in sich zusammen. »Ja, von meinen Eltern.« Sie runzelt die Stirn.

»Und du hast es nicht für nötig gehalten, mir davon zu erzählen?«

»Sie haben mich auf der Fahrt hierher angerufen, obwohl es verboten ist. Ich konnte dich leider nicht vorwarnen. Aber es ist nicht so schlimm, wie du es dir gerade wieder ausmalst.« Sie lächelt milde und schüttelt den Kopf, sodass die großen Kreolen an ihren Ohren wild hin und her baumeln. »Die Videos werden vernichtet, sobald du deinen Abschluss hast. Bis dahin stauben sie ein, weil keiner sie nutzt. Mum hat gesagt ...«

»Wie kannst du dir so sicher sein?«, frage ich, meine Stimme klingt völlig fremd. Hart wie Stahl.

Dione weicht zurück und stößt dabei gegen Austin. »Es ist nur eine alte Tradition wie die Matching Night. Die Ehre der Ravens schützt uns.«

Ich lache bitter auf. *Ehre.* Wenn die Ravens und Lions Ehre besäßen, bräuchten sie kein Druckmittel. Doch ich komme nicht dazu, meine Gedanken auszusprechen. Austin zieht uns beide zum Ballsaal, wo Valérie gerade gegen das Mikrofon klopft und alle Ehemaligen willkommen heißt.

»Meine hochverehrten Ravens, liebe Lion-Kollegen«, hallt ihre Stimme durch den Saal. Dione, Austin und ich bleiben an der Tür stehen. »Wir freuen uns, Ihnen heute die nächste Generation vorzustellen. Sie alle haben ihre Loyalität bewiesen. Kommt nach vorn, Leute!«

Unter ohrenbetäubendem Beifall zieht Austin mich und Dione weiter, ich werde von allen Seiten beglückwünscht und freudig angelächelt. Von der kleinen Bühne aus blicke ich schließlich hinab auf die Gesichter.

»Dione Anderton, Cara Emerson, Laura Sanderson, Barron Carstairs, Austin Sanders und – da kommt er ja – Joshua Prentiss«, zählt Valérie unsere Namen auf.

Josh wird von ständigem Schulterklopfen unterbrochen, während er auf uns zuhält. Nur wir sechs haben es geschafft. Nasreen, Charlotte und Kairi haben offensichtlich nicht für ihre Partner gelogen und diese nicht für sie. Was wird nun mit ihren Videos passieren?

Die Übelkeit wird immer stärker, während ich in die offenen Gesichter der Erwachsenen vor mir schaue. Alle lächeln freudig. Oder doch eher abschätzend? Plötzlich fühle ich mich wie Vieh auf einer Versteigerung. Ich sehe die bewertenden Blicke. Die meisten ruhen auf Josh. Er ist der perfekte Kandidat, frühe Beziehungen zu knüpfen. Speichel sammelt sich in meinem Mund, die Übelkeit überrollt mich. Ich schlucke immer schneller dagegen an, atme gepresst.

Die Masse vor der Bühne verschwimmt, Kellans Lachen von irgendwo hinter mir klingt bedrohlich. Sobald es mir möglich ist, stolpere ich von der Bühne. Josh will mich stützen, doch ich lasse es nicht zu, kann mit jedem Blick auf ihn an nichts anderes denken, als dass er mich benutzt hat – wie jeder der hier Anwesenden andere benutzen würde. Mein Magen krampft sich zusammen. Ich muss mich um Haltung bemühen, rede ich mir ein, setze ein Lächeln auf und mäßige meinen Schritt. Ich bleibe sogar zweimal stehen und spreche mit ein paar Ravens, die mich ausfragen und mir ihre Hilfe anbieten. Sogar ein Praktikum in einem großen Unternehmen ist dabei. Ohne die Hintergründe zu kennen, würde ich das Angebot freudig und absolut dankbar annehmen. Ich sehe aus wie eine von ihnen. Ich *bin* eine von ihnen – Teil einer Gruppe mächtiger Menschen. Und ich habe mich noch nie so fehl am Platz gefühlt.

Meine Wangen schmerzen, während ich das Lächeln aufrechterhalte, als mich eine ältere Dame mit grauen Locken und zu viel Schminke im Gesicht über mein wunderschönes Kleid ausfragt. Sie meint, dass ich unter all den Perlen am schönsten glänze.

»Vielen Dank für das Kompliment«, presse ich hervor und entziehe meine Hand ihrer Umklammerung.

Es dauert gefühlte Stunden, bis ich endlich am Rand der Menschenmenge angekommen bin und aus dem Ballsaal verschwinden kann. Ich wühle in meiner Tasche nach dem Handy, um Hannah anzurufen und ihr vorzuheulen, wie richtig sie mit ihren Warnungen lag. Gleichzeitig rufe ich mir in Erinnerung, dass sie mich nicht mit genügend Nachdruck gewarnt hat. Wie viel weiß sie tatsächlich über die Praktiken der Ravens und der Lions? Sie hat Josh gedeckt, verheimlicht, wie gut sie ihn kennt, und nichts dagegen getan, dass er mich immer tiefer in den Sumpf zieht, in dem ich nun feststecke.

Mit zitternden Händen hole ich das Handy aus der Tasche. Dabei ziehe ich versehentlich Petes Visitenkarte mit heraus. Sie fällt zu Boden, ich bücke mich schnell danach und wähle ohne nachzudenken die Nummer auf der Karte, während ich mich auf die Suche nach meinem Mantel mache.

Pete bittet mich, außerhalb des Anwesens zu warten, also gehe ich die Einfahrt hinunter. Durch die frische Luft lässt meine Übelkeit nach, zurück bleibt nur eine tiefe Enttäuschung. Mein Traum ist zum Albtraum geworden. Ich wähle Hannahs Nummer, um mich zu entschuldigen oder sie anzubrüllen, da bin ich mir nicht so sicher, doch ich erreiche sie nicht. Ebenso wenig wie Tyler.

Ich versuche es während der gesamten Fahrt zurück zum College immer und immer wieder. Inzwischen peitscht Regen gegen die Windschutzscheibe. Das passende Wetter, bemerkt meine sarkastische innere Stimme. Wir passieren gerade das Ortsschild und die ersten noch weit verstreut liegenden Häuser von Whitefield, als Tyler endlich abnimmt.

»Ja?«, stößt er nuschelnd hervor.

Vor Erleichterung bringe ich kein Wort heraus.

»Cara?«, seine Stimme ist immer noch schläfrig. »Was ist los? Geht es dir gut? Wo bist du?«

Pete hält gerade auf dem Besucherparkplatz des St. Joseph's. Ich wühle in meiner Handtasche nach Bargeld, doch meine Finger zittern zu sehr.

»Cara! Wo. Bist. Du? Hat Prentiss dir etwas getan?« Jetzt klingt er hellwach.

»Ich bin am Besucherparkplatz. Ich ... ich habe kein Geld für den Fahrer«, stammele ich, von Pete höre ich ein unangenehmes Auflachen.

»Ich bin sofort bei dir. Gib mir fünf Minuten.«

Es werden die längsten fünf Minuten meines Lebens und ich war noch nie so froh, Tyler zu sehen. Er bezahlt den Fahrer und hält mir dann die Tür auf. Nieselregen begrüßt mich, doch das stört mich nicht einmal. Ich verabschiede mich von Pete und entschuldige mich für das verpatzte Wochenende bei seiner Schwester, doch er schüttelt nur den Kopf und wünscht mir alles Gute, während er Tylers Geld einsteckt.

Tyler legt einen Arm um mich und schiebt mich über den Parkplatz. »Jetzt erzähl mir, was passiert ist«, bittet er, während wir auf sein Wohnheim zusteuern, als hätten wir eine stille Vereinbarung. Aber ich will auf keinen Fall zurück nach Raven House, auch wenn es im Moment unbewohnt ist, weil alle bei den Stewards sind.

Ich kann einfach nicht.

Stattdessen lande ich auf Tylers Couch und erzähle ihm haarklein alles, was in den letzten drei Wochen geschehen ist. Ich berichte von den Aufgaben, von meinem Match mit Josh und dem Video.

Tyler hört zu. Er unterbricht mich kein einziges Mal, reicht mir nur hin und wieder ein Taschentuch oder drückt mich fest an sich. Erst als ich keine Tränen und keine Stimme mehr habe, schlafe ich erschöpft in seinen Armen ein.

30

SAMSTAG, 21.11.

Wir verbringen den ganzen Samstag auf der Couch, beide in Jogginghose und T-Shirt von Tyler gekleidet, weil ich nicht nach Raven House wollte, um mir eigene Klamotten zu holen. Wir lassen uns Essen liefern und Tyler beruhigt mich so weit, dass ich einwillige, nicht meine Zukunft zu riskieren, indem ich die Ravens verrate – jetzt, wo ich das Stipendium in der Tasche habe und all meine früheren Sorgen wie ein verblassender Traum scheinen. Er redet mir gut zu, auf Dione zu hören, deren Eltern nie zulassen würden, ihre Tochter erpressbar zu machen. Immer wieder sehe ich Dione in ihrem Götteroutfit vor mir, wie sie mir vollkommen überzeugt versichert, dass die Videos nur einstauben würden.

Also antworte ich schließlich auf ihre besorgten Nachrichten und schreibe ihr, dass mir am Abend nicht gut war und ich am Morgen direkt nach Whitefield zurückgefahren bin. Sie stellt keine weiteren Fragen. Joshs Nachrichten ignoriere ich – über den Messenger und über die App. Als mein lautlos gestelltes Handy dann von einem Anruf über die Raven-App laut losschrillt, schalte ich es aus. Dennoch muss ich mir eingestehen, dass ein großer Teil des widerlichen Klumpens in meinem Magen von der Enttäuschung herrührt, von

Josh nur benutzt worden zu sein. Ich brauche eine Pause von dem Leben, in dem ich in den letzten drei Wochen beinahe ertrunken wäre.

Dicht an Tyler gekuschelt, der mich quasi im letzten Moment gerettet und aus dem Sumpf gezogen hat, zögere ich, das Handy wieder einzuschalten, um Hannahs Anrufe und Nachrichten zu beantworten. Aber sie macht sich ernsthafte Sorgen. Also schreibe ich ihr.

> Sorry für die Anrufe heute Nacht. Du musst dir keine Sorgen machen. Mir geht es gut. Wir telefonieren später, okay?

Ich warte keine Antwort ab, sondern schalte das Handy direkt wieder aus, ohne es jedoch wegzulegen. Hannah hat nach den vielen nächtlichen Anrufen mehr verdient als die paar Sätze. Ich betrachte mein Gesicht im spiegelnden Display, wäge ab, ob ich bereits die Kraft habe, mich Hannah zu stellen, die mir so viel verschwiegen und dennoch von Anfang an von den Ravens abgeraten hat. Mein Daumen wandert an der Seite entlang zum Anschaltknopf. Warum hat sie mir nicht den Grund für ihre Warnung genannt? Warum hat sie mir nicht gesagt, dass sie mit Joshua Prentiss zusammenarbeitet, der mich für die Suchaktion nach seiner Freundin benutzt hat? Und wie soll ich ihr erklären, was ich für Tyler empfinde, der für sie wie ein rotes Tuch zu sein scheint. Ich bin noch nicht bereit für solche Diskussionen oder ihre Vorwürfe, wenn ich ihr erzählen würde, wo ich gerade bin.

Ich wandere noch immer mit dem Daumen über den Anschaltknopf, als sich ein zweites Gesicht im Display spiegelt.

»Gib dir Zeit bis morgen, okay?«, flüstert Tyler mir ins Ohr, weil er offenbar genau weiß, was in mir vorgeht. Oder hat er mitgelesen? Ich will ihn ansehen und drehe den Kopf, wobei sein Dreitagebart über meine Haare und meine Wange streift. Er ist nicht zurückgewichen, tut es auch jetzt nicht. Mehrere polternde Herzschläge lang sitzen wir reglos da. Warmer Atem, vermischt mit dem Duft nach Minzschokolade, streichelt mich. Sein Gesicht ist noch immer viel zu nah, es ist ...

Unsere Lippen treffen mit einem Verlangen aufeinander, das einer Detonation gleicht. Zahlreiche weitere Explosionen lassen meinen Körper beben. Mein Handy gleitet mir achtlos aus der Hand. Ich höre gerade noch den gedämpften Aufprall auf dem weichen Teppich, bevor alles um uns herum verblasst. Der Teil von mir, für den Tyler schon immer mehr als nur ein Freund zum Flirten war, übernimmt die Kontrolle, genießt, wie ich unter seinen fordernden Küssen und seinen stockenden Atemzügen mehr und mehr loslasse. Ich greife in Tylers Nacken, ziehe ihn näher und schaudere, als er so dicht an meinem Mund aufstöhnt, dass ich es nicht nur hören, sondern auch spüren kann. Er lässt sich nach hinten fallen und zieht mich mit sich, bis ich auf ihm liege. Ich hebe meinen Kopf, sehe in seine dunklen Augen unter halb gesenkten Lidern, fühle, wie sich seine Hände einen Weg unter mein T-Shirt bahnen, ehe ich meinen Vorhang aus Haaren über uns fallen lasse und unsere Küsse vor der Außenwelt verberge. Dass seine Finger zittern, als sie sich in sanften Bewegungen dem Bund der Jogginghose nähern, bringt mich nur noch mehr um den Verstand. Ich necke ihn mit kleinen Küssen an den Mundwinkeln, bäume mich auf, als seine Daumen über meine Taille gleiten, den Stoff nach unten schieben und meinen Beckenknochen umkreisen.

Jeder Millimeter meines Körpers entzündet sich unter seiner Berührung, bis ich komplett in Flammen stehe. Begleitet von Hunderten Küssen, liege ich irgendwann auf dem Rücken, das kühle Leder der Couch unter und Tylers Hitze über mir. Seine Haare kitzeln mich, während er mich mit Küssen bedeckt, die Stromschlägen gleichen. Mein Name klingt auf seinen Lippen wie ein Gebet. Meine Finger krallen sich in seinen Rücken, gleiten durch seine Haare, dirigieren ihn zu mir, um ihn so nah wie möglich zu spüren. Tyler zaubert von irgendwo ein Kondom hervor. Ein letzter Blick, eine letzte Chance, das hier zu beenden, ehe es kein Zurück mehr gibt. Sie bleibt ungenutzt.

Wochen der Sehnsucht und Begierde lassen die Luft knistern, meine Gedanken und Gefühle verschwimmen. Unsere Herzen schlagen im selben Rhythmus, während wir keuchende Atemzüge teilen. Immer schneller, atemloser, bis die Hitze ein letztes Mal auflodert, ich mich an ihm festhalte und auch sein Körper erbebt.

Mit zitternden Armen löst er sich von mir und legt sich neben mich. Seine Fingerspitzen streifen über meine noch immer hypersensible Haut und er grinst unverschämt, als ich zusammenzucke. Doch bevor er etwas Freches sagen kann, versiegele ich seinen Mund mit einem weiteren Kuss, spüre sein Lächeln noch immer an den Lippen, bis er den Kuss erwidert und die Glut erneut entfacht. Die Sonne wandert an den Fenstern vorbei und überlässt den Himmel der Nacht, während ich genieße, erbebe und nach Atem ringe, bis wir irgendwann erschöpft nebeneinanderliegen.

Mein Körper ist noch immer wie berauscht, meine Lippen von all den Küssen geschwollen. Tylers Atem streift über meinen Hals, als er die Haarsträhnen löst, die an meiner verschwitzten Haut kleben. Dann drückt er einen kleinen Kuss an die Stelle und entlockt mir ein wohliges Seufzen.

»Ich weiß nicht, wann ich das letzte Mal eine Nacht durchgemacht habe«, sagt Tyler irgendwann. Mit seinem Finger malt er Kreise und Spiralen um meinen Bauchnabel.

»Durchgemacht?«, frage ich träge, stelle mich dann aber der Realität und sehe zum Fenster, hinter dem man tatsächlich schon den Morgen erahnen kann. Ich fürchte, ich habe noch nie eine Nacht durchgemacht, und als ich mein Gehirn danach durchsuche, bleibe ich immer wieder bei den Bildern der letzten Monate hängen. Szenen mit Tyler. Ich lache, was mich selbst ebenso überrascht wie ihn. Seine Hand unterbricht die Spirale, die er gerade auf meinem Bauch zeichnet, und er sieht mich fragend an.

»Hättest du bei unserer ersten Begegnung gedacht, dass wir irgendwann eine ganze Nacht aufbleiben und …«

Er zuckt mit den Augenbrauen und seine Augen beginnen zu funkeln. »Gedacht nicht, aber gehofft.« Seine Zunge gleitet über seine Lippen und sein Grinsen wird noch frecher, falls das überhaupt möglich ist. Ich schüttele nur den Kopf und verberge das Lächeln, mit dem er mich angesteckt hat.

Dann meldet sich mein Magen und verlangt einen Ausgleich für die verbrauchte Energie. Ich seufze, weil ich keine Lust zum Aufstehen habe.

»Was hältst du davon, wenn du dich nicht vom Fleck bewegst und ich mich schnell auf den Weg zu *Eva* mache?«

Mein Magen antwortet ihm, bevor ich es kann. Allein der Gedanke an Eclairs lässt mich strahlen.

Tyler erhebt sich und sieht von oben kritisch auf mich hinunter, während er sich die Haare aus dem Gesicht streicht. »Sollte ich mir Sorgen machen, dass du beim Gedanken an Frühstück verzückter aussiehst, als heute Nacht?«, grummelt er, ein Lächeln zupft an seinen Lippen.

Ich pruste los. »Bist du etwa eifersüchtig auf Eclairs mit ganz viel Sahne, die im Mund schmilzt und ...«

Er beugt sich zu mir und gibt mir einen schnellen Kuss. »Schon verstanden. Ich eile, um Euch in jeder Lebenslage zu befriedigen, Eure Majestät.« Er stupst neckisch mit seiner Nase gegen meine und ich setze mich auf, um mir noch einen Kuss zu stehlen.

Zufrieden grinsend erhebt sich Tyler und schlüpft in seine Klamotten. In seine Decke gekuschelt, schließe ich die Augen und lausche, wie Tyler ins Badezimmer geht. Kurz darauf öffnet und schließt sich die Tür zum Apartment.

So allein vergeht die Zeit plötzlich anders. Mein Hirn kehrt aus dem rosaroten Nebel der Hormone zurück und ich realisiere, dass ich die Nacht mit dem Mann verbracht habe, den ich ständig als »nur ein Freund« abgestempelt habe, während die Anziehung zwischen uns immer stärker geworden ist. Ich habe die letzte Hürde eingerissen, indem ich ihm alles über die Ravens, die Prüfung und die Fake-Beziehung mit Josh erzählt habe. Nun gibt es keine Geheimnisse mehr zwischen uns. Dieses Wissen lässt mich schweben, ich fühle mich so erleichtert, dass ich es nicht mit Worten beschreiben kann. Mit einem Mal glaube ich daran, dass sich alles zum Positiven wenden wird, selbst die verhängnisvolle Mitgliedschaft bei den

Ravens. Ich habe dort in Dione eine echte Freundin gefunden, mit dem Stipendium ist meine Zukunft gesichert. Das alles hat mir Tyler klargemacht.

Glück ist ... jemanden zu haben, der dir beisteht.

Und diese Person habe ich in Tyler gefunden. Er weiß Bescheid und hält dennoch zu mir. Ich muss nicht länger mit Josh abhängen und der Außenwelt eine Beziehung vorgaukeln. Ich könnte mich sogar an den Gedanken gewöhnen, neben Tyler aufzuwachen. Wofür wir natürlich auch schlafen sollten. Meine Wangen erhitzen sich wie bei einem Teenager, als ich an den Rausch der vergangenen Nacht zurückdenke. Es war wundervoll, berührend, tief, echt.

In einem der Nachbarapartments höre ich einen dumpfen Aufprall, als wäre ein Schrank umgefallen. Das Geräusch reißt mich aus meinen süßen Tagträumen und ich öffne die Lider. Draußen ist es inzwischen noch heller geworden. Schließlich meldet sich auch noch meine Blase. Ich suche die von Tyler geliehenen Klamotten zusammen und tapse ins Badezimmer.

Als ich zurückkomme, stelle ich fest, dass es im Wohnzimmer nach unserem Dauergammeln katastrophal aussieht. Also mache mich daran, die Gläser, leeren Flaschen und Verpackungen in die Küche zu räumen. Dabei entdecke ich auch mein Handy, von dessen dunklem Display mir eine wirklich strahlende Cara entgegenblickt.

Ich schalte es an, denn ich habe das Gefühl, mich jetzt auch Hannahs Nachrichten stellen zu können. Während es hochfährt, gehe ich an Tylers Regal entlang, in dem zwischen etlichen Lehrbüchern und dekorativen Steinen eine halb vertrocknete Pflanze vor sich hin vegetiert. Ich will gerade danach greifen, um sie im Waschbecken in der Küche zu wässern, als mein Blick über die beeindruckende Sammlung alter Klassiker daneben gleitet. Eine ledergebundene Ausgabe reiht sich an die nächste.

Ich streife mit den Fingern über die Buchrücken, in denen die Titel eingeprägt sind. Vor allem von Shakespeare. An einem Buch ohne Prägung bleibe ich hängen und ziehe es aus dem Regal.

Mein Handy fällt zu Boden. Meine Hände zittern so sehr, dass ich es kaum schaffe, mit den Fingern die Linien des Löwen nachzufahren, um zu begreifen, was ich da sehe. Um es wahrhaben zu können. Dennoch glaube ich es nicht, als ich den Buchdeckel aufschlage.

Lion Tyler Walsh

Sogar die Fußnote ist dieselbe, die auch in meinem Buch steht. Meine Zähne klappern, während sich die Umgebung immer weiter abzukühlen scheint.

Tyler ist ein Lion.

Ich kann die Worte denken, aber sie ergeben keinen Sinn. Er wohnt nicht in Lion Manor, er ist ...

Er war nur Anwärter. Im Gegensatz zu meinem Buch gibt es kein Siegel unter dem Namen. Ich bin mir sicher, dass die Lions es ebenso handhaben wie die Ravens. Was bedeutet, dass er die Verbindung verlassen hat, sein Buch jedoch behalten durfte. Nur warum?

Ich überblättere schnell das Regelwerk und suche nach irgendwelchen Einträgen. Die Seiten sind ebenso leer wie in meinem Buch, doch weiter hinten löst sich plötzlich etwas zwischen den Seiten, gleitet mit einem kratzenden Geräusch aus dem Buch hervor und landet dumpf auf dem Parkett. Ein kleines Foto sinkt mit einigen Umdrehungen ebenfalls zu Boden.

Ich gehe in die Hocke und hebe die feingliedrige kurze Kette auf, in die in regelmäßigen Abständen türkisfarbene Steinchen eingelassen sind. Ich erkenne dieses Armband sofort und wühle in meinem Hirn nach den Worten, die unter dem Bild auf Instagram standen.

Wenn du die besten Freunde der Welt hast ... Er hat mir zum Abschied diese Kette anfertigen lassen, weil er weiß, wie sehr ich Türkise liebe. Ein Unikat wie er. Als könnte ich ihn in Europa vergessen!

Josh hat gesagt, dass Beverly eine Freundin ist.

Josh ist wegen ihr nach Europa gekommen.

Die Kette fest um meine Finger geschlungen, huscht mein Blick zu dem Foto, auf dem ein Zeitstempel prangt. Das Bild ist ungefähr ein Jahr alt. Es zeigt Tyler und Beverly Grey vor einem endlosen Horizont. Auf der Rückseite ist in computergleicher Schönschrift zu lesen: *Vergiss nicht, dass das Foto nur ein Teil des Videos ist.*

Teil eines Videos ...

Ich drehe das Foto wieder um, registriere nun die eindeutigen Gesten eines Streits. Jemand hat am fünfzehnten November letzten Jahres ein Video von einem Streit zwischen Tyler und Beverly aufgenommen.

Dann fallen auch die letzten Puzzleteile an ihren Platz.

Beverly ist seit einem Jahr verschwunden. Josh sucht seitdem nach ihr.

Sie trägt auf fast jedem der im letzten Jahr geposteten Bilder die Kette, die ich gerade in der Hand halte.

Eine Kette, die Tyler in seinem Besitz hat.

Tyler, der ein Lion ohne Siegel ist.

Tyler, dem Hannah ganz offensichtlich nicht umsonst misstraut hat.

Tyler, der etwas mit Beverlys Verschwinden zu tun haben muss, wofür es offenbar einen Videobeweis gibt.

Ich schrecke zusammen, als mein Handy über die Dielen vibriert, während zahlreiche Nachrichten von Hannah eingehen.

> Josh hat mich angerufen und erzählt, dass du einfach abgehauen bist, nachdem er mit dir geredet hat.
> Wo steckst du, Cara?

> Bist du nach Hause gefahren?

> Phoebe hat auch nichts von dir gehört! Verdammt, wo steckst du?

> Sag mir, dass du nicht bei Tyler bist!

> Wenn doch, verschwinde sofort von dort! Tyler ist gefährlich!

Nachwort

Wisst ihr, was ich bei *Secret Game* und *Pretty Dead*, meinen bisherigen realistischen Büchern, am meisten vermisst habe? Die aufputschende Wirkung eines Cliffhangers (denkt euch hier das grinsende Teufelchen-Emoji).

Wer meine Fantasy-Reihen gelesen hat, kennt meine fiese Seite bereits (sorry!), aber bei Einzelbänden musste ich immer zu einem richtigen Ende kommen.

Umso mehr habe ich mich über die Anfrage von Kathrin, meiner Lektorin bei Ravensburger, gefreut, ob ich nicht Lust auf eine Dilogie hätte. Meine fiese Seite ist vor Verzückung sofort ausgerastet und somit war einer der ersten festen Punkte, nachdem ich die Figuren kennengelernt habe, das Ende, das ihr eben alle lesen konntet (setzt hier einfach mal ein böses Lachen ein).

Dieses Ende hat mich quasi durchs Manuskript getrieben! Außer meiner »Romeo und Julia«-Adaption *Luca & Allegra* habe ich kein Manuskript so schnell geschrieben wie dieses. Es war wie ein Rausch und ich hoffe, dass ihr beim Lesen ein Stück davon spüren konntet – und nach ein paar Mal Luftholen nicht mehr mit Beschimpfungen in meine Richtung beschäftigt seid.

Anstatt einen Dank auszusprechen, möchte ich mich daher bei meinen ersten Testleserinnen Gio und Vanny entschuldigen, denen ich nicht erzählt habe, dass es sich um eine Dilogie handelt, und die blindlings auf den Cliffhanger zugerannt sind. Sorry an euch beide! Gio von *@frauenstamm* hat mich schon in der Projektphase begleitet, als die Reise noch gar nicht richtig begonnen hatte und das Ziel nicht absehbar war. Später kam Vanny von *@bookalicious8* dazu. Ich danke euch für euer Feedback und die gemeinsamen Chats über *#TeamJosh* und *#TeamTyler* und werfe noch einmal eine dicke Entschuldigung in die Runde.

Der nächste große Dank geht an meine Lektorin Kathrin, die mir nach gemeinsamen Brainstorming-Runden die Chance gegeben hat, diese Geschichte zu erzählen – und die so viel Herz für Cliffhanger-traumatisierte Leser*innen hat, dass wir die ursprünglichen Veröffentlichungspläne von ein paar Monaten Abstand verworfen haben. Ihr könnt also direkt zu Band 2 greifen und euch gemeinsam mit Cara und Hannah auf die Jagd nach der Wahrheit machen.

Ein riesengroßes Dankeschön gilt auch meiner Lektorin Franziska Jaekel, die dem Text den letzten Schliff verpasst hat und dabei stets auf das kleinste Detail achtet wie Dione. Ich danke dir für den Austausch und all deine Anmerkungen und freue mich auf die Arbeit an Band 2.

Das wundervolle Cover hat der Ravensburger Grafik-Engel Anna gestaltet, die auch *Secret Game* und *Pretty Dead* ein perfektes Äußeres verpasst hat. Ich war vom ersten Entwurf an so begeistert, dass es die reinste Folter war, es nicht sofort allen zeigen zu dürfen! Lasst es mich wissen, wenn es euch ebenso gefällt wie mir.

Die Überarbeitung und das Lektorat erfolgten während der Corona-Zeit. Vermutlich werden die Danksagungen vieler Bücher, die in jenen Monaten entstandenen sind, anders aussehen. Aber in dieser Zeit habe ich ganz besonders gemerkt, wie wichtig die Unterstützung der Familie ist (nicht nur für Cara). Ohne die Hilfe meines Ehemanns und meiner verständnisvollen Kinder (mal mehr, mal weniger *g*) wäre ein konzentriertes Arbeiten unmöglich gewesen. Ich danke euch und werfe hier mal ganz besonders viele Küsse in die Runde (natürlich schnell genug, damit sich meine Kinder nicht wegducken können).

Ich hoffe, die letzten Zeilen haben euch etwas abgelenkt und ihr schimpft nicht mehr ganz so laut über das fiese Ende und seid mir nicht allzu lange böse. Denn ich freue mich wie immer über den Austausch mit euch. Schreibt mir gern auf Instagram, Facebook oder per Mail – ich bin gespannt auf eure Nachrichten, Posts und Rezensionen zu *Matching Night: Küsst du den Feind?* und wünsche euch schon jetzt ganz viel Spaß mit *Matching Night: Liebst du den Verräter?*

Ohne eure Unterstützung wäre das alles nicht möglich.

DANKE!

Eure Steffi

WAS HAT TYLER GETAN?

WAS VERBIRGT JOSH?

WAS WEISS HANNAH?

BAND 2 IST AB SOFORT ERHÄLTLICH!

BITTE UMBLÄTTERN

Der atemberaubende Abschluss des Zweiteilers

Stefanie Hasse
Matching Night, Band 1:
Küsst du den Feind?
ISBN: 978-3-473-40201-4

Stefanie Hasse
Matching Night, Band 2:
Liebst du den Verräter?
ISBN: 978-3-473-40203-8

Eine verschwundene Studentin
Zwei undurchschaubare Lügner
Und mehr als ein dunkles Geheimnis

Cara sollte überglücklich sein: Sie hat die *Matching Night* überstanden und gehört nun zur exklusiven Studentenverbindung der Ravens. Doch sie weiß nicht mehr, wem sie noch trauen kann, denn zwei Lügner haben sich in ihr Herz geschlichen. Der eine hat sie mit seinen Berührungen und Küssen verrückt gemacht und dabei die ganze Zeit nach seinen eigenen Regeln gespielt. Dem anderen hat sie vertraut – bis sie sein furchtbares Geheimnis entdeckte. Ein Geheimnis, das nicht nur das noble St. Joseph's College erschüttern, sondern auch Caras Leben zerstören könnte. Um das zu verhindern, ist Cara jedoch ausgerechnet auf die Hilfe der beiden Lügner angewiesen ...

»Romantisch, spannend und mysteriös:
Stefanie Hasses neuer Roman ist ein Pageturner,
in dem jede Figur ein Geheimnis hat – und ihr
eigenes Spiel spielt.«
Christian Handel, Autor von *Rowan & Ash*

Stefanie Hasse

Secret Game. Brichst du die Regeln, brech ich dein Herz

Ivy ist überglücklich: Sie hat ein Stipendium für die New Yorker Eliteschule St. Mitchell ergattert und ist total verliebt in ihren Mitschüler Heath. Doch dann beginnt an der St. Mitchell DAS SPIEL: In anonymen Nachrichten werden die Schüler aufgefordert, Aufgaben zu erfüllen, sonst kommen ihre dunkelsten Geheimnisse ans Licht. Als Heath sie plötzlich völlig ignoriert, lässt Ivy sich ebenfalls auf DAS SPIEL ein ...

ISBN 978-3-473-**40181**-9

Ravensburger
www.ravensburger.de

Mehr von Stefanie Hasse

WER HAT DIE BALLKÖNIGIN ERMORDET?

Stefanie Hasse

Pretty Dead. Wenn zwei sich lieben, stirbt die Dritte
Die Fairchild Academy wird von einem Skandal erschüttert: Die beliebte Sarah ist auf dem Schulball in den Armen ihres Freundes Chase zusammengebrochen und gestorben. War es ein tragischer Unfall oder Mord? Als die Polizei die Ermittlungen aufnimmt, stehen fünf Jugendliche aus Sarahs Umfeld unter Verdacht. Allen voran Chase und Sarahs beste Freundin Brooke, die unsterblich ineinander verliebt sind ...

ISBN 978-3-473-**40195**-6

Ravensburger
www.ravensburger.de

LESEPROBE

PRETTY DEAD
Wenn zwei sich lieben, stirbt die Dritte

von Stefanie Hasse
ISBN 978-3-473-40195-6

KAPITEL 1

FREITAG, 31. OKTOBER

Brooke

Bald.

Mit einem Kribbeln im Bauch strich Brooke ein letztes Mal über die Buchstaben, ehe sie das weiche Papier wieder faltete und in der Tasche ihres Umhangs verbarg. Ihr Spiegelbild lächelte umrahmt von zahlreichen weiteren Origami-Kranichen in allen erdenklichen Farben und Größen. Selbst die Theaterschminke konnte die zarte Röte auf ihren Wangen nicht vollständig abdecken. Ihr Herz stupste vor Aufregung gegen die Rippen. Nach einem kurzen Blick auf die Digitalanzeige des Weckers verließ sie ihr Zimmer. Der Luftzug des flatternden Umhangs ließ die von der Decke baumelnden Papiervögel rascheln. Morgen würde sie den Kranich in ihrer Tasche zu den anderen Botschaften hängen. Morgen wäre »bald« endlich Vergangenheit.

Ein für Kalifornien verstörend kalter Wind zerrte an Brookes schwarzem Umhang und peitschte ihr die dunkelblonden kinnlangen Haare ins Gesicht, während sie auf der Veranda wartete. Bunt gemischte Gruppen aus Geistern, Hexen und Superhelden zogen trotz der Kälte lachend von Haus zu Haus. Brooke beobachtete, wie sich die Kinder vor der Tür gegenüber aufstellten und ihren Spruch aufsagten. Miss Malec verteilte Süßigkeiten, gleichzeitig rollte die schwarze Limousine vor.

Sofort war die Kälte vergessen. Brookes Herz hämmerte gegen ihren Brustkorb, als sie die Stufen von der Veranda hinabstieg. Die Tür des Fahrers öffnete sich, wurde dann jedoch wieder geschlossen. Brooke konnte Chase' Einwand nahezu hören. Ihr Blick glitt zur Hintertür, die in diesem Moment von innen geöffnet wurde. Vielleicht vergaß Brooke, Luft zu holen, stand einfach nur wie festgefroren auf dem Bürgersteig und beobachtete Chase beim Aussteigen.

Sie war sich seiner Blicke, einer Berührung gleich, überdeutlich bewusst. Mit ernster Miene verneigte er sich, tippte an den zum lilafarbenen Revers des altmodischen Smokings passenden Zylinder und legte lässig den Arm auf den Rahmen der Tür. Seine bernsteinfarbenen Augen funkelten, und seine Lippen verzogen sich zu seinem ganz eigenen schiefen Lächeln, das der kleinen Narbe auf der Oberlippe geschuldet war, die ihn seit einem halben Jahr zeichnete. Es genügte ein Blick auf dieses Lächeln und Endorphine fluteten Brookes Körper und brachten ihren Puls zum Rasen.

»Soll ich mich noch irgendwie drehen oder eine andere Position einnehmen, damit du einen besseren Blick hast?« Sein Lachen wirkte wie wärmendes Kaminfeuer in der Kälte der Nacht.

»Ich habe nur dein Make-up bewundert«, konterte Brooke, während sie auf ihn zuging und sich nun tatsächlich auf die Arbeit der von Chase' Mom engagierten Make-up-Artistin konzentrierte.

Durch die Betonung von Chase' kantigen Gesichtszügen, mit den silbernen Spitzen der dunklen Haarsträhnen, die unter dem Zylinder ins Gesicht hingen, und den dunkel geschminkten Augen war Chase die perfekte Kopie des verrückten Hutmachers, und Brooke musste sich zurückhalten, ihn nicht mit gestammelten Komplimenten zu überschütten. Auch wenn Chase sie verdient gehabt hätte.

Ganz gentlemanlike stellte er sich neben die Fahrzeugtür und verbeugte sich sogar, als Brooke einstieg. Sein Zylinder verrutschte dabei kein bisschen, was Brooke mit einem Lächeln registrierte, ehe ihre Gedanken wie leer gefegt waren. Aus dem Wagen schlugen ihr wohlige Wärme und sanfte Klänge entgegen. Dass ihr Atem erneut stockte, hatte jedoch einen anderen Grund. Im Inneren der Limousine roch es so intensiv nach Chase' Parfum, als würde sie an ihn gelehnt die Nase in seine Halsbeuge drücken. Sie schluckte mehrmals, sog seinen Duft ein letztes Mal tief ein und atmete fortan durch den Mund.

»Wo ist Sarah?«, brachte sie mit rauer Stimme hervor.

»Sie hat mir eine Nachricht geschickt, dass sie noch ein paar Minuten braucht. Wir holen sie gleich ab.«

Brooke nickte nur schwach und setzte sich auf das warme Leder. Auch wenn sich Chase auf die Sitzbank gegenüber fallen ließ, erfüllte seine Präsenz den gesamten Innenraum der Limousine mit einem Prickeln, sodass er genauso gut direkt neben ihr hätte sitzen können.

Brooke sah schnell zum Fahrer und verfolgte anschließend die vorbeiziehenden Lichter des abendlichen Wooden Heights. Die Fahrt von ihr zu Sarah dauerte nur wenige Minuten und dennoch würde es zu lange sein. Immer wieder warf sie einen kurzen Blick zum Fahrer, dann zu Chase, der sein charmantes Lächeln durch einen ganz anderen Ausdruck ersetzt hatte.

Bald.

Brookes Mund war mit einem Mal entsetzlich trocken. Sie konzentrierte sich auf die schaurig geschmückten Vorgärten jenseits der getönten Scheibe, auf die Kinderscharen, die von Tür zu Tür gingen, und ließ sich von Erinnerungen zerstreuen, wie sie mit Sarah, Chase und Piper vor vielen Jahren genauso um die Häuser gezogen war. Eine Zeit, in der es kein höheres Ziel gegeben hatte, als jede Menge Süßigkeiten zu erbeuten, die nach einem kleinen Spruch und einem Lächeln die großen Sammelbeutel füllten.

Wenn es doch heute noch ebenso einfach wäre zu bekommen, was man begehrte … Ihr Herz pochte, als wollte es aus ihrer Brust springen und sich Chase in die Arme werfen. Zur Ablenkung atmete sie tief durch, vergrub ihre Hände in ihrem langen Kleid und rief sich das Unwort der letzten Monate ins Gedächtnis: Geduld. Bald würde es ein Ende haben. Die nächsten Minuten kamen ihr im Nachhinein vor wie ein Traumbild, verschwommen und surreal, ehe der Wagen in der Einfahrt der Matthews zum Stehen kam. Brookes Finger klammerten sich um das gefaltete Papier, das sie in ihrem Umhang verbarg. Ein Anker, Halt und Hoffnung zugleich.

Bald.

Der Fahrer stellte den Motor ab und wollte erneut aussteigen, doch Chase war schneller.

Brooke schluckte bei Sarahs Anblick den Kloß in ihrer Kehle hinab, ehe sie zu Chase schaute, der Sarah einen Moment später ebenso galant die Wagentür offen hielt wie ihr zuvor. Sarah sah wie immer perfekt aus, selbst als Hexe von Oz. Unzählige schwarze Strähnen durchwirkten ihre langen blonden Haare, ihre grün geschminkte Haut tat ihrer Schönheit seltsamerweise keinen Abbruch. Ihr Teint war selbst jetzt makellos und die Farbe passte zu ihren leuchtend grünen Augen.

Als sie in den Wagen stieg, kam Brooke sich nicht nur aufgrund ihrer zum bleichen Vampir geschminkten Haut blass vor. Neben Sarah Matthews verblasste einfach jeder. Selbst Chase, für den Sarah nur einen kurzen unzufriedenen Blick übrig hatte.

»Du siehst großartig aus!«, begrüßte Sarah Brooke beim Einsteigen mit einem strahlenden Lächeln, das ihre perfekten Zähne zeigte. »Aber dein Lippenstift ist verschmiert.« Während Brooke das Handy aus der Tasche zog und sich mit der Facecam betrachtete, setzte sich Sarah neben Chase und ging den Plan für den heutigen Abend mit ihm durch.

»Im Foyer werden Fotos fürs Jahrbuch gemacht. Wir müssen unbedingt ein gutes Paarbild hinbekommen, das Morgan für die Schülerzeitung verwenden kann. Das Licht wird dort viel besser sein als später direkt nach der Wahl.«

Ihre Worte verschwammen im Rauschen und Ruckeln der Limousine, während sich Sarahs Parfum mit jeder Sekunde weiter im Raum ausbreitete, bis nichts mehr in der Luft lag, das bei Brooke für Herzklopfen sorgte.

»Vergiss nicht, die Neuen mit mir zu begrüßen. Wir sind das Homecoming-Paar und es ist unsere Pflicht. Sie sollen sich willkommen fühlen«, sagte Sarah gerade, als Brooke das Handy wegpackte. »Das siehst du doch genauso, oder, Brooke?«

Für Brooke lagen die Prioritäten des Abends woanders. Chase nahm ihr die Worte aus dem Mund.

»Es ist eine Halloween-Party, Sarah. Kein Staatsakt.«

Sarahs Lächeln verblasste. Ihr Schweigen sagte in diesem Moment mehr, als tausend Worte es könnten.

Bis zum *Cathedral*, das hoch über Wooden Heights thronte und in dem die *Halloween Teen Night* der örtlichen Schulen veranstaltet wurde, waren es rund zwanzig Minuten, die sie mit belanglosen Gesprächen und dem Scrollen durch Instagram füllten und die dort geposteten Kostüme ihrer Mitschüler kommentierten.

»Casseys Kostüm ist ein Brautkleid von Sarah Burton?« Sarahs Stimme schrillte durch den Wagen. Brooke sah zu Chase, der nur mit den Schultern zuckte.

»Sie hat Kate Middletons Hochzeitskleid entworfen! Eine begnadete Designerin«, half Sarah ihnen auf die Sprünge, aber sie hatte ihre beste Freundin nie für solch banale – und teure – Dinge wie Mode begeistern können.

Brooke warf ihr daher ein hoffentlich beruhigendes Lächeln zu. »Und wenn schon. Bisher hat es Cassey auch nie geholfen. Du wurdest jedes Mal zur Ballkönigin gewählt, sogar zur Homecoming-Queen.« Im Stillen hoffte Brooke, dass es auch wirklich so kommen würde. Es stand so viel auf dem Spiel.

Bald.

»Sie hat ihn tatsächlich überredet zu kommen?« Sarahs Frage war an niemand Bestimmten gerichtet, doch ihr Tonfall verriet, was sie über Piper dachte.

Jam, Devin und Piper warteten auf den Stufen vor dem weitläufigen Vorplatz des *Cathedrals*, dessen futuristischer Anblick Brooke wie immer den Atem raubte. Von den Serpentinen aus, die sich die Santa Cruz Mountains emporschlängelten, erkannte man nur einen gigantischen Steinwürfel, aus dem dann beim Näherkommen der lange Seitenflügel mit dem Eingang wuchs. Seit ihrer Aufnahme an der Fairchild Academy war Brooke mehrmals für verschiedene Ausstellungen oder Projekttage mit der Schule hier gewesen. Piper hatte im Museum sogar einmal ihren Geburtstag gefeiert. Damals, als sie sich noch nähergestanden hatten.

Der Wagen hielt direkt vor den Stufen und die drei stiegen aus.

»Hi, Piper! Du siehst umwerfend aus«, sagte Sarah, ehe sie sich zu Devin wandte. »Wie kommt es, dass du dich auf einer Highschool-Party blicken lässt, Dev?« Ihr Ton war nun herausfordernd. Devin hielt die Antwort seiner deutlich hervortretenden Kiefermuskulatur nach mit aller Kraft zurück.

Jam rettete die Situation. »Gott sei Dank seid ihr endlich da! Lasst uns reingehen.« Er begrüßte Chase mit Handschlag und verbeugte sich dann übertrieben vor Brooke und Sarah, ehe er den Umhang seines klassischen Drakulakostüms mit Anzug, Fliege und Stehkragen zur Seite warf und Brooke den Arm anbot. Sie hakte sich unter und lächelte über Jams Bemerkung, dass sie ihn nie wieder mit Devin und Piper allein lassen durfte.

Sarah zwinkerte Brooke zu, während sie sich an Chase' Arm hängte und sie zusammen mit Devin, dem Jedi, und Piper, der Prinzessin – die beiden trennte mindestens ein halber Meter – zum Eingang des Museums gingen.

Unten im Foyer wurden, wie von Sarah angekündigt, alle geknipst. Nachdem Sarah dem Fotografen genaue Instruktionen für ihre Fotos mit Chase gegeben hatte, alberten alle auf den restlichen Bildern herum. Gespannt warteten sie auf die ersten Konturen der Instax-Bilder, die nach den offiziellen Fotos gemacht wurden.

Irgendwann quietschte Sarah und hielt Brooke das Bild so dicht vor die Nase, dass diese zurückweichen musste.

»Sehen wir nicht einfach umwerfend aus?« Sarah zuckte verheißungsvoll mit den schwarz geschminkten Brauen, ehe sie sich wieder mit dem Foto Luft zufächerte.

Chase verdrehte die Augen und wartete auf das Bild in seiner Hand. Sie hatten jeder einfach eins der vielen Bilder geschnappt, nachdem sie verschiedene Konstellationen ausprobiert hatten. Auf dem Foto in Brookes Hand befanden sich drei Personen: Sarah, Chase und sie selbst. Chase stand in der Mitte und seine Arme lagen über den Schultern der Mädchen. Brooke steckte das Foto ein, um diesen Moment für immer in Erinnerung zu behalten.

Doch auch ohne Foto würde sie diese Nacht niemals vergessen.

Folge uns auf Instagram und entdecke dein nächstes Lieblingsbuch!

 ravensburgerbuecher

Der Ravensburger Verlag auf Instagram:

Tauche ein in unsere traumhaft schönen Bücherwelten, knisternden Lovestories und fantastischen Abenteuer.

Exklusive Insiderinformationen zu unseren neuen Büchern, Cover-Reveals, E-Book-Deals, Q&As mit unseren AutorInnen und zahlreiche Gewinnspiele erwarten dich.

Wir freuen uns auf dich!

#ravensburgerbuecher #readravensburger